Les morsures de la nuit

MAGGIE SHAYNE

Les morsures de la nuit

BEST SELLERS

éditions Harlequin

Si vous achetez ce livre privé de tout ou partie de sa couverture, nous vous signalons qu'il est en vente irrégulière. Il est considéré comme « invendu » et l'éditeur comme l'auteur n'ont reçu aucun paiement pour ce livre « détérioré ».

Cet ouvrage a été publié en langue anglaise
sous le titre :
TWILIGHT HUNGER

Traduction française de
PATRICIA RANVOISÉ

HARLEQUIN®

est une marque déposée du Groupe Harlequin
et Best-Sellers® est une marque déposée d'Harlequin S.A.

83-85, boulevard Vincent-Auriol, 75013 PARIS — Tél. : 01 42 16 63 63
Service Lectrices — Tél. : 01 45 82 47 47
ISBN 2-280-08633-6 — ISSN 1248-511X

Il y a longtemps de cela, j'écrivais des histoires de vampires pour Silhouette Shadows (la collection Sixième Sens d'Harlequin France). Lorsque la collection s'est interrompue — pas pour toujours, j'en suis sûre, car je crois à la réincarnation —, j'ai pensé pendant un temps que je ne pourrais pas poursuivre le cycle que j'avais commencé. Mais il y avait des gens chez Silhouette qui aimaient cette série autant que moi et mes fidèles lecteurs.

Et plus que toute autre, mon éditrice, Leslie Wainger. Elle a maintenu le cycle en vie en me demandant une histoire hors série, et une autre encore dans la collection Silhouette Intimate Moments. De ce fait, la popularité de ce cycle des vampires n'a jamais décru. Tout au long de notre collaboration, Leslie Wainger m'a aidée en coulisse à donner un nouveau souffle à mes histoires, jusqu'au jour où, finalement, le programme de Mira Books a été prêt à accueillir la veine paranormale. Sans Leslie Wainger, je peux vous l'assurer, le cycle des vampires se serait achevé sur deux livres et une nouvelle. Au lieu de quoi, ce livre est le septième du genre, et je suis en train de construire l'intrigue du huitième et de songer au suivant. Merci, chère, chère Leslie, pour l'excellence dans le suivi éditorial, pour l'extraordinaire soutien à vos auteurs, pour les petits cœurs, les « smiles » et les commentaires griffonnés en marge de mes manuscrits (vous ne saurez jamais ce qu'ils représentent pour moi, surtout les « Au diable vos histoires, je suis en train de chialer »). Merci, par-dessus tout, de me compter parmi vos auteurs, moi et mon œuvre étrange.

Ce livre est dédié à Leslie Wainger, du fond de mon cœur.

1.

Nous, les enfants, nous étions censés dormir, les uns dans les tentes, les autres à l'intérieur des roulottes…

Pourtant, nous nous levâmes, attirés, tels des papillons de nuit, par les ombres mouvantes que projetait une inconnue en train de danser devant le grand feu de camp.

Aucune musique ne s'élevait dans le campement. Et pourtant, j'avais l'impression d'entendre une mélodie résonner dans ma tête, tandis que je contemplais la jeune femme par l'ouverture de ma tente. Elle tournait sur elle-même, ses foulards ondulant derrière elle comme autant d'esprits multicolores, ses cheveux aussi sombres que la nuit s'illuminant de reflets bleutés dans la lueur des flammes.

Et, soudain, elle s'immobilisa. Ses yeux étincelants plongèrent droit dans les miens, et elle m'adressa un sourire inquiétant.

Puis, de l'index, elle me fit signe d'approcher.

La gorge sèche, je jetai un coup d'œil autour de moi : tous mes cousins la dévisageaient. Ils possédaient tous ce teint olivâtre et ces grands yeux sombres et frangés de longs cils noirs — des cils bien trop longs pour les garçons mais irrésistibles chez les petites filles — caractéristiques de notre clan. Comme les miens, leurs cheveux noirs étaient longs et brillants… Nous étions fiers d'être gitans.

Quant à la femme que nous regardions danser… elle était des nôtres. Un seul regard avait suffi à m'en convaincre.

Elle me faisait toujours signe d'approcher.

Dimitri, mon aîné de trois ans, me jeta un regard supérieur.

— T'es pas chiche d'y aller !

Alors, juste pour lui prouver que j'avais du cran, je me redressai de toute ma taille et sortis de la tente. Pieds nus, je progressai à pas hésitants sur le sol glacé. Puisant leur courage dans le mien, les autres m'imitèrent, et nous formâmes bientôt un cercle autour de la belle inconnue, semblables à des pécheurs venus se recueillir aux pieds d'une déesse. Une déesse dont le sourire s'épanouissait à mesure que nous approchions…

Un doigt sur les lèvres, elle nous invita à nous approcher encore, puis s'assit sur une souche à côté du feu.

— Qui est-ce ? murmurai-je à Dimitri qui avait fini par me rejoindre.

Sans doute vexé de ne pas avoir pris la direction du groupe dès le départ, il me répondit d'un ton dédaigneux :

— Idiot, tu ne sais donc rien ? C'est notre tante.

Avec un mouvement méprisant de la tête, il tourna de nouveau le regard vers la jeune femme, avant d'ajouter, captivé :

— Elle s'appelle Sarafina. Elle passe nous voir de temps en temps… Mais j'imagine que tu es trop petit pour te souvenir de sa dernière visite. Quoi qu'il en soit, elle n'a pas le droit d'être ici. Si les parents la voient, ça va barder.

— Pourquoi ? demandai-je, subjugué à mon tour, tandis que Sarafina s'installait sur la souche, ses jupons multicolores étalés en corolle autour d'elle.

Elle ouvrit les bras et, répondant à son invitation, nous nous assîmes devant elle, à même le sol.

Jamais je n'avais vu une femme aussi belle. Mais ce n'était pas seulement sa beauté qui m'envoûtait. Il y avait autre chose. Quelque chose de mystérieux et… d'effrayant. D'autant plus qu'elle me regardait fixement. Ses yeux noirs renfermaient un secret, je le sentais. Un secret sombre, enfoui, que je ne parvenais pas à déchiffrer.

— Pourquoi ça va barder ? demandai-je à Dimitri.

— Parce que c'est une *paria* !

Perplexe, je m'apprêtais à demander plus d'explications quand ma tante Sarafina — que je voyais pour la première fois depuis ma naissance — se mit à parler. Sa voix avait les modulations d'un chant hypnotique, profond, ensorcelant.

Son regard glissait de l'un à l'autre, s'attardant sur les visages avec une expression si intense qu'elle en paraissait presque douloureuse.

— Approchez, mes enfants. Vous m'avez tellement manqué ! Mais je suppose que la plupart d'entre vous m'ont oubliée, ajouta-t-elle avec un regard triste. Et toi, mon petit Dante… Quel âge as-tu, maintenant ?

— Sept ans, répondis-je d'une voix à peine audible.

Elle soupira.

— Sept ans, déjà… J'étais là, le jour où tu es né, tu sais ?

— Non. Je… Je ne savais pas.

— Ce n'est pas grave… Avant toute chose…

Tout en parlant, elle avait ouvert la bourse accrochée à sa ceinture, et elle en sortait toutes sortes de merveilles : friandises inconnues enveloppées de papier coloré, pendentifs brillant de mille feux, petits animaux taillés dans des pierres étincelantes… Elle nous distribua tous ses trésors.

La figurine qui m'échut était une chauve-souris en onyx. J'eus un petit frisson au contact de la pierre froide et noire.

Une fois sa bourse vide, Sarafina reprit :

— J'ai tellement de choses à vous raconter, les enfants ! Vous n'imaginez pas tout ce que j'ai vu au cours de mes voyages. Des constructions gigantesques, bâties sur des terres arides, avec des pierres plus grosses que vos roulottes. Leur surface est complètement lisse, parfaite, et elles dressent leur sommet pointu vers le ciel.

De ses deux mains, elle dessina dans l'espace les contours de ces édifices fantastiques.

— Personne ne sait qui les a construites. Certains disent qu'elles existent depuis toujours ; d'autres, qu'elles ont été érigées en l'honneur d'anciens rois. Les corps de ces monarques seraient encore enfouis à l'intérieur, entourés de trésors fabuleux.

Devant nos yeux écarquillés, elle ponctua ses paroles d'un hochement de tête qui fit danser ses boucles brunes et tinter les anneaux à ses oreilles.

— J'ai traversé les océans jusqu'à une terre lointaine où des créatures au cou aussi long que… que cet if, là-bas, marchent sur de longues jambes maigres en mangeant les feuilles les plus hautes des arbres. Elles ont un pelage couleur d'or avec des taches. Et des petites cornes sur le dessus du crâne !

Je secouai la tête, sceptique. Sûr qu'elle nous racontait des histoires.

— C'est vrai, Dante, m'affirma-t-elle alors en me regardant au fond des yeux.

Et, à cet instant, je compris que, depuis le début, elle parlait pour moi — et pour moi seul.

— Un jour, tu verras toutes ces choses, toi aussi. Je te les ferai découvrir, promit-elle en tendant une main dans ma direction pour m'ébouriffer les cheveux.

Baissant la voix, elle ajouta à mon oreille :

— Tu m'es particulièrement cher, Dante. Toi et moi sommes unis par un lien encore plus puissant que celui que tu partages avec ta mère. N'oublie pas mes paroles : un jour, je viendrai te chercher. Tu auras besoin de moi, et je serai là.

Sans que je comprenne pourquoi, je frissonnai en entendant ces mots.

C'est alors que les hurlements de grand-mère me figèrent sur place.

— Paria ! hurlait-elle, pointant l'index et l'auriculaire vers Sarafina, comme si elle cherchait à éloigner un démon.

Le long sifflement dont elle accompagna son geste me fit penser à un serpent à la langue fourchue, sur le point de mordre.

Sarafina se leva lentement, avec une grâce infinie.

Mes cousins s'étaient dispersés. J'étais seul devant elle, à présent. Sans même m'en rendre compte, je me redressai à mon tour et fis face à ma grand-mère. Comme pour protéger mon adorable tante. Comme si j'en avais eu le pouvoir…

Sarafina referma ses mains sur mes épaules, et j'eus soudain l'impression d'avoir grandi de plusieurs centimètres.

Puis, grand-mère me toisa, et je me sentis aussi minuscule qu'une mouche des sables.

— Allons, la vieille, tu ne peux vraiment pas tolérer ma présence une fois tous les quatre ou cinq ans ? lança Sarafina.

Sa voix n'avait plus rien de tendre, de chaleureux ni d'amical. Elle était devenue profonde… et menaçante.

— Tu n'as rien à faire ici ! rétorqua grand-mère.

— Oh que si, j'ai à y faire ! Vous êtes ma famille. Et, que cela te plaise ou non, je suis également la vôtre.

— Tu n'es rien. Juste une maudite. Va-t'en !

Il y eut une brusque agitation lorsque nos mères, réveillées par le bruit, jaillirent tout à coup des roulottes pour venir chercher leur progéniture. A les voir, on aurait pu croire qu'un loup venait de pénétrer dans le campement. Un loup, et non pas cette jeune femme d'une rare beauté qui apportait des cadeaux fabuleux et racontait des histoires incroyables.

Ma mère apparut à son tour. Dès que je la vis fondre sur moi, je glissai la chauve-souris en onyx dans ma manche. Mais elle ne me rejoignit pas tout de suite. Auparavant, elle s'arrêta devant Sarafina et la fixa du regard.

Là, en face d'elle, elle murmura :

— S'il te plaît…

Pendant le silence qui suivit, un message passa entre les deux femmes. Un message muet qui emplit de tristesse le regard de ma mère.

Finalement, Sarafina se pencha vers moi et posa ses lèvres fraîches sur ma joue.

— On se reverra, Dante, ne l'oublie pas. Mais, pour l'instant, va retrouver ta mère.

Le temps d'une brève pression sur mon épaule, et elle me relâchait.

Je me dirigeai alors vers ma mère. Je la détestais presque de m'obliger ainsi à quitter la mystérieuse Sarafina sans avoir pu découvrir ses secrets. Elle m'attrapa par le bras, puis m'entraîna si rapidement vers notre tente que je faillis trébucher. Une fois à l'intérieur, elle rabattit le panneau de tissu et, tombant à genoux devant moi, prit mon visage entre ses mains pour me demander dans un cri :

— Est-ce qu'elle t'a touché ? Marqué ?

— Sarafina ne me ferait pas de mal, maman. C'est ma tante. Elle est gentille.

Mais ma mère ne semblait pas m'entendre. Elle tournait ma tête vers la droite, puis vers la gauche, repoussant mes cheveux en arrière, examinant ma peau. Jusqu'au moment où, agacé, je me libérai d'un geste vif.

— Tu ne dois plus jamais t'approcher d'elle, Dante, tu m'entends ? Si tu la revois, viens me trouver immédiatement. C'est promis ?

— Mais pourquoi, maman ?

Sa main fondit sur ma joue si brusquement que je serais tombé si, de l'autre, elle ne m'avait retenu.

— Ne pose pas de questions ! Promets-moi que tu viendras me trouver, Dante. Jure-le sur ton âme.

La joue en feu, je baissai la tête, et marmonnai entre mes dents :

— C'est promis.

J'avais honte des larmes qui me brûlaient les yeux. Des larmes dues à la surprise plutôt qu'à une réelle douleur. Il était si rare que ma mère se laisse submerger par la colère au point de me frapper. Pourquoi l'avait-elle fait, cette nuit ?

Ses deux mains sur mes épaules, son visage soucieux à quelques centimètres du mien, elle insista :

— C'est une promesse que tu dois absolument tenir, Dante. Sinon, c'est ton âme que tu risques de perdre. Ne l'oublie jamais.

Sur ce, elle prit une profonde inspiration, poussa un soupir, et déposa un baiser sur ma joue meurtrie.

— Et maintenant, au lit ! ordonna-t-elle.

Sa voix avait retrouvé une tonalité proche de la normale. Mais moi, j'étais loin de me sentir calmé. Ce qui était arrivé, cette nuit, m'avait trop profondément bouleversé.

Après m'être glissé entre les draps, je ramenai les couvertures sous mon menton, et laissai la petite chauve-souris tomber dans ma paume. Là, à l'abri du regard de ma mère, j'en caressai la surface lisse et froide. Maman me dévisagea encore un long moment, puis, enfin, elle souffla la lampe et se coucha à son tour. Non pas dans son lit mais sur le sol, à côté de moi, une couverture élimée en guise d'oreiller.

Dans le silence de la nuit, je me tournai alors vers la paroi de la tente, et glissai l'index dans le petit trou que j'y avais percé afin d'épier les adultes lorsqu'ils se réunissaient autour du feu, après que les enfants étaient couchés. L'œil collé à l'ouverture, je regardai grand-mère, cette vieille femme toute tordue et ratatinée, affronter la créature la plus rayonnante et la plus magnifique que j'aie jamais vu.

— Pourquoi reviens-tu nous tourmenter ? demandait-elle, son visage parcheminé passant du brun à l'orangé dans les reflets dansants des flammes.

— Pourquoi ? Toi, ma propre sœur, tu me demandes pourquoi ?

— Ta sœur, tu parles ! rétorqua grand-mère en crachant sur le sol. Tu n'es pas une sœur, pour moi, mais un démon. Paria ! Maudite !

Je secouai la tête, perplexe. Comment Sarafina aurait-elle pu être la sœur de grand-mère ?

— Pourquoi es-tu revenue, Démon ? C'est toujours les enfants qui t'attirent, n'est-ce pas ? Tu es là pour l'un d'entre eux ? C'est ça, hein ? *C'est ça ?*

Sarafina sourit lentement. Ses traits me parurent à la fois angéliques et démoniaques dans la lueur du feu de camp.

— Je suis revenue parce que vous êtes tout ce que j'ai. Je reviendrai toujours, la vieille. *Toujours.* Bien après que tu seras redevenue poussière, je continuerai à apporter des cadeaux aux enfants, et je trouverai dans leurs regards et leurs sourires l'amour que me refuse ma propre sœur. Tu ne pourras jamais rien faire pour m'en empêcher.

Avant de se détourner, Sarafina dirigea son regard droit dans le mien. Comme si, pendant toute la scène, elle avait su pertinemment que je l'observais par ce trou minuscule. Il était impossible qu'elle m'ait vu, et pourtant… elle m'adressa un sourire à peine perceptible, et ses lèvres bougèrent. Je n'eus pas besoin de l'entendre pour deviner les mots qu'elle murmurait. « N'oublie pas. »

Puis, faisant voleter ses jupons, elle pivota sur elle-même, et disparut dans la nuit. Je distinguai encore un instant le mouvement de ses foulards derrière elle, comme une traîne colorée, puis plus rien. L'obscurité l'avait engloutie.

Alors, je laissai retomber ma tête sur l'oreiller, en proie à une terreur inexplicable.

C'était moi la cause de tout ce drame, je le sentais. C'était pour moi que ma tante était venue. Et, même si je n'avais aucune idée de ce qu'elle me voulait, je comprenais bien que seule une raison très importante pouvait l'avoir poussée à affronter une haine aussi profonde.

Lentement, très lentement, la fumée du feu de camp s'évanouit. La lumière des flammes s'obscurcit, et la chaleur — si réelle, pourtant, qu'elle aurait juré la sentir sur son visage — se dissipa.

Hébétée, Morgan De Silva revint à la réalité. Non, elle n'était pas un petit garçon gitan qui examinait le feu de son campement depuis un trou percé dans la toile de sa tente. Emportée par sa lecture, elle avait juste oublié qui elle était et où elle se trouvait : assise sur le plancher d'un grenier poussiéreux, en train de parcourir un journal intime aux pages jaunies par le temps. Un manuscrit si ancien que la reliure de cuir se pliait comme une pâte molle entre ses doigts.

La scène qu'elle venait de dévorer était incroyablement vivante. Presque... *réelle.* Elle avait eu l'impression de se trouver réellement au milieu de ce campement gitan, dans un lointain passé, et non sur la côte du Maine, en ce début de printemps 1997.

Morgan tourna la page, pressée de découvrir la suite. Mais la sonnerie du téléphone, atténuée par la distance, l'arrêta dans son geste.

Avec un soupir résigné, elle referma l'épais journal et le rangea avec soin dans le vieux coffre, au-dessus de plusieurs volumes identiques. Les charnières émirent un grincement plaintif lorsqu'elle rabattit le couvercle. Un petit nuage de poussière lui chatouilla les narines. Elle frotta ses mains l'une contre l'autre, épousseta son jean, souffla les bougies, seule source de lumière dans le grenier, puis s'élança vers l'escalier raide et étroit.

En se rendant dans ce nid à poussière rempli de toiles d'araignées, elle ne s'était pas attendue à y trouver quoi que ce soit d'intéressant. Plus que la curiosité, c'était son envie de différer le moment de se remettre au travail qui l'avait poussée à monter, et, sans cette panne d'inspiration qui durait depuis des semaines, elle n'aurait sans doute jamais décidé d'explorer les recoins du grenier.

Ce qui aurait été une grave erreur…

Courant le long du couloir dont les murs fissurés laissaient apparaître, çà et là, la charpente de bois, elle gagna l'escalier principal. Malgré sa taille imposante, celui-ci n'était pas en meilleur état que le reste de la maison. Machinalement, Morgan sauta la troisième marche où il manquait une planche, et atteignit bientôt le rez-de-chaussée.

Le téléphone sonnait toujours. S'il s'agissait encore d'un démarcheur ou d'un de ces maudits huissiers, elle n'allait pas pouvoir retenir sa colère !

L'escalier débouchait dans un immense hall d'entrée qui avait sans doute connu des jours glorieux, un siècle plus tôt. Aujourd'hui, la pièce se caractérisait surtout par l'écho sinistre qu'y produisait chaque son, et l'entrelacs de fils électriques qui pendaient du plafond, au centre d'une coupole où avait dû trôner, autrefois, un lustre magnifique. Au fond, une porte à double battant ouvrait sur ce que Morgan considérait comme *sa* pièce. Ou, plus exactement, son bureau. Du moins, pour le moment… En attendant que l'argent revienne et lui permette de rentrer à Los Angeles. Triomphalement. C'est-à-dire, à l'inverse de la façon dont elle en était partie.

Quand elle atteignit le téléphone, son cœur battait à tout rompre. Elle était à bout de souffle. Un peu nauséeuse, elle pressa une main sur sa poitrine, le temps de récupérer. Bon sang ! C'était si stupide de se retrouver dans un état pareil parce qu'elle avait un peu pressé le pas. Surtout à vingt-trois ans.

Malheureusement, elle n'avait jamais été en très grande forme, et ça n'allait pas s'arranger. Pour l'instant, elle devait s'estimer heureuse que sa santé n'ait pas encore trop périclité. Elle avait encore tant à faire…

Elle décrocha. L'appareil était aussi vétuste que le reste. Il lui parut incroyablement lourd. Avec son cadran circulaire, son boîtier de Bakélite, il représentait à lui seul une insulte à la technologie.

— Allô ?

Sa voix dissimulait mal sa contrariété d'avoir été interrompue et son impatience de regagner le grenier pour se replonger dans sa lecture afin d'en apprendre plus sur l'auteur de ce journal. Car, si elle désespérait, désormais, d'être elle-même un grand auteur, elle savait reconnaître une bonne plume, à l'occasion. Et celle qu'elle venait de découvrir était excellente. Douloureusement excellente.

— Morgan ? Tu en as mis un temps à répondre ! Je commençais à m'inquiéter.

L'agacement de la jeune femme s'évanouit. C'était David Sumner, son oncle d'adoption — comme elle avait coutume de l'appeler, autrefois. Le seul qui ne lui avait pas tourné le dos lorsque, de jeune fille riche et gâtée, elle était devenue, en quelques heures, une orpheline sans le sou. Il était aussi la seule personne qui ne la dérangeait jamais.

— Bonjour, David. J'étais en train… d'explorer les lieux. Cette maison est gigantesque, tu sais ?

— Non, je ne sais pas. Je n'y suis jamais venu. On dirait que tu es essoufflée…

— C'est à cause de l'escalier.

Il y eut un silence. David, qui s'inquiétait facilement, s'interrogeait-il sur son état de santé ?

— Bon, alors, à quoi ressemble cette maison ? demanda-t-il enfin.

— A une ruine, répondit-elle, ravie de le voir changer de sujet. Ce qui n'est qu'une juste récompense pour l'avoir achetée sans même te déplacer pour la voir. Il n'y a vraiment que toi pour faire des choses pareilles.

Elle adorait le faire marcher. Et, en cet instant, elle imaginait très bien ses yeux rieurs dans son visage malicieux au crâne dégarni. D'aussi loin qu'elle s'en souvenait, David avait toujours été son ami le plus sûr. « Le meilleur ami de la famille », d'après ses parents — bien qu'elle ait souvent eu l'impression qu'il avait quelques difficultés à supporter ladite famille.

Mais n'avait-il pas toujours connu la vérité à propos de ses parents ? Alors qu'elle-même ne l'avait apprise que récemment, par les gros titres des journaux et ces vautours d'huissiers.

— Tu sais bien que j'ai acheté cet endroit pour sa situation, ma chérie. Je fais confiance à mon gourou immobilier pour ce genre d'investissement. De toute façon, cette maison est destinée à être démolie.

— Tant mieux. Parce qu'elle commence déjà à s'écrouler.

Il y eut un silence surpris, puis David demanda, une pointe d'inquiétude dans la voix :

— C'est à ce point ?

Morgan se maudit intérieurement. Elle manquait vraiment de tact, parfois !

— Mais non, mais non ! lança-t-elle vivement. Je plaisantais.

Tout en parlant, elle balaya du regard la pièce où elle avait choisi de s'installer. Celle-ci avait dû servir de bibliothèque ou de bureau à quelqu'un, autrefois.

Au petit garçon, auteur du journal intime ? Une fois qu'il était devenu adulte, peut-être… Ou après qu'il eut décidé d'écrire ses mémoires…

C'est alors qu'elle la vit, à la limite de son champ de vision : une silhouette sombre aux épaules carrées, penchée sur le bureau, qui tenait une plume d'oie dans sa longue main fine. La bouche sèche, Morgan se tourna dans sa direction. Mais il n'y avait plus rien. Ni homme, ni silhouette, ni plume. Juste l'écran bleu de son ordinateur. Sans doute s'agissait-il d'une vision. Une hallucination due à son état de surmenage.

Avec un petit frisson, elle reporta son attention sur sa conversation téléphonique.

— Tu peux m'en faire une description ? demandait David.

Elle détourna les yeux du vieux bureau.

— Pardon ?

— La maison. Décris-la-moi.

Son regard revint vers le bureau. Personne…

Avec un soupir, elle essaya alors de répondre à David.

— Elle a dû être splendide, autrefois. Même abîmée, la cheminée est impressionnante. En chêne massif, et sculptée sur toute sa surface avec une finesse incroyable. Je suis sûre que tu voudras la garder quand tu feras abattre la maison.

Quant aux encadrements des fenêtres, ils sont tous ornés de décorations faites à la main. Cet endroit a… je ne sais pas… quelque chose de spécial.

— Ça n'a probablement aucun rapport avec ce à quoi tu es habituée.

— Sûr que ce n'est pas Beverly Hills. Ici, pas de star ni de cocktails autour de la piscine… Mais c'est mieux pour mon travail, non ?

— A ce propos, où en es-tu ?

Morgan posa les yeux sur son ordinateur, l'un des rares objets qu'elle avait réussi à soustraire à la voracité des huissiers, après la mort de ses parents. Ils étaient ruinés et tellement endettés qu'elle avait encore du mal à se représenter la somme qu'il lui restait à rembourser. Sur le coup, elle était tombée des nues. Son père n'était-il pas un réalisateur célèbre, et sa mère une actrice qui tournait encore régulièrement ?

Hélas, ce n'était que le début de ses désillusions. Elle avait appris ensuite que ses parents se droguaient. Le coroner avait, d'ailleurs, eu du mal à s'expliquer comment l'un d'eux était parvenu à prendre le volant avec la dose de cocaïne qu'on avait retrouvée dans leur sang.

La vérité, c'était que ses parents étaient des junkies. Et leur façon de vivre, un simulacre.

Pour payer leurs dettes, Morgan avait dû vendre la maison et tout ce qu'elle contenait. Quant à ses études à UCLA, il avait bien fallu les abandonner, faute de pouvoir acquitter les frais universitaires, déjà en retard de plusieurs mois. Mais le pire avait été la réaction de ses soi-disant amis qui s'étaient détournés d'elle du jour au lendemain. Certains s'étaient même réjouis en secret de la situation, allant jusqu'à afficher sur tout le campus les pages des journaux relatant les détails les plus sordides du scandale des De Silva : deux misérables drogués qui passaient pour un couple fortuné et célèbre. Le cauchemar derrière le conte de fées…

Alors, Morgan avait quitté Los Angeles comme une voleuse. Sans savoir où elle irait, elle avait entassé dans le coffre minuscule de sa Maserati — Dieu merci, achetée à son nom — tout ce qu'elle pouvait emporter. Et, finalement, elle s'était retrouvée devant chez David, son dernier espoir.

David l'avait accueillie à bras ouverts. Il l'avait aidée à vendre sa voiture et à en acheter une plus petite afin de récupérer la différence. Puis, lorsqu'elle avait exprimé le besoin de soigner ses blessures dans un endroit isolé, il lui avait proposé de s'installer dans cette maison au cœur du Maine, et d'y rester aussi longtemps qu'elle le souhaiterait.

C'est-à-dire pas plus de quelques mois, se promit-elle une fois encore. Il fallait juste qu'elle précipite un peu les choses et devienne très vite la grande scénariste qu'elle avait toujours rêvé d'être. David ne s'était-il pas engagé à lui donner un coup de main en tant que producteur ? Ne lui avait-il pas promis de lui présenter les bonnes personnes, voire de produire lui-même son scénario s'il le jugeait valable ?

Il ne manquait plus, justement, que ce fameux scénario.

— Morgan ?

La voix de David la ramena au présent.

— Tu m'as entendu ? Je te demandais où en était ton scénario.

— Ça va, dit-elle en mentant effrontément. Ça avance bien.

Comme s'il avait lu dans ses pensées, David lui fit remarquer :

— Ça serait normal que tu éprouves quelques difficultés à te lancer, tu sais ? Ne te mets pas trop de pression. Il faut du temps pour digérer tout ce qui t'est arrivé.

Morgan haussa les épaules.

— Ce n'est pas le problème.

— Vraiment ?

— Bien sûr ! Ça fait déjà six mois. J'ai eu le temps de surmonter le choc.

— Surmonter la mort de tes parents, le fait d'être ruinée, de perdre ta maison et d'arrêter tes études ? En gros, la perte de tout ce qui faisait ton identité ? Franchement, ça m'étonnerait.

— Pourtant, c'est exact. Et puis, le fait d'apprendre que j'avais été adoptée a éclairci beaucoup de choses dans mon esprit. Par exemple, l'indifférence de mes parents à mon égard.

— C'était à cause de la cocaïne, chérie. Ça n'a rien à voir avec l'adoption. Ni avec toi.

A ces mots, Morgan sentit sa gorge se nouer. Elle fit un effort pour se ressaisir.

— Quant au reste… Eh bien, je compte récupérer tout ce que j'ai perdu, figure-toi ! Absolument tout.

— Je suis certain que tu y arriveras.

Elle perçut le sourire de David dans sa voix.

— Moi aussi, dit-elle.

Ce qui ne l'empêcha pas de jeter un nouveau coup d'œil inquiet à l'écran de l'ordinateur. Dire qu'elle avait toujours été persuadée qu'il lui serait facile d'écrire un bon scénario ! Chaque fois qu'elle voyait un film, elle avait l'impression de pouvoir faire beaucoup mieux.

— Alors, quand puis-je espérer lire ce fameux scénario ?

Elle s'humecta les lèvres. Si seulement elle avait eu la réponse à cette question !

— Un chef-d'œuvre, ça ne se fait pas en un jour, tu sais ? C'est… totalement imprévisible.

— J'ai besoin de ce scénario à l'automne. Je t'ai réservé une place dans mon programme. Ça te paraît possible de l'écrire pendant l'été et de me le donner en septembre ?

Elle déglutit, et redressa le menton.

— Pas de problème. Tu l'auras pour septembre.

Pas de problème ? Quel mensonge ! Enorme problème, au contraire.

— Parfait ! déclara David. Maintenant, tout va bien se passer. Tu es de taille à surmonter cette épreuve.

— Bien sûr !

— As-tu besoin de quelque chose ?

— Non, merci, tout va bien.

— Tu as encore de l'argent ?

Elle se mordit la lèvre. Suivant les conseils de David, elle avait transféré ce qui lui restait dans une autre banque avant que les huissiers et les débiteurs aient pu accéder à son compte. Cet argent, ajouté à celui de la vente de sa voiture, lui avait permis de respirer. Mais, bien qu'elle n'ait pas à payer de loyer, elle devait faire face à toutes sortes de dépenses, telles que le téléphone, l'électricité et, bien sûr, la nourriture. Après six mois, ses fonds commençaient à s'amenuiser…

— Ça va, répondit-elle, néanmoins.

— Bien… Bien. Tu m'appelles si tu as besoin de quelque chose, hein ?

— Promis, David.

Il resta silencieux un instant, puis reprit :

— Et ta santé, ça va ?

Morgan ne put retenir un soupir.

— David, tu sais que je déteste être traitée comme une malade.

— Ai-je dit que tu étais malade ?

— Non.

— Alors ?

Elle pinça les lèvres.

— Le grand air me fait un bien fou, affirma-t-elle.

Mais qu'aurait-elle pu lui dire d'autre ? Qu'il faisait froid, gris et humide, et que ça la désespérait de penser qu'à cette période de l'année, elle aurait dû être en train de se faire bronzer au bord de la piscine de ses parents ?

De toute manière, il n'aurait servi à rien de se lamenter.

— Je dois te laisser, David, dit-elle le plus gentiment possible. Si je veux avoir terminé début septembre, il faut que je m'y mette.

— D'accord, chérie. Surtout, appelle-moi si tu as besoin de quelque chose.

— C'est promis, David. Merci.

Elle raccrocha, tout en se mordillant nerveusement la lèvre inférieure. Puis, elle tourna sa vieille chaise bancale face à l'ordinateur, et s'y installa. Là, les doigts au-dessus du clavier, elle s'ordonna d'écrire quelque chose. Il fallait le faire aujourd'hui. Maintenant… Ou bien laisser tomber une fois pour toutes, et aller chercher du boulot.

Mais quel boulot ? Elle ne savait rien faire.

Ecrire était son seul talent. Du moins, c'est ce qu'elle avait toujours cru…

A l'école, ses dissertations avaient toujours provoqué l'enthousiasme de ses professeurs. Le groupe théâtral du lycée avait même monté l'une de ses pièces. A l'époque, tout le monde l'encensait : les critiques du campus, la presse locale…

Mais, bien sûr, tout cela, c'était lorsqu'elle était Morgan De Silva, la fille d'un réalisateur célèbre et d'une actrice adulée. Une jeune fille pleine de promesses qui menait une vie de rêve. Entre-temps, la réalité l'avait frappée de plein fouet, faisant d'elle une *has-been* sans maison ni fortune, dont l'avenir s'annonçait beaucoup plus sombre que tout ce qu'elle avait pu imaginer.

Aujourd'hui, elle ne savait même plus si son fameux talent avait existé ou si seul son nom était à l'origine des éloges qu'elle avait reçues. Elle ne savait plus rien : ni qui elle était, ni ce qu'elle faisait, ni pourquoi les mots la fuyaient. C'était comme si le puits d'où elle tirait son inspiration avait fait partie de l'illusion qu'était sa vie. Normal qu'aujourd'hui, il soit tari…

Elle éloigna ses mains du clavier sans avoir tapé un seul mot. Dehors, le vent hurlait. La lumière des lampes faiblit un instant… La vieille bâtisse gémissait à chaque nouvel assaut. A ce propos, de quelle époque datait cette maison ? Avait-elle le même âge que le journal intime trouvé dans le grenier ? La jeune femme n'avait découvert aucune date en le parcourant, mais il était évident qu'il avait été écrit au moins un siècle plus tôt. Peut-être même deux…

Et son auteur ? Avait-il vécu ici, ce petit gitan ? S'était-il trouvé là, dans cette même pièce, à faire les cents pas devant la cheminée, sa plume d'oie intacte posée sur un antique bureau ciré ? Avait-il, lui aussi, courtisé sa muse avec impatience, frustré de voir les mots tant désirés lui échapper ?

Soudain, comme poussée par une force invisible, Morgan se leva et quitta la pièce.

Elle traversa le grand hall lugubre, monta à l'étage, et longea le couloir sans un regard vers les portes qui s'alignaient de chaque côté : ces pièces que, pour la plupart, elle n'avait même pas visitées et qui ne l'intéressaient pas. Son but était ailleurs : au fond du grenier poussiéreux envahi par les toiles d'araignées.

Dès qu'elle s'y trouva, elle alla s'agenouiller devant le grand coffre sculpté. Là, elle sortit de la poche de son jean une boîte d'allumettes, et alluma le gros candélabre qu'elle avait monté, un peu plus tôt, du rez-de-chaussée. Dans la lueur jaunâtre des flammes, elle ouvrit le couvercle. Ses gestes se firent presque tendres lorsqu'elle saisit le journal et en caressa la reliure. Elle l'ouvrit très délicatement, pour ne pas déchirer les pages rendues friables par le temps.

Et, une fois encore, elle se laissa emporter par les mots.

2.

Plus de treize années s'écoulèrent avant que je revoie Sarafina. Treize années au cours desquelles j'appris beaucoup de choses sur la vie. Je découvris, notamment, que, quel que soit l'endroit où nous nous installions, nous finissions toujours par en être chassés, que nous étions systématiquement considérés comme des voleurs et qu'en conséquence, j'avais intérêt à prendre ce qui me faisait envie… Coupable ou innocent, on me condamnerait, de toute façon. Quitte à être pendu, autant que ce soit pour mes propres fautes, et non pour celles d'un petit morveux de Blanc, trop content de faire porter le chapeau à un gitan.

Cependant, en dépit de tout ce que j'avais appris, un mystère continuait à me hanter. Pas un jour ne s'était passé sans que je m'interroge sur le secret qui entourait Sarafina. Qui était-elle réellement ? Quel genre de lien l'unissait à nous ? Pourquoi avait-elle été bannie de notre communauté ? Quel genre de malédiction pesait sur elle ?

Autant de questions qui trouvèrent leur réponse, cette nuit fatale au cours de laquelle je faillis perdre la vie. Enfin, au cours de laquelle je la perdis. Car mon existence prit bel et bien fin ce jour-là… avant qu'une nouvelle ne commence.

Cela se produisit au cours de l'automne 1848.

J'étais alors un tout jeune homme impétueux et inconscient. Une fois de plus, le clan s'apprêtait à lever le camp et à reprendre la route. Pas parce que nous en avions assez de l'endroit où nous nous trouvions, bien sûr, mais parce que les gens du coin nous accusaient de voler leurs poules et que la police allait bientôt nous tomber dessus.

Avant de partir, je décidai de faire payer sa dette à l'un de nos accusateurs.

C'était une nuit de nouvelle lune. Seule une pâle lueur éclairait la voûte céleste quand je me faufilai dans la basse-cour du fermier. Et cette faible lumière s'évanouit encore à mesure que d'épais nuages commençaient à étendre leurs griffes sombres dans le ciel. Je me moquais totalement de ce que j'allais voler. Tout ce que je voulais, c'était prendre quelque chose. Comme si c'était un dû. Une compensation pour le tort fait aux miens et à moi-même.

L'animal sur lequel je tombai en premier fut un bouc. Je le revois encore parfaitement... Blanc et fauve, avec de longs poils rêches. Ses longues cornes incurvées vers l'arrière et ses sabots mal entretenus me firent penser aux ongles mal entretenus d'un vieillard.

Le temps de lui glisser une corde autour du cou, et je l'entraînai à l'extérieur de son abri, lui faisant traverser l'enclos où les poules picoraient, le jour. A cette heure tardive, elles dormaient, perchées sur la barrière et les quelques arbrisseaux décharnés qui avaient poussé çà et là. Le bouc me suivit sans résistance... jusqu'à l'instant où je franchis la porte et commençai à m'éloigner de la basse-cour. Là, plantant ses quatre pattes dans le sol, il s'arrêta brusquement et poussa un long bêlement plaintif, aussi sonore qu'un cri dans la nuit.

J'aurais dû le lâcher, évidemment. Mais la fierté des jeunes gens confine parfois à la sottise. Surtout lorsqu'elle se mêle, comme c'était le cas chez moi, à un sentiment de rage et de frustration.

Je gardai donc la corde bien serrée dans ma main, et obligeai l'animal à avancer dans l'herbe grasse, humide de rosée. Le bouc résista, tira sur sa corde, rua et agita la tête en tous sens, sans cesser de bêler comme une brebis que l'on va égorger.

Le fermier ne m'apostropha pas. Il ne m'ordonna pas de m'arrêter, de lâcher l'animal ni quoi que ce soit d'autre. Je ne me rendis même pas compte qu'il était sorti de chez lui.

Et ce fut ainsi, sans prévenir, que la mort s'empara de moi…

Un instant, j'étais en train de jurer et de tirer de toutes mes forces sur une corde pour faire avancer un bouc têtu comme une vieille mule ; l'instant suivant, je me retrouvai allongé sur le sol, face contre terre, les oreilles résonnant encore du coup de feu qui venait d'être tiré.

Je n'arrivais pas à croire que cela ait pu se produire aussi facilement, aussi rapidement. Sans drame ni cris. Le fermier avait simplement appuyé sur la détente de son fusil, me tirant une balle dans le dos et déchirant la nuit d'un grondement assourdissant.

Le choc et la douleur explosèrent en moi, quelques secondes après que je me fus effondré dans l'herbe. Je sentis la brûlure de la balle qui me traversait, le jaillissement tiède du sang qui s'écoulait de ma blessure. Puis, quelque chose de beaucoup plus effrayant que la souffrance prit peu à peu possession de mon corps.

Une sorte d'engourdissement…

Autant que je m'en souvienne, cela commença par les pieds. Mais je n'en pris pas conscience tout de suite. Pas avant d'entendre les pas du fermier se rapprocher. A ce moment-là, je décidai de fuir… et me rendis compte que je ne sentais plus mes pieds. Puis, la torpeur se mit à gagner du terrain. Elle remonta le long de mes jambes avec la détermination régulière d'une marée. Mes hanches... mon bassin... mon ventre... Implacable, elle poursuivit sa progression. Et, soudain, la douleur qui m'incendiait le dos s'évanouit. D'un coup, sans prévenir. Comme par magie.

Je ne percevais plus rien.

Je fis un effort pour bouger mes bras, mes jambes...

Impossible.

Brusquement, mon corps bascula, m'arrachant un cri de surprise : je n'avais pas perçu le contact de la botte que le fermier venait de me planter dans les côtes pour me retourner. Au-dessus de moi, je vis son visage aussi plissé que le tronc d'un vieux cerisier, sa longue moustache blanche en broussaille, son regard étincelant de haine.

Il me cracha dessus.

— Sale voleur de gitan !

Sur quoi, il se détourna en emmenant son bouc.

Un immense soulagement m'envahit alors : il ne m'avait pas tué !

A moins que...

Du coin de l'œil, je vis l'herbe se teinter d'écarlate autour de moi. Mes forces s'amoindrissaient rapidement...

Dans un douloureux éclair de lucidité, je compris pourquoi il ne m'avait pas achevé : il savait que j'allais mourir. Que ma mort n'était qu'une question de minutes.

J'entendis ses pas s'éloigner, puis la porte de la baraque claquer en se refermant. Ensuite, plus rien. Juste le vent qui murmurait dans les arbres.

Qui murmurait mon nom...

— Oh, mon pauvre petit Dante ! chuchota une voix près de moi.

Non, il ne s'agissait pas du vent. Pas cette fois...

— Tout cela est arrivé bien plus vite que je ne l'aurais souhaité.

Je bougeai les yeux. Apparemment, c'était la seule partie de mon corps que j'arrivais encore à commander.

Debout dans la nuit, tel un ange noir, Sarafina se tenait à côté de moi. Les longues traînées sombres des nuages qui s'étiraient dans le ciel dissimulaient les étoiles derrière elle. J'essayai de lui parler, mais ma voix était si faible qu'elle dut s'agenouiller à mes côtés pour m'entendre. Rassemblant mes dernières forces, je parvins à murmurer :

— Sarafina… Je vais mourir.

Doucement, elle écarta une mèche brune sur mon front.

— Non, Dante. Tu sais très bien que je ne laisserai pas une chose pareille arriver.

— Mais…

— Chut… Le moment est presque venu.

Elle laissa son regard courir sur mon corps. Que voyait-elle ? me demandai-je, angoissé.

— Tu as perdu presque tout ton sang. Il n'y en a plus pour longtemps.

A ces mots, la panique m'envahit.

— Sarafina…

Bien qu'amplifiée par la peur, ma voix n'était plus qu'un souffle lorsqu'elle franchit mes lèvres.

— Aie confiance en moi, Dante chéri. Tu ne mourras pas.

— Mais…

— Tu ne mourras pas !

Incapable de répliquer, je demeurai là, allongé, conscient de m'affaiblir d'instant en instant. Déjà, les ténèbres obscurcissaient ma vision. Seul le visage de Sarafina échappait à la nuit. Elle n'avait pas changé, depuis la dernière fois que je l'avais vue. Pas une ride sur son visage.

— Voilà. C'est mieux, maintenant.

Mes paupières s'ouvrirent, se refermèrent, s'ouvrirent de nouveau. Mon souffle se fit moins régulier, moins profond. Je pouvais entendre les battements de mon cœur résonner dans ma tête, toujours plus lents, plus espacés…

— Ecoute-moi, mon adoré, reprit Sarafina.

Sa voix semblait venir de très loin, comme si elle me parlait du fond d'une grotte.

— Tu as un choix à faire. Vite. Il est trop tard pour réfléchir. Veux-tu mourir, ici et maintenant ? Ou préfères-tu vivre, même si cela signifie vivre en exil, comme moi ? Devenir un paria, haï et rejeté par les tiens ?

Je me sentais tellement faible ! Sur le point de devenir une ombre… Que disait-elle ? Je ne comprenais plus ses questions.

— La vie ou la mort, Dante. Dis ce que tu veux. Si tu attends, il sera trop tard. Parle. Que choisis-tu ? La vie… ou la mort ?

Je réunis mes dernières forces pour prononcer le mot, mais je ne sentis même pas mes lèvres bouger. Je ne pus que penser ce mot : *vie*.

— Parfait.

Sarafina s'éloigna. Englouti par les ténèbres, je ne vis ni où elle allait ni ce qu'elle faisait. Elle revint très vite, et pressa quelque chose de chaud et d'humide contre ma bouche en murmurant :

— Bois, Dante. Voici l'élixir qui te rendra la vie. Bois-le.

Le liquide tiède et épais coula sur mes lèvres, réveillant mes sens, faisant naître en moi un besoin aussi surprenant qu'irrépressible. Je refermai ma bouche sur la source qu'elle m'offrait, à laquelle je me nourris comme un bébé au sein maternel. Alors, la vie se remit à bouillonner dans mon corps.

Une soif comme je n'en avais jamais éprouvée s'empara soudain de tout mon être. Mes bras bougèrent, mes mains se refermèrent autour de l'offrande que me faisait Sarafina, la plaquant contre mon visage afin de mieux en aspirer le succulent liquide.

— Ça suffit !

D'un geste vif, Sarafina me saisit par les cheveux et rejeta ma tête en arrière.

A cet instant seulement, je me rendis compte que c'était à son poignet que j'avais bu si goulûment.

Elle arracha un foulard à sa chevelure, et le noua autour de son avant-bras où s'ouvrait une blessure.

Horrifié, le cœur au bord des lèvres, je me détournai d'elle et m'essuyai la bouche du revers de la main.

— Il n'y a pas de mal, Dante, murmura-t-elle. C'est ainsi que le don doit être partagé.

Je baissai les yeux sur ma main rougie par le sang que je venais d'essuyer. Ma main vivante. Puissante… Je remuai les doigts, les écartai, les fermai.

— Comment est-ce possible ? demandai-je dans un souffle. Qu'est-ce que ça signifie ?

Et, tandis que je prononçais ces mots, je sentis mon torse, mes jambes, mes pieds avec une intensité redoublée. Tous mes sens semblaient amplifiés, aiguisés par une conscience nouvelle. Je percevais la caresse du moindre souffle d'air sur ma peau ; je distinguais des détails qui m'étaient invisibles auparavant. Et, surtout, il y avait cette incroyable impression : comme si une force nouvelle s'était mise à courir dans mes veines.

Tout en déchirant ma chemise pour en faire des bandes de tissu, Sarafina m'expliqua :

— Contrairement à ce que croient les anciens, il ne s'agit pas d'une malédiction, mon petit Dante, mais bien d'un don.

Un don que je viens de te transmettre. Grâce à lui, tu ne connaîtras jamais la mort ni la vieillesse. Et, contrairement à moi, tu ne souffriras pas de la solitude. Car je resterai toujours près de toi.

Je lui adressai un regard perplexe, et retins un cri de douleur lorsqu'elle appliqua un morceau de tissu sur la blessure dans mon dos. La sensation était atroce. Plus effroyable que tout ce que j'avais connu jusqu'alors.

Après avoir fixé ce pansement improvisé avec des bandes qu'elle avait enroulées autour de mon torse, Sarafina me tendit une main pour m'aider à me lever. Ce fut alors que j'aperçus le vieil homme juste derrière elle.

J'ouvris la bouche pour la prévenir, mais elle avait déjà fait volte-face et envoyait l'arme du fermier voler dans les airs. Un claquement sonore se fit entendre dans les bois quand le fusil tomba au sol, libérant dans la nuit une balle désormais inoffensive.

Pendant ce temps, Sarafina, cette femme dont la beauté et la grâce m'avaient tant subjugué, avait agrippé le fermier par le col de sa chemise et le tirait à elle. Avec la fulgurance de l'éclair, elle fondit sur sa gorge.

J'entendis les bruits de succion. Et je vis très clairement, malgré l'obscurité, ce qu'elle était en train de faire. Elle buvait son sang.

Au début, le vieil homme se débattit, la repoussant, donnant des coups de pied. Puis il s'abandonna. Avec un long soupir, il ferma les yeux, noua les bras autour d'elle et, la tête inclinée vers l'arrière, les hanches pressées contre celles de Sarafina, il s'offrit totalement à elle.

… Jusqu'à ce que toute vie le quitte.

Dès que Sarafina lâcha sa chemise, il s'effondra sur le sol, aussi flasque qu'une poupée de chiffon. Vidé de son sang jusqu'à la dernière goutte.

Sarafina se tamponna délicatement les lèvres et se tourna vers moi. Je la contemplai, les yeux écarquillés.

— Ce n'est pas la peine de prendre cet air choqué, Dante. Ne me dis pas que tu n'avais pas compris. Nous sommes les enfants de Nosferatu. Des immortels.

Elle se lécha les lèvres avant d'ajouter dans un murmure :

— Des vampires.

Et je jure que le vent s'empara de ce mot, et qu'un millier de voix différentes le répétèrent encore et encore dans l'espace infini des ténèbres.

Vampires...

Une brise venue de nulle part fit vaciller les flammes des bougies. Morgan pivota vivement sur son siège pour regarder derrière elle. Bien sûr, il n'y avait personne. Tout cela n'était qu'un conte.

— Oh, mon Dieu ! murmura-t-elle. Il ne s'agit pas d'un journal. Ce ne sont pas des mémoires mais un roman ! Un roman à couper le souffle. Rien à voir avec la réalité.

A moins que ce talentueux romancier ait été assez fou pour croire à l'histoire qu'il racontait. Imaginez un peu... Un homme sincèrement persuadé qu'il est un vampire. Un homme qui, en toute logique, avait vécu ici, dans cette maison.

Quelque chose effleura la vitre. Morgan se tourna vers la fenêtre, le cœur battant à cent à l'heure. Mais ce n'était qu'une branche décharnée et griffue qui oscillait dans le vent. Pas une créature de la nuit nommée Dante, venue reprendre possession de son journal intime et de sa maison. Bien sûr que non puisque les vampires n'existaient pas.

La peur, cependant, avait assailli la jeune femme, et elle dut attendre un moment avant que la sensation de vertige se dissipe, que son pouls retrouve un rythme normal. Enfin, la crise passa. Comme toujours. Après plusieurs inspirations profondes, Morgan regarda sa montre. Cela faisait plusieurs heures qu'elle était assise dans ce grenier sombre empestant le moisi, perdue dans le monde imaginaire d'un malade mental, au lieu de travailler à son scénario.

Seigneur ! Et dire qu'elle n'avait plus qu'une envie : continuer à se plonger dans cette histoire fabuleuse.

Et Dante, combien de temps lui avait pris la rédaction de ce « journal » dont quantité d'autres volumes étaient empilés dans le coffre ? A vrai dire, elle ne comprenait même pas comment il avait pu écrire tout ça en une seule vie.

Quoi qu'il en soit, il était mort. C'était certain, compte tenu des dates qu'elle avait fini par trouver dans son journal. Mais son récit demeurait intact. Si vivant et si merveilleusement rédigé que Morgan trouvait dommage d'être la seule à en profiter. Si elle-même avait produit une œuvre de cette qualité, elle tiendrait à la faire lire à un maximum de gens...

Mais, au fait...

Bon sang ! Comment n'y avait-elle pas songé plus tôt ? Il pourrait très bien s'agir de *son* œuvre. Si elle la présentait comme telle, qui douterait de sa bonne foi ?

— Non, dit-elle à voix haute. Ce ne serait pas bien.

Et pourtant... Comme il serait dommage de laisser cette œuvre dans l'ombre ! Les écrits sont faits pour être lus et partagés, pas pour rester cachés.

Agenouillée devant le coffre, la jeune femme demeurait indécise. Quel mal y aurait-il à s'approprier le *journal* de Dante ? Il était mort depuis longtemps ! Et personne ne devait connaître l'existence de ces volumes, sinon ils n'auraient pas moisi au fond d'un grenier poussiéreux.

« Mon Dieu ! Je suis assise sur une mine d'or », songea Morgan en regardant le coffre rempli de récits merveilleux.

Ces volumes reliés de cuir étaient la clé qui lui permettrait d'obtenir ce qu'elle voulait, de récupérer tout ce qu'elle avait perdu. L'argent. Le pouvoir. La gloire. Son retour triomphal chez elle, à L.A... Oui, toutes ces choses étaient là, à portée de main. Comme un cadeau déposé pour elle par un fou prénommé Dante, qui se prenait pour un vampire.

Avec précaution, elle reprit le premier volume et le pressa tendrement sur son cœur.

Lorsqu'elle s'installa de nouveau devant son écran, le journal de Dante était ouvert sur son bureau. Et, cette fois, les mots n'eurent aucun mal à venir.

3.

Assise sur son lit, une canette de Coca à demi vide sur la table de nuit et *L'Attrape-Cœur* de Salinger ouvert sur ses genoux, Maxine Stuart visionnait pour la énième fois la cassette de JFK quand un hurlement de sirène déchira la nuit. Sans qu'elle comprenne pourquoi, ce son lui glaça le sang. Elle bondit sur ses pieds et se précipita à la fenêtre : la lueur bleutée des gyrophares illuminait l'autoroute, un peu plus loin. Les pompiers filaient vers le sud. Ecartant légèrement les doubles rideaux, Maxine se pencha dans cette direction, et aperçut une lueur rougeâtre.

Soudain, un grondement de moteur, en bas de chez elle, détourna son attention. Elle reconnut aussitôt la jeep qui s'avançait dans l'allée. Sans attendre le coup de sonnette qui allait suivre, elle éteignit la télé et sortit de sa chambre.

Elle se trouvait encore dans le couloir quand elle entendit sa mère accueillir ses deux meilleurs amis, qui s'avancèrent bientôt à sa rencontre. Au premier coup d'œil, elle comprit qu'il se passait quelque chose de grave. Jason, qui n'était pas du genre à s'émouvoir pour un rien, semblait bouleversé. Quant à Stormy, elle était pâle comme une morte.

— Que se passe-t-il ? Où est-ce que ça flambe ? leur demanda-t-elle.

— Chez les Barbouzes, répondit Jason. Et ça brûle salement.

— C'est horrible ! ajouta Stormy, dont le regard bleu était rempli de larmes. Personne ne va s'en sortir.

Les Barbouzes était le surnom que Maxine avait donné aux locataires de la vaste zone gouvernementale qui s'étendait à la sortie de la ville. Bien qu'aucun sigle ne permît d'identifier la nature des activités qui se tenaient derrière le haut grillage électrifié qui entourait ces bâtiments, il était communément admis que les personnes qui résidaient là étaient des chercheurs travaillant sur le SIDA ou le cancer. Bref, des gens admirables…

Sauf que, sur ce point — comme sur beaucoup d'autres —, Maxine avait un avis personnel. Très différent de celui du reste de la population puisque, selon elle, ces bâtiments n'abritaient pas un centre de recherches médicales mais un laboratoire militaire chargé de mettre au point des armes chimiques ou bactériologiques. D'où l'utilité de la bonne centaine de caméras qui en surveillaient l'accès…

Ce soir, pourtant, plus que jamais, elle espérait s'être trompée. Déjà, des images de cauchemar, tout droit sorties du *Fléau* de Stephen King, se succédaient dans son esprit. Elle s'empressa de les en chasser. Il ne servait à rien de paniquer ; mieux valait agir.

Le temps de retourner prendre une veste dans sa chambre, et elle rejoignait ses amis dans le couloir.

— Allons-y !

— Où donc ? demanda sa mère en leur emboîtant le pas jusqu'à la porte d'entrée.

Comme personne ne prenait la peine de lui répondre, elle vint se placer devant eux.

— Maxine, tu n'as rien à faire là-bas. Non seulement tu vas gêner les secours mais tu risques d'être blessée.

— Arrête, maman ! Je ne suis plus une gamine. Tout ce que je veux, c'est savoir ce qui se passe.

— Tu n'as qu'à attendre qu'on en parle aux infos. Comme tout le monde.

— Parce que tu crois qu'ils vont nous dire la vérité ? Bon sang ! Comment peux-tu être aussi naïve ?

Ellen Stuart poussa un soupir mi-agacé, mi-résigné. Depuis qu'elle avait adopté Maxine, vingt ans plus tôt, elle avait largement eu le temps d'apprendre à la connaître. Et elle savait que rien ni personne ne pouvaient la faire changer d'avis lorsqu'elle avait décidé quelque chose.

Elle renonça donc à la retenir, et se contenta de lui conseiller d'une voix inquiète :

— Sois prudente.

— Comme toujours, promit Maxine.

Sur ces mots, elle glissa sur son épaule son petit sac à dos orné du logo de *X-Files* et agrémenté d'un autocollant « Ne vous fiez à personne », puis s'en alla.

Les trois amis sautèrent dans la Cherokee chocolat de Jason — choisie pour s'harmoniser avec la couleur de sa peau, comme il aimait à le dire.

— Regardez ! lança Maxine. On distingue les flammes, maintenant !

Stormy et Jason dirigèrent leur regard vers la lueur rougeoyante, et parurent hypnotisés.

Puis Jason chercha une station de radio où l'on parlait de l'incendie, tout en s'adressant à Maxine.

— J'étais sûr que tu voudrais y aller, lui dit-il. J'ai appris ce qui se passait par mon frère. S'il n'était pas pompier bénévole, je n'aurais sans doute jamais été au courant.

— Tu trouves quelque chose ? demanda Stormy.

Elle jouait avec le piercing qu'elle portait au niveau du sourcil, comme chaque fois qu'elle se sentait nerveuse.

Jason passait d'une station à une autre, sans succès. Finalement, il secoua la tête, déçu.

— Je m'attendais à une édition spéciale ou quelque chose comme ça, mais ils n'en parlent même pas !

— Ils disent ce qu'on leur demande de dire, lui rappela Maxine. N'en déplaise à ma poire de mère et à sa confiance aveugle dans le système, la fameuse « liberté de la presse » n'est qu'une illusion dans ce pays !

— J'aime bien ta mère, dit Jason.

Maxine le dévisagea comme s'il venait de lui parler chinois.

— Moi aussi, je l'aime bien. Je ne vois pas le rapport…

— Je pense juste que tu ne devrais pas la traiter de poire. Ça ne lui ferait pas plaisir.

Maxine leva les yeux au ciel, puis se tourna vers Stormy, à la recherche d'un soutien.

— Il a raison, renchérit la jeune fille en secouant son visage d'ange hérissé de mèches platine. Ta mère est cool. T'as de la chance.

— Bien sûr qu'elle ést cool ! Sinon, j'aurais choisi une université loin d'ici. Mais, qu'elle soit cool ou non, ça n'a rien à voir avec ce qui se passe en ce moment. Ce dont je vous parle, c'est du gouvernement et de ses mensonges. De ses opérations secrètes.

Stormy haussa les épaules en évitant son regard. Ce genre de sujet la mettait toujours mal à l'aise. Contrairement à Maxine… Ce qui la dérangeait, elle, c'était plutôt de vivre depuis toujours à deux pas de cette vaste zone cernée de caméras, sans savoir ce qui se tramait à l'intérieur.

Elle n'était certaine que d'une chose : ça n'avait aucun rapport avec le cancer. Et, aujourd'hui, elle allait peut-être enfin pouvoir jeter un coup d'œil derrière ce foutu grillage et entrevoir la vérité…

Dès qu'il aperçut les camions de pompiers et les voitures de police arrêtés sur la route, Jason se gara sur la bande d'arrêt d'urgence. Des cônes de signalisation lumineux barraient la largeur de la chaussée, interdisant le passage à toute personne n'appartenant pas aux secours. Ils descendirent de la jeep. Les flammes, hautes et menaçantes, embrasaient le ciel. L'odeur âcre de la fumée emplissait l'atmosphère.

— Par ici, dit Maxine en longeant le bas-côté pour contourner les voitures arrêtées.

La zone en feu se trouvait à quelques centaines de mètres sur leur gauche, de l'autre côté de la route. Elle se dirigea vers l'entrée et, profitant de l'inattention des pompiers occupés à combattre le brasier, se glissa derrière l'une des ambulances. Là, à genoux, elle fit signe aux autres de la rejoindre.

A en juger par la grille éventrée, les camions avaient foncé droit devant sans attendre qu'on leur ouvre. La guérite du gardien était vide et les caméras de surveillance en morceaux, sur le sol.

Vêtus de vestes jaunes à bandes réfléchissantes, des pompiers bénévoles dirigeaient vers les flammes les énormes tuyaux reliés aux citernes de leurs véhicules. A chaque centimètre gagné sur le feu, les camions avançaient sur les pavés de l'allée.

Stormy passa une main sur son front.

— Je me demande comment ils arrivent à supporter cette chaleur. J'ai le visage en feu.

— Ce qui m'étonne, c'est que leurs tuyaux ne fondent pas, dit Jason. S'ils se rapprochent encore…

— S'ils se rapprochent encore, on pourra y aller, conclut Maxine.

Ses deux amis la dévisagèrent comme si elle avait perdu la raison.

— Qu'est-ce qu'il y a ?

— T'es dingue ou quoi ? s'exclama Jason. On ne peut pas rentrer là-dedans !

— Au contraire, c'est l'occasion ou jamais. Ils sont tous trop occupés pour faire attention à nous.

— D'accord, je reformule ma pensée : on peut y entrer, mais on ne *veut* pas le faire.

Ce fut au tour de Maxine d'écarquiller les yeux de surprise.

— Tu plaisantes ? Je rêve de découvrir ce qui se trame derrière ce grillage depuis le jour où j'ai commencé à soupçonner que ces histoires de recherches sur le cancer n'étaient que des foutaises.

— C'est-à-dire… depuis que tu as six ans ? lança Stormy d'un ton railleur.

Maxine lui jeta un regard réprobateur.

— Vous ne voyez donc pas que c'est une chance unique ? Pas de gardien, pas de caméras, rien pour nous repérer. On va enfin savoir ce qui se cache derrière leurs mensonges.

— Parce que tu crois qu'il reste quelque chose à découvrir ? demanda Jason en désignant les flammes. Ouvre les yeux, Maxine : tout est en train de partir en fumée.

— Ça vaut le coup d'essayer.

Jason soupira et passa la main sur son crâne rasé. Suivit un long silence pendant lequel ils demeurèrent tous trois accroupis derrière l'ambulance, à attendre et observer. Enfin, au bout d'une vingtaine de minutes, les pompiers progressèrent de nouveau d'un mètre ou deux. Aussitôt, Maxine bondit sur ses pieds, jeta un rapide coup d'œil de chaque côté, et traversa la route en courant. Après une brève hésitation, ses amis l'imitèrent.

Ils franchirent la grille d'entrée qui s'était effondrée sur le sol, dépassèrent la guérite du gardien et s'élancèrent vers les arbres qui bordaient l'allée centrale. Des arbres assez hauts et assez touffus pour protéger l'endroit des regards. Des pins, évidemment, dont le feuillage persistant constituait un camouflage idéal en toute saison.

Accroupie sous l'un d'eux, Maxine observa, en compagnie de ses deux acolytes, le combat que les pompiers livraient contre le brasier. Ces types étaient incroyables, songea-t-elle, tout en se demandant si Mike, le frère aîné de Jason, était parmi eux. De toute évidence, la cause était perdue, et pourtant, ils ne laissaient pas tomber.

Soudain, de nouveaux hurlements de sirènes se firent entendre dans leur dos. Maxine se tourna juste à temps pour voir plusieurs voitures de police s'arrêter devant l'entrée. Une dizaine de flics en descendirent et commencèrent à disperser les badauds.

— Il était temps qu'on y aille ! murmura-t-elle.

— S'ils nous repèrent, on risque de passer un sale quart d'heure ! lança Jason.

— De toute façon, on va être mal si on s'approche encore de cet enfer ! lui fit remarquer Stormy.

Le pompier qui ouvrait la voie arrosa les flammes devant lui. Aussitôt, les camions occupèrent les quelques centimètres gagnés sur le feu. Maxine incita ses deux amis à en faire autant.

— Vous voyez ce poteau, là-bas ?

Jason et Stormy suivirent la direction qu'elle leur indiquait du doigt, puis tournèrent vers elle leurs regards sceptiques.

— Quand les pompiers seront à sa hauteur, on courra vers le bâtiment et on passera derrière.

— Et on se retrouvera devant un mur de flammes qui s'effondrera sur nous et nous rôtira tous les trois, compléta Stormy, les yeux fixés sur le building en feu.

A ces mots, Maxine se sentit gagnée par un désagréable sentiment de culpabilité. Avait-elle le droit d'entraîner ses amis dans cette aventure ? Elle s'empressa de chasser cette question. Elle agissait comme elle pensait devoir le faire, un point c'est tout. D'ailleurs, Jason et Stormy ne seraient pas blessés. Ne prenait-elle pas toujours soin de ses proches ?

Un mouvement devant elle capta son attention.

— Ils avancent !

Dès que le camion atteignit le poteau, elle s'élança sur la gauche, s'éloignant le plus rapidement possible de l'aura de lumière qui coiffait l'incendie. Arrivée à la lisière des bosquets d'arbres, elle aperçut Jason et Stormy qui couraient pour la rejoindre. Malgré elle, elle en ressentit un profond soulagement... Bon sang ! Ça, c'étaient de vrais amis !

Une distance aussi grande et nue qu'un terrain de football les séparait, à présent, de l'arrière de ce qui avait été le bâtiment principal de la zone. Pourvu que la nuit et l'épaisse fumée qui s'échappait des flammes suffisent à les dissimuler...

— Ça devrait marcher, dit-elle.

— S'ils nous voient, c'est la prison assurée ! lui rappela Jason.

— Prêts ?

Ni Jason ni Stormy ne répondirent. Maxine s'humecta les lèvres, et décida de leur faire confiance.

— Partez !

Elle prit ses jambes à son cou, et ne s'arrêta qu'en atteignant le bout du bâtiment. Là, elle sentit deux corps la percuter dans le noir, et sut enfin que ses amis l'avaient suivie. Ils s'agrippèrent par les épaules pour ne pas tomber, et restèrent ainsi un moment, immobiles, le souffle suspendu, à observer les alentours. Il ne restait plus de l'arrière du building qu'un amoncellement de ruines fumantes. Quelques flammèches dansaient encore à leur surface, derniers vestiges du foyer de l'incendie qui, tel un prédateur insatiable, dépeçait maintenant l'avant de l'immeuble. A travers la cendre et la fumée, Maxine distingua des formes rougeoyantes sous le squelette des poutres calcinées. Des gens s'étaient-ils retrouvés emprisonnés dans le brasier ? Etaient-ce leurs cadavres ?

— Impossible d'approcher davantage, murmura Stormy.

Maxine jeta un coup d'œil aux alentours, et tendit le doigt devant elle.

— Vous voyez cet arbuste ? On dirait qu'il y a moins de fumée, par là. Attendez-moi ici, je ne serai pas longue.

— Non, Max…

Une note d'angoisse pointait dans la voix de Jason.

— Cinq minutes ! lui dit Maxine. Juste cinq minutes. Ce genre d'occasion n'arrive qu'une fois dans une vie, Jason.

Et elle fila sans lui laisser le temps de répliquer.

Cette fois, aucun de ses amis ne lui emboîta le pas.

Il faisait chaud. Mortellement chaud. La fumée lui brûlait les yeux, le nez. Sa gorge piquait, et elle dut tousser plusieurs fois, malgré sa peur d'être repérée.

Elle s'approcha au maximum de l'arrière du bâtiment — ou, plutôt, de ses décombres. Une odeur de corne brûlée s'échappait de ses cheveux, et elle devait regarder où elle posait les pieds pour que la semelle de ses chaussures ne fonde pas sur les cendres fumantes. Les yeux plissés, elle essaya d'apercevoir quelque chose à travers la fumée. Il y avait une sorte d'amoncellement, sur sa gauche, comme des grosses boîtes éventrées… Des ordinateurs ? Elle approcha encore. Oui, c'était ça. Certains avaient brûlé, d'autres étaient juste brisés en mille morceaux, comme si quelqu'un les avait jetés par une fenêtre. Dans l'espoir de les récupérer plus tard ? Ou pour être certain qu'ils soient détruits ? Du bout du pied, Maxine en retourna un. Elle aurait donné cher pour retrouver le disque dur d'une de ces machines ! Sans trop y croire, elle se baissa pour essayer de récupérer quelque chose d'intéressant parmi les amas noircis… et relâcha aussitôt le morceau qu'elle venait de saisir.

— Merde !

C'était brûlant. Soufflant sur ses doigts, elle se redressa et se remit en marche.

Soudain, sa chaussure heurta un objet qui roula sur le sol. Intriguée, elle se pencha… avant de faire un bond en arrière si brusquement qu'elle faillit tomber. Un avant-bras ! Elle venait de shooter dans un avant-bras humain. Calciné.

— Mon Dieu !

Son souffle s'accéléra. A chaque inspiration, ses poumons la brûlaient un peu plus. Malgré tout, elle se força à avancer dans la fournaise, scrutant le sol, à la recherche d'autres restes humains. Et elle en trouva. Beaucoup. Des corps entiers. Des morceaux de corps… Comme si elle marchait dans une décharge de l'enfer. Bon sang ! Ces gens avaient dû essayer de fuir. Pourquoi n'y étaient-ils pas parvenus ? Que s'était-il donc passé ?

C'était de la démence. Et elle-même devait être folle pour oser s'aventurer jusque-là…

Elle pivotait déjà pour faire demi-tour quand un mouvement près d'elle attira son regard. Elle s'immobilisa, fouillant des yeux l'épaisseur grise de la fumée.

Peu à peu, le mouvement se matérialisa, prit forme. La forme d'un homme aux vêtements déchirés et à la peau couverte de suie. Penché en avant, il avançait en boitant, ne cessant de se baisser et de se redresser, comme s'il ramassait des objets sur le sol. Maxine s'apprêtait à lui proposer son aide quand elle entendit qu'on l'appelait.

L'homme avait dû entendre la voix de Stormy, lui aussi, car il se figea soudain. Puis il se tourna, et une langue de flamme jaillie d'un amas de cendres près de lui l'éclaira brièvement, révélant une moitié de visage carbonisée et un crâne aux cheveux calcinés. Maxine mémorisa ses traits, la forme arrondie de sa tête, de son menton… Il enfouit rapidement dans sa poche l'objet qu'il tenait à la main, puis se mit à courir en boitillant dans la direction opposée à la voix.

C'est-à-dire : droit sur elle…

Le souffle court, elle s'accroupit. Il n'était peut-être pas dangereux, mais pas question de prendre le moindre risque. D'autant que, s'il fuyait, c'était qu'il avait quelque chose à se reprocher. A moins qu'il ne s'agisse d'un fouineur, comme elle… Mais c'était peu probable, étant donné l'état de son visage et de ses vêtements.

Il la dépassa sans la voir. Recroquevillée au ras du sol, elle retint un haut le cœur en percevant l'odeur âcre de sa chair calcinée.

S'efforçant d'apaiser le tremblement qui l'agitait, elle le regarda s'éloigner, et vit quelque chose tomber de la poche de sa veste. Deux objets qui s'enfoncèrent sans bruit dans les cendres incandescentes, à moins d'un mètre d'elle. Sans s'en rendre compte, l'homme continua sa course, traînant sa jambe raide derrière lui, et disparut dans la fumée.

La gorge sèche, Maxine se leva et, pliée en deux, alla ramasser les objets : un CD-ROM et une sorte de plaque plastifiée qui ressemblait à un badge d'identification. Ils étaient encore chauds. Elle sentit une onde d'excitation se propager dans son corps lorsqu'elle enfouit les objets dans sa poche.

Puis, faisant volte-face, elle se mit à courir à toutes jambes, sans plus regarder le carnage autour d'elle, sans se retourner pour vérifier si c'était bien le regard de l'homme défiguré qu'elle sentait lui transpercer le dos.

— Dieu merci, tu es là ! s'exclama Stormy quand elle se laissa tomber à genoux sous l'arbre où l'attendaient ses amis.

— Tu as trouvé quelque chose ? lui demanda Jason.

Maxine leva les yeux vers eux.

— Il… Il y a des morts.

Stormy ferma les paupières.

— Oh ! non !

Maxine s'agrippa au bras de Jason pour se relever.

— Filons d'ici ! dit-il.

Elle hocha la tête, et ils se mirent en route, Maxine marchant entre ses deux amis, comme s'ils avaient pour mission de la protéger.

Ils avaient presque atteint l'entrée quand un vrombissement de moteurs résonna dans la nuit. L'instant d'après, plusieurs véhicules militaires apparaissaient sur la route et s'engageaient dans l'allée centrale. Les trois complices n'eurent que le temps de se cacher sous les pins avant que les camions passent devant eux. Suivaient plusieurs jeeps aux toits surmontés d'énormes projecteurs, dont l'une, au moins, laissait entrevoir, à l'arrière, une mitrailleuse montée sur trépied. Dès qu'elles s'arrêtèrent, plusieurs dizaines de soldats sautèrent à terre et se déployèrent sur le terrain.

A quelques mètres de Maxine, un policier observait la scène, la tête légèrement inclinée sur le côté. Bien qu'il lui tournât le dos, elle le reconnut immédiatement, et poussa un soupir de soulagement.

Jason, qui venait également de repérer le policier, pressa le bras de son amie.

— Il y a un flic !

— Je sais. C'est Lou Malone.

Jason eut un regard perplexe.

— C'est lui qui donne ce cours de self-defense pour femmes, auquel je suis inscrite, précisa Maxine.

— Tu ne te souviens pas de lui, Jason ? demanda Stormy. Il faisait cours dans les salles de danse du lycée. Maxine avait un faible pour lui.

— Ah, oui, ce type-là !

Tout à coup, quelqu'un cria dans un mégaphone. Surprise, Maxine sursauta, et détourna ses yeux de Lou.

— Cet endroit est la propriété du gouvernement fédéral. En conséquence, il s'agit d'une opération militaire, et les pompiers sont invités à cesser toute activité sur-le-champ. Personne ne sortira d'ici sans y avoir été préalablement autorisé. Mettez-vous en ligne devant la porte principale et attendez qu'on vous escorte jusqu'à l'extérieur. Ce sera tout.

Stormy serra le bras de Maxine.

— Bon sang ! Qu'est-ce qui se passe, Maxie ? Ils portent tous des armes.

— Ils n'ont pas l'intention de s'en servir, rassure-toi, dit Jason pour l'apaiser.

Mais sa voix tremblante trahissait son anxiété.

— Je veux dire… ce sont des soldats. Et les soldats sont toujours armés, non ?

Dissimulés derrière le grand pin, ils regardèrent les militaires entraîner les pompiers à l'écart des décombres. Obéissants, ces derniers formèrent bientôt une longue file sinueuse devant la grille d'entrée. Ceux qui traînaient en arrière étaient rapidement rejoints, puis dûment escortés en direction de la sortie. Pendant ce temps, d'autres soldats inspectaient leurs camions, ainsi que tous les véhicules garés sur le bord de la route.

— Qu'est-ce que ça signifie ? lança l'inspecteur Malone.

Réunissant son courage, Maxine sortit de son abri et marcha jusqu'à lui. Arrivée à sa hauteur, elle s'éclaircit la gorge. Aussitôt, il se tourna vers elle, et écarquilla les yeux.

Maxine lui sourit. Elle l'aimait. Ça durait depuis le collège. Et peu lui importait que son visage soit dur et ridé, qu'il ait dix-huit ans de plus qu'elle, ou encore qu'il la considère comme une gamine insupportable et trop imaginative.

— Ça alors ! Mais c'est Mad Maxie Stuart, ma rouquine préférée ! s'exclama-t-il en secouant lentement la tête. Comment se fait-il que je ne sois pas surpris de te trouver ici ?

— Salut, Lou. J'ai eu envie de voir l'incendie de plus près.

— Hmm-hmm…

Il jeta un rapide coup d'œil à ses amis.

— Et vous ? Vous n'avez donc rien de mieux à faire que de la suivre dans ses délires ?

Embarrassés, Stormy et Jason se contentèrent de hausser les épaules.

— Lou, ça ne me plaît pas, dit Maxine. Ces militaires… Ils fouillent tout le monde.

— Ouais, c'est ce que je vois.

— Encore une excuse pour peloter les filles ! lança Stormy. Ils peuvent toujours courir pour que je les laisse poser leurs sales pattes sur moi !

En voyant Lou lui jeter un regard de biais, Maxine comprit que son amie venait, sans le savoir, de trouver la bonne tactique.

— Moi non plus, je n'ai pas envie qu'ils me tripotent ! ajouta-t-elle.

Elle venait juste de terminer sa phrase quand un soldat gifla un pompier qui venait de le repousser contre la guérite du gardien.

Lou fronça les sourcils en signe de réprobation.

— J'ai peur, Lou, murmura Maxine. Je voudrais sortir d'ici.

Lou eut une moue dubitative. Puis, il hocha la tête.

— O.K. Après tout, vous n'êtes que des gosses ; vous ne représentez pas un danger pour la sécurité nationale. Et, effectivement, ces types-là m'ont l'air un peu trop zélés. Ecoutez, il y a un trou dans le grillage, juste de l'autre côté de ces pins. Vous voyez le plus haut de tous ? C'est juste derrière. Allez-y. Et que je ne vous revoie plus.

— Merci, Lou.

Il approuva d'un signe de tête soucieux. Attendrie — et incapable de résister à son propre désir — Maxine l'embrassa sur la joue.

— File chez toi, maintenant, Mad Max ! lui ordonna-t-il. Et arrête de mettre ton nez dans des affaires qui ne sont pas de ton âge, d'accord ?

— D'accord, promit-elle.

Sur quoi, elle s'éclipsa dans la direction qu'il leur avait indiquée.

Maxine attendit que Jason et Stormy soient rentrés chez eux pour examiner les objets qu'elle avait ramassés dans les décombres de l'incendie. De peur d'exposer ses amis à un danger, voire de les transformer en complices involontaires, elle avait préféré ne rien leur dire. Ce ne fut donc que tard dans la nuit qu'elle s'autorisa à sortir son butin de sa poche.

Après avoir essuyé la suie qui recouvrait le plastique à demi fondu du badge d'identification, elle découvrit la photo d'un homme. « Frank W. Stiles. Niveau de Sécurité : Alpha. DIP. »

Maxine savait ce que signifiait « Niveau de Sécurité : Alpha ». Elle l'avait appris la première fois qu'elle avait essayé de découvrir la vérité à propos des OVNIs et des manipulations gouvernementales. Alpha était le terme employé pour indiquer le niveau maximum de liberté d'action donné à certaines agences sous contrôle de la CIA. En revanche, durant toutes ses années de recherches, elle n'avait jamais trouvé la moindre référence à une quelconque agence ou à une opération nommée DIP.

Bon sang, dans quel univers venait-elle de pénétrer ?
Ses doigts tremblaient lorsqu'elle essuya le CD-ROM et l'introduisit dans son ordinateur en priant pour qu'il n'ait pas été endommagé par la chaleur.
Apparemment, il était toujours en état de marche.
Elle appuya sur « Lecture ».
Le lecteur ronronna, l'écran devint noir, puis des lettres rouges apparurent :

DOCUMENTS TOP SECRETS
DE LA DIVISION DES INVESTIGATIONS
PARANORMALES

DOSSIERS D145.9-H376.51

Suite ?

Le dernier mot clignotait devant elle, comme pour la mettre au défi d'aller plus loin.
Elle se redressa, cliqua dessus, et fit apparaître un sommaire.
Des noms. Une simple liste de noms.

Damien, alias Namtar, Damien, alias Gilgamesh
Daniels, Matthew
Daniella
Dante
Devon, Josephina

Classée par ordre alphabétique, cette liste commençait aux D et se terminait aux H. Certains noms étaient accompagnés d'un prénom, d'autres pas. A première vue, il y avait une centaine d'entrées. Maxine revint se placer en début de colonne et commença à lire. Soudain, l'un des noms la fit s'arrêter net.

Dracul, Vlad (Pour la liste des autres noms, voir biographie complète.)

— Qu'est-ce que c'est que cette histoire ?

De plus en plus intriguée, elle cliqua sur le Dracul en question. Une image se dessina sur l'écran. Il s'agissait d'un dessin représentant un homme au look plutôt branché, avec de longs cheveux bruns et des lèvres très charnues.

Le plus connu de l'espèce. Il est né dans les Carpates, et se serait transformé, d'après ce que l'on sait, entre sa vingtième et sa vingt-cinquième année. Vecteur : un soldat ennemi inconnu, probablement turc. Aperçu pour la dernière fois en mai 1992 à Paris.

« Pour la dernière fois » ? Maxine battit des paupières. « 1992 » ?

Sous le portrait au regard perçant et à la peau d'une extrême pâleur étaient proposés plusieurs liens : Victimes connues, Associés connus, Retraites connues, Biographie complète.

— Bon sang ! Qu'est-ce que c'est que ces conneries ?

Elle appuya sur la touche « Retour », puis sur un autre nom de la liste. De nouveau, apparut une image, cette fois une photographie récente, accompagnée de la mention « Cliché avant transformation » et d'une courte biographie.

Josephina Devon, née à Brooklyn, NY, en 1962. Transformée l'été de ses 30 ans, en juin 1992. Vecteur : R-532 alias Rhiannon.

Le vampire a été capturé par des agents du DIP en décembre de la même année, et emprisonné dans les bâtiments du DIP à White Plains, NY, USA. Morte en captivité, 1995.

Là encore, la même série de liens était proposée, avec, en plus, une rubrique intitulée « Tests effectués sur le sujet et Résultats obtenus. »

Tout cela n'était pas réel.

Tout cela ne *pouvait* pas être réel.

Maxine cliqua sur « Biographie complète ». Elle obtint un document de plus d'une centaine de pages, comportant des détails que sa raison refusait de reconnaître comme vrais.

Mais le pire était encore à venir…

Lorsqu'elle ouvrit le fichier concernant les tests, elle crut vomir. Cette personne, cette *femme*, avait été un rat de laboratoire. Elle avait été emprisonnée et considérée comme un sujet d'expériences à l'intérieur du bâtiment qui avait brûlé. Là, juste à côté de chez Maxine. Dans *sa* ville !

Mais non, se dit-elle. Ça n'était pas possible. Les vampires n'existaient pas. Pas plus que n'existait une agence gouvernementale secrète chargée de les identifier.

Et pourtant, elle avait sous les yeux la preuve de l'existence d'une telle organisation…

Mon Dieu ! Qu'était-elle censée faire, maintenant ?

Le lendemain, quand la sonnette de l'entrée retentit, Maxine n'avait toujours pas trouvé de réponse à sa question. Elle ouvrit la porte, pour s'apercevoir avec étonnement qu'il n'y avait personne. Juste une grande enveloppe kraft sur son paillasson. Sa mère qui, comme chaque matin, avait quitté la maison bien avant qu'elle se lève, était au travail. Intriguée par cette étrange livraison — surtout après les événements de la veille — Maxine jeta un coup d'œil dans la rue. Pas d'individu suspect en vue ni de voiture aux vitres fumées garée le long du trottoir. Juste l'animation habituelle du matin : les gens qui promenaient leur chien et les voisins qui sortaient chercher leur journal sur le pas de leur porte.

Maxine ramassa l'enveloppe, l'examina. Rien. Ni nom ni tampon ni timbre.

Perplexe, elle rentra, ferma à clé derrière elle, et ouvrit cet étrange courrier, tout en regagnant la cuisine. Le contenu tomba sur son bol de corn-flakes. Des photos. Trois Polaroïd, exactement... Qu'est-ce que ça signifiait ? De plus en plus intriguée, elle examina le premier cliché... et eut un sursaut. Il représentait Jason, endormi dans son lit. Elle passa au suivant : Stormy, sous sa douche. Avec un juron, elle regarda la troisième. Cette fois, il s'agissait de sa mère. Elle sortait de sa voiture, garée sur le parking de l'hôpital où elle travaillait.

Soudain, la sonnerie du téléphone la fit tressaillir. Les dents serrées, elle posa les photographies sur la table pour aller répondre.

— Les photos te plaisent, Maxine ?

La voix à l'autre bout du fil n'était qu'un murmure, mais un murmure si glacial qu'elle se sentit parcourue d'un long frisson.

— Qui est à l'appareil ? demanda la jeune fille en tendant la main vers le répondeur pour enregistrer la conversation.

— Ces clichés ont tous été pris au cours des douze dernières heures.

— Pourquoi avez-vous fait ça ?

Les jointures de ses doigts étaient blanches tant elle serrait le combiné. Et elle aurait donné cher pour le remplacer par le cou de son interlocuteur. Comment osait-il ? Bon sang ! Il était entré dans la chambre de Jason ! Dans la salle de bains de Stormy ! Et il s'était retrouvé seul avec sa mère dans ce parking sombre…

— Pour te montrer à quel point il m'a été facile de tout connaître sur toi, et surtout avec quelle rapidité et quelle facilité je peux atteindre ceux que tu aimes. En faire les cibles de mon appareil photo… ou d'autre chose…

— Si vous touchez un seul de leurs cheveux, je vous tue. Vous entendez ?

— Sacrée menace, venant d'une jeune personne à peine sortie du lycée !

Sur quoi, il partit d'un grand rire qui se transforma bientôt en une toux rauque.

Maxine éloigna l'écouteur de son oreille, comprenant brusquement à qui elle avait affaire. C'était lui. L'homme qu'elle avait aperçu sur les lieux de l'incendie. Finalement, il l'avait vue…

Il arrêta de tousser, et elle colla de nouveau l'appareil à son oreille.

— Pourquoi m'appelez-vous ? Qu'est-ce que vous me voulez ?

— Je veux que tu oublies tout ce que tu as vu la nuit dernière. N'en parle à personne.

— Aucun problème. Je ne dirai rien. A condition que vous m'expliquiez ce qui s'est passé là-bas.

— Je ne suis pas en train de te proposer un marché, Maxine. Tu vas faire ce que je te dis, un point c'est tout. Oublie que tu m'as vu.

— Mais…

— Tu vas m'écouter, sale petite fouineuse !

La rage qui déformait la voix de son interlocuteur fit sursauter la jeune fille.

— Si tu as le malheur de parler de moi ou de dire un mot sur ce que tu as vu cette nuit, ce n'est pas une enveloppe que tu trouveras sur le pas de ta porte, mais un cadavre. Ou un morceau de cadavre. Je n'ai fait que prendre des photos au hasard, et j'en ai choisi trois... Tu me suis, maintenant ?

— Oui...

Maxine se tut, le temps d'inspirer profondément. Elle ne se sentait plus indignée, à présent. Juste morte de frayeur.

— Oui, je... vois, reprit-elle. Je ne suis au courant de rien. Je ne constitue en rien une menace pour vous. Je suis la seule à vous avoir vu, et je ne leur en ai pas parlé. Ni à eux ni à personne d'autre. Ils ne savent rien.

Elle tremblait. Elle s'appuya au mur pour ne pas tomber.

— Parfait. Arrange-toi pour que les choses demeurent ainsi. Je vais te surveiller, Maxine. Et sois certaine que j'en ai les moyens. A partir de maintenant, j'écouterai la moindre de tes conversations, j'épierai le moindre de tes gestes. Alors, un conseil : ne me déçois pas.

Sur ces mots, l'inconnu coupa la communication.

Maxine aurait voulu disparaître sous terre. Elle regarda autour d'elle avec le sentiment d'être affreusement exposée, terriblement vulnérable. Elle raccrocha le combiné... puis le souleva de nouveau. D'un doigt tremblant, elle appuya sur les touches « étoile », 6 et 9.

— Le numéro de votre dernier correspondant est le... commença la voix préenregistrée.

Elle s'arrêta, le temps que les circuits informatiques trouvent l'information, puis reprit :

— Nous sommes désolés. Ce numéro n'est pas valable.

Fin de communication.

Maxine avala sa salive et raccrocha.

Nom d'un chien, qu'était-elle censée faire, maintenant ? Etait-il en train de l'observer ? Pouvait-il la voir, en ce moment même ? Y avait-il des micros ou des caméras cachés quelque part dans la maison ? Elle réfléchit, en essayant de prendre du recul.

Elle devait trouver une solution, se creuser les méninges.

O.K., ce type était sur place pendant l'incendie. Blessé, brûlé. A moitié intoxiqué, à en juger par sa toux rauque. Il avait dû la voir sortir. Peut-être même l'avait-il suivie jusque chez elle avant de filer Jason et Stormy. Ensuite, il lui avait suffi d'aller chercher un appareil photo et de se faufiler chez ses amis. Après quoi, il était revenu et s'était planqué devant la maison. Au petit matin, il avait suivi sa mère jusqu'au parking de l'hôpital, et il l'avait photographiée. Ensuite, il n'avait eu qu'à déposer l'enveloppe sur le seuil et à lui passer ce coup de téléphone. Pas depuis une cabine. Plutôt à partir d'un portable.

Elle se pencha vers le répondeur, rembobina la bande, et appuya sur « Lecture ». Derrière la conversation, elle repéra des bruits de circulation et un grésillement à peine perceptible dû à de l'électricité statique.

Elle arrêta l'appareil et sortit la cassette. Il était en voiture, sur la route, c'était presque certain. Il lui avait dit qu'il l'espionnerait et, s'il faisait partie de la CIA, il n'aurait aucun mal à cacher des micros et des caméras chez elle. Sans doute n'avait-il pas encore eu le temps de le faire. Et puis, il la croyait trop effrayée pour tenter quoi que ce soit contre lui avant qu'il n'ait pu assurer ses arrières.

Parfait.

Maxine monta dans sa chambre, copia le contenu du CD-ROM sur son disque dur — au cas où —, enfouit le C.D. dans sa poche avec le badge, et sortit. Ce qui ne pouvait pas paraître anormal puisqu'elle avait cours, aujourd'hui…

Parce qu'elle refusait d'exposer sa mère et ses amis à un quelconque danger, elle ne chercherait pas à connaître le fin mot de cette histoire. D'autant qu'elle sentait que le type qui venait de l'appeler était du genre à mettre ses menaces à exécution. A bien y réfléchir, elle en était même certaine. Le gouvernement n'avait-il pas déjà commis des atrocités autrement plus graves sans que personne ne le sache ? C'était, en tout cas, ce que semblait attester le contenu du C.D.

Néanmoins, elle ne gommerait pas cet épisode de sa mémoire, et elle veillerait à ce que soient dissimulées dans différents endroits des copies des preuves qu'elle possédait. Car, un jour, quand les années auraient passé, elle serait en mesure de révéler cette affaire. Un jour, elle serait installée comme détective privé, avec une licence d'exercice et suffisamment de relations pour se permettre d'exiger des réponses.

Mais pas maintenant. Aujourd'hui, elle n'était que Mad Maxie Stuart, une étudiante de vingt ans, pourvue d'une trop grande imagination.

De l'imagination, tu parles ! songea-t-elle. Elle qui avait toujours pensé qu'il se passait de drôles de choses à l'intérieur de ces bâtiments fédéraux, à la sortie de la ville, elle détenait enfin la preuve qui lui manquait. Et si ce pauvre type qui l'avait menacée espérait l'impressionner, il allait en être pour ses frais. Grâce à lui, elle avait la certitude qu'elle ne s'était pas trompée. Qu'elle n'était pas folle. Juste lucide.

Elle avait raison depuis le début.

Et elle saurait se montrer patiente…

4.

Cinq ans plus tard

Dante s'éveilla dans le craquement des flammes et l'odeur de la fumée. Une atmosphère qui ressemblait à un fragment de son vieux cauchemar. L'espace d'un instant, il crut même qu'il s'agissait juste de ça : un ancien rêve qui revenait le hanter. Puis la chaleur l'enveloppa ; ses yeux commencèrent à piquer. Lorsqu'il sentit le souffle rageur des flammes, il comprit que tout cela était bien réel.

Il se redressa vivement. Si vivement que sa tête se mit à tourner et qu'il dut s'immobiliser en attendant que la sensation s'estompe. La nuit n'était toujours pas tombée. La langueur de sa journée de sommeil engourdissait encore son corps. Ses membres lui semblèrent affreusement lourds quand il se tourna sur le côté du grand lit et posa les pieds sur le sol. Malgré le fourmillement désagréable dans ses jambes, il se leva et, totalement nu, marcha d'un pas pesant sur l'épaisse moquette en direction de la porte. Les flammes léchaient déjà le bois dont la peinture et les dorures commençaient à craqueler et à fondre.

Les narines irritées par l'odeur âcre, Dante réfléchit à toute allure. Il ne pouvait pas s'agir d'une coïncidence…

Il s'approcha de la fenêtre, repoussa les épais doubles rideaux... et bondit sur le côté quand les rayons solaires brûlèrent sa peau nue. Bas dans le ciel, l'astre n'allait pas tarder à disparaître, et sa lumière mortelle avec lui. Mais, pour le moment, il était toujours là, le défiant de sortir. Un pas dehors, et il serait rôti instantanément.

S'il restait à l'intérieur... ce serait juste un peu plus long.

Le grondement derrière lui s'amplifiait. Il jeta un coup d'œil à la porte qui se déformait, se gonflait tel un ventre sur le point de donner naissance à un monstre de feu. De la fumée flottait dans la pièce, noire et de plus en plus épaisse.

La chaleur lui incendiait la peau. Avec un grognement, il arracha les doubles rideaux, s'y enroula comme dans un linceul, et se jeta à travers la vitre.

La brutalité du contact avec le sol lui coupa le souffle.

Roulant sur le côté, il dégagea ses pieds de l'armure de tissu, et s'élança droit devant lui, sans rien voir. Soudain, il perçut un mouvement sur sa gauche. Suivirent des crissements de freins, un coup de Klaxon accompagné de jurons... Il ne ralentit pas l'allure. Tout en courant, il essaya de distinguer, à travers les mailles de l'étoffe, l'endroit où il se trouvait. Au milieu de la chaussée, de toute évidence. Après avoir repéré ce qui lui semblait être le trottoir, il se dirigea dans cette direction, puis à travers le parking, vers le quai. Ses pieds nus le faisaient un peu plus souffrir à chaque pas. Le soleil, qui commençait à traverser l'étoffe du rideau, mordait douloureusement sa chair. Tête baissée, enveloppé comme dans une houppelande, il accéléra encore l'allure.

Tout à coup, un drôle de bruit lui parvint. Une sorte de sifflement sourd. L'instant suivant, quelque chose d'aussi brûlant qu'une lame chauffée à blanc lui transperçait le bras. Dante s'arrêta net sous l'effet de la douleur. Veillant à ne pas faire tomber le rideau, il toucha sa blessure, palpa la pointe métallique fichée dans sa chair. Du sang, tiède et épais, s'écoulait de la plaie.

— Je l'ai eu ! s'écria un homme.

Un homme bientôt mort, se promit Dante avec rage, en s'obligeant à reprendre sa course.

Enfin, il sentit la fraîcheur de l'eau. Il s'y avança jusqu'à mi-cuisses. C'était comme un baume apaisant sur sa peau en feu. Seigneur ! Quelques secondes supplémentaires, et il finissait en cendres.

Dès que ce fut possible, il plongea dans les profondeurs de l'Atlantique et s'éloigna à la nage. Le tissu qui l'enveloppait s'était accroché à la flèche plantée dans son bras, et le geste qu'il fit pour s'en débarrasser provoqua une nouvelle onde de douleur dans tout son corps. Une douleur si violente qu'il eut envie de hurler. Mais il n'avait pas le temps de penser à sa souffrance. Pour l'instant, il devait fuir, nager le plus vite possible, s'enfoncer dans l'eau afin de ne plus sentir la morsure du soleil sur sa peau.

Ce n'est qu'après avoir atteint les fonds sablonneux qu'il s'autorisa à s'arrêter et roula sur le dos pour regarder en direction de la surface. Bien qu'encore pâle au-dessus de l'océan, le ciel commençait à s'assombrir. Avec la tombée de la nuit, la température de l'eau se rafraîchissait, calmant sa chair irritée par la lumière du jour. La douleur dans son bras était toujours vive. Ce fut alors qu'il remarqua le bouquet écarlate qui s'épanouissait dans la mer autour de lui. Il baissa les yeux vers son bras. La flèche pointait à angle droit, quelques centimètres sous l'arrondi de son épaule ; son sang s'écoulait de la plaie en un flux régulier.

Le dingue qui lui avait tiré dessus s'était servi d'une arbalète.

En levant le bras, Dante s'aperçut que la flèche avait traversé sa chair. Tant mieux. Il l'agrippa de sa main libre, tira dessus de toutes ses forces, et serra les dents sous l'explosion de douleur qui le submergea lorsque l'objet traversa sa chair en sens inverse. Bon sang ! Ce que ça pouvait faire mal ! Aucun mortel ne ressentirait jamais la douleur avec autant d'intensité qu'un vampire. Jamais.

Il laissa tomber la pointe métallique sur le sable. Le sang s'échappait toujours. Il coulerait jusqu'à ce que Dante ait trouvé un moyen de l'étancher. Quant à la plaie, elle ne se refermerait qu'avec le lever du jour, après un sommeil réparateur. A condition qu'il vive jusque-là…

Dante se pencha pour prendre une poignée de sable et, fermant les yeux pour se préparer à l'épreuve, il enfonça cette matière boueuse dans le trou laissé par la flèche. La sensation fut presque insupportable. Il hurla. Un long hurlement animal qui se perdit dans le silence des profondeurs océanes. Mais il n'avait pas le choix. Il recommença l'atroce opération. Après avoir introduit du sable dans chaque extrémité de la blessure, il le maintint en place grâce à une algue qu'il enroula autour de son bras et serra avec les dents.

Il était à bout de forces. Vaincu par la souffrance. Et, bien qu'il se sache incapable de mourir par manque d'oxygène, il aurait tout donné pour retrouver la douce sensation de l'air dans ses poumons.

Lorsqu'il releva la tête, le ciel était sombre. Il adressa un remerciement muet aux anges gardiens chargés de veiller sur les morts-vivants, puis donna une légère impulsion sur le sol pour remonter à la surface.

Dès que sa tête émergea, il prit une profonde inspiration. L'air emplit sa cage thoracique, se propagea dans son cerveau, l'aida à retrouver des idées plus claires.

Repoussant ses cheveux dégoulinants en arrière, il inspecta le rivage.

— Il finira par remonter à un moment ou à un autre.

Dante tourna les yeux en direction de l'homme qui venait de parler. Debout sur la rive, celui-ci balayait la surface de l'océan avec une torche. Il se tenait très près du bord. Comme tous les mortels, il mesurait mal ses propres limites.

— S'il le fait, il nous tuera tous les deux, répliqua un autre homme. Le soleil est couché, maintenant.

— Mais…

— On a échoué. Il faut reconnaître notre défaite et partir, Raymond. La nuit, ils sont les plus forts. Tu comprends ? La nuit est notre ennemie.

Dante fouilla l'obscurité à la recherche du deuxième homme. Il l'aperçut, légèrement en retrait. Une cicatrice d'ancienne brûlure s'étalait sur tout le côté gauche de son visage, lui donnant un aspect à la fois effrayant et grotesque. Sur son crâne, une plaque rose délimitait une zone où les cheveux ne repoussaient plus.

— Eteins cette fichue lampe ! ordonna-t-il à son compagnon.

Raymond obéit.

— Comment peut-il rester si longtemps sous l'eau ? Je ne savais pas qu'ils respiraient comme les poissons.

— Ils ne respirent pas sous l'eau. Mais il faudrait qu'ils y restent très longtemps pour manquer d'oxygène.

Dante se mit à nager sans bruit, s'approchant avec une extrême lenteur, malgré son impatience d'égorger les deux hommes, puis de se repaître de leur sang jusqu'à la dernière goutte. Il avait beaucoup saigné à cause d'eux. Il ne ferait que récupérer son dû. N'avaient-ils pas eux-mêmes appelé sa colère ?

Mais, avant qu'il les atteigne, ils pivotèrent et s'éloignèrent d'un pas rapide. Il entendit des portières claquer, un moteur vrombir, vit des phares disparaître dans le lointain… Alors, sans plus se soucier du bruit qu'il faisait, il nagea jusqu'à ce que ses genoux touchent le fond, puis marcha dans les vagues, et ne s'arrêta qu'après avoir atteint la rive. De là, il contempla les flammes qui s'élevaient de la maison où il avait si souvent trouvé refuge.

— Même si je dois fouiller la terre entière pour les trouver, je tuerai ces deux types.

— Dante ?

Au son familier de cette voix, il s'immobilisa. L'eau ruisselait en filets glacés sur son corps, et la douleur dans son bras était à peine supportable. Il attendit, pourtant, que Sarafina le rejoigne. Elle était magnifique. Vêtue d'une longue jupe de dentelle noire à festons, elle avait noué autour de sa taille et dans ses cheveux tressés des foulards de soie qui prolongeaient chacun de ses gestes de traînées multicolores. Comme d'habitude, elle était très maquillée. Trop. Des traits noirs d'eye-liner lui donnaient un aspect inquiétant, que soulignait encore la couleur sanglante de ses ongles très longs. Elle était une gitane, et tenait, apparemment, à se couler dans le cliché.

Elle s'approcha de lui, le prit par les épaules — ce qui le fit grimacer —, et l'embrassa. Sur les joues, les paupières, la bouche. Il sentit sa chaleur et l'odeur encore fraîche de sa dernière proie sur ses lèvres.

— Ça va ? lui demanda-t-elle.

— Cette saleté m'a traversé le bras, mais ça ira. Les salauds ont brûlé ma maison.

— Tu les as vus ?

Il hocha la tête.

— Ils sont partis. Sinon, ils seraient déjà morts.

— Est-ce que l'un d'eux avait le visage brûlé ?

Dante lança à sa compagne un regard aigu, et acquiesça.

— Tu as déjà eu affaire à eux ?

— A lui. Une nuit, à Rome, il m'a suivie. J'ai bien cru que j'allais réussir à l'égorger, mais il s'est aperçu que je l'avais repéré et a détalé comme un lapin.

Dante poussa un soupir.

— Les hommes sont une plaie.

— Les hommes ont besoin de tuer.

Malgré sa douleur, Dante sourit.

— Tu crois vraiment que tous les hommes ont besoin de tuer, Sarafina ?

— Trente d'entre nous ont été assassinés pendant leur sommeil, Dante. Et combien d'autres ont failli périr dans des incendies comme celui auquel tu viens d'échapper ? Quelqu'un connaît notre secret, c'est certain.

Un frisson le parcourut, sans qu'il pût dire s'il était dû aux paroles de Sarafina ou à la fraîcheur de la nuit.

— Allons dans un endroit où je pourrai me sécher, dit-il. Ce sera plus facile de discuter.

— Tu as raison. D'autant que tu vas finir par attirer les foules à rester nu sur le port.

Glissant son bras sous le sien, Sarafina le conduisit jusqu'à une limousine noire garée un peu plus loin, dans un virage. Elle l'aida à s'installer à l'arrière, puis se glissa à côté de lui. Dante sourit intérieurement de l'extravagance des goûts de sa tante.

Le chauffeur ne fit aucune remarque concernant la nudité de Dante. Il n'osa même pas regarder sa patronne dans les yeux lorsqu'elle lui parla. Il était bien élevé, songea Dante. Peut-être même trop bien…

— Conduis-nous à l'appartement, ordonna-t-elle en abaissant légèrement la vitre de séparation. Et monte le chauffage à l'arrière.

L'homme répondit par un bref hochement de tête, tandis que la vitre remontait. L'instant suivant, la voiture démarrait.

Sarafina attrapa un grand châle au crochet avec lequel elle entreprit de frotter les épaules, le torse, les cheveux de Dante.

— Je suis sûre qu'il s'agit de ces horribles types du DIP, dit-elle. Eux seuls peuvent être derrière tout ça.

Dante la foudroya du regard en lui désignant le chauffeur.

— Dante chéri, ne sois pas ridicule. Il ne peut pas nous entendre à travers la vitre de séparation. Et, même si c'était le cas, il ne dirait rien.

Il jeta un coup d'œil au reflet du chauffeur dans le rétroviseur. Il était très pâle et d'une maigreur extrême. Ses yeux disparaissaient presque au fond de ses orbites creuses. Dante n'eut pas besoin de voir son cou pour comprendre. Le foulard qu'il portait sous son costume bleu nuit parlait de lui-même.

Il se tourna vers Sarafina.

— On ne doit pas en faire des esclaves, Fina. Ce n'est pas bien.

Elle haussa les épaules.

— Comme ça, au moins, ils ne meurent pas tout de suite. Sauf s'ils me déçoivent, évidemment. Mais ne change pas de sujet. Que sais-tu à propos de cette organisation ?

Il secoua lentement la tête, se demandant s'il devait ou non mettre fin à la torture de ce pauvre mortel quand ils arriveraient à destination. Mais à quoi cela servirait-il ? Sarafina ne trouverait-elle pas aussitôt une autre victime à soumettre à son bon vouloir ? Il suffisait à un vampire de boire plusieurs fois le sang d'un mortel sans le tuer, pour que ce dernier, tel un drogué, ne vive plus que dans l'attente de la prochaine morsure. Jusqu'à devenir un jouet privé de volonté, à l'image de ce pauvre chauffeur prêt à tout pour sentir, encore une fois, les canines de sa maîtresse se planter dans sa gorge.

— Le DIP a été détruit il y a cinq ans, dit Dante. Après ça, le gouvernement a arrêté définitivement le projet.

— Dans ce cas, qui a recommencé à chasser les vampires ?

Il haussa les épaules en signe d'ignorance, et regarda par la vitre.

— Et, surtout, qui leur fournit des informations sur nous ? reprit Sarafina. Comment savent-ils où se trouvent nos refuges, nos terrains de chasse ? Comment connaissent-ils nos habitudes ? Même les anciens membres du DIP, malgré toutes leurs recherches, ne disposaient pas d'autant de renseignements.

Elle laissa tomber le châle mouillé entre eux.

— Ce sont ces personnes que nous devons trouver, Dante. Et éliminer. Lentement, de préférence. J'aimerais les voir se tordre de douleur avant de mourir.

Elle appuya sur un bouton qui fit de nouveau coulisser la vitre de séparation.

— Ton poignet, ordonna-t-elle en se penchant en avant. Ta maîtresse a soif.

Avec un pâle sourire, le chauffeur leva son bras et le tendit à travers l'ouverture. La manche de sa veste déjà relevée laissait apparaître plusieurs marques de morsure sur sa peau. Saisissant son avant-bras, Sarafina planta les dents dans sa chair et aspira un long moment. Sentant la faim monter en lui, Dante se détourna.

Sarafina se redressa et s'essuya les lèvres.

— Tu veux goûter, Dante ? Cet animal-là est délicieux.

— Tu es cruelle, Sarafina. Tue-le une bonne fois, et qu'on n'en parle plus.

En entendant ces mots, elle fronça les sourcils, l'air blessé. Puis elle reprit l'avant-bras de son chauffeur pour lécher les dernières traces de sang à la surface, et reboutonna le poignet de sa chemise.

— C'est bon, mon chéri. Arrête-toi ici.

Le chauffeur acquiesça d'un signe de tête, et s'exécuta.

Il descendit pour ouvrir la portière arrière.

Ils se trouvaient sur l'autoroute. Sur leur gauche, les voitures fonçaient à toute allure dans un ballet de traînées lumineuses. Sarafina ne bougea pas, et se contenta de déclarer sans même un regard :

— Je veux que tu fasses quelque chose pour moi, mon chéri.

— Tout ce que vous voudrez, murmura le chauffeur.

C'était un homme de haute taille, avec des cheveux sombres parsemés de fils argentés, un visage anguleux et un nez busqué.

— Je veux que tu fasses demi-tour et que tu marches au milieu de l'autoroute.

L'homme se tourna vers elle mais sans la regarder dans les yeux.

— Sarafina..., protesta Dante.

— Vas-y, ordonna-t-elle.

Dante ferma les yeux et jura intérieurement.

Sans un mot, le chauffeur obéit. Il marcha droit devant lui sur l'autoroute. Il n'avait pas parcouru cinquante mètres quand une voiture le percuta. A ce moment-là, Sarafina, installée au volant de la limousine, s'éloignait déjà.

Elle ne jeta même pas un regard dans le rétroviseur.

*
* *

— Je ne comprends pas pourquoi tu ne reviens pas à L.A., Morgan. Tu as tout ce que tu désirais, maintenant. Tu pourrais rentrer triomphalement, comme tu l'as toujours souhaité.

Les talons de Morgan résonnaient sur le carrelage de marbre, tandis qu'elle marchait de long en large dans la vaste pièce, la soie froissée de sa tunique et de son pantalon caressant délicieusement sa peau, à chaque pas.

— Je suis bien, ici, David. Reconnais que, grâce à moi, cette maison est devenue un petit bijou.

— A vrai dire, je commence à regretter de te l'avoir vendue, marmonna David.

Il se laissa tomber dans un fauteuil ancien à pieds griffus, et examina la grande salle autour de lui. Il ne pouvait qu'admirer le travail de réfection qu'elle avait mené à bien. Le plafond avait été entièrement refait, y compris toutes les moulures et les sculptures de chérubins qui ornaient les angles et l'intérieur du dôme.

Elle s'assit en face de lui, et lui tendit un verre de soda glacé. Le contenu de son propre verre était quasiment identique, excepté le trait de vodka qu'elle y avait ajouté, en dépit de l'heure matinale. Pour se donner du courage. Car, elle avait beau adorer David, elle aurait donné cher pour le voir enfin s'en aller. Elle n'avait envie que d'une chose : se retrouver seule et se replonger dans la lecture des journaux intimes de Dante. Seigneur ! Rien que l'idée de passer une heure loin de cet homme et de ses fantasmes lui était insupportable. Alors, une journée… Elle ne sortait plus jamais de la maison. Elle ne *voulait* plus en sortir. Et, quand elle dormait… Mon Dieu, c'était encore mieux lorsqu'elle dormait ! Il était tellement plus réel, dans ses rêves.

— Je dois avouer que je ne comprends plus rien, admit David en buvant une gorgée de soda. Je croyais que tu voulais te cacher ici, le temps de soigner tes blessures et d'écrire ton scénario. Maintenant que c'est fait, pourquoi ne reprends-tu pas la place qui t'est due ?

— Ah, oui… Je devrais redorer le nom des De Silva, c'est ça ? lança la jeune femme avec un petit sourire.

— Si j'avais su que tu pouvais écrire aussi bien et aussi vite, permets-moi de te dire que je ne t'aurais pas proposé de vivre ici.

Morgan évita son regard.

— Je n'écrivais pas aussi facilement avant de m'installer dans cette maison. C'est ici que j'ai trouvé mon… inspiration. Et je serais incapable de travailler ailleurs, David. Totalement incapable.

— Ça n'a aucun sens. C'est de la superstition.

« Pas du tout ! », songea-t-elle. Dante se trouvait là, dans cette maison, elle le sentait. Un être aussi beau que fou. N'était-ce pas lui — ou, du moins, ses écrits — qui lui avait rendu l'existence qu'elle avait perdue ? Même si, en échange, il lui avait dérobé une partie d'elle-même… Car cet homme, qui disait s'appeler Dante, lui avait ravi son esprit et son âme d'une manière mystérieuse qu'elle ne parvenait toujours pas à comprendre. Pour elle, il était devenu réalité. Pas seulement un pauvre illuminé, mort depuis longtemps en laissant derrière lui le fruit de ses délires, mais un homme *réel* qui, d'une certaine façon, vivait en elle. Dans cette demeure.

Mais, bien sûr, elle ne pouvait pas expliquer tout cela à David…

Elle regardait fixement le lustre de cristal suspendu au plafond, tout en se demandant s'il était très différent de celui qui se trouvait là, à l'origine. Quand Dante vivait ici.

Il n'avait pas été facile de restaurer la maison. Et cela avait coûté cher. Mais, heureusement, le succès des deux premiers volets de sa série sur les vampires lui avait permis de s'offrir tout ce qu'elle souhaitait — y compris les services des meilleurs spécialistes, qui l'avaient aidée à redonner à la vieille demeure son aspect d'antan. En beaucoup plus luxueux.

Quant au troisième film, il avait réellement fait sa fortune. Ainsi que celle de David. Et, maintenant, ils n'avaient plus qu'à réaliser leurs rêves.

Morgan jeta un coup d'œil à sa montre.

— Ce n'est pas encore l'heure ?

— On ne doit plus en être loin. Allons-y, dit David en se levant.

Elle saisit la main qu'il lui tendait, et se leva à son tour.

— Dis donc, Morgan, il faudrait penser à prendre un peu de poids. Tu n'es pas actrice, tu sais ?

Elle lui sourit dans l'espoir de dissimuler sa soudaine faiblesse et cette sensation de vertige qui s'emparait d'elle, chaque fois qu'elle se redressait un peu trop vite.

— On n'est jamais trop riche ni trop mince ! répliqua-t-elle sur le ton de la plaisanterie. Sans compter que, d'ici à quelques semaines, si tout se passe bien, je vais revêtir une robe de grand couturier.

Tu parles ! Comme si elle allait sortir d'ici, même pour un tel événement...

Ils se dirigèrent vers la porte à double battant qui ouvrait sur le bureau de la jeune femme. La maison était équipée du chauffage au gaz, à présent. Le premier geste de Morgan, en entrant, fut de l'allumer. D'épais tapis d'Orient couvraient le plancher fraîchement refait. Sur le bureau — une reproduction de l'ancien — trônait un ordinateur dernier cri. Quant aux murs, ils étaient ornés de dizaines de portraits de Dante :

quelques photos des films, mais surtout des dessins au fusain qu'elle avait réalisés elle-même. Car, aussi talentueux que fût l'acteur qui jouait le rôle de Dante, il n'était pas Dante. Tandis qu'elle, elle *connaissait* Dante.

Une esquisse le représentait petit garçon, ses grands yeux noirs fixés sur une gitane qui dansait devant un feu de camp. Sur une autre, il était assis à ce même bureau, en train d'écrire son journal, l'air perdu dans ses pensées.

— Pour un peu, ça me donnerait la chair de poule, dit David avec un petit frisson. Tu n'en as pas marre de ce type, à la fin ?

Morgan s'arrêta devant un autre dessin. Ses yeux étaient rivés au regard fixe et aveugle du modèle.

— Je connais chaque détail, chaque contour de son visage, murmura-t-elle.

Un long silence inquiet accueillit ses paroles. Elle se força à sourire.

— Evidemment, c'est impossible. J'ai tout imaginé à partir du contenu de son… de mes scénarios. Mais il paraît réel. Je le vois clairement dans mes rêves. Je connais même le son de sa voix.

— Ah ! Les artistes ! lança David en soupirant.

Il se laissa tomber dans un fauteuil, prit la télécommande sur le bureau, et la dirigea vers le grand secrétaire d'époque adossé au mur du fond. Les portes s'ouvrirent, révélant un écran de télévision haut de gamme.

— Eh bien, moi, réel ou non, j'en ai marre de lui ! déclara-t-il en zappant pour trouver la chaîne qui l'intéressait.

— Je pourrais me noyer en lui sans en avoir jamais assez, répondit Morgan. Parfois, j'ai l'impression que c'est ce que je fais. Je me perds en lui.

N'obtenant aucune réponse, elle regarda David, et s'aperçut qu'il la dévisageait bizarrement. Elle rit pour alléger l'atmosphère.

— Que veux-tu ? Ce n'est pas pour rien qu'on accuse les artistes d'être excentriques. Et arrête de froncer les sourcils comme ça : tu vas attraper des rides.

Avec un soupir, David tourna son regard vers le poste de télévision, et monta le son.

— Ça y est !

Le célèbre couple de présentateurs lisait une liste de noms. Enfin, après une dizaine de minutes qui semblèrent à Morgan une éternité, ils arrivèrent au sujet qui l'intéressait.

— Dans la catégorie du meilleur scénario original, les nominés sont…

Soudain, tout se mit à bourdonner dans l'univers de la jeune femme. Sa tête, la pièce, ses oreilles… Elle n'arrivait plus à entendre ce qui se disait. Puis, elle lut son nom sur l'écran, à côté des quatre précédents.

— Morgan De Silva, pour *Les morsures de la nuit*.

David bondit sur ses pieds. L'instant suivant, il la soulevait dans ses bras et dansait avec elle en poussant des cris de joie. Engloutie par le nuage sombre qui l'enveloppait, Morgan s'abandonna dans ses bras.

Quand elle rouvrit les yeux, elle était allongée sur la chaise longue. Assis à côté d'elle, David lui tapotait la main.

— Ouf, te revoilà ! Ça fait plaisir. Apparemment, ce prix compte beaucoup plus pour toi que je l'imaginais.

S'il avait su à quel point ! Elle venait de recevoir la consécration suprême. Et cela pour un travail qui n'était même pas le sien. Seigneur ! Jamais elle n'avait imaginé que tout cela irait aussi loin. Et pourtant, d'une certaine façon, elle avait toujours su qu'il ne pouvait pas en être autrement. Car ces histoires étaient trop formidables pour ne pas être reconnues comme telles. Il y avait en elles quelque chose de... transcendant. Quelque chose de si intense que cela touchait le public à un niveau presque viscéral.

— Tu te sens mieux ?

Elle hocha la tête, mais ne prit pas le risque de se redresser. Etrange... Elle s'était attendue à jubiler, en un tel moment. Cette récompense ne dépassait-elle pas ses rêves les plus fous ? N'était-elle pas censée lui rendre justice, lui apporter tout ce qui manquait à sa vie ? Alors, pourquoi se sentait-elle aussi vide ?

— Tu n'as plus le choix : tu vas devoir rentrer à L.A. avec moi, déclara David.

Il glissa une main dans ses cheveux grisonnants.

— Il va falloir te préparer pour les réceptions, les interviews. Il faut qu'on te voie partout.

A l'idée de devoir s'éloigner de sa maison, Morgan sentit les battements de son cœur s'accélérer. Elle secoua vivement la tête, luttant contre la vague de panique qui menaçait de la submerger.

— Je ne peux pas partir maintenant.

— Mais...

— J'en suis à un moment très délicat de mon nouveau scénario. Si je m'arrête, je risque de perdre tout mon élan. Et il m'est impossible de travailler ailleurs. Je dois rester ici.

David ferma les yeux, comme pour essayer de digérer ce qu'il venait d'entendre.

— Ça devrait être terminé pour le jour de la cérémonie. Je viendrai à ce moment-là, je te le promets.

Il rouvrit les yeux.

— Mais il faut que tu essaies des robes, des coiffures, et... Chérie, tout le monde se prépare des mois à l'avance pour une soirée aussi exceptionnelle. Bon sang ! Qu'est-il arrivé à la jeune fille qui, il y a cinq ans, me demandait de l'emmener en avion à Paris pour s'acheter une tenue de soirée ? Et qui, si je l'avais écoutée, en aurait sans doute acheté trois avant de décider laquelle elle allait porter.

Suffisamment lentement pour éviter un nouvel accès de vertige, la jeune femme se redressa, et plongea son regard dans celui de David.

— Cette Morgan-là n'existe plus.

— En effet. Tu as changé. Et pas uniquement en bien. Tu vis pratiquement en recluse.

Elle maîtrisa la colère qui montait en elle. David avait raison. Tellement raison que, si elle s'était écoutée, elle l'aurait mis à la porte sur-le-champ, afin de retrouver sa chère solitude et, avec elle, l'univers sombre et velouté de Dante. Seigneur, comme elle détestait sortir de son monde ! Les jours où elle ne se noyait pas en lui, où elle ne le faisait pas revivre dans son cœur, dans son esprit et sur l'écran de son ordinateur, il lui manquait avec la même intensité qu'un amant. Elle avait besoin de transformer ses mémoires, ses pensées les plus profondes en dialogues, en mises en scène, de leur redonner vie. Comme si, ce faisant, elle le ressuscitait…

Elle n'en avait jamais assez. Jamais.

— Je t'ai contrariée, constata David.

— Non, non. Je suis juste un peu… dépassée.

Elle s'obligea à sourire.

— Alors, tu m'emmènes fêter l'événement, oui ou non ?

Il fronça les sourcils, puis soupira.

— Bien sûr. Prépare-toi.

Morgan s'efforça d'avoir l'air heureux. De jouer son rôle de lauréate comblée, pressée de fêter le plus grand succès de son existence.

Mais, dès qu'elle fut dehors, elle ne souhaita qu'une chose : rentrer chez elle. Chez *lui*. Se retrouver seule avec ce fantôme qui la hantait, jour et nuit, qui habitait son cœur et possédait son esprit.

Dante.

L'homme qui avait rédigé tous ces manuscrits à la première personne et qui, elle en était persuadée, croyait à la réalité de chacun de ses mots.

Il ne doutait pas d'être un vampire.

Le pire, c'est qu'elle aurait presque souhaité que ce fût vrai.

5.

Debout dans l'obscurité, le visage au vent, Dante glissa ses doigts froids et humides dans ses cheveux. La pluie n'allait pas tarder. Il percevait son odeur et sentait déjà l'humidité sur sa peau. En contrebas, les vagues s'échouaient avec fracas sur la rive, juste sous la maison. *Sa* maison — ou, du moins, celle qu'il avait, un jour, considérée comme telle. La chaude lumière des lampes derrière les vitres semblait prête à l'accueillir. Mais ce n'était qu'un leurre, bien sûr. Il y avait déjà quelqu'un à l'intérieur. Sa présence lui était aussi perceptible que la moiteur de l'air. Une femme…

En prenant la décision de venir ici, il n'était même pas certain de trouver la vieille bâtisse encore debout. La dernière fois qu'il l'avait vue, elle était presque en ruines. Apparemment, la personne qui habitait là n'avait pas ménagé ses efforts pour la restaurer. A l'identique de celle qu'il avait lui-même construite, plus d'un siècle auparavant. Le sentier dallé, qui montait en sinuant jusqu'à l'entrée, était comme dans ses souvenirs, éclairé à l'extrémité par des réverbères semblables à des sentinelles. A l'époque, bien sûr, ils n'étaient pas électriques. Pas plus que l'éclairage intérieur. Cependant les volets étaient déjà noirs, et la peinture blanche de la façade presque aussi fraîche que celle d'aujourd'hui. Même la cheminée ressemblait, dans les moindres détails, à l'ancienne.

En revanche, la porte d'entrée était très différente, remarqua-t-il. Autrefois blanche, surmontée de quatre panneaux de verre disposés en éventail, elle était, à présent, plus imposante et beaucoup plus élaborée. En bois massif, avec un grand vitrail ovale au milieu du panneau central, elle était abritée par un large auvent en arcade, d'où pendaient des fleurs artificielles. Il les considéra un instant, presque surpris par la grossièreté de la contrefaçon. Les fausses fleurs étaient un sacrilège. Rien que l'odeur de plastique qui s'en dégageait était une insulte à la beauté qu'elles étaient censées imiter.

Son regard s'attarda sur les deux voitures puissantes garées dans l'allée. De toute évidence, la personne qui vivait ici avait de l'argent. Une femme. Riche. Et jeune. Il pouvait sentir tout cela.

Il y avait également un homme. Plus âgé, mais beaucoup plus robuste qu'elle. Pas d'odeur de sexe dans l'air : leur relation devait être platonique.

Soudain, Dante eut envie d'en savoir plus. De voir l'intérieur de la maison. Et il le verrait, puisqu'il n'était pas question pour lui d'aller ailleurs…

Sans qu'il comprenne comment, l'homme à la cicatrice avait fini par découvrir chacune de ses cachettes. Depuis leur dernière rencontre, qui avait failli lui être fatale, Dante s'était rendu compte que tous les endroits où il se réfugiait habituellement étaient surveillés. Ne restait plus que celui-ci, où il n'avait pas mis les pieds depuis plus d'un siècle. Avec un peu de chance, il y serait à l'abri, le temps de trouver une solution.

Certes, il ne s'était pas attendu à trouver les lieux occupés. Mais, après tout, quelle importance ?

Il se dirigea vers l'arrière de la maison. Le saule s'y trouvait toujours. Tellement plus grand que dans son souvenir qu'il ne le reconnut pas immédiatement. Bon sang, comme le temps passait vite !

D'un bond, il sauta sur la branche la plus basse et grimpa. L'écorce lisse, les branches souples, le murmure du feuillage, tout lui parut familier. N'avait-il pas planté cet arbre lui-même, une centaine d'années plus tôt ?

Juste au-dessous de la chambre principale, il s'arrêta, la tête penchée, les sens aux aguets. Il sentait quelque chose. Pas une odeur. Autre chose... Quelque chose qui lui mettait les nerfs à vif.

De quoi pouvait-il s'agir ?

Il rampa sur la branche, tendit le bras vers la rambarde du balcon. Ses doigts se refermèrent autour du métal froid. Le temps de se hisser sur la plate-forme, et il s'approchait de la porte-fenêtre. Elle était fermée, mais les voilages blancs tirés à l'intérieur étaient assez fins pour qu'il puisse voir à travers.

Couchée dans un lit immense, la femme dormait.

Ses cheveux longs s'étalaient sur l'oreiller en une épaisse masse couleur de miel doré. Sa peau était pâle — Dante eut l'impression d'y avoir déjà goûté. Ses bras nus reposaient sur le drap blanc, et il était certain qu'en dessous, elle ne portait rien. Son cou était long, souple...

Il s'humecta les lèvres, en proie au désir.

Ce n'était pas dans ses habitudes de boire le sang des innocents. Certes, il tuait. Il ne faisait pas partie de ces vampires qui se contentaient du sang froid et sans goût stocké dans des sachets en plastique. Vivre d'une telle nourriture ne s'appelait pas vivre. Alors, oui, il tuait. Mais uniquement les êtres pour lesquels la mort allait être une délivrance. Et, lorsqu'il n'en trouvait pas, il payait. N'y avait-il pas des femmes spécialisées dans la satisfaction de désirs comme les siens ? Des professionnelles, discrètes et assez bien rémunérées pour le rester ?

Mais cette femme… elle n'était pas de celles-là. Et pourtant, il avait envie d'elle. Il la voulait…

Il se tenait juste devant la porte-fenêtre. Si près que son souffle embua la vitre. Il l'essuya et regarda au travers, souhaitant, au fond de lui, que la femme étendue repousse ses couvertures et lui révèle sa nudité…

A peine avait-il exprimé ce souhait qu'il la vit saisir le haut du drap pour le faire glisser lentement le long de son corps. Il ne s'était pas trompé : elle était entièrement nue. Il la regarda fixement, subjugué, et s'emplit de sa beauté. Ses seins étaient petits, ronds et souples, avec de délicates pointes couleur corail. Elle était mince, presque maigre : on distinguait ses côtes sous sa peau. La toison couleur de miel entre ses jambes était aussi brillante que sa chevelure.

Il parcourut de nouveau son corps du regard, s'arrêta sur ses seins, s'imagina en train de les prendre entre ses lèvres… et les vit se durcir, comme s'il l'avait réellement fait. Il fronça les sourcils, surpris. Etait-il possible que, d'une manière ou d'une autre, elle réagisse à ses pensées ? Certes, il avait le pouvoir de diriger la volonté des mortels les plus faibles d'esprit, mais au moins fallait-il qu'il en exprime le désir. Une pensée parasite ne suffisait pas à…

Il leva les yeux vers son visage. Réagirait-elle s'il l'imaginait ouvrant ses longues cuisses blanches pour lui ? Percevrait-elle… ?

Elle écarta les jambes.

Dante frissonna, excité, affamé… et un peu effrayé. C'était comme si la réalité était en prise directe avec son esprit. Il comprit alors ce qu'il avait ressenti en arrivant : ce mélange d'attraction et d'hypersensibilité.

Cette femme était l'une *d'eux*. Elle faisait partie des Elus.

Il recula sur le balcon, saisit la rambarde et, d'un bond, sauta de l'autre côté. Une fois à terre, il se redressa, regarda autour de lui, puis courut vers l'océan, comme si, dans ses entrailles sombres étaient enfouies les réponses qu'il cherchait. S'il avait eu un autre endroit où se réfugier, même à l'autre bout du monde, il y serait allé sans hésiter.

Mais le soleil allait bientôt se lever. Cette maison était le seul abri qu'il lui restait. Il pouvait s'en créer d'autres, bien sûr. A condition d'en avoir le temps. Mais, pour l'instant, il n'avait pas le choix : il devait rester.

Il fallait juste qu'il évite cette femme.

Jamais il n'avait ressenti un tel lien spirituel avec un mortel. Ni même avec un représentant de sa propre espèce. Bon sang, qu'est-ce que ça signifiait ?

Il marcha vers la falaise, cherchant des yeux la petite cavité creusée dans la paroi rocheuse, quelques mètres plus bas. Elle était toujours dissimulée par les plantes rampantes qu'il avait semées plus de cent ans auparavant, et qui en recouvraient l'entrée, tel un rideau de végétation.

Il espérait seulement que le passage souterrain conduisant à la maison ne s'était pas effondré. Qu'après tout ce temps, les pièces dissimulées sous les fondations n'étaient pas tombées en poussière.

Une fois de plus, elle rêvait de Dante.

Debout près de son lit, il la contemplait. Sans un mot. Sans un geste.

Elle plongea son regard dans le sien, dans l'attente qu'il fasse ou dise quelque chose. N'importe quoi.

Il ne bougea pas.

Frustrée, elle voulut parler, mais aucun son ne sortit de sa bouche. Alors, elle se contenta de le regarder. C'était étrange qu'elle connaisse aussi bien son visage, songea-t-elle en se concentrant davantage sur l'image de son rêve. Ses traits étaient anguleux, cruels ; sa mâchoire, carrée ; son nez, mince, et ses yeux si sombres et enfoncés dans leurs orbites qu'ils semblaient la scruter depuis un lieu enfoui au plus profond de lui. Son âme, peut-être.

Son propre regard, attiré comme par un aimant, était soudé au sien. Elle savait ce qu'il voulait. Et elle souhaitait le lui donner. D'une main, elle repoussa les couvertures qui la recouvraient, puis resta immobile, nue et sans honte sous la brûlure de ses prunelles.

Touche-moi ! supplia-t-elle en silence. *Pour l'amour du ciel, touche-moi !*

Elle cligna des paupières. Il avait disparu.

Comme ça, d'un seul coup.

Morgan se redressa dans son lit, totalement réveillée. Ses draps et ses couvertures gisaient sur le sol. Son corps frémissait de désir. Comme dans son rêve. Sauf qu'elle était seule...

Seigneur, ses songes devenaient de plus en plus réalistes ! Peut-être devrait-elle consulter un thérapeute... Bien sûr, elle s'était habituée à rêver de Dante, chaque nuit, depuis son installation dans cette maison. Mais, cette fois, il y avait quelque chose de différent. De... *réel.*

Elle glissa une main dans ses cheveux et se leva. Tout en enfilant son peignoir de satin crème, elle alla ouvrir la porte-fenêtre. Sur le balcon, elle inspira profondément l'air de la nuit, s'emplit de son parfum salé.

Son regard s'arrêta sur les falaises.

Un homme se tenait là, juste au bord, ses cheveux ondulant dans le vent. Il contemplait la mer. Elle ne voyait pas son visage, et pourtant, il se dégageait de lui quelque chose d'incroyablement familier. Sa silhouette. La façon dont il se tenait. Quelque chose...

La brise chassa le nuage devant la lune et, l'espace d'un instant, l'astre éclaira le visage de l'inconnu. Morgan eut l'impression de recevoir un coup de poing au creux de l'estomac.

— Dante…

Elle avait murmuré son nom. Un murmure imperceptible, aussitôt emporté par le vent. Pourtant, l'homme se retourna et la regarda.

— Non, c'est impossible…

Elle ferma les paupières, inspira plusieurs fois. Les battements sourds de son cœur résonnaient bruyamment à ses oreilles.

— Impossible…

Elle rouvrit les yeux.

Les falaises, la mer, le vent et rien d'autre. Personne.

6.

Maxine se laissa aller contre le dossier de son fauteuil ergonomique, et cligna plusieurs fois des paupières. Quand on regarde un écran d'ordinateur, il faut cligner des yeux le plus souvent possible, avait-elle lu quelque part. Sinon, on risque de s'abîmer la vue.

Soudain, la porte d'entrée s'ouvrit, et Stormy apparut, un sachet de beignets dans une main, le courrier du matin dans l'autre.

— Féculents, sucre et crème, conformément aux conseils de la diététicienne, annonça-t-elle.

Avec un soupir, Maxine fit rouler son siège jusqu'au centre de la pièce. Reconvertie en bureau, l'ancienne salle à manger faisait penser à une imprimerie après le passage d'une tornade : il y avait des papiers et des dossiers partout. Ainsi que des ordinateurs. Beaucoup d'ordinateurs.

Stormy posa le sachet sur sa table de travail, et s'assit pour en examiner le contenu.

— Mmm… J'en ai pris à la confiture et à la crème. Maintenant, je ne sais pas lequel choisir.

Maxine fronça les sourcils.

— Combien en as-tu acheté ?

— Six, répondit son amie sans lever les yeux.

Elle semblait hypnotisée par les beignets.

— Dans ce cas, prends-en un de chaque.

Cette fois, Stormy la regarda.

— Tu crois ?

— J'en suis sûre. Ça aura au moins le mérite d'apaiser ton anxiété.

— J'adore ta logique, déclara Stormy, l'air ravi, en plongeant la main dans le sachet.

Maxine se leva pour aller chercher du café dans la cuisine qui, elle, était restée telle que dans le passé.

— Tu ne t'es jamais dit que je devais être un peu fêlée pour vivre toujours dans la même ville, la même maison, et ne rien avoir changé à mes habitudes, après tout ce temps ?

— Non.

Maxine sourit. Etouffé par les beignets, le « non » de Stormy manquait, pour le moins, de conviction. Une tasse dans chaque main, elle rejoignit son amie au moment où celle-ci mordait dans un nouveau beignet, les yeux clos pour mieux se consacrer au plaisir.

Le temps de déposer une tasse devant elle, Maxine plongea une main dans le sachet avant qu'il soit vide.

— Tu as l'intention de développer ta réponse ou tu comptes t'en tenir à une seule syllabe ?

Stormy avala, se lécha les lèvres, et but une gorgée de café. Le sucre glace avait laissé une marque blanche autour de sa bouche.

— Beaucoup de gens auraient fait comme toi. Ta mère t'a laissé cette maison pour rien : il aurait été débile de refuser. Quant à tes « habitudes », je ne vois pas de quoi tu veux parler. Tu n'as pas un mais deux boulots. Et les deux sont rémunérateurs.

— Si on veut, marmonna Maxine.

Avec un soupir, elle trempa son beignet dans son café. Ce n'est qu'après l'avoir terminé qu'elle lança sa première bombe :

— A vrai dire, j'ai envie d'arrêter.

Stormy fronça les sourcils.

— Arrêter ?

— Laisser tomber. Fermer.

Stormy reposa sa tasse sur sa table, et se leva.

— Pourquoi ferais-tu une chose pareille ? Ce job te rapporte plein de fric.

— Je sais, mais ce n'est pas le travail dont je rêvais. Ça ne l'a jamais été.

— Qu'est-ce que tu essaies de me dire ? Qu'ils embauchent à Interpol ?

Maxine lui lança un regard contrarié.

— Ne plaisante pas avec ça.

— Alors, quoi ? Je croyais que ta petite affaire t'avait permis de satisfaire ton goût inné pour le mystère.

— Eh bien, non. Ça m'a juste donné envie d'aller plus loin.

Maxine avait découvert l'univers de la criminalité sur Internet, un an plus tôt, lorsqu'un de ses clients lui avait demandé conseil pour se débarrasser du visiteur indésirable qui fouinait dans ses fichiers informatiques. Depuis, elle avait réussi à faire arrêter plusieurs autres hackers, repérés grâce à leurs pseudonymes soi-disant non identifiables. Ses talents avaient même permis le démantèlement de plusieurs réseaux d'escrocs spécialisés dans le paranormal. Proposant à peu près tout via le Web, de la télépathie aux poudres à chasser les fantômes, ces arnaqueurs employaient un partenaire chargé d'effrayer les personnes un peu trop crédules, jusqu'à ce que celles-ci, persuadées d'être victimes de forces occultes, se tournent vers eux pour s'en débarrasser.

Ces différentes enquêtes avaient, en outre, permis à Maxine de garder un contact plus ou moins régulier avec son flic préféré. Un détail non négligeable, même s'il n'était pour rien dans sa décision de s'investir plus à fond dans ce business.

— Que dirais-tu si je t'annonçais que j'ai envie de me lancer dans une nouvelle entreprise ? demanda-t-elle à son amie.

Stormy la dévisagea avec circonspection.

— Un troisième boulot ?

— Je laisse tomber la création de sites. Il s'agit donc d'un *second* boulot. Et encore… J'ai plutôt l'intention de développer le premier à un plus haut niveau.

— A quoi penses-tu exactement ?

Maxine essuya ses doigts couverts de sucre sur son jean, et se dirigea vers son bureau. Elle sortit un feuillet de l'un des tiroirs.

— Lis ça et donne-moi ton avis.

Stormy s'approcha, et lut à haute voix :

— Maxine Stuart. Licence de détective privé…

Elle releva la tête, surprise.

— Toi, détective privé ? Depuis quand ?

— J'ai reçu ce courrier aujourd'hui. Mais ça fait des mois que j'ai envoyé ma demande.

— Maxine…

— Ecoute, je sais que ça peut sembler un peu exagéré. Mais, si tu y réfléchis, c'est ce que je faisais déjà, non ? Sauf que c'était sur Internet au lieu d'être dans la vie réelle.

— Justement. Sur Internet, personne ne risque de te tirer dessus, répliqua Stormy. Qui d'autre est au courant ?

Maxine haussa les épaules.

— Maxine Stuart, c'est tout.

Elle baissa les yeux pour ajouter :

— Et Lou.

— Lou ? Lou Malone ? J'aurais dû m'en douter. Je suppose que c'est lui qui t'a encouragée.

— Eh bien… disons qu'il m'a soutenue pour ma demande de licence.

— Je vois…

— Ecoute, je me débrouille très bien dans ce genre de travail. Et Lou va peut-être me confier une ou deux affaires pour m'aider à démarrer.

— Bon sang, Maxine ! Je ne te comprends pas. Tu n'as qu'à sauter sur ce type une bonne fois pour toutes, et qu'on n'en parle plus.

— C'est bien ce que j'ai l'intention de faire. Dès que j'aurai réussi à le coincer.

Stormy écarquilla les yeux. Maxine sourit, ravie de son effet.

— Quoi qu'il en soit, les deux choses ne sont pas liées, reprit-elle. Si j'avais juste cherché à me rapprocher de Lou, je serais rentrée dans la police. Ç'aurait été plus simple.

— Ouais… Sauf que la vieille baderne ne doit pas être loin de la retraite !

Un raclement de gorge les fit se retourner : debout dans l'encadrement de la porte, la vieille baderne les regardait. Depuis combien de temps était-il là ? Qu'avait-il entendu ? Quitte à lui sauter dessus, Maxine aurait préféré ne pas le prévenir à l'avance, et profiter d'un effet de surprise.

Son corps un peu trop mince semblait flotter dans son costume.

— Je vous dérange ?

Stormy lui tourna le dos et leva les yeux au ciel.

— Entre, Lou, dit Maxine, comme si elle n'avait rien vu. C'est l'odeur des beignets qui t'a attiré ?

Il ne sourit pas à son humour comme il le faisait habituellement.

— C’est… euh… un peu délicat.

Perplexe, Maxine se dirigea vers lui. Aussitôt, il lui fit signe de le suivre sur le seuil. Après avoir fermé la porte derrière eux, il proposa :

— Je te paye un café. On sera plus tranquilles pour discuter. D’accord ?

— Ça a l’air sérieux.

— Ça l’est. J’ai besoin de ton aide pour une histoire qui semble tout à fait dans tes cordes. Sinon, je n’aurais pas fait appel à toi.

— Pourquoi pas ?

— Pourquoi pas quoi ?

— Pourquoi n’aurais-tu pas fait appel à moi ?

Il soupira longuement.

— Parce que tu es toute nouvelle dans ce boulot, et que j’aurais préféré que tu démarres avec quelque chose de plus courant. Rechercher les antécédents d’un suspect ou un truc dans le genre.

— Je vois que tu as confiance en moi…

— Tu n’es qu’une gamine.

— J’ai vingt-cinq ans.

— C’est ce que je dis : tu…

— Tais-toi, Lou.

D’un geste brusque, elle ouvrit la portière de sa voiture et monta à l’intérieur. Il l’imita.

Contrairement à ce qu’elle avait prévu, il ne se dirigea pas vers le coffee-shop, mais roula jusqu’à un fast-food proche. Là, il s’engagea dans l’allée du drive-in, s’arrêta devant la caisse et, sans rien lui demander, commanda deux grands cafés : un noir, l’autre avec deux doses de lait et trois sucres. Elle sourit. Il connaissait ses goûts en matière de café.

Ce qui était un bon début…

Après s'être garé sur l'aire de parking la plus proche, il coupa le moteur et se tourna vers elle.

— Dis donc, Lou, dit la jeune femme sur le ton de la plaisanterie, quitte à m'emmener sur un parking, tu aurais pu en choisir un moins fréquenté.

Il rougit légèrement

— Ouais, tu as raison.

— Tu connais ce grand terre-plein au sud de la ville ? C'est là que se retrouvaient les garçons et les filles qui voulaient être tranquilles, après le lycée.

Il évita son regard.

— Bien sûr que je le connais.

— Mmm… Ça veut dire que tu y es déjà allé ?

— Oui. Pour pointer ma torche sur des gosses qui n'avaient rien à faire là et les renvoyer chez leur mère. Maintenant, tu veux bien parler boulot ou tu préfères continuer à batifoler, Maxie ?

Elle préférait continuer à batifoler. Avec lui. Sauf que, visiblement, ça l'agaçait. Il était toujours agacé quand elle essayait de flirter avec lui, même un tout petit peu.

— O.K., va pour le boulot. Je t'écoute.

Elle s'adossa à son siège et but une gorgée de café.

— Voilà. Il s'agit d'une femme. Une de mes amies. Une très bonne amie.

Maxine se redressa d'un coup. Elle avait l'impression d'avoir entendu une craie crisser sur un tableau noir.

— Elle s'appelle Lydia Jordan. C'est elle qui dirige Le Havre.

— Cet abri pour adolescentes en difficulté dans le centre-ville ?

Lou acquiesça d'un signe de tête.

— Je croyais qu'il était dirigé par deux anciennes prostituées.

Nouveau hochement de tête.

Maxine le regarda droit dans les yeux.

— Tu veux dire que ton amie est une prostituée ?

— Etait.

— Et comment se fait-il que tu la connaisses aussi bien ? demanda la jeune femme sur un ton nettement accusateur.

Lou sourit.

— Dis donc, Maxine, qu'est-ce qui te prend ? Si je n'avais pas l'âge d'être ton père, je pourrais croire que tu es jalouse.

— Tu n'as absolument pas l'âge d'être mon père.

D'un point de vue purement technique, il avait l'âge. Mais elle ne l'aurait reconnu pour rien au monde.

Il secoua la tête en soupirant.

— La première fois que j'ai rencontré Lydia, c'était lors d'une arrestation pour racolage. J'étais un bleu, à l'époque, et elle ne devait pas avoir plus de dix-huit ans. Au cours des années suivantes, j'ai bien dû la coffrer une dizaine de fois. Puis, elle a décidé de changer de vie. Je ne connaissais pas aussi bien Kimbra, mais je sais qu'elles se sont rencontrées dans la rue, et que c'est leur amitié qui leur a donné le courage de repartir de zéro.

— Kimbra est sa partenaire ? L'autre moitié de ce charmant duo ?

Il hocha la tête.

— Elles ont suivi des cours, elles ont trouvé de vrais boulots et, une fois totalement sorties d'affaire, elles ont eu envie de venir en aide aux filles comme elles. Je suppose qu'elles ont elles-mêmes passé quelque temps au Havre avant d'en prendre la direction. Mais qu'importe ? Tout ça n'a plus d'importance, à présent.

— Bien sûr que si ! Jusqu'à quel point es-tu proche de cette Lydia ?

Il lui jeta un regard qu'elle ne lui avait jamais vu. Un regard furieux qui lui disait plus clairement que tous les mots qu'elle venait de franchir une limite invisible et qu'elle avait intérêt à faire marche arrière tout de suite.

Avec un soupir, elle baissa les yeux.

— Kimbra Sykes est morte. Assassinée. Et, je ne sais pas pourquoi, Lydia s'est mis en tête que son meurtre est l'œuvre de forces surnaturelles.

Il en aurait fallu davantage pour impressionner Maxine.

— Elle se droguait, à l'époque où elle faisait le trottoir, non ?

— Non. Mais elle a toujours été très superstitieuse.

Maxine avait envie de hurler. De lui dire à quel point elle se fichait que cette ancienne prostituée soit ou non superstitieuse. De toute façon, elle la détestait. Elle l'avait détestée dès l'instant où il avait prononcé son nom… Au lieu de cela, elle déclara d'un ton glacial :

— Franchement, je ne vois pas en quoi je pourrais lui être utile.

Lou posa une main sur son épaule.

— Qu'est-ce qu'il y a, Maxie ? J'ai fait quelque chose qui t'a contrariée ?

— Non, répondit-elle en évitant son regard.

— Alors, pourquoi fais-tu une tête pareille ?

Elle ne répondit rien.

Il secoua la tête en soupirant.

— Je pensais juste que… Bon sang, tu es une spécialiste de ce genre de choses, non ? Tu te rappelles cette femme qui s'imaginait que sa maison était hantée et qui s'était adressée à un chasseur de fantômes par l'intermédiaire d'Internet ?

— Chasseur qui s'est révélé être le fantôme en question. Oui, je m'en souviens très bien.

— Dès que tu as entendu cette histoire, tu as deviné la vérité. Et c'est grâce à tes connaissances sur le sujet que tu as réussi à convaincre cette femme qu'un véritable fantôme ne se serait pas comporté comme le sien. Tu te rappelles ? Elle ne cessait de répéter que, sans toi, elle n'aurait jamais compris ce qui se passait.

Maxine haussa les épaules et rougit légèrement sous le compliment.

— Je me débrouille assez bien quand je connais mon sujet.

— Et celui-là, tu le connais parfaitement. Grâce à ton scepticisme naturel qui te pousse à aller voir un peu plus loin dès que quelque chose te paraît bizarre, tu as appris tout ce qu'on pouvait savoir dans ce domaine.

— Ce n'est pas que je rejette complètement l'idée du paranormal. Mais je sais que, dans quatre-vingt-quinze pour cent des cas, les fantômes, esprits, médiums et autres messagers de l'au-delà ne sont que des arnaqueurs. Je crois ce que je vois de mes propres yeux, pas ce qu'on me raconte. Et encore... Quand il s'agit du gouvernement ou d'une quelconque autorité, même mes yeux ne suffisent pas à me convaincre. Si c'est ça que tu appelles être sceptique, alors, tu as raison : je suis une sceptique.

— A n'en pas douter.

Elle haussa les épaules.

— Je ne comprends toujours pas ce que je peux faire pour ton... amie.

— Tu peux la convaincre que Kimbra n'a pas été assassinée par un vampire.

Maxine leva lentement la tête, et plongea son regard dans celui de Lou, à la recherche d'une lueur d'humour. Une étincelle de malice qui lui prouverait qu'il plaisantait. Mais elle n'en vit aucune.

— Un vampire ?

— Oui. C'est l'histoire la plus délirante que tu aies jamais entendue, je suppose ?

Maxine approuva d'un vague signe de tête. Dans son esprit, elle se revoyait cinq ans auparavant, parmi les ruines du building en flammes, avec les militaires, les gyrophares. Merde ! Elle avait toujours su que cette histoire la rattraperait. Elle connaissait des choses qu'elle n'aurait pas dû connaître. Des choses que *personne* ne devrait connaître.

— Quand puis-je rencontrer cette Lydia ?

— Alors, tu es d'accord ?

Elle le regarda, avala sa salive.

— Bien sûr, Lou. Tu sais que je ne peux rien te refuser. J'espérais juste que ta visite était motivée par une raison un peu plus « fun ».

Avec un petit rire embarrassé, il déposa un rapide baiser sur sa joue, et détourna les yeux. Puis il démarra la voiture pour la reconduire chez elle.

7.

Dante s'éveilla dans la noirceur de sa tombe et regarda autour de lui.

Il ne s'agissait pas vraiment d'une tombe. Enfin, pas au sens où on l'entend habituellement. C'était juste un grand cube en béton, sans aucune aération. L'air — désagréable mélange de poussière et de moisi — lui irritait la gorge. Ne manquait qu'un ou deux corps en décomposition pour parfaire l'illusion.

Creusée sous les fondations, la pièce contenait, en tout et pour tout, une vieille table branlante surmontée d'une lampe à pétrole, et un cercueil. Cette installation caricaturale possédait plusieurs avantages. Tout d'abord, elle avait toutes les chances de décourager ceux qui, par aventure, parviendraient jusqu'ici. Hormis les chasseurs de vampires, évidemment… Ensuite, les cercueils étaient construits pour résister au temps, et celui-ci était en aussi bon état que la dernière fois qu'il y avait dormi. Le parfum avait bien perdu un peu de sa fraîcheur, mais le rembourrage était toujours aussi moelleux. Un rectangle de béton s'élevant du sol formait le socle sur lequel il était posé. Ce socle représentait le troisième avantage : creux, il conduisait à un tunnel secret. A ce jour, Dante n'avait jamais eu besoin d'ouvrir la trappe au fond du cercueil, mais il était rassurant de savoir qu'elle existait.

Cet endroit était sûr, protégé, mais il n'avait pas été conçu pour servir d'habitation. Juste de refuge. Et Dante savait qu'il devait agir rapidement.

Il fallait qu'il découvre l'identité de ces chasseurs de vampires et la manière dont ils obtenaient leurs informations. Surtout, il fallait qu'il les empêche de nuire, une fois pour toutes.

Tout en lissant ses vêtements froissés, il jeta un coup d'œil à l'escalier en colimaçon qui montait jusqu'au plafond. Une trappe, totalement invisible de l'autre côté, permettait d'accéder à la pièce au-dessus. Mais quand il avait voulu la soulever pour voir comment la nouvelle occupante des lieux avait transformé sa maison, il s'était rendu compte qu'elle était bloquée. Quelqu'un avait dû installer un nouveau plancher au-dessus de celui qui, autrefois, recouvrait le sol de son bureau. Il aurait pu facilement le casser, mais il préféra n'en rien faire, afin de ne pas révéler sa présence. Il était déjà suffisant que la femme l'ait aperçu, la première nuit, juste avant l'aube. Qu'elle l'ait regardé et qu'elle ait murmuré son nom…

Il l'avait parfaitement entendue, malgré la distance, ses sens aiguisés par des siècles d'immortalité et aussi, probablement, par le sang qu'il buvait. Le sang frais n'était-il pas de l'énergie pure pour ceux de son espèce ?

Elle avait prononcé son nom, et il l'avait entendue. Matériellement et mentalement. Il avait senti ce murmure se répéter comme en écho dans son esprit. Il avait perçu l'intensité de l'appel qu'il contenait. Un appel auquel son cœur avait aussitôt réagi, bien que cela n'eût aucun sens puisqu'il ne connaissait même pas cette femme. Même si, elle, de toute évidence, *elle* savait qui il était.

C'était, précisément, ce qui l'obsédait. Avait-elle lu son nom sur un papier qu'il aurait oublié dans la maison ? Pas sur l'acte d'achat, en tout cas, puisqu'il avait utilisé une fausse identité.

D'ailleurs, le fait qu'elle ait trouvé son nom quelque part n'expliquait pas comment elle avait pu le relier à un inconnu aperçu sur le rivage, en pleine nuit. Car elle l'avait, bel et bien, *reconnu*. Et il ne comprenait pas comment c'était possible.

Etait-ce parce qu'elle faisait partie des Elus : ces quelques mortels porteurs de l'antigène Belladonna qui courait dans le sang de chaque vampire ? D'après ce qu'il savait, ces Elus étaient les seuls humains à pouvoir être transformés avec succès — et ils attiraient ceux de son espèce comme des aimants. A moins d'être déments ou ivres de passion — ivres de sang, en quelque sorte —, les vampires étaient incapables de leur faire du mal. Ils considéraient même comme un honneur de les protéger. Pour Dante, il s'agissait, avant tout, d'imprudence. En se laissant attirer par un mortel, en prenant soin de lui, on s'exposait : on devenait vulnérable.

Pourtant, en dépit du danger que représentait cette femme, il n'avait pas le choix : il devait découvrir le lien qui les unissait et obtenir d'elle les informations dont il avait besoin. Tout cela sans succomber à son charme.

Sans doute ignorait-elle tout de l'antigène qui était présent dans son sang et la rendait différente des autres mortels. Lui-même n'en savait pas grand-chose, sinon qu'il était commun à tous les vampires, et qu'ils le sentaient comme on sent un parfum.

Un parfum qu'il percevait, justement, en cet instant.

Des bruits de pas résonnèrent au-dessus de sa tête. Il leva les yeux, écouta… C'était elle. Il la sentait. Elle était pieds nus ou en chaussettes. Elle s'arrêta de marcher, resta immobile, juste devant la cheminée… Si la cheminée était toujours là.

Incapable de résister, Dante se plaça juste au-dessous de l'endroit où elle se tenait, et posa les mains sur la trappe. Puis, les yeux clos, il ouvrit son esprit.

Morgan se pencha pour allumer le feu dans la cheminée. Les flammes jaillirent aussitôt, et elle demeura un instant sans bouger, à admirer le spectacle. Soudain, elle sentit son estomac se nouer douloureusement, et un long frisson la parcourut.

Elle croisa les bras, et s'appuya à la cheminée, le temps de reprendre son souffle.

— Bon sang, qu'est-ce qui se passe ? murmura-t-elle.

Très lentement, elle releva la tête, et regarda derrière elle.

— Qui est là ?

Pas de réponse. Tout était immobile, silencieux, désert. David était reparti pour L.A., quelques heures plus tôt. Et pourtant, elle sentait une présence.

Elle prit une longue inspiration, et se dit qu'elle était victime de son imagination. Comme cette nuit, quand elle avait cru voir un homme sur la falaise. Un homme qui ressemblait au portrait qu'elle s'était fait de Dante. Elle devait passer trop de temps plongée dans son journal. Mais comment faire autrement, alors qu'elle ne désirait plus que cela ?

Ses pieds semblaient cloués au sol. Malgré tout, elle s'obligea à marcher jusqu'à son bureau. Son sentiment de malaise se dissipa peu à peu, tandis qu'elle s'asseyait devant son ordinateur. Elle travaillait mieux la nuit que le jour. Ce qui n'était guère surprenant, étant donné le sujet…

La scène qu'elle commença à écrire était inscrite dans chaque cellule de son corps. Elle l'avait vécue en la lisant dans le journal, et elle la vivait de nouveau en la transcrivant sur l'écran mais, cette fois, elle se mettait à la place de la victime de Dante.

La femme avait aperçu plusieurs fois l'inconnu qui la regardait dans l'obscurité, mais elle ne l'avait jamais approché. Elle était consciente du danger qu'il représentait, et aussi d'autre chose. Quelque chose d'inavouable et de mystérieux qui l'attirait, la tentait, éveillait en elle des pensées immorales.

Puis, une nuit, alors qu'elle était endormie, il vint à elle. Sa bouche sur la sienne l'éveilla… sans qu'elle soit vraiment éveillée… Un simple rêve, voilà ce dont il s'agissait. Un rêve fascinant auquel elle était incapable de s'opposer. Aussi répondit-elle de toute son âme à ses caresses, ses exigences. N'en avait-elle pas le droit, puisque rien n'était réel et qu'au matin, elle ne se souviendrait que d'un songe ?

En écrivant la scène, Morgan devint cette femme : l'esclave inconsciente de Dante. Elle sentit chacune de ses caresses, sa bouche sur la sienne, sa langue qui la goûtait, traçait un chemin brûlant et humide le long de sa mâchoire, de son cou et, plus bas, jusqu'à sa poitrine. Elle retint son souffle quand il referma les lèvres sur un de ses seins, et eut le réflexe de le repousser…

— Mais ce n'est qu'un rêve, mon amour. Tu ne peux pas bouger.

Le plaisir monta en elle quand il commença à agacer la pointe de son sein avec ses dents, la faisant trembler d'extase.

Le cœur de Morgan se mit à battre plus fort à mesure que ses doigts couraient sur le clavier.

Elle demeura allongée, immobile, subjuguée, tandis que Dante, de ses doigts agiles, lui ôtait sa chemise de nuit, puis s'aventurait sur sa peau, et venait la caresser jusqu'au plus intime de sa féminité. Il prit ainsi possession d'elle. Et elle aima ça. Elle en voulut plus encore.

Ses yeux. Seigneur, ses yeux ! Comme ils brillaient lorsqu'ils plongeaient dans les siens. Ils la désiraient, lui ordonnaient de ne pas résister. De s'abandonner. Ce n'est qu'un rêve, songea-t-elle. Je ne peux pas me réveiller, je ne peux pas bouger. Alors, c'est bien ainsi. C'est bien de me soumettre à son désir puisque je n'ai pas le choix.

Il glissa ses doigts dans la douce moiteur entre ses jambes, les introduisit au plus profond d'elle-même, allant et venant, tandis que son pouce trouvait la zone la plus sensible de son être, la caressait encore et encore. Elle écarta les cuisses pour l'accueillir. Sans cesser ses caresses, il s'allongea sur elle, embrassant sa gorge, tandis que son corps secoué de plaisir se tendait contre lui. A l'instant où ses dents pénétrèrent sa chair, l'orgasme la submergea.

Morgan cria. Son corps entier tremblait. Elle porta la main à son cou, comme si elle avait senti là, contre sa peau, la tiédeur d'une bouche. Son cœur battait à tout rompre, et elle était humide de plaisir. Prenant une profonde inspiration, elle se leva, les jambes en coton, et s'éloigna de son ordinateur. Mon Dieu ! Ça semblait si réel ! Elle avait senti ses dents pointues percer sa chair. Ses lèvres sur elle, ses mains…

Et cette morsure vive, rapide, délicieuse…

Frissonnante, plus excitée qu'elle ne l'avait jamais été, elle ôta lentement sa main de sa gorge et regarda sa paume, s'attendant presque à y découvrir des traces de sang. Mais, bien sûr, il n'y avait rien.

— Mon Dieu, qu'est-ce que ça signifie ? Qu'est-ce qui m'arrive ?

Elle se retourna pour regarder le réveil, et s'aperçut avec surprise que le temps avait filé sans qu'elle s'en rende compte.

Son écran indiquait qu'elle avait écrit douze pages. Douze pages de scène érotique. A quoi cela ressemblerait-il, une fois adapté pour l'écran ?

A rien, décida-t-elle. Parce que ça ne sera jamais tourné.

Elle relut la scène, puis, forte de sa décision, sélectionna l'ensemble et appuya sur la touche « Suppr ». A la place du texte, elle inséra des indications rapides, laissant au réalisateur et aux acteurs le soin d'imaginer la scène. « Ils font l'amour. Il la mord. Le lendemain, elle croit avoir rêvé. » Elle sauvegarda ensuite le fichier, ferma l'ordinateur, et resta là, immobile, à se demander ce qui avait bien pu lui arriver.

Elle était partie en voyage. Un voyage imaginaire. En esprit, elle avait ressenti tout ce qui se passait. Et, bien qu'elle ait déjà fantasmé de nombreuses fois à propos de Dante, jamais ça n'avait été aussi intense. Aussi réel.

Elle était toujours humide de plaisir. Sa peau était brûlante, ses seins tendus et sensibles. Elle sentait son sang pulser rapidement dans son cou, là où elle avait cru sentir la bouche chaude de Dante.

D'un pas mal assuré, elle gagna l'étage et se fit couler un bain froid. Peut-être devrait-elle sortir, trouver un homme et coucher avec lui... De toute évidence, elle était en manque.

Dante avait suivi chacun de ses déplacements, pressé ses mains sous l'endroit où elle était assise, senti sa présence de l'autre côté du plancher. Il avait ouvert son esprit au sien.

Et ce qu'il y avait lu l'avait captivé. Elle se visualisait elle-même. Avec une si grande clarté qu'il n'avait aucun mal à la voir telle qu'elle se percevait. Elle ne se voyait pas aussi mince et pâle que dans la réalité. Son corps était plus arrondi, son teint respirait la santé. Ses cheveux, en revanche, étaient identiques : longs, épais, avec de chauds reflets cuivrés. Ses yeux, qu'il n'avait encore jamais vus de près, brillaient comme des émeraudes sous ses cils fournis.

Elle était allongée sur un lit, entourée des voiles blancs d'un baldaquin, et lui, Dante, debout au-dessus d'elle, la contemplait. Il se voyait à travers son imagination à elle, de plus en plus net à mesure qu'elle plongeait dans son rêve éveillé. Il y avait bien longtemps qu'il ne s'était pas aperçu dans un miroir. Il avait oublié à quel point son visage était sombre, ses yeux enfoncés, sa bouche large.

C'était stupéfiant de se voir ainsi, avec une telle précision, dans l'esprit de cette femme, dans sa vision. L'espace d'un instant, il en eut le souffle coupé, et dut prendre un peu de distance pour se retrouver. Il cligna des yeux, regarda la pièce lugubre autour de lui. Puis, il l'entendit frapper sur son clavier. Une frappe rapide, irrégulière, qui s'interrompait de temps en temps.

Quand il la sentit frémir, il reporta son attention sur elle, sur la scène qui se déroulait dans son esprit, tandis qu'elle pianotait de plus en plus vite. Il se vit repousser le drap, s'entendit lui dire que ce n'était qu'un rêve, qu'elle n'avait aucun contrôle sur ce qui se passait et, donc, aucune culpabilité à ressentir. Qu'elle pouvait se laisser aller, s'abandonner sans honte ni peur à des sensations qu'elle ne se serait jamais autorisée à éprouver en état de veille. Il lui demanda de se soumettre totalement à sa volonté, et elle accepta dans un soupir. Alors, il s'agenouilla près du lit et la déshabilla lentement. Elle demeura allongée, sans bouger, sans lui résister.

Il regarda la scène se dérouler, hypnotisé, piégé, incapable de libérer son esprit de cette vision, de son clone mental qui caressait cette femme, l'embrassait. Là, juste au-dessous d'elle, dans sa cave de béton, il ressentait tout ce qu'elle éprouvait, percevait son parfum, s'enivrait de la saveur de sa peau. Et, quand il se vit planter les dents dans sa chair délicate, il se mordit la lèvre sans même s'en rendre compte. Dans un instant de plaisir inouï, il sentit le goût de son sang sur sa langue, et l'onde de son orgasme qui le traversait tandis qu'elle criait son nom.

Puis, la vision s'évanouit. La femme se leva. Il entendit ses pieds se poser sur le sol. La pièce autour de lui redevint noire.

Tremblant, Dante s'adossa contre le mur frais, le temps de reprendre son souffle. Bon sang ! Qui était cette femme ? Comment pouvait-elle connaître son visage, sa voix, et surtout les pouvoirs qui étaient les siens ? Comment savait-elle ce qu'il était ?

Sa vision était aussi précise, aussi claire que les récits que faisaient, autrefois, les conteurs gitans autour du feu de camp. Etait-ce parce qu'elle croyait à son fantasme ? Parce qu'elle *voulait* qu'il se réalise ?

Il était excité, il bandait et il avait faim. Horriblement faim. Il savait peu de choses à propos de ces mortels Elus et de leurs liens avec les vampires. Mais, déjà, il comprenait que ce lien était beaucoup plus puissant qu'il l'avait cru.

Il fallait qu'il en apprenne davantage.

Mais, d'abord, il devait se nourrir. Pas de son sang à elle. Surtout pas. Si un simple fantasme l'avait mis dans cet état, quel serait l'impact de la réalité ?

Il la tuerait. Qu'il commette l'erreur de la toucher, et il perdrait tout contrôle : il prendrait tout ce qu'elle avait à lui donner. Son corps. Son sang. Sa vie.

Chassant de son esprit les dernières images de la vision de la femme, il marcha jusqu'à la porte d'acier au fond de la pièce, en tira le verrou, et se glissa dans le tunnel qui conduisait à l'extérieur. Puis, le corps toujours brûlant de désir, il prit le chemin de la ville.

Pour trouver à manger.

Allongée dans un bain frais, Morgan s'efforçait de retrouver ses esprits. D'accord, elle rêvait souvent de Dante, mais jusqu'alors il ne s'agissait que de cela : un rêve. Et si, chaque jour, elle avait l'impression de pénétrer dans l'esprit de Dante pour adapter les récits de son journal intime, elle n'en restait pas moins consciente de l'écart qui existait entre fiction et réalité. Comme tous les auteurs qui se projettent dans leurs personnages.

Cette fois, pourtant, elle avait senti sa présence. Elle avait perçu le contact de ses mains sur sa peau, de son souffle sur son cou, de ses dents dans sa chair…

Tout avait été réel.

Et merveilleux.

Avec un soupir, elle se glissa plus profondément dans l'eau, et ferma les yeux en essayant de penser à autre chose. N'importe quoi. La cérémonie de remise des prix. Sa robe, qu'elle n'avait toujours pas choisie. Le temps qu'elle allait devoir passer à L.A. Un temps qu'elle réduirait au minimum…

Non ! décida-t-elle. Il se passait quelque chose d'important, ici. Quelque chose qu'elle devait creuser jusqu'à ce qu'elle comprenne de quoi il s'agissait.

Elle n'irait nulle part avant d'avoir la réponse.

D'ailleurs, pourquoi ne pas commencer à *creuser* tout de suite… ?

Les paupières closes, elle visualisa de nouveau la scène qu'elle venait d'écrire. Ses genoux se replièrent, ses cuisses s'écartèrent. Elle glissa une main en elle, se caressa en s'imaginant que c'était sa main à lui. Elle frissonna.

— Dante…

*
* *

Il pouvait se déplacer très rapidement quand la faim s'emparait de lui. En une heure, il fut à Bangor. Il déambula dans les rues, scrutant l'obscurité de son regard acéré.

Il n'eut aucun mal à la trouver. Avec ce qu'il lui donnait, elle n'avait pas besoin de travailler, et elle était toujours disponible pour lui. Tant mieux. Il n'avait pas le temps de séduire une innocente ni de se mettre en quête d'une victime qui méritait la mort. Pas cette nuit. Ce qu'il lui fallait, c'était un assouvissement rapide et sans questionnements.

Il sonna. Elle ouvrit en souriant.

— Ça faisait longtemps.

Il hocha la tête, entra et ferma la porte derrière lui.

— Tu veux quelque chose à…

— Non. Viens.

Elle cligna des paupières. Elle semblait un peu effrayée, bien qu'elle n'ait eu aucune raison de l'être. N'avaient-ils pas déjà fait ça maintes et maintes fois ? Sans doute cette lueur d'angoisse dans ses yeux était-elle due à sa propre humeur, songea-t-il. Son air sombre…

Il se força à sourire.

— Viens ici.

Elle obéit, noua les mains autour de sa nuque et laissa sa tête tomber en arrière.

Il ne lui en fallut pas plus. Se penchant vers elle, il mordit dans sa chair. Elle se raidit avec un petit cri, puis, peu à peu, se détendit, avant de s'abandonner totalement contre lui. Il sentait son sang tiède couler sur sa langue, le long de sa gorge… Le fluide chaud courait dans ses veines, le vivifiait, le régénérait. Tendu de désir, il se cambra contre elle et posa les mains sur ses hanches pour la presser plus fort sur son sexe. Seigneur ! Jamais il n'avait ressenti un tel appétit ! Un appétit insatiable. Le sang jaillissait en un flux régulier dans sa bouche, au rythme des battements de cœur de sa victime. Jusqu'au moment où ce flux s'amenuisa…

Alarmé, Dante se redressa. Il se lécha les lèvres — Dieu, que c'était bon ! — et regarda la femme : sa tête était penchée sur le côté droit, ses yeux étaient fermés et sa peau était devenue extrêmement pâle. Un mince filet de sang s'écoulait des deux petits trous à la base de sa gorge.

Mon Dieu ! L'avait-il tuée ?

— Belinda ? Belinda, réveille-toi !

Il la secoua doucement, lui tapota le visage.

Ses paupières frémirent, mais demeurèrent fermées. Avec un soupir, il la souleva dans ses bras et la porta jusqu'au canapé, où il l'allongea doucement. Il posa un oreiller sous ses pieds, et couvrit son corps.

Enfin, elle bougea…

Ses yeux s'ouvrirent. Elle lui sourit.

— C'était si bon…, murmura-t-elle.

— Tu te sens bien ?

Elle inspira longuement. Elle semblait réfléchir à la question.

— Un peu étourdie. J'ai la tête étrangement vide. C'est la première fois que ça me fait un effet pareil.

Sa voix était légèrement pâteuse, comme si elle avait bu.

— Je suis désolé, lui dit-il. C'est ma faute. Je… Ça ne se reproduira pas.

Elle lui adressa un pâle sourire.

— Ça m'a plu, tu sais ? Je regrette juste que tu ne m'aies pas prise en même temps. J'aimerais te faire jouir, moi aussi, chéri. Tu ne veux pas me laisser faire ?

Il secoua la tête.

— Ça ne fait pas partie du marché.

Avec un soupir, il ajouta :

— Tu vas récupérer. Il faut juste que tu dormes, d'accord ?

— Comme tu veux, chéri. C'est toi le patron.

Elle ferma les yeux, et il la sentit sombrer dans le sommeil presque aussitôt.

Rassuré, il se redressa, sortit de sa poche dix billets de cent dollars et les posa sur la table basse. Une prime en plus du généreux salaire qu'il versait chaque mois à Belinda pour être sa putain particulière. Aujourd'hui, grâce à lui, cette ancienne prostituée n'avait plus besoin de vendre son corps. Juste un peu de son sang... En échange, il lui assurait un train de vie très confortable, et lui louait un appartement de luxe dans trois villes différentes de la côte Est, afin qu'elle puisse le rejoindre rapidement quand il l'appelait. Il mettait un point d'honneur à toujours garder ses distances avec elle, à ne pas passer trop de temps en sa compagnie, à ne pas la toucher plus que nécessaire. Et, pour ne pas avoir recours à ses services trop souvent, il agissait de même avec d'autres filles, en Amérique et en Europe. Toutes semblaient très satisfaites de cet arrangement.

Il ignorait si elles avaient compris ce qu'il était vraiment ou si elles le prenaient juste pour un désaxé qui avait les moyens de sa folie. Quoi qu'il en soit, il était certain qu'elles ne divulgueraient pas son secret car il leur avait bien fait comprendre qu'il leur couperait immédiatement les vivres si elles parlaient de lui ou des ses goûts « particuliers » à qui que ce soit.

Il les avait trouvées dans la rue. Sur le trottoir, plus exactement. Ce qui le rassurait. Une femme que vous arrachez à une telle misère n'est-elle pas encline à se montrer plus loyale qu'une autre à votre égard ? Plus qu'une femme riche, en tout cas. D'ailleurs, il n'avait jamais fait confiance aux gens riches.

Cette femme, qui vivait dans sa maison du Maine, par exemple… Elle avait beaucoup d'argent, il en était certain.

Et il se méfiait d'elle.

C'est pourquoi, maintenant qu'il avait assouvi sa faim, il était pressé de retourner là-bas afin d'en apprendre un peu plus à son propos et de comprendre comment elle pouvait savoir autant de choses sur lui.

8.

Il revint la voir, cette nuit-là. Et, de nouveau, elle comprit que ce n'était qu'un rêve.

Après son bain, elle s'était couchée en laissant la porte-fenêtre du balcon ouverte. Un peu comme un défi. Comme si une partie d'elle-même s'obstinait à croire que, d'une manière ou d'une autre, tout cela pouvait être vrai.

Les personnages de roman ne prennent pas vie ; ils ne rendent pas visite à leur créateur, s'était-elle répétée. Mais alors, pourquoi avait-elle si longuement brossé ses cheveux avant de se glisser entre les draps ? Pourquoi avait-elle revêtu ce minuscule déshabillé noir ?

Elle était folle. Obsessionnelle. Amoureuse d'un homme mort depuis des siècles. Pire, d'un homme qui n'avait sans doute jamais existé, hormis dans l'esprit d'un fou. Dante le solitaire, Dante l'immortel. La créature de la nuit aux pouvoirs irrésistibles n'était que le fruit de l'imagination d'un auteur mythomane.

Sans doute, mais elle n'en était pas moins obsédée par cette *créature*.

Avant de sombrer dans le sommeil, elle était restée allongée un long moment, le priant silencieusement de la rejoindre dans ses rêves. Ou, du moins, essayant de convaincre son inconscient de le faire apparaître…

Puis elle sentit une douce brise pénétrer dans la chambre par la porte-fenêtre, et comprit qu'il était là. Dans son rêve, ses yeux s'ouvrirent et elle le vit : debout au pied du lit, il fixait sur elle son regard noir. La sensation était la même que dans son rêve précédent.

— Dante, murmura-t-elle.

Il haussa les sourcils, l'air surpris.

— La plupart des femmes réagiraient différemment en découvrant un inconnu dans leur chambre.

— Tu n'es pas un inconnu. Je te connais.

— Ça, je l'avais compris.

Sa voix était telle qu'elle l'imaginait. Profonde et douce. Incroyablement sensuelle.

— Ce que j'aimerais savoir, c'est… comment me connais-tu ?

Elle s'assit dans le lit, laissant le drap glisser et dévoiler son corps. Elle voulait qu'il la voie.

— Comment ?

Il réagissait comme elle l'espérait. Comment aurait-il pu en être autrement ? N'était-ce pas son rêve ? Elle vit son regard glisser le long de son corps, s'attarder sur ses seins à peine voilés par la dentelle noire.

— Comment sais-tu qui je suis ?

Elle ferma les paupières, sentit son corps répondre au regard de Dante comme à une caresse.

— Je n'en suis pas sûre. C'est comme si j'étais possédée par toi.

Elle rouvrit les yeux, et le regarda fixement pour ajouter :

— Et c'est ce que je désire.

— Vraiment ?

Elle hocha lentement la tête.

— C'est drôle : je n'ai jamais ressenti pour aucun homme ce que je ressens pour toi. Alors que tu n'es qu'un fantasme. Un rêve.

Détournant le regard, elle poursuivit :

— C'est aussi bien comme ça, je suppose. Au moins, on ne risque pas de se faire du mal.

Il inclina la tête sur le côté, l'air songeur.

— Un rêve, c'est ce que je suis ?

Elle acquiesça.

Il eut un sourire amusé.

— C'est ce que tu veux que je sois ? Un rêve ? Comme celui que tu as fait cet après-midi ?

A ces mots, elle sentit un mélange de désir et de peur la submerger. Etourdie, elle ne répondit pas. Il s'approcha d'elle, prit le drap qui couvrait encore ses hanches, et le fit lentement glisser jusqu'à ses pieds, révélant ses jambes nues.

— Si tu réponds à mes questions, je te donnerai… satisfaction.

A présent, il était assis au bord du lit. Il tendit le bras vers elle, effleura sa poitrine du dos de la main.

— Tout d'abord, quel est ton nom ?

— Morgan. Morgan De Silva.

— Parfait.

Il tourna sa main, lui caressa la pointe d'un sein du bout des doigts. Sa récompense… qui la fit frissonner de plaisir.

— Je me pose une question, Morgan : serais-tu aussi consentante si j'existais vraiment ?

Ses doigts traçaient des cercles autour de son mamelon durci, le pinçaient délicatement. Elle poussa un petit gémissement.

— Si tu existais vraiment, tu ferais de moi ta semblable.

A ces mots, il tressaillit. Ses doigts s'immobilisèrent, et il plongea son regard dans le sien.

— Pourquoi ferais-je une chose pareille ?

— Parce que nous sommes faits l'un pour l'autre, Dante. Tu es une partie de moi, et je suis une partie de toi.

Elle baissa les yeux.

— Ce n'est qu'un fantasme, je le sais. Mais, si tu étais réel, ces sentiments le seraient aussi. Et tu ne serais pas plus capable que moi d'y résister.

L'espace d'un instant, elle crut déceler une lueur de peur dans ses prunelles.

Elle couvrit de la sienne la main qu'il avait posée sur son sein.

— Mais tu n'existes pas. Même si, ce soir, ce rêve me semble plus réel que jamais.

Elle posa les yeux sur leurs mains.

— Je sens tes doigts sur moi. Je veux tout explorer avec toi, Dante. Faire tout ce que j'ai imaginé.

D'un geste vif, il retira sa main.

— C'est impossible.

— Bien sûr que c'est possible ! En rêve, tout est possible.

— Je dois partir, déclara-t-il soudain en se redressant.

Avant qu'il ait fait un pas, elle se leva à son tour et le saisit par les épaules pour l'obliger à la regarder.

Il se tourna vers elle, de mauvaise grâce, comme s'il agissait contre son gré. Sans lui laisser le temps de réfléchir, elle fit glisser les bretelles de son déshabillé sur ses épaules, et le vêtement tomba à terre. Un moment, elle resta là, immobile, nue, consciente du regard de Dante qui l'enveloppait, détaillait son corps sans la moindre gêne. Puis elle lui prit la main, le ramena vers le lit, et s'allongea sur le dos.

— Prends-moi, Dante.

Elle réunit ses cheveux sur le côté, offrit son cou.

— Goûte-moi. Je veux encore ressentir ce que j'ai éprouvé tout à l'heure. Me sentir possédée par toi, me donner à toi : sang, corps et âme.

Elle s'aperçut qu'il tremblait. Mais il n'avait pas lâché sa main. Elle l'attira plus près. Jusqu'à ce qu'il s'asseye de nouveau au bord du lit. Alors, elle s'assit à son tour et l'embrassa.

Il lui rendit son baiser avidement, lui mordillant la langue de ses dents aiguisées. Quelques gouttes de sang jaillirent. Il les but, son corps pressé contre le sien et, sans cesser de dévorer sa bouche, il la renversa sur le lit. Il avait glissé un genou entre ses cuisses, et elle pouvait sentir son érection contre son mont de Vénus.

D'une main, elle voulut ouvrir la fermeture Eclair de son jean.

Il l'arrêta. Se détacha avec douceur de ses lèvres.

— Je te ferais mal, murmura-t-il.

— Tu ne peux pas me faire mal. C'est un rêve.

Assis, le souffle court, il déclara :

— Ferme les yeux, Morgan. Je vais te donner ce que tu veux.

Allongée, immobile, elle fit ce qu'il lui ordonnait.

Il s'étendit près d'elle, et elle l'entendit chuchoter à son oreille :

— Ne résiste pas. Ouvre-toi à moi. Laisse-moi entrer en toi. Dans ton esprit.

— Oui.

Elle écarta les jambes, mais il ne la toucha pas. Et pourtant, il la caressa… sans faire un geste. Elle perçut le contact brûlant de ses doigts invisibles sur elle. Ils couraient sur sa peau, nulle part et partout à la fois. Elle les voyait en esprit, les sentait, tout en sachant que Dante n'avait pas bougé, qu'il était toujours assis sur le lit, immobile, à la regarder.

— C'est ça, murmura-t-il. Abandonne-toi. Sens-moi, Morgan. Je suis en toi, autour de toi. Tu me sens ?

— Oui.

— Autour de toi, en toi, je te possède, je te prends. Ton corps m'appartient. Il m'obéit. Tu le sens, Morgan ?

Incapable de parler, elle hocha la tête. Le plaisir l'envahissait, la submergeait. Elle se cambra pour en réclamer plus encore.

Il effleura ses lèvres des siennes, tout en lui ordonnant :

— Maintenant, Morgan. Viens.

L'orgasme explosa en elle avec une force inouïe. Elle cria le nom de Dante, referma ses bras autour de son cou pour l'attirer contre elle. Et alors, elle *sentit* : sa bouche contre sa gorge, ses dents dans sa chair, cette délicieuse sensation d'aspiration.

— Oui, oui, oui ! cria-t-elle, tandis que de nouvelles vagues de plaisir pur la secouaient, de plus en plus puissantes à mesure qu'il buvait son sang.

Puis elle s'évanouit. Elle disparut de sa propre conscience pour ne faire plus qu'un avec Dante.

Dante s'essuya la bouche et redressa la tête. Seigneur, qu'avait-il fait ? Il s'était pourtant promis de résister !

Les bras de Morgan glissèrent le long de son cou et retombèrent, inertes. Il installa délicatement sa tête sur l'oreiller, et remonta le drap sur son corps. Puis il se détourna et ferma les yeux. Il ressentait de nouveau la faim. Pourtant, tout ce qu'il voulait, c'était lui donner du plaisir grâce à ses pouvoirs psychiques. Comment aurait-il pu se douter que cela produirait un tel effet sur lui ? Quand elle l'avait attiré vers elle, le corps secoué par la jouissance, il avait été incapable de la repousser. Son parfum l'enivrait, son sang pulsait sous sa peau diaphane, ses mains pressaient son visage contre sa gorge offerte…

Alors, il l'avait prise. Sans plus réfléchir, il avait enfoncé ses dents dans sa chair délicieuse, et avait bu.

Juste un peu. Un tout petit peu. Mais la sensation avait été incroyable. L'énergie vitale de Morgan avait déferlé en lui avec une puissance phénoménale, le faisant trembler sous le choc et lui donnant envie de mille fois plus.

Il se leva et marcha vers la porte-fenêtre. Mais, aussitôt après avoir posé la main sur le métal froid de la rambarde, il se ravisa. Non. Il ne pouvait pas partir. Pas maintenant. Elle dormait et, bien qu'il ne se soit pas encore laissé le temps d'explorer pleinement les recoins de son esprit, il y avait aperçu les pages d'un manuscrit couvertes de ce qui lui avait semblé être son écriture. Il avait vu aussi une pièce. Une pièce familière. Son bureau.

Il ignorait ce que cela signifiait mais il tenait à l'apprendre.

Il jeta un dernier regard en direction du lit, où Morgan dormait profondément, et prit sa décision. Il était hors de question qu'il laisse ses sentiments pour une mortelle lui faire oublier sa tâche. Même s'il avait un mal fou à détourner les yeux des deux minuscules trous rouges sur la gorge de Morgan et des deux gouttes de sang écarlates qui y perlaient. Une terrible envie de les lécher montait en lui. Il y résista. Il lui aurait été si facile de la saigner jusqu'à la mort…

Sans un bruit, il contourna le lit. La porte de la chambre ouvrait sur un couloir obscur. Après avoir pris soin de refermer derrière lui, il s'y engagea.

Et, soudain, il fut saisi : c'était comme s'il venait de faire un bond dans le passé. Un bond de cent ans. Le plancher fraîchement ciré du couloir brillait dans l'obscurité. Le grand escalier s'évasait jusqu'au rez-de-chaussée, jusqu'à une vaste pièce en tout point fidèle à son souvenir. Il retrouva le dôme creusé dans le plafond où était suspendu le lustre de cristal, les moulures finement travaillées… Dieu, comme cet endroit lui avait manqué !

Ce n'est qu'en descendant les marches, tandis que sa main caressait au passage la rampe cirée, qu'il remarqua les changements. Les peintures des murs avaient été refaites. Le lustre ne fonctionnait plus au gaz mais à l'électricité. Les meubles aussi étaient différents. Bien que du même style que ceux qu'il avait choisis à l'époque. Etait-ce une coïncidence ? Certainement pas. Morgan *savait* de quelle manière il avait meublé cette maison. Les fauteuils ressemblaient à des trônes de rois barbares, avec de larges pieds carrés et des accoudoirs terminés par des gueules d'ours ou de lion. A chaque angle, se dressaient sur leurs piédestaux des statues en granit de guerriers légendaires : Eric le Rouge coiffé de son casque à cornes, une imposante Walkyrie chevauchant un cheval ailé.

Même si Morgan n'avait pas sélectionné les mêmes pièces que lui, elle avait choisi le même thème : les Vikings. Et ce n'était certainement pas l'œuvre du hasard. Cette femme le connaissait. Elle savait qu'il avait été passionné par cette période de l'histoire.

Avec un petit frisson, il se tourna vers la porte à double battant qui ouvrait sur son bureau. Son havre de paix. Son ancien refuge contre le monde.

Il avait presque peur d'y pénétrer. Il faillit faire demi-tour, puis se força à saisir les poignées et à ouvrir.

Et, une fois encore, il eut l'étrange sensation d'être projeté cent ans en arrière. La cheminée restaurée était la réplique de l'original. Et si l'immense bureau au fond de la pièce n'était pas tout à fait identique au sien, il en possédait les mêmes dimensions. Seules concessions à la modernité : le fauteuil à roulettes et l'ordinateur dont la présence semblait déplacée.

Soudain, il songea qu'elle devait être assise là quand il avait pénétré son esprit, un peu plus tôt dans la soirée. Lorsqu'il avait partagé son fantasme. Ressenti la scène qu'elle imaginait comme si elle avait été réelle…

Avant qu'il puisse s'abandonner à ce souvenir, un dessin sur le mur capta son attention et détourna le cours de ses pensées. Il regarda autour de lui : plusieurs autres croquis étaient exposés, certains encadrés, d'autres juste punaisés. Tous le représentaient.

Les yeux écarquillés, il s'approcha de l'un d'eux et examina chaque trait, chaque ombre formant les contours de son visage. Sans même qu'il s'en rende compte, ses doigts glissèrent le long de son menton, de sa joue, de sa mâchoire. C'était si étrange de se voir ainsi, lui qui n'avait plus contemplé son reflet depuis plusieurs siècles. Son visage était-il vraiment si anguleux ? Ses yeux si sombres et si enfoncés ? Mon Dieu, il avait l'air d'un spectre.

Comment cette femme savait-elle à quoi il ressemblait ? Comment ?

Soudain, il eut l'impression que la pièce rétrécissait autour de lui. Il inspira profondément, mais l'air lui manquait. Sans doute le choc de s'être trouvé face à son image, songea-t-il. Le temps de se reprendre, et il ouvrait tous les tiroirs du bureau, examinait chaque rayonnage de la bibliothèque. Sans succès. Aucun indice pour lui permettre de répondre à sa question. L'ordinateur semblait se moquer de lui. Il ne connaissait pas grand-chose à ces machines. Chercher des informations là-dedans risquait d'être un enfer. Mais avait-il vraiment le choix ?

Il crut s'étouffer en découvrant ce dessin qui le représentait enfant, face au feu de camp devant lequel dansait Sarafina.

Il se précipita vers la fenêtre la plus proche et l'ouvrit en grand pour inspirer à pleins poumons l'air frais de la nuit. Le son strident d'une sirène déchira le silence, réduisant à néant ses efforts pour se calmer. Merde, une alarme ! Les mains plaquées sur ses oreilles hypersensibles, il sauta par la fenêtre et s'élança à toutes jambes dans la nuit protectrice.

Lorsqu'il estima qu'il s'était suffisamment éloigné, il s'accroupit derrière un buisson pour réfléchir à la situation. Et alors, il la vit. Morgan. Eveillée par l'alarme, elle s'était directement rendue dans le bureau, là où il se trouvait. Comme si elle savait…

Elle se tint un moment dans l'encadrement de la fenêtre, son regard fouillant la nuit, une expression troublée et vulnérable sur le visage. Même si elle pensait avoir rêvé leur rencontre, elle avait dû comprendre que quelqu'un s'était introduit chez elle. Et la façon dont elle scrutait l'obscurité ne donnait pas l'impression qu'elle avait peur mais, au contraire, qu'elle espérait se retrouver face à son visiteur nocturne.

Cette femme ne se rendait pas compte de l'ampleur du danger auquel elle s'exposait.

Et mieux valait pour elle qu'elle ne le sache jamais…

Il s'apprêtait à partir quand il la vit bouger, tourner la tête vers la vitre et porter la main à son cou. L'expression qui passa alors dans ses yeux le figea sur place.

Mon Dieu, le reflet ! Elle venait de découvrir les marques sur sa peau. Des marques que seules les premières lueurs du soleil pouvaient effacer. Elle contemplait les deux points rouges qui se détachaient sur la blancheur de sa chair. Et elle comprenait.

9.

— D'après moi, Lydia a vu trop de films d'horreur, ces derniers temps. Ça lui monte à la tête.

Maxine se tourna vers Lou, assis au volant de sa vieille Buick.

— Tu crois ?

Sur le large accoudoir qui séparait leurs deux sièges, un gobelet de café fumant et un feuilleté à la saucisse côtoyaient un carnet couvert de taches de graisse, et le plancher était jonché d'emballages vides de barres de céréales. De toute évidence, Lou passait trop de temps dans sa voiture.

— J'en suis certain, répondit-il. Et tu sais sûrement de quoi je parle. J'imagine que tu cours voir ce genre de film dès le jour de leur sortie.

Elle lui adressa un sourire narquois.

— Eh bien, tu te trompes. Je n'aime pas les films fantastiques que l'on tourne aujourd'hui : que des effets spéciaux et aucun style, si tu vois ce que je veux dire.

— Très bien.

— En plus, je déteste aller au cinéma toute seule. Et comme les hommes ne se bousculent pas à ma porte pour m'y accompagner…

Lou secoua la tête d'un air surpris.

— Vraiment ? Ça m'étonne.

— C'est gentil de ta part, Lou. Mais je sais que tu dis ça pour me faire plaisir. Je ne suis pas vraiment un canon de beauté.

— Tu n'es pas mal, quand même ! répliqua-t-il, l'air sincèrement offusqué que l'on puisse penser le contraire.

Maxine tourna la tête, et fit mine de regarder par la vitre pour qu'il ne remarque pas son sourire ravi.

— Disons que je suis assez mignonne. Mais, en général, les hommes ne me trouvent pas sexy.

— Parce qu'ils sont aveugles.

Elle eut envie de sourire de plus belle. Au lieu de cela, elle adressa à Lou un regard étonné.

— Tu veux dire que toi, tu me trouves sexy ?

— Je…

Il s'arrêta net. Puis, les sourcils froncés, il reprit d'un ton réprobateur :

— Tu ne devrais pas te moquer d'un vieux comme moi, tu sais ?

— Je ne…

— Voilà, on y est ! déclara-t-il en se garant sur le parking du restaurant où ils avaient rendez-vous. Maintenant, n'oublie pas : Lydia est une vieille amie, et elle compte beaucoup pour moi. Elle vient de perdre sa meilleure amie, et je peux t'assurer que ce malheur est loin d'être le premier qu'elle subit dans sa vie. C'est pourquoi je te demande de la traiter avec gentillesse et respect.

— O.K. C'est compris.

— Je veux juste la rassurer, tu vois ? Lui sortir de la tête ces histoires ridicules d'assassins suceurs de sang. Et je compte sur toi pour être convaincante. D'accord ?

Elle le regarda en battant des cils.

— Tout ce que tu voudras, Lou.

Il leva les yeux au ciel et coupa le moteur.

L'établissement se composait d'un bar et d'une salle de restaurant. En ce milieu de matinée, il semblait quasiment vide, ce qui expliquait sans doute pourquoi Lou l'avait choisi, songea Maxine.

Elle sortit de la voiture sans prendre la peine de verrouiller la portière. Lou s'en chargea avec une pointe d'exaspération qui la fit sourire : à moins d'être complètement dingue, personne n'aurait l'idée de voler ce tas de ferraille.

Devant l'entrée du restaurant, Lou poussa la porte et s'effaça pour la laisser entrer la première. Elle s'arrangea pour le frôler au passage mais il n'eut même pas l'air de s'en rendre compte.

Dès qu'ils pénétrèrent dans la salle, une femme assise à une table se tourna vers eux. Son regard glissa rapidement sur Lou avant de se poser sur Maxine. Elle la considéra un instant avec douceur, puis se leva en souriant. Un sourire timide et chaleureux, que la jeune femme aurait trouvé sympathique chez n'importe qui d'autre, mais pas chez cette blonde décolorée aux formes plus que pulpeuses. D'autant que c'était à *son* flic *à elle* que ce sourire s'adressait, à présent !

Elle s'efforça de cacher sa mauvaise humeur, tandis que Lou faisait les présentations.

— Lydia chérie, comment vas-tu ?

Maxine sentit son sang battre à ses tempes.

— Ça va. Merci d'être venu, Lou, répondit Lydia en reculant d'un pas.

Elle se tourna vers Maxine.

— Lydia, je te présente Maxine Stuart, la jeune fille dont je t'ai parlé. Maxie, Lydia Jordan.

Le sourire de Lydia ne changea pas. Il ne devint pas le rictus forcé auquel Maxine s'attendait. Sans doute Lydia la jugeait-elle trop jeune pour représenter un quelconque danger. Dans ce cas, elle risquait d'être déçue…

— Je suis si heureuse que vous ayez accepté de me rencontrer, Maxine ! dit-elle en serrant sa main dans les siennes. Lou m'a tellement parlé de vous ! Il m'a assuré que vous en saviez plus sur ce genre de choses que n'importe qui d'autre. Et j'ai vraiment besoin de l'avis d'un spécialiste. Quelqu'un à qui je pourrai me fier.

Maxine cligna des paupières, un peu surprise. Ainsi, Lou avait vanté ses mérites ? C'était plutôt cool. Voilà qui faisait du bien à entendre. Elle se tourna vers lui, mais il évita son regard et lui désigna une chaise.

— Asseyons-nous et discutons de tout ça.

Maxine prit place à un bout de la petite table rectangulaire. Lou s'installa en face d'elle, Lydia entre eux deux. Charmant… Une serveuse apparut, le temps de déposer les menus et trois tasses de café devant eux. Puis elle s'éloigna aussi silencieusement qu'elle était venue.

— Elle n'est pas très bavarde, fit observer Maxine.

— Je leur ai précisé que nous voulions être tranquilles, expliqua Lydia.

Elle avala sa salive comme si elle avait la gorge nouée, puis regarda Maxine droit dans les yeux.

— Je crois que Lou vous a déjà raconté ce qui s'est passé. Mon associée… ma… ma meilleure amie, Kimbra Sykes… a été assassinée, une nuit, alors qu'elle rentrait chez elle, il y a environ deux semaines.

— J'ai effectivement lu les notes de Lou, répondit Maxine à voix basse, au cas où un client les écouterait. On l'a retrouvée le lendemain matin, dans une ruelle.

Lydia hocha la tête. Elle était trop maquillée, songea Maxine, non sans une petite pointe de satisfaction. Avec l'âge, beaucoup de femmes avaient la main un peu lourde sur le fond de teint. Sans doute dans l'espoir de dissimuler les ravages du temps…

— Lou va sans doute hurler en apprenant ça, Maxine, mais…

Lydia ouvrit le porte-documents en cuir noir qui était posé sur ses genoux, en sortit une enveloppe et la tendit à la jeune femme.

— Avant que l'affaire soit transmise au FBI, j'ai obtenu une copie du rapport d'autopsie et des photos prises sur les lieux, juste après le crime.

— Bon sang, Lydia ! Comment as-tu… ?

Lou se tut en voyant Lydia se lever, tandis que Maxine glissait la main à l'intérieur de l'enveloppe.

— Je vais me rafraîchir pendant que vous regardez tout ça tranquillement.

Sur ces mots, elle se détourna pour se diriger vers les toilettes.

— Tu ignorais qu'elle était en possession de ces documents ? demanda Maxine en sortant de l'enveloppe le rapport d'autopsie et les photos.

— Oui. Et je n'ai aucune idée de la façon dont elle se les est procurés. Dès leur arrivée, ces enfoirés de Fédéraux ont saisi toutes les preuves et détruit toutes les copies que nous avions faites.

Maxine leva la tête.

— Ah bon ?

— Cette affaire pue le soufre, Maxie, c'est évident. A mon avis, il doit s'agir d'un serial killer qui frappe toujours selon le même rituel. Mais ne répète ça à personne. Si jamais tu le fais, je jurerai que je ne t'ai rien dit.

— Compris, dit Maxine d'un air résigné.

Elle feuilleta rapidement les premières pages du rapport, puis passa aux photographies. Sur le premier cliché, on voyait une femme d'une quarantaine d'années, grande et mince, étendue sur le pavé d'une ruelle. Elle portait un pantalon de treillis et un pull kaki, et ses cheveux châtain étaient attachés en chignon.

— Pas une mèche qui dépasse, nota Maxine. Tu as vu ses vêtements ? Aucune trace de lutte. Ils ne sont même pas chiffonnés. Et son maquillage est impeccable.

— Oui. J'ai remarqué.

Elle jeta un coup d'œil aux clichés suivants, puis passa à ceux de l'autopsie. Ils lui parurent sans intérêt, jusqu'à ce qu'elle arrive aux gros plans sur le cou de la victime : deux petite piqûres noirâtres contrastaient avec la peau d'une blancheur de crème.

Maxine parcourut le rapport d'autopsie.

— La femme est morte vidée de son sang, lut-elle. D'après ce qui est écrit, son corps ne contenait plus qu'une quantité infime de sang, et ce, alors qu'elle n'avait aucune blessure. Pas de coupure, pas d'écorchure ni d'hémorragie interne. Rien, à l'exception de ces deux piqûres sur sa gorge.

Elle feuilleta les autres pages, puis revint aux premières photos qu'elle examina de nouveau.

— Pas une goutte de sang sur les lieux, non plus.

Elle leva les yeux, rencontra le regard de Lou. Et, derrière lui, elle aperçut Lydia qui revenait lentement. D'un geste vif, elle rangea documents et photos dans l'enveloppe. Voir sa meilleure amie dans cet état devait être insupportable.

— Alors ? demanda Lydia, debout à côté d'elle. Qu'en pensez-vous ?

Maxine agita l'enveloppe.

— Je peux conserver ces documents un jour ou deux ? Je voudrais examiner tout ça de plus près.

— Bien sûr. J'ai fait des copies. Mais… quel est votre avis, Maxine ? Suis-je complètement folle de penser que ça pourrait être… ? Je veux dire…

— Vous n'êtes pas folle, Lydia. Ou bien l'auteur de ce crime a réalisé cette mise en scène pour faire croire que ce meurtre est l'œuvre d'un vampire, ou bien… il est lui-même un vampire.

— Maxie !

Lou la regardait avec stupéfaction. Il semblait prêt à l'étrangler si elle ajoutait un mot.

— Désolée, Lou, lui dit-elle d'un ton d'excuse. Mais, franchement, as-tu une meilleure théorie ?

— Des centaines, même ! Un enlèvement par des extra-terrestres serait moins stupide que ça ! Bon sang, Maxie, je t'ai demandé de venir pour arranger les choses, et tu ne fais que les aggraver !

— Ne t'en prends pas à elle, intervint Lydia d'une voix douce mais ferme. Je lui ai demandé son avis, et elle me l'a donné en toute sincérité. Au risque de te déplaire. Laisse-la parler, s'il te plaît…

Elle se tourna de nouveau vers Maxine, et reprit :

— A votre avis, que dois-je faire, maintenant ?

Maxine eut l'impression d'avoir soudain grandi de plusieurs centimètres. Lydia lui demandait son avis comme si elle était quelqu'un d'important, quelqu'un dont l'opinion comptait. Et c'était effectivement le cas : elle comptait. L'ennui, c'était qu'au fond d'elle-même, elle espérait ne plus jamais entendre parler de cette sombre histoire. Ou, en tout cas, pas aussi vite. Elle revoyait encore le visage de l'homme, brûlé, couvert de suie. Elle l'entendait menacer de sa voix rauque ceux qu'elle aimait.

Elle repoussa ce souvenir, et se rendit compte que Lydia attendait toujours sa réponse.

— Avant tout, et c'est le plus important, vous ne devez parler de ça à personne. Personne, vous entendez ? Faites comme si vous ne saviez rien. Comme si vous avaliez toutes les couleuvres qu'ils vous serviront à propos de la mort de Kimbra. Remerciez-les sans discuter. Ne posez aucune question. C'est vital.

Lydia parut surprise, mais elle acquiesça avec force hochements de tête. Quant à Lou, il la dévisageait comme si elle avait perdu la raison.

— Sinon, vivez comme d'habitude, le plus normalement du monde. Evitez juste de vous promener la nuit, fermez votre porte à clé et, si possible, ne restez pas seule. Quelqu'un pourrait venir habiter chez vous, pendant quelque temps ?

— Quelle idée ! s'écria Lou. Pourquoi ne pas lui conseiller de suspendre des gousses d'ail et des crucifix autour de son lit, pendant que tu y es ?

Elle se tourna vers lui.

— A mon avis, ça ne marcherait pas.

Il secoua la tête, visiblement exaspéré.

— Lydia, rentre chez toi et oublie cette entrevue ridicule. J'aurais dû réfléchir avant de faire appel à Mad Max. Laisse les Fédéraux s'occuper de l'affaire ; je suis certain que tu finiras par obtenir des réponses à tes questions. Il faut juste faire preuve de patience. Quant à toi, Maxine…

Il fusilla la jeune femme du regard.

— Lou, s'il te plaît ! coupa Lydia.

— Laisse tomber, Lydia, lui dit Maxine. Reprends ta vie normale et ne t'inquiète pas. Je m'occupe de tout. Salut ! Je crois que Lou a quelques mots doux à me dire.

Lydia hésita un instant, puis hocha la tête.

— Je pense que tu es de taille à lui faire face.

— Je le suis.

— Merci, Maxine. Merci. On reste en contact.

Un peu gênée, Maxine sortit une carte de visite de sa poche et la tendit à Lydia.

— C'est… euh, l'une de mes anciennes cartes. Je n'ai pas encore commandé les nouvelles.

Lydia acquiesça et glissa le carton dans sa poche. Puis elle embrassa Lou et sortit rapidement.

Maxine se leva à son tour.

— On y va, Lou.

— Où ça ?

— Chez moi. Je dois te montrer quelque chose. Si, après ça, tu as toujours envie de m'engueuler, ne te gêne pas. Mais, dans le cas contraire… Eh bien, je compte sur toi pour m'aider à résoudre cette affaire.

— Rien de ce que tu pourras me montrer ne me fera changer d'avis. Je ne te pardonnerai jamais ce que tu as dit à Lydia.

— Oh si, tu le feras !

Il voulut prendre l'enveloppe qui était posée sur la table, mais elle fut plus rapide que lui.

— C'est un document top secret ! lui rappela-t-il.

— Je sais. J'en ai plusieurs du même genre, chez moi. Il sera parfaitement à sa place au milieu d'eux.

Lou la regarda sans comprendre. Comme elle ne lui fournissait aucune explication, il haussa les sourcils d'un air interrogateur.

— Viens, lui dit-elle. Je t'expliquerai là-bas.

Lou avait immédiatement remarqué le changement d'attitude de Maxine. Elle l'avait pris totalement par surprise en encourageant Lydia dans son délire, au lieu de la ramener à la raison. Il est vrai que Maxie était imprévisible. Il lui arrivait de se montrer impulsive, impertinente, et un peu trop sûre d'elle-même. Mais, bon sang, jamais il n'aurait pu imaginer qu'elle le lâcherait au moment où il avait le plus besoin d'elle !

Il était déçu. Profondément déçu. Et pourtant, il n'y avait là rien de vraiment surprenant. Après tout, elle n'était encore qu'une gamine.

Une gamine pour laquelle il commençait à se faire du souci. Car, depuis qu'ils avaient quitté le restaurant, Maxine se conduisait bizarrement. On aurait dit qu'elle avait peur d'être suivie. Avant de monter dans la voiture, elle avait inspecté le parking, puis elle avait regardé à l'arrière du véhicule pour s'assurer que personne n'y était caché. Et maintenant, elle gardait les yeux fixés sur le rétroviseur.

— Qu'est-ce qui se passe, à la fin ? lui demanda-t-il.

Elle ramena son regard vers lui, et secoua la tête.

— Arrête-toi devant la banque, là !

Il fronça les sourcils, mais obéit.

— Qu'est-ce que tu veux faire ?

— Retirer quelque chose du coffre.

O.K. Cette fois, elle avait vraiment réussi à l'inquiéter. Qu'avait-elle en tête ?

Après avoir garé la voiture, il attendit qu'elle ait pris une clé dans son porte-monnaie, et la suivit dans la rue. Bon sang, pourquoi regardait-elle sans cesse autour d'elle ? Pour un peu, son attitude lui aurait flanqué la frousse. Il l'avait déjà vue se rendre ridicule à force de cynisme et de scepticisme, mais jamais il n'avait détecté chez elle la moindre trace de paranoïa… Et si, aujourd'hui, elle était dans le vrai ?

En pénétrant dans la banque, il se surprit à vérifier que personne n'entrait derrière eux. Et elle le remarqua. Il le comprit à la lueur d'approbation qui s'allumait dans son regard. Elle avait des yeux fabuleux. Immenses et d'un vert profond. Le contraste avec sa chevelure couleur d'ambre était saisissant. Flamboyant. Comme son caractère. Avant de suivre l'employé vers la salle des coffres, elle lui adressa un clin d'œil complice. Lou serra les dents et s'adossa à la porte qu'elle venait de franchir, sans pouvoir ignorer l'accélération soudaine de son pouls.

Maxie ne se rendait pas compte de l'effet qu'elle lui faisait lorsqu'elle flirtait ainsi avec lui. Sans doute le jugeait-elle trop vieux pour réagir à ses avances. Pour représenter une menace ou un danger quelconque. Un peu comme un vieux cheval châtré. Sûr que ce n'était pas très flatteur pour lui mais, en même temps, il était content qu'elle se sente en sécurité avec lui. Et il avait honte de ne pas mieux contrôler les réactions de son corps… Il aurait préféré mourir plutôt que lui laisser voir ce qui se passait en lui. Tout plutôt que lui avouer qu'il n'était qu'un vieux lubrique.

Dix-huit ans les séparaient. Il aurait pu être son père…

Quand elle réapparut, elle avait les mains vides, mais il remarqua que son sac était plus bombé qu'avant. Merde ! Pourquoi prenait-elle toutes ces précautions ?

Il la raccompagna jusqu'à la voiture, et attendit qu'elle soit assise pour s'installer derrière le volant et démarrer.

— Tu vas enfin me dire ce que signifie tout ce cirque, Maxie ?

Elle le regarda, s'humecta les lèvres.

— Tu es la seule personne au monde en qui j'aie assez confiance pour en parler, Lou. Personne d'autre ne doit être au courant. Personne. Je n'ai rien dit à ma mère ni à Stormy ni à personne d'autre.

— Compris, dit il.

— Je t'en aurais déjà parlé depuis longtemps si je n'avais pas eu peur de t'attirer des ennuis. Mais je ne voulais pas te faire courir de risques.

Il se tourna vivement vers elle.

— On peut aller chez toi ? demanda-t-elle. Je préfère parce qu'ils connaissent mon adresse.

— Qui ils ? Bon Dieu, Maxie, tu commences à me foutre la trouille !

— Tu as un ordinateur ? Avec un lecteur de CD-ROM ?

Il hocha la tête, et ne put s'empêcher de se demander dans quel état il avait laissé son appartement en partant, ce matin. Mais quelle importance, après tout ? Ce qui était grave, c'est que Maxine avait peur. Et il la connaissait suffisamment pour savoir qu'elle n'était pas du genre à paniquer sans raison valable.

— C'est ça que tu es allée chercher au coffre, Maxie ? Un CD-ROM ?

— Et un badge d'identification.

— Quel genre de badge ?

— Un peu comme le tien. Sauf que c'est écrit « DIP » au lieu de « Police municipale ».

Il fronça les sourcils.

— Jamais entendu parler de ce sigle.

— J'ai la conviction qu'il s'agit d'une agence secrète appartenant à la CIA. Basée juste ici, à White Plains. Enfin, avant que tout ne flambe…

Il demeura silencieux, le temps de réfléchir à ce qu'elle venait de dire. Puis il comprit.

— Tu veux parler du centre de recherches sur le cancer qui a brûlé, il y a cinq ou six ans ?

— Oui. Sauf que les recherches que l'on y menait n'avaient rien à voir avec le cancer.

Il se gara sur sa place de parking, posa les deux mains sur le volant, et se tourna vers elle pour la fixer droit dans les yeux.

— Tu étais là-bas quand c'est arrivé. Je me souviens que tu m'as demandé…

Il s'arrêta. Soudain, tout devenait clair.

— C'est cette nuit-là que tu as récupéré ce truc, n'est-ce pas ? C'est pour ça que tu m'as demandé de t'aider à filer sans que les militaires te voient ?

— Tu as tout compris. Sauf que l'histoire ne s'arrête pas là. Quelqu'un d'autre m'a vue fouiner dans les environs, cette nuit-là.

— Qui ?

— Le type à qui appartient le badge, je suppose.

— Bon sang !

— Ne t'emballe pas, parce que ça, ce n'est que la partie la plus crédible de l'histoire. Viens. Si je te raconte le reste maintenant, tu vas me traiter de timbrée avant que j'aie eu une chance de te présenter mes preuves. Il vaut mieux que tu voies ça par toi-même.

Elle ouvrit la portière et sortit, son sac sur l'épaule.

Lou l'imita, abasourdi. Il n'arrivait pas à croire qu'elle ait pu voler des secrets gouvernementaux. Merde ! Beaucoup de gens moisissaient en prison pour moins que ça.

Il la suivit jusqu'à son appartement, au deuxième étage.

— Je ne sais pas dans quel genre d'histoire tu as mis les pieds, Maxie. J'espère seulement pouvoir t'aider à en sortir.

10.

Chaque nuit, Dante observait Morgan. Elle travaillait tard, sans s'arrêter, faisant les cent pas et réfléchissant à haute voix quand elle ne tapait pas sur le clavier de son ordinateur.

Pas une fois il ne la vit manger. En revanche, elle buvait constamment : de la vodka mélangée à toutes sortes de jus de fruits ou de sodas. Elle était comme possédée par ce qu'elle écrivait. Des écrits qui, il le sentait, avaient un rapport avec lui et avec le fait que ses ennemis connaissaient ses secrets.

La visite nocturne qu'il lui avait faite semblait avoir encore aggravé la situation. Sans doute à cause des traces de morsure qu'elle avait vues sur son cou… Mais comme ces traces avaient disparu, le lendemain matin, elle aurait tout aussi bien pu croire qu'elle les avait rêvées… Pourtant, de toute évidence, elle nourrissait des doutes.

Le pire, c'est qu'il n'avait aucun moyen de pénétrer dans ce fichu bureau pour lire ce qu'elle écrivait, à moins de déclencher l'alarme et d'alerter non seulement Morgan, mais aussi la police. Et, même s'il parvenait à s'introduire dans la pièce, il aurait sans doute bien du mal à trouver ce qu'il cherchait. Chaque nuit, après avoir fini d'écrire, elle enregistrait son travail sur un C.D. qu'elle rangeait dans un grand coffre-fort caché derrière une bibliothèque. De la fenêtre derrière laquelle il l'épiait, il lui était impossible de voir le contenu du coffre.

Cette nuit, comme toutes les autres, elle écrivait fébrilement. Il avait essayé plusieurs fois de lire dans son esprit en plaçant sa main sur le sol au-dessous d'elle, comme la première nuit. Mais elle avait dû ériger une barrière quelconque autour de ses pensées, car il n'y arrivait plus. Du moins, lorsqu'elle était éveillée. Endormie, elle était incapable de s'opposer à sa volonté, il le savait. Et pourtant, il n'osait pas renouveler l'expérience. Il avait bien trop peur.

Que se passerait-il s'il perdait de nouveau le contrôle de lui-même ?

Son travail terminé, Morgan s'adossa à son fauteuil, l'air épuisé.

Seigneur ! Comme elle était belle ! Sa peau couleur d'albâtre, ses longs cheveux cuivrés aussi brillants qu'une source de lumière... Et elle était tellement mince ! Trois nuits avaient passé depuis celle où il l'avait touchée. A présent, il se contentait de l'observer de l'extérieur, dans l'attente du moment où elle s'absenterait en oubliant d'enclencher l'alarme.

Sa chance viendrait, il en était certain.

Mais pas cette nuit.

Finalement, elle se leva et regarda sa montre. A en juger par la proximité de l'aube — dont tout vampire était toujours conscient —, il devait être environ 2 heures du matin. Elle tenait à peine sur ses jambes. A tel point qu'il se demanda si elle n'était pas malade. La faiblesse qu'il avait perçue en elle, la première nuit, semblait augmenter de façon alarmante. Tout comme l'extrême pâleur de sa peau. Et cela l'inquiétait. Pire, ça lui donnait le vertige.

Malgré son état, Morgan n'oublia pas de sortir le C.D. du lecteur ni de le ranger dans son satané coffre. C'était vraiment rageant de ne pas pouvoir lire le code qu'elle composait !

Presque autant que de ne pas voir son écran d'ordinateur quand elle écrivait pendant des heures et des heures.

Pourtant, rien n'était aussi frustrant que le fait d'être près d'elle sans avoir le droit de la toucher.

Le jour, il rêvait d'elle dans son sommeil. Ce qui n'était pas normal. D'après ce qu'il savait, les vampires ne rêvaient pas. D'ailleurs, lui-même n'avait jamais rêvé, depuis le moment où Sarafina lui avait ouvert les portes du royaume de la nuit. Jusqu'à ce qu'il boive à la source de Morgan De Silva.

Elle éteignit l'ordinateur et gagna sa chambre. Soulagé de pouvoir enfin quitter son poste derrière la fenêtre du bureau, Dante fit le tour de la maison pour grimper sur l'arbre depuis lequel il observait la jeune femme, chaque nuit.

Nul doute que Sarafina se moquerait de lui si elle le voyait. Elle trouverait son comportement puéril et le mettrait sur le compte de la concupiscence. Ce en quoi elle n'aurait pas tout à fait tort. Sauf que le désir sexuel n'expliquait pas tout… Il existait un lien d'une autre nature entre Morgan et lui. Un lien qu'il aurait préféré nier mais qu'il ressentait, malgré lui. Cette femme le connaissait, et il devait absolument découvrir pourquoi.

Il la vit se diriger vers la vaste salle de bains adjacente à la chambre, ouvrir les robinets de la grande baignoire, et s'asseoir sur le rebord, comme si elle avait été exténuée.

Elle ne prit pas la peine de fermer la porte. Pour quoi faire ? Qui aurait pu l'épier, alors qu'elle se trouvait au premier étage de cette maison isolée ?

Il mourait d'envie de rester. De la regarder prendre son bain. Mais, s'il le faisait, il risquait d'oublier ses résolutions et de briser la vitre pour se jeter sur elle. Alors, dans un effort de volonté, il sauta au sol. Le bruit des vagues emplissait la nuit. Il marcha jusqu'à la mer, nagea un long moment, puis se promena sur la grève pour lutter contre le désir qui le consumait.

Quand, enfin, il remonta sur le balcon, ce fut avec la certitude de la trouver endormie dans son lit.

Effectivement, elle dormait. Profondément. Mais pas dans son lit.

Son corps blême semblait sans vie dans la baignoire. Sa tête était penchée sur le côté et ses cheveux flottaient à la surface de l'eau.

Dante ouvrit la porte-fenêtre du balcon et s'élança dans la chambre.

— Morgan ?

Pas de réponse.

Il se précipita vers la baignoire, souleva la jeune femme dans ses bras et l'emporta jusqu'au lit. Elle vivait. Il perçut immédiatement la vie en elle ; il entendit dans ses cellules cette énergie impalpable qui chantait en chaque être vivant. Une énergie qui ne se taisait qu'avec la mort, et qui chantait encore plus fort chez les immortels.

Elle leva légèrement la tête.

— Dante ?

— Je suis un rêve, murmura-t-il. Rien qu'un rêve.

Elle se laissa aller dans ses bras.

Il la déposa sur le lit, l'essuya comme il put avec une serviette, puis la couvrit rapidement pour ne plus voir son corps à la peau si blanche.

— Pourquoi es-tu si faible, Morgan ?

Elle eut un pâle sourire.

— Je vais bientôt mourir. Tu ne le savais pas ?

Il se figea, ses mains toujours crispées sur la couverture. Ses yeux plongèrent dans les siens.

— Mourir ?

— Je possède un groupe sanguin particulier. Très rare. Tous ceux qui le possèdent meurent jeunes. On ignore pourquoi.

— L'antigène Belladonna…

— C'est ça.

Elle laissa sa tête retomber sur l'oreiller en soupirant.

— Je ne m'attendais pas à ce que ça empire aussi rapidement.

— Je suis désolé, dit-il. Je ne savais pas que… que c'était mortel.

— Bien sûr que tu le savais ! Tu vis en moi. Tu es au courant de tout ce qui me concerne.

— Pas de ça.

Elle sourit faiblement.

— Je suis si fatiguée…

Ses paupières se fermèrent, sa tête roula sur le côté, et une mèche glissa sur son visage.

— J'espère que ça n'arrivera pas cette nuit, dit-elle encore. Je voudrais… juste quelques semaines de plus. Il faut que je termine… Et puis, il y a ce prix…

Elle s'endormit en marmonnant des mots qui n'avaient aucun sens pour lui.

Il profita de son sommeil pour entrer dans son esprit, mais elle était tellement fatiguée qu'il n'y trouva rien. Elle dormait d'un sommeil de mort. Ce qui, hélas, dans son cas, n'était pas une simple formule.

Dante essaya de percevoir la force de vie qui était en elle, de deviner combien de temps il lui restait à vivre. Il n'avait aucune envie de renforcer ce lien mystérieux qui les unissait l'un à l'autre, et pourtant, pour une raison inconnue, il se sentait obligé d'aider cette femme.

Sa raison lui criait qu'il ne devait pas le faire, qu'en agissant ainsi, il se rapprocherait encore d'elle, jusqu'à ne plus pouvoir résister à l'attrait qu'elle exerçait sur lui.

Mais elle était si faible. Elle s'évanouissait dans le néant, il le sentait.

Et il arriva à une conclusion simple. Evidente. Il ne voulait pas qu'elle meure. Alors, il roula la manche de sa chemise, porta son poignet à sa bouche, et mordit. Ses incisives pénétrèrent dans sa chair, s'enfoncèrent dans la veine. Pas trop profondément, juste le nécessaire. Puis, avec son pouce, il jugula le flux qui s'écoulait des blessures, posa son poignet sur les lèvres de Morgan, et se concentra pour lui envoyer mentalement l'image de ce qu'il voulait qu'elle fasse.

Elle écarta les lèvres. Elles étaient chaudes et humides. Il les sentit se refermer autour des petits trous d'où s'écoulait son sang, et téter comme un bébé au sein de sa mère. Le désir le transperça comme une décharge électrique. Elle léchait, avalait, aspirait plus fort. Le plaisir montait en lui. Puis, les dents serrées pour ne pas gémir de volupté et de frustration, il posa sa main libre sur le front de Morgan, et retira délicatement son poignet. Dans son geste pour attraper un foulard posé sur la table de nuit, il fit tomber un livre. Tout en enroulant le tissu autour de son avant-bras, il en lut le titre : *Pratiquer l'autodéfense psychique.* De Dion Fortune, rien de moins. Pas étonnant qu'il lui soit devenu si difficile de lire dans les pensées de cette femme. Il serra l'écharpe avec les dents. Ça irait jusqu'à demain. L'aube n'était plus très loin.

Il examina Morgan. Son teint était plus coloré, sa peau moins froide. Demain, elle se sentirait plus en forme. Sans savoir pourquoi. Car, une fois encore, tout cela ne devait être qu'un rêve dans son esprit.

Mais, pendant ce temps, il n'avait toujours pas découvert pourquoi elle en savait autant sur lui. Peut-être était-elle médium ? Cela expliquerait beaucoup de choses. Elle pourrait avoir perçu des émanations, des traces de son ancienne présence dans les lieux…

Il l'observa de nouveau. Le sang n'avait pas encore tout à fait séché sur ses lèvres. Il se pencha pour les essuyer d'un baiser.

Elle battit des paupières.

— Comment puis-je aimer un homme qui n'existe pas ? demanda-t-elle. Parce que je t'aime, tu sais ? Je t'aime, Dante.

A ces mots, il se raidit.

— La dernière fois qu'une femme m'a fait une telle déclaration, ça a failli me coûter la vie.

— Je sais, murmura-t-elle en refermant les yeux. Laura Sullivan, la dernière descendante des Dunkinny.

Dante en eut le souffle coupé.

— Comment connais-tu son nom ?

Sa tête était retombée sur le côté. Elle dormait.

— Morgan ?

Pas de réponse. Il aurait pu la réveiller, bien sûr, mais il ne voulut pas prendre ce risque. Comment la convaincre que tout cela n'était qu'un rêve s'il la secouait pour qu'elle lui parle ? Mieux valait essayer de lire dans son esprit. Mais, là, il ne vit qu'elle : magnifique, rayonnante de santé, en train de murmurer, les yeux plongés dans ceux d'un homme qui n'était autre que lui :

— Je ne suis pas Laura Sullivan, Dante. Jamais je ne te trahirai.

Derrière leurs visages, comme projeté sur un écran, se rejouait la scène qu'il avait vécue, autrefois, quand la seule femme qu'il ait jamais aimé, la seule mortelle à qui il ait accordé sa confiance, l'avait trahi. Tout en marchant à la tête des villageois armés de torches, elle hurlait :

— *C'est un animal malfaisant, je vous le dis. Une bête ! Il a voulu boire mon sang, et il a reconnu devant moi ce qu'il était. Son ami Donovan en est un, lui aussi. Nous devons les détruire !*

— *Brûlons-les, brûlons-les !* avaient alors crié les autres en lançant leurs flambeaux sur le château qu'il partageait avec son jeune protégé, Donovan O'Roarke.

L'écran devint noir. Dans l'esprit de Morgan, il ne restait plus qu'eux deux.

— Je connais déjà la vérité, Dante. Et cela ne change rien à l'amour que j'ai pour toi.

Dans son rêve, elle s'allongea, ses lèvres pressées contre les siennes.

C'était vrai. Elle savait tout de lui. Elle connaissait chacun de ses secrets.

11.

Elle dormit profondément jusqu'au cœur de l'après-midi. Puis elle s'éveilla soudain, et s'assit d'un bond dans son lit, comme si quelque chose l'avait brusquement sortie du sommeil.

Mais tout était normal. Elle resta immobile un moment, la main sur son front, dans l'attente du vertige qui s'emparait d'elle, chaque fois qu'elle se redressait trop vite, se levait trop vite, descendait l'escalier en courant, ou tout simplement oubliait le mal qui la rongeait.

Il ne se passa rien. Peu à peu, elle prit conscience d'une sensation inhabituelle. Elle se sentait… mieux. Presque bien. Perplexe, elle rejeta les couvertures et se mit debout, prête à se rasseoir au premier signe de faiblesse.

Elle ne se rappelait pas s'être couchée dans son lit, la veille. Tout ce dont elle se souvenait, c'était d'avoir pris un bain et… rêvé.

Elle ferma les yeux et expira longuement. Dante… Il était encore venu la visiter en songe. Elle pressa un peu plus fort les paupières, tandis que la douleur sourde qu'elle avait ressentie lui revenait à la mémoire. Mais les autres détails demeuraient flous. Elle entendait juste la voix apaisante de Dante qui murmurait à son oreille. Elle sentait sa main fraîche sur son visage. Sa présence. Sa *réalité*.

Oh, et sa saveur !

Seigneur, avait-elle vraiment rêvé *ça* ?

C'était certain, elle perdait l'esprit. Elle se laissait engloutir dans la vie d'un homme qui n'était même pas réel, partageant son monde, le jour, et rêvant de lui, la nuit. Bon sang, elle était pourtant une scénariste célèbre ! Elle aurait dû se réjouir de son succès, de sa chance. Et pourtant, elle s'en fichait. Comme elle se fichait de tout ce qui ne se rapportait pas à lui : un homme qui n'existait pas. Qui ne *pouvait* pas exister.

Poussée par son instinct, elle alla vérifier la porte-fenêtre qui donnait sur le balcon. Elle était fermée. De l'intérieur. Evidemment ! A quoi d'autre s'était-elle attendue ? Avec un soupir, elle se détourna pour se diriger vers la salle de bains.

Et s'arrêta sur le seuil, devant la baignoire remplie d'eau. Voilà qui était étrange. Très étrange, même… Ça ne lui ressemblait pas du tout de se coucher sans avoir vidé la baignoire. Elle était très méticuleuse pour tout ce qui concernait cette maison. Cela depuis qu'elle avait découvert qui était son ancien propriétaire. Pour elle, ce lieu était le mémorial de Dante. Sa marque. Son tombeau. Elle l'honorait.

Sans doute cet oubli n'était-il qu'un signe supplémentaire de sa névrose latente. Comme le fait de dormir autant. Qu'est-ce qui lui avait pris de rester au lit jusqu'au milieu de la journée ? Mais, en y réfléchissant, elle trouva cela plutôt bénéfique, compte tenu de la forme qui était la sienne, aujourd'hui.

Elle décida même de sortir un peu. L'air frais du printemps lui ferait du bien. Elle ne se souvenait même plus de la dernière fois où elle s'était sentie assez solide pour se promener sur la plage.

Après une longue douche, elle s'essuya rapidement les cheveux, enfila un jean et un pull confortable, et se chaussa de tennis légères. Puis elle dévala l'escalier avec un sentiment d'impatience inexplicable — qu'elle ne chercha, d'ailleurs, pas à comprendre. Ce n'est qu'une fois en bas qu'elle ralentit l'allure, de peur d'être essoufflée. Mais il n'en fut rien. Les battements de son cœur ne s'étaient même pas accélérés.

De toute évidence, elle allait mieux. L'air de la mer et les plantes médicinales qu'elle prenait commençaient à faire leur effet…

Elle coupa à travers la vaste pelouse qui descendait vers la falaise. Là, elle s'arrêta un instant pour regarder l'horizon. Le soleil glissait de l'autre côté du globe. Si elle avait été sur la côte Ouest, elle l'aurait vu apparaître au-dessus de l'océan, une grosse boule de feu incandescente s'offrant de son plein gré à l'étreinte froide de la mer. Cela faisait des années qu'elle n'avait pas admiré de coucher de soleil sur le Pacifique. Mais elle pouvait le voir se lever sur l'Atlantique. Et, ce soir, elle pouvait regarder l'obscurité se répandre progressivement sur l'océan, le faire glisser vers le noir total dans une multitude de nuances, tandis que le soleil disparaissait, au loin.

Elle chercha des mots pour capturer ce spectacle, le décrire, restituer le mouvement incessant de l'eau, de ses teintes, toujours un peu plus foncées que le ciel. L'horizon passa du rouge sang au lilas, puis au bleu nuit. La mer : du turquoise au violet, puis au noir profond.

Avec la disparition du soleil, le vent s'intensifia. Une bise salée et fraîche se mit à souffler dans son dos, la mettant presque au défi de se laisser tomber en arrière. Puis, les premières étoiles scintillèrent dans le ciel. Morgan inspira profondément, se délecta du parfum de l'air nocturne. Maintenant, elle pouvait partir.

Elle s'engagea dans le chemin qui conduisait en pente douce vers la mer, puis descendit jusqu'au rivage qu'elle longea vers le sud, en direction de Easton.

Easton était une petite ville. Un gros bourg, plus exactement. Charmant mais pas assez pittoresque pour figurer dans les guides de circuits touristiques. Du moins, pour l'instant…

Morgan obliqua en direction de la rue principale, et la suivit en regardant les vitrines, bien que la plupart des boutiques aient déjà fermé leurs portes.

Un groupe de personnes attira son attention, à quelques mètres devant elle. En se rapprochant, elle s'aperçut qu'elles faisaient la queue devant un cinéma. Une salle modeste, d'une centaine de places. Ici, pas de son Dolby ni d'écran géant. Et on ouvrait les portes un quart d'heure avant la projection, pas une minute plus tôt.

Morgan jeta un coup d'œil au programme de la soirée… et sentit une onde de fierté la traverser : son dernier film était à l'affiche. Sous le titre, un message lumineux défilait en annonçant : *Morgan De Silva, résidente de Easton, nominée pour le prix du meilleur scénario. Venez voir son film, ce soir !*

Elle sourit, enchantée. Apparemment, elle était devenue une célébrité dans la ville. Bizarre que personne n'ait encore essayé de forcer sa porte. Il est vrai que son téléphone était sur liste rouge et que les gadgets électroniques qui protégeaient sa demeure étaient particulièrement dissuasifs. A moins que les gens d'ici soient naturellement respectueux de la vie privée d'autrui. Ou qu'une autre raison explique leur discrétion… Une raison qu'elle pressentait, et pourtant, se refusait à admettre. Les gens évitaient-ils sa maison à cause d'une force mystérieuse — une force inquiétante, laissée derrière lui par l'ancien propriétaire des lieux ?

Elle enfila sa veste, qu'elle tenait à la main, glissa ses longs cheveux à l'intérieur du col, et chaussa ses lunettes noires avant de prendre place dans la queue.

Elle attendait son tour quand, soudain, un frisson la parcourut. Comme si quelqu'un venait de souffler son haleine froide sur sa nuque. Elle se retourna : il n'y avait personne derrière elle. Elle remarqua, cependant, une silhouette, un peu plus loin sur le trottoir. Un homme qui se tenait dans l'obscurité, juste au coin de la rue. A l'instant où elle regarda dans sa direction, il disparut de l'autre côté.

Une silhouette, rien de plus. Juste une ombre dans la nuit. Et pourtant, elle avait l'impression… Non ! Voilà qu'elle laissait de nouveau son imagination s'emballer.

— Mademoiselle ?

Elle se retourna, et s'aperçut que c'était son tour d'acheter son billet.

— Excusez-moi. Une place, s'il vous plaît. Pour *Les morsures de la nuit.*

Elle posa un billet de dix dollars sur le comptoir, et fut surprise de recevoir, en retour, un billet de cinq dollars en plus de son ticket. Elle sortait tellement peu, depuis son installation dans la région, qu'elle avait oublié à quel point la vie, ici, était moins chère qu'à Los Angeles. Le temps de glisser les cinq dollars dans la poche de son jean, et elle se dirigeait vers la salle.

Elle s'installa au fond, puis attendit patiemment la fin des bandes-annonces.

Celles-ci se terminaient quand la porte de la salle s'ouvrit, laissant entrer un dernier client. De nouveau, Morgan sentit un frisson glisser dans son dos, et se tourna vers le nouvel arrivant. Il était vêtu d'un long manteau noir dont il avait relevé le col et, comme elle, il portait des lunettes sombres. Elle le regarda se diriger vers le côté opposé de la salle pour s'asseoir au dernier rang.

Pourquoi lui faisait-il penser à Dante ? C'était ridicule. Il s'agissait simplement d'un homme qui ne tenait pas à se faire remarquer. Dante n'existait pas. Le Dante qu'elle avait découvert dans ces journaux intimes, celui qui hantait son esprit, n'avait *jamais* existé, sinon dans l'imagination d'un fou génial. Elle devait se mettre ça dans la tête une bonne fois pour toutes. Malgré l'intensité et le réalisme de ses rêves. Malgré ces marques qu'elle avait cru voir sur son cou, l'autre nuit…

Pourtant elle n'avait pas halluciné ! Elles étaient vraiment là, ces marques ! « J'ai vérifié dans le miroir de la salle de bains, et je les ai vues. »

Sauf qu'il n'en restait aucune trace le lendemain matin. Comment être sûre qu'il ne s'agissait pas de l'un de ses rêves, si précis et si intenses qu'ils se fondaient avec la réalité ?

— Dante n'est pas réel, murmura-t-elle. Il ne peut pas être assis dans cette salle sombre et me regarder.

Dans ce cas, pourquoi se recroquevillait-elle dans son fauteuil, de plus en plus mal à l'aise à mesure que le générique défilait et qu'elle voyait son nom s'afficher sur l'écran ?

12.

Avant que Maxine ait le temps de lui montrer le contenu du C.D., Lou reçut un appel urgent, et elle ne le revit pas pendant deux jours. Qu'est-ce que cela signifiait ? Qu'il l'évitait ? Ou qu'il effectuait des recherches de son côté ?

Finalement, elle parvint à le coincer, un soir, devant chez lui, alors qu'il rentrait de son service. Et, cette fois, elle l'obligea à s'asseoir devant son ordinateur tandis qu'elle affichait à l'écran le fichier de l'organisation appelée DIP.

Après en avoir lu le contenu, il garda les yeux fixés sur l'écran, sans un mot, l'air aussi hébété que si elle lui avait posé un revolver entre les deux yeux.

Maxine sortit le C.D. du lecteur.

— Tu espères qu'en fixant suffisamment longtemps cette bonne vieille invention de Bill Gates, tu vas revenir dans notre monde logique où tout a un sens ?

Il se tourna vers elle d'un air absent.

— Crois-en mon expérience, reprit-elle. Ça ne marche pas. Je suis restée près de deux heures à contempler le logo de Windows après avoir lu ce truc. Sans aucun résultat.

— Ça ne tient pas debout. Il s'agit d'un canular.

— Le type que j'ai aperçu, la nuit de l'incendie, n'avait rien d'un canular, Lou. Il était réel. Et c'est à lui qu'appartenaient ce C.D. et le badge d'identification. Dans cet endroit, ce soi-disant centre de recherches, on effectuait bien des recherches. Sur les vampires.

Lou secoua la tête.

— Je ne t'ai jamais raconté ce qui s'est passé, le matin qui a suivi l'incendie ?

— Parce qu'il s'est passé quelque chose ?

— Quelqu'un a déposé une enveloppe devant ma porte.

— Qu'y avait-il à l'intérieur ? demanda Lou en fronçant les sourcils.

— Des photos. De mes amis. Jason Beck, endormi dans son lit, et Stormy, sous sa douche. Il y en avait également une de ma mère sur le parking de son travail. Elles avaient toutes été prises le matin même.

— Un message ?

Elle fit non de la tête.

— Il m'a téléphoné.

— *Téléphoné ?*

Maxine acquiesça. Voilà, Lou commençait à voir rouge, comme elle s'y était attendue. Il était ainsi : le type le plus cool de la planète, jusqu'à ce que l'on s'en prenne à ceux qui comptaient pour lui. Alors, là, il devenait très dangereux. Et elle faisait partie de ceux qui comptaient pour lui — même s'il refusait de l'admettre.

— C'est bien le type que tu avais aperçu, cette nuit-là, qui t'a téléphoné ?

— Je pense, oui. Ça ne pouvait être que lui.

— Qu'est-ce qu'il t'a dit ? Il était au courant pour le C.D. et le badge ? Il t'avait vue les ramasser ?

Maxine secoua lentement la tête.

— Non. Mais il m'avait vue, moi. Et il savait que je l'avais repéré. Il m'a fait clairement comprendre qu'il s'en prendrait à mes amis ou à ma mère si je parlais de lui à qui que ce soit.

Il m'a assuré qu'il avait les moyens de me surveiller et qu'au moindre faux pas, il agirait.

— Il a menacé de s'en prendre à ta mère ?

Elle acquiesça.

— Et je n'ai pas douté une seconde qu'il mettrait ses menaces à exécution. Je n'en doute toujours pas, d'ailleurs. Le répondeur était en marche quand il a appelé : j'ai gardé la cassette. Si tu veux l'écouter…

Tout en parlant, elle sortit la cassette de l'enveloppe qu'elle avait apportée, et la glissa dans le répondeur.

A la fin de l'enregistrement, Lou lança une série de jurons, puis déclara en conclusion :

— J'ai besoin d'une bière.

— Je n'ai rien contre, moi non plus, dit Maxine en se dirigeant vers la cuisine.

Comme elle s'y attendait, le frigo était plein. Bières, charcuterie, fromage… tout ce qu'il fallait pour nourrir un célibataire. Elle remarqua également plusieurs bouteilles de ketchup, de la moutarde, plusieurs sortes de sauces : mexicaine, pimentée et au raifort. *Au raifort* ?

Elle saisit deux bouteilles de bière, les décapsula, et regagna le salon. Là, elle tendit une bouteille à Lou, se laissa tomber sur le canapé près de lui, et but une longue gorgée de bière. Le tout, sans un mot.

Lou la regarda d'un air surpris.

— Qu'est-ce qu'il y a ? lui demanda-t-elle.

Il haussa les épaules.

— C'est la première fois que je te vois boire de l'alcool.

— Je suis assez grande pour ça, maintenant, tu sais ?

— Oui. Mais ça ne colle pas avec l'image que j'ai de toi.

— Tu m'étonnes !

Il resta un moment silencieux, à la regarder siroter sa bière, ce qui n'était pas le meilleur moyen de la mettre à l'aise.

Enfin, il reposa sa propre bouteille sur la table basse, ajoutant ainsi une auréole de plus à la bonne dizaine de taches qui en maculaient le plateau.

— Tu as dû être terrorisée, Maxine.

Elle haussa les épaules.

— Ça m'a secoué, c'est vrai.

— Tu aurais dû m'en parler.

— C'est ça ! Et tu aurais rédigé un rapport ! Ce type travaille pour un quelconque satellite de la CIA. Cette foutue CIA.

Il soupira.

— Même si tout ça est vrai…

— C'est vrai, Lou. Si tu avais écrit un rapport là-dessus, il l'aurait appris, et toi aussi, tu aurais reçu des menaces. Ou pire…

— Tu as voulu me protéger ?

Il avait posé la question d'un ton neutre.

— Pas seulement toi mais aussi ma mère, Stormy, Jason…

— Et moi.

Elle haussa de nouveau les épaules et baissa les yeux, gênée.

— Peut-être que je ne fais pas confiance aux flics.

— Je *sais* que tu ne fais pas confiance aux flics. Mais tu me fais confiance à moi, n'est-ce pas ?

— Ouais, reconnut-elle avec un petit sourire. Et toi aussi, tu me fais confiance, non ?

Il fit la moue.

— Tu es perspicace. Tu ne mens pas, et tu es trop coriace pour que l'on puisse te mener en bateau très longtemps. Pourquoi ne pas te faire confiance ?

— Effectivement. Alors, fais-moi encore confiance, aujourd'hui. Plus une seule personne sensée dans notre monde civilisé ne croit encore aux vampires, on est bien d'accord là-dessus. Mais alors, pourquoi le gouvernement mène-t-il des recherches sur eux ? Pourquoi paie-t-il des espions pour découvrir leurs noms et tout apprendre sur leur vie ?... Ils existent, Lou.

Il secoua la tête.

— Non, Maxine. Je ne peux pas y croire.

— Ça viendra. Moi, il m'a fallu près de cinq ans pour y croire. Manque de chance, tu ne disposes pas d'autant de temps.

Il lui lança un regard inquiet. Sans doute aurait-il préféré qu'elle n'aille pas au bout de sa pensée... Pourtant, elle enchaîna :

— L'un d'eux a tué l'amie de Lydia Jordan, Lou. C'est une évidence.

Il secoua de nouveau la tête.

— Ecoute, Maxine. Lydia était très liée à Kimbra. Elles étaient plus que de simples amies. On ne peut pas lui parler de ça.

— Pourquoi pas ? Quel serait l'intérêt de garder ça secret ?

— Je n'en sais rien, mais il y en a obligatoirement un. Sinon, le gouvernement ne s'y efforcerait pas.

Maxine ouvrit de grands yeux, et adressa à Lou une petite moue admirative.

— Tu as raison. Il faut...

— Attends, Maxie, coupa-t-il. Laisse-moi réfléchir, d'accord ?

— Vas-y.

Il prit le journal qui traînait sur la table basse, et s'adossa au canapé pour en parcourir les gros titres. Maxine lui chipa les pages Magazine qu'elle feuilletait toujours en premier.

Elle les ouvrit, s'immobilisa, puis secoua la tête.

— Quand on parle du loup...

— Qu'est-ce qu'il y a ?

Avec un sourire, elle tourna la page de façon qu'il puisse lire le titre de l'article : « Le prix du meilleur scénario décerné à un vampire ? »

Il leva les yeux au ciel.

— Coïncidence !

Sans répondre, elle parcourut l'article dans lequel il était question d'un film sur les vampires et de sa mystérieuse scénariste qui vivait en recluse. Arrivée au synopsis, elle appela :

— Euh… Lou ?

— Je n'ai pas fini de réfléchir.

— Ouais, eh bien, réfléchis là-dessus : « Dante », ce n'est pas l'un des noms mentionnés sur le CD-ROM ?

Il lui lança un regard perçant.

— Je crois que si. Pourquoi ?

Elle s'humecta les lèvres.

— On ferait peut-être bien de jeter un nouveau coup d'œil à son dossier. Et… ce ne serait pas mal de sortir un peu. D'aller au ciné, par exemple.

Une présentation rapide des deux films précédents défilait sur l'écran. Un jeune homme — un gitan — était allongé sur le sol, un bandage rouge de sang autour du cou. Mais il ne sentait plus la douleur. Ses forces lui revenaient. Mieux, elles jaillissaient en lui, chantant dans ses veines comme des milliers de violons. Il se débarrassa du bandage, le jeta au loin, à côté de sa chemise déchirée. Puis il tourna les yeux vers sa tante Sarafina. Son regard noir étincelait dans la nuit sans lune. Et il y vit plus qu'il n'y avait vu jusqu'alors. Beaucoup plus… Comment était-il possible qu'il n'eût pas remarqué plus tôt ce qui lui paraissait, à présent, tellement évident ?

Sarafina n'était pas humaine. Sa peau était trop parfaite. Sans pores, sans défauts. Ses lèvres trop sombres, ses yeux et ses cheveux trop brillants. Et puis… Il y avait autre chose… Instinctivement, il renversa un peu la tête pour respirer son parfum âcre et exotique comme un mélange de sexe et de sang. *Son* odeur.

— C'est aussi la tienne, murmura-t-elle.

Et sa voix résonna à son oreille comme une subtile combinaison de notes riches et mélodieuses. Sans rapport avec ce qu'il percevait, d'habitude, des voix : une simple suite de sons articulés.

Lorsque son émerveillement s'évanouit, il se rendit compte qu'elle avait lu dans ses pensées. Il écarquilla les yeux de stupeur. Puis, se détournant soudain, il s'élança vers la forêt.

— Où comptes-tu aller, Dante ?

— Chez moi. Au camp. Chez les miens.

— Tu ne peux pas retourner là-bas.

Elle ne l'avait pas suivi. Elle se tenait toujours au même endroit. Elle n'avait pas élevé la voix, et pourtant, il l'entendait. Clairement, comme si la distance entre eux ne changeait rien.

— Tu es un paria, à présent. Comme moi.

— Tu mens ! hurla-t-il.

Et il se mit à courir plus vite.

En arrivant au village, le jeune homme fut surpris de ne pas entendre de musique. C'était leur dernière nuit sur place. Au matin, ils changeraient une nouvelle fois d'endroit. Toutes leurs possessions étaient déjà remisées dans les roulottes et, normalement, il aurait dû être accueilli par un grand feu, de la musique et des danses.

Au lieu de cela, il n'y avait que le silence. Il entendit les craquements du feu, perçut son odeur bien plus tôt qu'il n'aurait dû. Mais pas de chants ni de rires. Juste quelques chuchotements, de temps à autre, et le froissement discret des étoffes, tandis que les siens s'affairaient autour du camp.

Il sortit des fourrés, s'arrêta pour observer sa famille. A genoux devant une grosse pierre, grand-mère pilait des herbes dans un mortier. Au lieu de courir ou de jouer, comme à leur habitude, ses cousins étaient assis autour d'elle et la regardaient, les yeux mouillés, les épaules tombantes. Regroupés à l'autre extrémité du camp, les hommes discutaient avec gravité. On aurait cru qu'ils complotaient, qu'ils fomentaient une vengeance. Dante se demanda ce qui les avait mis en colère. Les femmes, quant à elle, s'étaient réunies autour de la tente de sa mère. Et, venant de l'intérieur, il reconnut des sanglots étouffés. Les sanglots de sa mère.

Il s'avança dans la lueur des flammes.

— Maman ? Qu'est-ce qui se passe ?

Toutes les têtes se tournèrent vers lui. Puis, il entendit sa mère crier faiblement son nom, et la vit émerger de la tente en repoussant la femme qui se tenait devant l'entrée.

Elle n'avait pas fait deux pas que grand-mère s'interposait entre elle et lui.

— N'approche pas ! ordonna-t-elle en formant une fourche avec ses doigts pour le repousser.

Elle siffla plusieurs fois dans sa direction, comme un serpent.

— Reste là !

Dante écarquilla les yeux sans comprendre.

— Grand-mère… Qu'est-ce qui ne va pas ? C'est moi, Dante…

Ecartant la vieille femme de son chemin, sa mère s'approcha de lui.

— C'est toi, mon fils ? Vraiment ? Dimitri nous a assuré que tu étais mort. Tué par un fermier à qui tu tentais de voler une chèvre.

— Si tu nous as menti…

C'était le père de Dimitri qui avait pris la parole.

— Je n'ai pas menti ! répliqua Dimitri. Je l'ai vu tomber quand le vieux a tiré avec son fusil.

— Tu n'étais même pas là ! répliqua Dante.

S'il avouait ce qui s'était réellement passé, sa famille le considérerait comme une sorte de démon. Un vampire… Ce qu'il était devenu, d'après Sarafina…

Mais ce n'était pas vrai ! Ça ne pouvait pas être vrai !

— Je t'ai suivi, Dante.

Il y avait de la douleur dans le regard de Dimitri. De la méfiance, aussi. Peut-être même de la peur.

— Je me doutais que tu allais jouer un mauvais tour au vieux. J'avais l'intention d'intervenir s'il s'en prenait à toi. Mais tout s'est passé trop vite. Je l'ai vu tirer, et je t'ai vu tomber.

— Et tout ce que tu as trouvé à faire, c'est t'enfuir en courant ! s'écria Dante.

— J'ai couru, c'est vrai.

Dimitri baissa la tête, honteux.

— Vous voyez ? s'exclama Dante.

Les hommes s'étaient approchés de lui, et les femmes, toujours à l'écart, serraient leurs enfants dans leurs bras. Tous ces yeux sombres étaient fixés sur lui.

— Il n'est même pas resté assez longtemps pour voir si le fermier m'avait touché ! cria-t-il encore. Il m'a juste effrayé, et c'est pour ça que je suis tombé. Je n'ai même pas été blessé.

Plusieurs regards cherchèrent confirmation auprès de Dimitri. Celui-ci redressa lentement la tête, et toisa Dante.

— J'ai vu le sang. Tu es comme un frère pour moi, Dante, et je t'aime. Mais j'ai vu le sang.

Dante frissonna, conscient de la peur qui avait dû s'emparer de Dimitri face à un tel spectacle. Il se tourna vers les autres hommes pour chercher leur soutien, mais ne lut que de la suspicion dans leur regard. Il remarqua, aussi, que certains étaient absents.

— Tourne-toi, Dante ! Montre-moi ton dos.

— Tu ne verras rien, grand-mère.

— Tourne-toi !

Mais, comme personne ne désobéissait à grand-mère, Dante se retourna, tout en priant pour qu'il ne reste aucune trace de sang sur sa peau. Tout le monde était attentif. Il se tordit le cou pour regarder par-dessus son épaule, vit sa mère l'examiner avec soin.

— Je ne vois pas de blessure, déclara-t-elle. Bien qu'avec toute cette terre, il soit difficile d'être sûre.

— Pourquoi ne me crois-tu pas ? demanda Dante. Dimitri s'est trompé, c'est tout. Mère, tu pleurais parce que tu me croyais mort. Tu devrais te réjouir de me voir vivant !

Elle le dévisagea, le regard brillant d'espoir, puis leva une main tremblante vers sa joue. Il ferma les yeux dans l'attente de sa caresse.

Mais, à cet instant, on entendit du bruit, et les hommes dont il avait remarqué l'absence émergèrent soudain de la forêt. En l'apercevant, ils tressaillirent comme s'ils venaient de voir un fantôme. Dante jeta un coup d'œil interrogateur à sa mère.

— Ils étaient partis chercher ton corps pour le ramener, expliqua-t-elle.

— Parlez ! leur ordonna grand-mère. Qu'avez-vous vu chez le fermier ?

Le plus âgé du groupe, Alexi, leva le bras. Il tenait à la main un morceau d'étoffe que Dante reconnut immédiatement :

c'était sa chemise, déchirée et rouge de sang. Avec un trou bien net dans le dos.

— Le fermier est mort, annonça Alexi à voix basse. Deux trous, là.

Tout en parlant, il avait placé deux doigts sur sa gorge, et Dante se rappela la façon dont sa tante Sarafina s'était jetée sur le cou du vieillard pour le vider de son sang.

— Nosferatu ! hurla alors grand-mère d'une voix stridente. Laisse-nous tranquilles, démon ! Suis ton chemin de damné et laisse-nous tranquilles !

Dans un même ensemble, tout le clan s'éloigna de Dante et se rapprocha du feu. Il tendit une main vers eux.

— Je vous en prie ! Je ne suis pas un démon. Je suis le même qu'avant. Je suis Dante !

Cherchant le regard de sa mère dans la foule, il cria :

— Je suis ton fils !

— Mon fils est mort, répondit-elle.

Sa voix était grave, profonde, douloureuse.

— Non !

— C'est Sarafina, n'est-ce pas ? demanda grand-mère. Elle t'a rejoint avant que tu meures. Elle t'a transmis sa malédiction, c'est ça ?

— Non !

Grand-mère cracha sur le sol.

— On va bientôt savoir, jeune démon. Le soleil est sur le point de se lever. L'âme de notre Dante trouvera enfin la paix quand ton corps aura brûlé.

A ces mots, la mère de Dante regarda vers l'est. Le ciel pâlissait déjà. Alors, elle se précipita sur lui, et le repoussa de toutes ses forces.

— Va-t'en, Dante ! Va-t'en tout de suite. Je ne supporterai pas de te perdre deux fois.

— Mère ? Je ne...

— Cours ! Va te mettre à l'abri !

— Tu ne lui fais pas de bien, murmura grand-mère.

Soudain, Dante éprouva une sensation qu'il n'avait jamais éprouvée auparavant. Une brûlure qui montait du plus profond de son être et s'intensifiait à mesure que les premiers rayons du soleil apparaissaient à l'horizon et le transperçaient comme des flèches.

— Ah !

Il referma les bras autour de lui, serra les dents. De la fumée s'élevait en spirale de sa peau brûlante.

— Cours dans les bois ! Mets-toi à l'abri ! lui hurla sa mère.

La douleur était insupportable. Dante fit volte-face et s'élança. Les arbres le protégèrent un moment, mais, très vite, la lumière du jour filtra à travers leurs feuillages, et il courut droit devant lui à perdre haleine, s'enfonçant toujours plus profondément dans la forêt. Sa peur n'était rien à côté de la brûlure qui irradiait dans tout son corps. Il fallait qu'il trouve un abri à tout prix. Il plongea sous le premier venu : un tas de feuilles mortes, sous lequel il se tapit en se recouvrant de branches et de feuilles.

Là, il demeura totalement immobile, attendant que la douleur s'apaise. Il devait réfléchir. Comprendre pourquoi tout cela lui arrivait à lui.

Mais sa tête était si lourde, tout à coup. Bien trop lourde. Et ses yeux se fermaient. Il lutta pour demeurer éveillé. Seigneur, comment pouvait-il s'endormir alors que tous ses repères, tout ce qui faisait son monde venait de s'écrouler ? Pourtant, ce besoin de dormir était irrésistible.

Il s'y laissa aller avec un horrible sentiment de panique, comme s'il s'abandonnait à la mort…

Morgan se leva et sortit du cinéma en courant. Dante lui emboîta aussitôt le pas. Dans un mélange d'incrédulité et de colère, il venait de voir défiler sa vie entière sur l'écran. A présent, il savait : c'était *elle* qui était la cause de tout ça. Cette femme avait découvert ses secrets et les avait révélés au monde entier.

Pour ça, elle allait payer. Cette nuit même.

Sorti plus de deux mois auparavant, le film que Maxine tenait tant à voir avait quasiment disparu des écrans. Seules quelques salles l'avaient repris, après sa nomination, et elle finit par trouver une séance moins de deux heures plus tard. Pendant qu'elle cherchait, Lou commença à parcourir le dossier de la DIP concernant ce soi-disant vampire nommé Dante. Il était plongé dans sa lecture quand il sentit Maxie se pencher derrière lui pour lire par-dessus son épaule.

Ils connaissaient presque le fichier par cœur lorsqu'ils s'assirent dans la salle de cinéma, s'attendant à voir une adaptation de ce qu'ils venaient de lire.

Ils ne furent pas déçus : l'histoire était bien la même. Celle d'un gamin gitan, tué alors qu'il tentait de voler un bouc, et transformé en vampire par sa tante. Le récit, bien sûr, était plus romancé, moins froid que cette suite de faits énumérée par l'agence gouvernementale. En fait, l'auteur prenait le parti de son personnage, en faisant de lui une créature seule et pourchassée, victime d'une malédiction qu'il n'avait pas souhaitée. Tandis que, pour le DIP, il s'agissait, avant tout, d'un animal cruel et vicieux qu'il fallait à tout prix éliminer.

Mais, pour le reste, tous les détails étaient identiques. Et deux versions semblables de la même histoire, c'était trop pour convaincre Maxie qu'il s'agissait de simples élucubrations...

— Tu vois ce que je voulais dire ? demanda-t-elle à Lou.

Ils marchaient côte à côte en direction de la sortie. Quelqu'un heurta Maxie, lui faisant perdre l'équilibre. Lou la retint rapidement par le bras.

— Tout ce que je vois, c'est que tes renseignements top secret ne sont pas si secrets que ça.

— Si c'était vrai, tout le monde serait au courant. Il y aurait déjà plusieurs journalistes sur le coup.

— Quoi ? Tu n'as pas lu le dernier *Enquirer* ? Je suis sûr qu'ils en parlaient. Juste entre ce bébé trouvé dans une citrouille en plein champ et cet enlèvement par des extraterrestres dans le Nebraska.

Elle lui fit une grimace.

— Si tout le monde était au courant, le *Times* en aurait parlé.

— Mmm...

— Lou, tout cela est véridique. Nous avons les mêmes renseignements à partir de deux sources différentes. Cette femme, la scénariste, elle en sait beaucoup plus sur cette affaire que nous deux réunis. Il faut aller lui parler.

Il ouvrit la portière de la voiture, attendit qu'elle monte, et s'installa lui-même derrière le volant avant de répondre :

— Je refuse de continuer à discuter de ça avec toi. Demain matin, j'appellerai un pote qui travaille à la CIA. Il me dira auprès de qui on peut se rencarder à propos de cette fichue DIP.

— Lou, non !

— Je suis flic, Maxie. Il est hors de question que je gobe cette histoire sans preuve tangible.

Maxine lui prit le visage à deux mains, et l'obligea à la regarder. Elle était à quelques centimètres de lui. Si proche qu'il sentait son souffle sur sa bouche. Sucré, et aussi appétissant que le pop-corn qu'elle venait de manger...

— N'en parle à personne, Lou, je t'en prie ! C'est trop dangereux.

Il plongea son regard dans le sien. Et y lut de la peur. Il avait rarement vu Maxine effrayée. En tout cas, jamais sans raison. Bon sang ! Pourquoi était-elle si proche ? Avec un soupir, il lui ébouriffa gentiment les cheveux pour rompre l'intensité de leur échange.

— O.K., c'est bon. Je ne dirai rien.

— Parfait. On va chercher les coordonnées de cette scénariste, Morgan De Silva. Ensuite, on ira lui parler.

Il soupira de nouveau.

— Je vais y réfléchir, promit-il en s'arrêtant devant chez elle.

— Je le ferai, Lou. Avec ou sans toi.

— Ecoute, Maxie. Tout ce que je te demande, c'est un peu de patience. Donne-moi quelques jours pour y voir clair. Et pas un mot de tout ça à Lydia, compris ? ajouta-t-il en la menaçant de l'index.

— Pas un mot de quoi à Lydia ? demanda alors une voix dans son dos.

Il tourna vivement la tête. Lydia était appuyée contre la portière de sa voiture. Apparemment, elle était venue rendre visite à Maxine et les avait vus arriver.

— Viens, rentrons, suggéra Maxine en sortant de la voiture. Je vais tout t'expliquer. A plus, Lou.

— Mais…

— Bye, Lou ! lança Lydia avec un sourire.

Il secoua la tête, désemparé. Comment s'était-il débrouillé pour perdre ainsi le contrôle de la situation ?

— Ecoute, Lydia, ce qu'elle va te dire ne repose que sur des suppositions plus ou moins délirantes. Ne l'oublie pas, surtout !

Pour toute réponse, Lydia leva les yeux au ciel, et suivit Maxine.

— Ne faites rien sans m'en avertir auparavant ! cria-t-il encore.

Maxie se retourna vers lui.

— Bien sûr ! Sans toi, ce ne serait pas drôle, lui répondit-elle avec un clin d'œil.

Lou remit le moteur en marche. Mais, au lieu de rentrer chez lui, il se dirigea vers le poste de police. De là, il téléphona à son ami employé à la CIA, et lui demanda de se renseigner sur une organisation secrète appelée DIP.

Puis il revint se garer devant chez Maxine, prêt à veiller toute la nuit.

13.

Assise sur la grève, Morgan sanglotait, quand elle sentit une main se poser doucement sur son épaule.

— Pourquoi pleurez-vous ?

La voix était féminine, avec un timbre chaud, profond, et une pointe d'accent. Morgan leva la tête et s'essuya les yeux. A travers ses larmes, elle distinguait à peine les traits de la femme qui se tenait debout à côté d'elle. Elle ne voyait que ses longs cheveux bruns et sa silhouette haute et mince enveloppée dans un manteau grenat.

— Mon Dieu, vous devez me trouver stupide !

— Non. Moi aussi, j'ai été très émue par ce film. Mais pas autant que vous, apparemment.

Elle s'assit sur le sable, à ses côtés.

— Vous étiez dans la salle ?

— Mmm. Je vous ai vue sortir en pleurant, et ça m'a touchée.

Morgan cligna des paupières pour chasser ses dernières larmes, et examina sa voisine. Son long manteau grenat, boutonné de haut en bas, lui descendait jusqu'aux chevilles. Elle portait des bottes et des gants de cuir noir ; une abondante masse de boucles brunes entourait son visage. Elle était très maquillée. Trop, au goût de Morgan. Mais, curieusement, ça n'était pas vulgaire. Pas sur elle. Pas avec cette allure.

Sans détacher ses yeux de l'océan, l'inconnue demanda :

— Pourquoi êtes-vous sortie si vite de la salle ?

Morgan baissa la tête. La femme semblait ignorer qui elle était, et elle préférait qu'il en soit ainsi. Elle se félicita silencieusement de ne pas avoir ôté ses lunettes noires.

— Cette histoire me semble tellement réelle. Je l'ai déjà vue une dizaine de fois.

Bien plus que ça, dans son esprit...

— Et, chaque fois, j'éprouve les mêmes sentiments quand sa famille le rejette. Je suppose que cela ravive en moi des blessures personnelles.

— Je comprends. Ma famille a agi de la même façon avec moi.

L'inconnue la regardait, à présent, et Morgan eut l'impression qu'elle la fixait droit dans les yeux à travers ses verres fumés.

— C'est la même chose pour vous, j'imagine.

— Oui.

Elle avait répondu sans s'en rendre compte. Comme si les mots étaient sortis malgré elle. Cette femme possédait un regard étonnant. Sombre — noir, peut-être —, et pourtant incroyablement lumineux. Le soleil avait, depuis longtemps, disparu à l'horizon. Les vagues s'échouaient paresseusement sur la rive, sous un ciel constellé d'étoiles.

— Racontez-moi, l'encouragea l'inconnue d'une voix douce et grave — irrésistible.

— Je... Je n'ai jamais été très proche de mes parents. C'est seulement à leur mort que j'ai appris que j'étais une enfant adoptée.

— Ah... Pauvre petite ! Et vous vous interrogez, maintenant, sur votre vraie famille. Votre sang.

Tout en parlant, elle avait tendu la main vers son visage pour prendre une mèche de ses cheveux qu'elle faisait, maintenant, glisser derrière son épaule. Morgan vit ses yeux se poser sur son menton, descendre sur son cou… Elle sentit sa peau réagir à cet endroit précis, comme s'il s'était agi d'un contact physique.

— Oui, répondit-elle. Je m'interroge sur mes parents. A quoi ressemblaient-ils ?

— C'est sans doute pour cette raison que vous ressentez une telle empathie pour Dante, le vampire du film.

— A moins que ce ne soit simplement parce que je vis dans sa maison.

L'inconnue tressaillit. Une lueur de surprise traversa son regard.

Quand elle reprit la parole, sa voix était différente, plus sèche.

— Que voulez-vous dire par là, mon enfant ?

Morgan se maudit intérieurement. Quelle mouche l'avait piquée ? C'était exactement le genre de gaffe qui pouvait lui coûter sa carrière ! Elle ne devait jamais — absolument jamais — avouer que ce n'était pas elle qui avait créé le personnage de son film. Et encore moins qu'elle vivait dans la maison du véritable créateur. Sinon, elle pouvait être accusée de plagiat.

Un sourire plaqué sur ses lèvres, elle secoua la tête comme pour se moquer d'elle-même.

— La maison, dans l'un des films, me fait beaucoup penser à la mienne.

— Oh !

Elle avait la nette impression que la femme n'en croyait pas un mot.

— Il faut que j'y aille, dit-elle. Il est tard, et…

Elle se leva.

L'inconnue avait disparu.

Morgan cligna des paupières, tourna la tête dans un sens, dans l'autre, scruta l'obscurité… Rien. Personne.

Mon Dieu ! Avait-elle imaginé cette femme ?

Une main posée sur son front, elle ferma les yeux.

— Je devrais peut-être prendre l'air. M'éloigner d'ici pendant quelque temps, murmura-t-elle.

Mais, à l'instant même où elle prononçait ces mots, elle sut que c'était impossible. Elle ne pouvait pas partir. Déjà, la nausée la gagnait, et elle sentait la panique s'emparer d'elle à la simple idée de quitter cet endroit. De le quitter, *lui*.

— Bon sang ! Qu'essayais-tu de faire avec cette fille, Sarafina ?

La voix de Dante était dure. Trop dure, peut-être, car il vit Sarafina hausser ses délicats sourcils, en signe d'étonnement.

— Ainsi, tu la connais. Mmm… Que représente-t-elle exactement pour toi ?

— Rien, répondit-il, sans la regarder, de peur qu'elle lise sur ses traits. Mais que fais-tu ici ? J'ai cru être victime d'une illusion quand j'ai senti ta présence dans la salle de cinéma.

Sarafina haussa les épaules d'un air innocent — bien qu'il n'y eût pas une once d'innocence en elle. Elle secoua la tête, faisant voleter ses longues mèches dans le vent.

— Je passais te rendre visite. En traversant la ville j'ai senti ta présence dans ce cinéma. Alors, je suis entrée. Imagine ma surprise quand je me suis rendu compte que le film que tu étais venu voir racontait notre histoire.

Il ferma les yeux, incapable de répondre quoi que ce soit. Voir sa propre vie défiler sur l'écran l'avait ébranlé au plus profond de son être. C'était une véritable trahison. Plus encore, maintenant qu'il connaissait la vérité : Morgan en avait écrit le scénario.

Une fois encore, la femme qui prétendait l'aimer avait livré ses secrets à l'ennemi. Au monde entier.

— Apparemment, cette fille a été très choquée, elle aussi. La manière dont elle a quitté la salle…

Sarafina plongea son regard noir dans le sien.

— Je te pose de nouveau la question, Dante : que représente-t-elle pour toi ?

— Ce n'est qu'une mortelle innocente, rien de plus.

Il n'avait aucune envie de lui dire qu'il se trouvait à quelques mètres derrière elle sur la plage, qu'il avait entendu toute sa conversation avec Morgan, et qu'il se tenait prêt à intervenir, si nécessaire. Pour qu'elle ne le repère pas, il lui avait complètement fermé son esprit.

— Oh, elle est bien plus qu'une mortelle ordinaire, très cher. Beaucoup plus.

Elle lui prit la main pour marcher avec lui le long de la plage.

— Mais nous aurons l'occasion d'en reparler… Pour l'instant, j'aimerais savoir pourquoi tu m'as interrompue au moment où ma conversation avec cette gamine devenait particulièrement intéressante ?

— Pour t'empêcher de lui arracher la veine jugulaire, ma douce tante ! Elle est du coin, et sa mort serait vite remarquée.

En vérité, lui-même avait suivi Morgan avec la vague intention de faire la même chose : la détruire. Mais, en la voyant en compagnie de sa tante, la peur s'était emparée de lui, et son besoin de protéger Morgan avait été le plus fort. Mentalement, il avait appelé Sarafina, et elle avait répondu en se précipitant vers lui à une vitesse imperceptible par un simple mortel.

— Ces paroles prouvent que mon enseignement était défaillant, et aussi que tu t'es isolé, pendant toutes ces années. Même si je le voulais, je ne pourrais pas faire de mal à cette fille. Elle fait partie des Elus.

Dante hocha la tête.

— Ça, je l'avais compris. En revanche, je dois admettre que je ne sais pas grand-chose à leur sujet, hormis qu'ils possèdent le même antigène que nous et qu'ils peuvent devenir l'un des nôtres.

Sarafina acquiesça en soupirant.

— J'ai senti sa présence dès que j'ai pénétré dans la salle, expliqua-t-elle.

Elle s'arrêta devant un gros rocher, et s'y assit, telle une reine prenant place sur son trône. Debout à côté d'elle, Dante la regarda fixer l'immensité noire de l'océan.

— Nous sentons leur présence, tu le sais bien. Nous ne pouvons pas leur faire de mal.

— Nous ne *pouvons* pas ? Ce n'est donc pas une question de volonté ? A ton avis, que se passerait-il si on essayait ?

Elle lui jeta un bref regard.

— Tu as des raisons de lui faire du mal ?

— Je la connais à peine, répondit-il en détournant les yeux.

Sarafina haussa les épaules avec élégance.

— Si on essayait… Eh bien, je ne sais pas ce qui se passerait. En fait, il se trouve que nous sommes poussés à les protéger.

Voilà qui expliquait le désir qu'il avait ressenti de protéger Morgan de sa tante.

— Ils ont une espérance de vie très réduite, tu sais ?

Il releva vivement la tête. C'était ce que Morgan lui avait dit, mais il n'avait pas voulu le croire.

— Non, je l'ignorais, affirma-t-il prudemment.

Sa tante se contenta de hocher la tête.

— Mmm. Ils dépassent rarement l'âge de trente ans. D'après ce que j'ai vu, elle décline déjà.

Sarafina haussa les épaules avant de poursuivre :

— On raconte qu'à chaque vampire correspond un Elu avec lequel il partage un lien psychique particulièrement fort. A mon avis, ce sont des foutaises. Du sentimentalisme.

— Ah, vraiment ? Le lien que tu disais partager avec moi ne ressemblait donc pas à ça ?

— Rien à voir, Dante. Tu faisais partie de ma famille. Tu étais mon neveu. Le seul membre de mon clan qui ait eu un lien avec moi. C'est pour ça que je t'aimais.

Elle contempla de nouveau l'océan, et le vent fit voleter ses boucles sur ses épaules.

— Non, reprit-elle. Cet autre lien, celui qu'on évoque parfois à voix basse entre immortels, est supposé être beaucoup plus puissant. Il se manifesterait comme un échange psychique d'une extrême intensité. Certains disent que le vampire et l'Elu qui lui correspond peuvent communiquer mentalement. Que le désir sexuel entre eux est irrésistible. Surtout s'ils mêlent leurs sangs.

Elle ramena les yeux sur lui. Il baissa vivement les siens.

— Est-ce qu'elle habite ta maison, Dante ?

Il s'efforça de dissimuler son trouble, dressa un mur autour de ses pensées.

— Oui.

— Et où t'es-tu installé ?

Il ne voulait pas que Sarafina pénètre chez Morgan ni qu'elle comprenne que c'était elle qui avait écrit le scénario du film. Car, s'il existait un être capable d'outrepasser l'instinct qui empêchait les vampires de s'attaquer aux Elus, c'était bien

Sarafina. Et elle le ferait si elle apprenait la vérité : elle tuerait Morgan sans se préoccuper des conséquences.

— Dans une cave cachée sous les fondations, répondit-il. Rien qui puisse te convenir, tante chérie.

Elle prit un air songeur.

— Il y a une maison à louer, à un peu plus d'un kilomètre d'ici. On pourrait s'y installer ?

Il acquiesça sans conviction. En fait, il n'avait qu'une envie : retrouver Morgan. Mais, pour cela, il fallait d'abord se débarrasser de Sarafina.

— Parfait. On s'occupe de ça cette nuit, décida-t-elle. Demain, on retourne voir ce film. Du début à la fin, cette fois. Il faut découvrir comment notre histoire a pu filtrer, et qui l'a racontée au scénariste. Il s'agit de quelqu'un d'ici, d'après les coupures de presse affichées à la porte du cinéma. Cela dit, après un tel succès, le scénariste a dû s'installer ailleurs : dans une grande ville.

— Le scénariste ? répéta Dante, les sourcils froncés.

— Un certain Morgan quelque chose. Je noterai le nom en entier demain.

Elle lui sourit.

— Mais, ce soir, occupons-nous de notre maison. Elle est relativement isolée. Personne ne viendra nous déranger.

Dante hocha lentement la tête.

— Pars devant, murmura-t-il. Commence à tout installer ; je te rejoindrai à l'aube. J'ai besoin de… manger.

Elle le regarda drôlement, mais se contenta de répondre :

— La maison sera prête. C'est à un peu plus d'un kilomètre, sur la route qui longe la côte. Une maison victorienne qui devait avoir fière allure avant qu'on repeigne la façade en jaune et les volets en rose.

— Je vois, dit-il.

— Franchement, je me demande pourquoi tu ne l'as pas encore louée. C'est un abri parfait.

Pourquoi l'aurait-il fait ? Ne vivait-il pas juste au-dessous du lieu où évoluait la femme pour laquelle il brûlait de désir ? Et le fait de savoir d'où venait cette attirance incontrôlable ne l'atténuait en rien.

— Je me contente de peu, question confort, répondit-il.

Elle s'approcha de lui, le prit par le col de sa chemise et l'embrassa sur la bouche.

— Tu as intérêt à être de retour avant l'aube, Dante chéri, si tu ne veux pas que je parte à ta recherche.

— Promis.

Enfin, elle le laissa seul. Il attendit que ses sens ne perçoivent plus aucune trace d'elle pour partir retrouver Morgan. Il n'avait plus le temps de jouer. Maintenant, il lui fallait des réponses. Tout de suite.

Il était 4 heures du matin quand la sonnerie de son portable arracha Lou de la douce somnolence dans laquelle il commençait à sombrer. Il avait passé toute la nuit dans sa voiture, à surveiller la maison de Maxine. Comme Lydia n'était pas réapparue, il en avait conclu qu'elle avait décidé de dormir sur place. Ce qui n'avait rien d'étonnant dans la mesure où — ainsi qu'il le supposait — Maxine lui avait raconté ses histoires de vampires.

Il prit l'appel.

— Oui ?

— Malone, t'es où, nom de Dieu ?

Il fronça les sourcils en reconnaissant la voix de Denny, son ancien coéquipier à l'époque où la police avait encore les moyens d'envoyer les flics patrouiller à deux.

— Denny ?

— Ils te cherchent partout, Lou. Vaudrait mieux que tu rappliques fissa.

— Qu'est-ce que tu racontes ? Mon prochain service est à…

Il jeta un coup d'œil à sa montre.

— Je ne parle pas du boulot, mais de chez toi, Lou. Il y a eu une effraction et… c'est pas joli.

Lou sentit un filet de transpiration glacé couler dans son dos.

— J'arrive, dit-il.

— Si… Enfin… si tu es avec quelqu'un, ce serait peut-être bien que tu lui demandes de t'accompagner.

Sous le choc, Lou éloigna un instant le téléphone de son oreille. Puis il le rapprocha pour demander :

— Tu penses que je vais avoir besoin d'un alibi ?

— Ce ne serait pas plus mal.

Lou fronça les sourcils.

— Merde, Denny, qu'est-ce qui se passe, là-bas ?

Trop tard. Le sergent avait raccroché.

A cet instant, quelqu'un tapa à la vitre de la voiture. Lou fit un bond sur son siège. Mais ce n'était que Maxine qui lui tendait une tasse de café chaud en souriant. Il rangea son portable et baissa la vitre.

— Si tu voulais passer la nuit ici, Lou, tu aurais dû me prévenir. Je t'aurais proposé une protection rapprochée…

Il prit la tasse qu'elle lui offrait sans quitter son visage des yeux.

— Tu veux dire que tu m'as repéré ?

Elle fit oui de la tête.

— Tu t'es absenté juste une vingtaine de minutes.

— Et merde !

Il s'en souvenait, maintenant. Il avait fait un saut jusqu'au poste pour téléphoner à son copain de la CIA. Bon sang !

— Quel est le problème, Lou ?

Il la regarda, remarqua qu'elle était encore habillée. Enfin, si on pouvait appeler ça *habillée*. Elle ne portait jamais grand-chose : des petits débardeurs à bretelles moulants où s'étalaient des slogans subversifs, ou des corsages de soie légers et amples, encore plus sexy. Quand il faisait froid, elle enfilait un gilet par-dessus.

— Où est Lydia ?

Il la sentit se raidir à cette question.

— Elle dort. Pourquoi ?

— Monte dans la voiture, s'il te plaît. Il faut que je passe chez moi en vitesse.

— O.K., Lou, pas de problème.

Elle fit le tour de la voiture.

— Tu as un drôle d'air, lui dit-elle. Tout va bien ?

— Je te répondrai une fois là-bas.

En arrivant, il aperçut une dizaine de véhicules de police garés sur son parking. Un ruban jaune interdisait l'accès de chaque entrée, et une ambulance s'éloignait.

— Mais qu'est-ce qui se passe ici ? s'écria Maxine.

Lou posa une main sur son épaule pour lui intimer le silence, puis il coupa le moteur et sortit.

— Attends-moi ici. Je viendrai te chercher si nécessaire.

Comme si elle n'avait rien entendu, la jeune femme ouvrit sa portière et le rejoignit. Puis elle marcha si près de lui que leurs hanches se touchaient. D'autorité, elle glissa son bras sous le sien et le maintint fermement.

— Malone !

Le capitaine Howard Dutton, son patron, leva le ruban jaune pour lui permettre de passer en dessous.

— J'ai besoin de savoir où vous étiez, cette nuit. Toute la nuit.

— Il était avec moi, affirma Maxie sans laisser à Lou le temps de répondre. C'était qui dans l'ambulance ?

Le capitaine fronça les sourcils. Il n'avait pas l'habitude d'être questionné de façon aussi cavalière. Surtout par une gamine comme Maxine. Il décida, néanmoins, de l'ignorer, et demanda à Malone :

— Vous êtes resté avec cette femme toute la nuit ?

— Non, répondit Lou. Je l'ai déposée chez elle vers 22 heures, puis je suis passé chercher quelque chose au poste. Ensuite, je suis revenu. En tout et pour tout, j'ai dû être absent vingt minutes.

— Quelqu'un vous a vu ? Pouvez-vous prouver que vous n'êtes pas revenu jusqu'ici, dans votre appartement ?

Lou sentit son estomac se nouer.

— Non.

— Si ! intervint de nouveau Maxine.

Les deux hommes la regardèrent. Haussant les épaules, elle concentra son attention sur Lou.

— Ecoute, fit-elle d'un air embarrassé, je dois te l'avouer : comme je craignais que tu ailles rejoindre une autre femme…

— Une autre femme ? répéta-t-il, sidéré.

— … je t'ai suivi. Je t'ai vu entrer dans le poste de police, et j'ai attendu que tu ressortes. Puis, je t'ai de nouveau suivi jusque chez moi.

— Et l'officier Malone ne vous a pas remarquée, madame ?

— Je… Je me suis garée derrière la maison, et je suis rentrée par la porte de la cuisine. Il ne s'est même pas rendu compte que j'étais sortie.

Elle croisa les bras pour poursuivre :

— Maintenant, voulez-vous bien nous dire ce qui s'est passé ici ? Qui était dans l'ambulance ?

Le capitaine soupira, puis, une fois encore, il se tourna vers Lou en ignorant Maxine — ce qui, Lou le savait, devait la mettre hors d'elle.

— Nous avons eu un appel nous informant que quelqu'un s'était introduit chez vous, Malone. A notre arrivée, la porte était ouverte, l'appartement dévasté, et il y avait une femme étendue sur le sol. La balle logée dans son crâne a été tirée à bout portant. On a trouvé un 22 dans les alentours. Sans empreinte.

Il se tourna vers Kehoe.

— Où est l'arme, Denny ?

— Là, monsieur, répondit le sergent en s'approchant pour lui tendre un revolver glissé dans un sachet de plastique.

Lou baissa les yeux vers l'arme… et sentit la nausée le gagner. Il resta, pourtant, de marbre pour déclarer :

— C'est la mienne. Celle que je garde dans mon placard, en cas de problème.

— C'est bien ce que je pensais, dit le capitaine Dutton. Venez, ordonna-t-il en se tournant vers l'entrée. J'ai besoin que vous jetiez un coup d'œil à l'appartement. Au cas où quelque chose aurait été volé.

Lou acquiesça et le suivit dans l'escalier, Maxie derrière lui.

— Et la femme ? demanda-t-il. Elle est morte ?

— Les médecins font ce qu'ils peuvent, répondit Dutton sans se retourner, mais ils seraient surpris qu'elle passe la nuit. Apparemment, ça faisait cinq ou six heures qu'elle était étendue sur le sol quand on l'a trouvée. Personne n'a remarqué le moindre rôdeur. Il y a juste un voisin qui a entendu ce qui pourrait ressembler à un coup de feu, vers 22 heures. Sur le moment, il a pris ça pour un pot d'échappement. La carte d'identité trouvée dans le sac de la victime est établie au nom de Jones. Tempest Jones. Vous la connaissez ?

Lou entendit Maxine s'arrêter dans son dos. Il se tourna vers elle en se répétant le nom, qui lui rappelait vaguement quelque chose. Puis il oublia tout devant le visage défait de Maxine. Elle était blanche comme un linge. La bouche ouverte, incapable de prononcer le moindre mot, elle s'agrippa à son bras, tout en fixant sur lui ses grands yeux verts mouillés de larmes. Et puis, enfin, elle murmura :

— Stormy.

Merde. Sa meilleure amie ! Il n'eut que le temps de descendre une marche pour la prendre dans ses bras quand ses genoux lâchèrent. Elle s'effondra contre lui. Il la serra un peu plus fort, à la fois pour la retenir et la réconforter.

Le capitaine les regarda.

— Donc, vous connaissez la victime ?

— C'est une amie, répondit Lou.

Maxie avait refermé ses bras autour de lui, et pressait son visage contre son torse. Il sentait ses larmes silencieuses mouiller son T-shirt.

— Dites, capitaine, ce serait possible de poster un homme devant la porte, en attendant que je revienne ? Il faut que je conduise Maxie à l'hôpital.

Le capitaine fit la grimace, mais acquiesça.

— Ouais, bien sûr, ça ira. Mais une question, tout de même, Lou : vous étiez proche de cette Tempest Jones ?

Il haussa les épaules.

— Assez pour prendre un café et un beignet avec elle de temps à autre. Mais pas suffisamment pour faire tout de suite le rapprochement avec elle quand vous avez révélé son nom de famille. Ça vous convient ?

Le capitaine soupira et hocha la tête.

— C'est bon. Allez-y.

— Merci.

Il glissa un bras autour de la taille de Maxine pour la soutenir, puis entreprit de descendre l'escalier avec elle. Denny se précipita pour leur ouvrir la portière de la voiture. Lou lui adressa un sourire et le remercia d'un signe de tête.

Denny avait l'air inquiet, peut-être même un peu surpris. Bien sûr qu'il était surpris. Il devait croire — à l'instar de tout le monde, ici — que Maxie et lui sortaient ensemble. Comme si un truc pareil avait été possible…

Il voulut installer Maxine sur le siège passager, mais elle s'accrochait toujours à lui.

— Maxine, il faut me lâcher, maintenant. Juste une minute, le temps que je te conduise à l'hôpital. D'accord ?

Elle hocha la tête en reniflant, mais il lui fallut encore quelques secondes avant de se résigner à desserrer son étreinte. Il lui mit sa ceinture de sécurité et ferma la portière. A peine était-il installé derrière le volant qu'elle se collait de nouveau à lui. La tête contre son épaule, elle s'agrippa à son bras. Pas l'idéal pour conduire, mais tant pis.

— Qu'est-ce qui a bien pu se passer ? demanda-t-elle, sur le trajet. Qu'est-ce que Stormy faisait chez toi ?

Il s'humecta les lèvres.

— Je l'ignore. Je préfère ne pas faire de suppositions pour l'instant, Maxie.

Mais, qu'il le veuille ou non, les hypothèses s'imposaient à lui. Une, surtout, insupportable : tout cela était arrivé après qu'il eut téléphoné à son ami, à la CIA. Et Stormy — Tempest Jones, de son vrai nom — faisait partie des proches de Maxie. Ceux-là mêmes auxquels l'inconnu avait menacé de s'attaquer, cinq ans plus tôt…

14.

Ce soir-là, Dante ne grimperait pas jusqu'à la chambre de Morgan, comme il l'avait fait, jusque-là. Il marcherait droit vers la porte d'entrée, sonnerait, et se présenterait lorsqu'elle lui ouvrirait. Le choc serait violent, sans doute. Mais, aussi fragile qu'elle puisse être physiquement, il sentait en elle suffisamment de ressources pour l'affronter. Elle s'en remettrait. Et alors, il lui demanderait de s'expliquer.

De la grève, il grimpa jusqu'à la colline verdoyante, et traversa la grande pelouse qui conduisait à l'arrière de la maison. Alors qu'il contournait le bâtiment vers l'entrée principale, un frisson le parcourut. Pas ce frémissement d'excitation qu'il ressentait, chaque fois qu'il se rapprochait de Morgan. Non, c'était une crispation de tout le corps. Le signe d'un danger.

Tous ses sens en alerte, il regarda autour de lui, et remarqua alors le véhicule garé dans l'allée. Il prit une profonde inspiration : pas d'odeur de gaz d'échappement. Quelle qu'elle soit, la personne qui s'était garée là devait être arrivée depuis un moment. Peut-être même avait-elle attendu le retour de Morgan.

Dante ferma les yeux pour mieux se concentrer. Comme d'habitude, il localisa immédiatement Morgan. La présence de l'inconnu, en revanche, était beaucoup plus difficile à percevoir. Il lui fallut beaucoup d'efforts, comme si l'homme — car c'était un homme, il le sentait — avait érigé un mur autour de son esprit. Il émanait de lui quelque chose de déplaisant. De dangereux.

Dante fit de nouveau le tour de la maison en laissant sa paume glisser le long de la façade. Ils n'étaient pas dans le bureau. Sans comprendre pourquoi, il en éprouva un certain soulagement.

Et ce fut alors qu'il le fit. Il lui parla, sans même s'en rendre compte. « Bien vu, Morgan. Il n'a pas besoin d'entrer dans cette pièce. »

Il eut un sursaut de surprise en l'entendant répondre : « Cette pièce est un endroit spécial. Mon endroit… et celui de Dante. Personne d'autre n'a le droit d'y entrer. »

Elle lui parlait en croyant se parler à elle-même ! Elle poursuivait un dialogue intérieur sans se douter que c'était lui qui avait initié la conversation.

« Je n'aime pas cet homme », songea-elle.

« Il est dangereux, affirma Dante en se concentrant immédiatement sur le plus important. Méfie-toi de lui. »

Sans la voir, il sut qu'elle acquiesçait d'un signe de tête. Pour elle-même. Pour lui. Il devait être au niveau du salon quand, soudain, il perçut son énergie. Il s'arrêta, pressa les deux paumes bien à plat sur le mur pour pénétrer plus profondément dans son esprit. Encore plus profondément. La sentant résister, il murmura : « Ouvre-toi, Morgan. Ce n'est que moi. Laisse-moi entrer en toi. Tu sais que je ne te ferai pas de mal. »

Et elle lui obéit. Il la sentit se détendre, puis, avec un léger soupir, elle le laissa pénétrer dans son être. Aussitôt, il vit avec ses yeux, entendit avec ses oreilles. Il ne chercha pas à prendre le contrôle. Il n'était même pas sûr d'en être capable.

D'ailleurs, cela n'avait aucune importance. Il n'était pas entré en elle pour la diriger mais pour la protéger.

C'était étrange car, lorsqu'il était arrivé, sa colère était telle qu'il aurait pu la tuer de ses propres mains. Du moins l'avait-il cru. Maintenant, il n'en était plus si sûr.

L'homme tournait le dos à Morgan. Il s'extasiait sur la décoration de la maison en hochant la tête.

— Magnifique ! Vous avez fait une merveille de cette vieille bâtisse.

— Je suis assez contente, en effet, avoua-t-elle. Mais vous disiez vouloir me poser des questions sur mon travail, monsieur Stiles.

— Je vous en prie, appelez-moi Frank… Vous avez raison, il serait temps de commencer l'interview. D'autant que vous devez être épuisée. Je n'aurais jamais osé vous déranger à 4 heures du matin si je ne vous avais pas vue rentrer. C'est vraiment gentil de votre part d'avoir accepté de me recevoir à une heure pareille.

— Puisque vous avez roulé six heures d'affilée afin de rendre votre article dans les temps, je peux faire un effort, de mon côté. Quoi qu'il en soit, comme je vous l'ai précisé, j'aimerais que ce soit bref. Voulez-vous vous asseoir ?

Elle ne lui offrit pas à boire. Il ne demanda rien, se contentant de prendre place sur une chaise ornée de pattes de lion et tapissée de velours. Puis il leva la tête vers elle… et Dante sentit son cœur faire un bond dans sa poitrine. Ou était-ce le cœur de Morgan ?

L'homme était défiguré. Une méchante brûlure avait laissé sur toute la moitié gauche de son visage une cicatrice rose vif dont l'aspect boursouflé évoquait une poupée en caoutchouc qui aurait fondu sous la chaleur. Sa paupière tombait, sa joue s'affaissait, ses lèvres semblaient se tordre en un rictus permanent, et il ne restait de son oreille qu'une excroissance informe. Dante se rendit compte alors qu'il portait un postiche : du côté droit de son crâne, ses vrais cheveux étaient légèrement plus clairs. Malgré tout, c'était du bon travail. Assez bon, du moins, pour tromper un mortel.

L'homme sourit à Morgan. Elle s'obligea à lui rendre son sourire, en dépit du malaise qu'elle ressentait en sa présence. Il y avait quelque chose, chez lui, qui la dérangeait. Et, curieusement, ça n'avait rien à voir avec son apparence, même si elle essayait de se persuader du contraire.

— J'imagine que votre nomination vous fait plaisir, dit-il. D'autant qu'elle était méritée.

— Merci. Je dois avouer que je ne m'attendais pas à ce que le film reçoive un tel accueil. J'ai été très agréablement surprise.

— C'est un très bon film.

Il sortit un carnet et un crayon à papier de sa poche. Exactement le genre de carnet qu'on se serait attendu à voir dans les mains d'un reporter, nota Dante. Ce qui fit résonner en lui une nouvelle sonnette d'alarme.

— Mais les deux premiers l'étaient aussi. A votre avis, pourquoi celui-ci a-t-il remporté un succès encore plus grand que les autres ?

Dante eut l'impression que son cœur s'arrêtait de battre. *Les deux premiers... ?*

— Les deux premiers films ont été réalisés avec des budgets plus modestes, expliqua Morgan. Malgré tout, ils ont fait beaucoup plus d'entrées que nous ne l'espérions. Ce qui nous a permis d'aller plus loin pour le troisième.

L'homme hocha la tête.

— Avez-vous déjà prévu un quatrième volet ?

— Bien sûr.

L'homme approuva d'un autre signe de tête, et inscrivit quelque chose sur son carnet, tout en souriant. Dante n'en pouvait plus.

— Je trouve qu'il y a, dans ces films, un réalisme qui manque aux autres histoires de vampires — comme à la plupart des films fantastiques, d'ailleurs. Dante, votre héros, est tellement crédible. Pour un peu, on croirait qu'il existe.

Morgan avala sa salive, mal à l'aise.

« Pour moi, il existe », songea-t-elle.

— C'est là le secret de toute bonne fiction, non ? répliqua-t-elle à voix haute. Etre crédible.

— Exact, acquiesça le reporter. Mais, dans le cas présent, c'est plus que ça. Comme si… comment dire ? Comme s'il s'agissait d'une histoire vécue. A ce propos, je dois vous avouer qu'en apprenant que l'ancien propriétaire de votre maison s'appelait Dante, je me suis posé des questions…

A ces mots, Morgan se raidit.

— Que voulez-vous dire, monsieur Stiles ?

— Allons, c'est de notoriété publique, maintenant.

Elle secoua lentement la tête.

— Non, ça ne l'est pas, murmura-t-elle.

Puis, comme si elle comprenait soudain le sens des paroles du journaliste, elle reprit :

— J'ignore où vous avez trouvé cette information, mais elle est fausse. L'ancien propriétaire s'appelait Daniel Taylor. Un jour, il a disparu et, comme il n'avait pas d'héritier, l'Etat a récupéré la maison. C'est à l'Etat que mon oncle l'a achetée.

— Daniel Taylor était l'un des nombreux pseudonymes utilisés par le vampire Dante.

Dante n'eut pas besoin de voir le visage de Morgan pour deviner le choc qu'elle venait de recevoir. Il sentit ses sourcils se lever, ses lèvres se plisser en une moue incrédule, tandis qu'elle se demandait si son interlocuteur avait perdu l'esprit.

— Mon Dieu, où avez-vous trouvé une idée pareille ? Vous avez une sacrée imagination !

— C'est la réalité, Morgan. Tout comme les faits racontés dans votre scénario.

La jeune femme se leva de sa chaise.

— Excusez-moi, monsieur Stiles, mais, d'après moi, seuls les déséquilibrés croient aux vampires. Et je n'ai pas pour habitude de recevoir des déséquilibrés chez moi en pleine nuit. Je vous serais reconnaissante de bien vouloir partir.

— Et moi, je vous serais reconnaissant de cesser ce petit jeu. Il est temps de dire la vérité, mademoiselle De Silva. Les vampires existent, vous le savez aussi bien que moi. *Dante* existe. Et il sera fou de rage lorsqu'il découvrira que vous avez transformé ses plus sombres secrets en surperproduction.

Un frisson glacé parcourut le dos de Morgan. Se forçant à l'ignorer, elle traversa la pièce d'un pas décidé pour se diriger vers la porte d'entrée. L'homme lui emboîta le pas. Au moment où elle saisissait la poignée, il posa la main sur la sienne.

— Je ne suis pas journaliste, mademoiselle De Silva, lui avoua-t-il. Je travaille pour le gouvernement, et j'ai passé suffisamment d'années à étudier les créatures comme ce Dante pour vous assurer que vous courez un réel danger. Si ce vampire vous trouve…

D'un geste vif, elle retira sa main et tourna la poignée.

— Sortez, Stiles ! Immédiatement.

— Comment avez-vous obtenu ces informations sur lui ? Dites-le-moi.

Morgan le toisa stoïquement.

— Si vous ne partez pas, j'appelle la police.

— Je ne vous permettrai pas de faire une chose pareille.

Sans lui laisser le temps de réagir, elle leva le bras vers le petit clavier mural à côté de la porte, et déclencha le système d'alarme.

— La police sera là dans cinq minutes, annonça-t-elle.

— Je cherche à vous aider, mademoiselle De Silva. C'est un monstre. Il finira par vous trouver et, si vous ne m'aidez pas à l'arrêter, il vous tuera, je vous le garantis.

Morgan se pencha vers lui pour murmurer :

— Les vampires n'existent pas, monsieur Stiles.

Puis, entendant une sirène, au loin, elle ajouta en souriant :

— Tiens, ils ont été plus rapides que je le pensais.

L'homme poussa un soupir de frustration, et sortit rapidement de la maison en claudiquant. Tandis qu'il montait dans sa voiture, Morgan nota mentalement son numéro d'immatriculation.

Ce ne fut qu'une fois enfermée chez elle qu'elle s'autorisa à réfléchir à ce qu'il lui avait dit : que Dante était réel, qu'il serait fou de rage en découvrant qu'elle avait révélé ses secrets au monde entier. Qu'il la tuerait…

Mais il ne pouvait pas la tuer, songea-t-elle. Il l'aimait. Non, rectifia-t-elle d'elle-même. *Elle* l'aimait. Pourtant, s'il était réel, il l'aimerait, lui aussi ! Ni l'un ni l'autre ne pouvaient résister à la force du lien qui les unissait tous les deux. Sauf qu'il n'était pas réel. Il n'existait pas et il ne l'aimait pas. Donc, il ne pouvait pas lui faire de mal.

Dante ferma ses sens et quitta l'esprit de Morgan. Il reprit contact avec son propre corps, cligna des paupières pour s'adapter à la soudaine obscurité, serra et desserra plusieurs fois les poings… Les sirènes se rapprochaient. Stiles était parti, mais la police n'allait pas tarder à arriver. Et l'aube se lèverait bientôt. Pourtant, il ne rejoindrait pas Sarafina ; il n'irait pas la retrouver dans cette maison qu'elle avait préparée pour lui et où elle l'attendait.

— Il s'est présenté comme journaliste, expliquait Morgan au policier qui se tenait en face d'elle.

En entendant les hurlements de sirène, elle s'était presque attendue à voir une armée entière débarquer chez elle. Mais le policier qui avait sonné à sa porte était seul. C'était une sorte de grand-père débonnaire, auquel il ne manquait qu'une barbe et des cheveux blancs pour se transformer en Père Noël. Du moins en avait-il le sourire chaleureux, les yeux rieurs et le ventre rebondi. Il ne portait pas de képi, et son visage jovial sous un crâne lisse et rose offrait un contraste amusant avec son uniforme bleu foncé. Même son nom — Sandy Gray — ressemblait à celui d'un personnage de B.D., avait-elle pensé lorsqu'il s'était présenté.

— Et vous l'avez laissé entrer, dit-il. Vous a-t-il montré une pièce d'identité ?

Elle fit non de la tête. Ils se tenaient debout dans l'entrée, face à face, lui légèrement plus petit qu'elle, elle de moins en moins rassurée et de plus en plus épuisée.

— Cela vous ennuierait que nous allions nous asseoir dans le salon ? lui demanda-t-elle.

— Non, bien sûr.

Il la suivit jusqu'à la grande pièce où elle avait reçu le soi-disant journaliste.

— J'ai fait une longue marche, aujourd'hui. Ça m'a permis de voir à quel point je manquais d'entraînement. Je suis à bout de forces !

Elle se laissa tomber dans son fauteuil préféré. Le policier, lui, resta debout, ce qu'elle n'eut aucun mal à comprendre, compte tenu de sa taille.

— Vous m'avez dit que l'homme vous avait donné son nom, reprit-il.

— Oui. Frank Stiles. Sur le moment, je n'ai pas eu l'impression qu'il mentait.

Gray nota le nom sur son calepin.

— Il avait un carnet, lui aussi. Du même genre que le vôtre. Avec un crayon à papier. Il m'a dit qu'il avait roulé six heures d'affilée pour pouvoir rendre son article demain matin.

Le policier hocha la tête. Apparemment, il était au courant pour sa nomination. Ce qui n'avait rien d'étonnant, à en juger par les bandeaux publicitaires qu'elle avait vus sur le fronton du cinéma. La ville entière devait être au courant.

— Ensuite, que s'est-il passé ?

Elle prit une inspiration.

— Je lui ai proposé d'entrer. Il s'est assis. Là, précisa-t-elle en montrant la chaise tapissée de velours. Puis il a commencé à me poser des questions et, peu à peu, j'ai eu l'impression qu'il m'avait menti, qu'il n'était pas journaliste.

— Ah bon ? Qu'est-ce qui vous a fait penser ça ?

Elle se mordit la lèvre.

— Je ne sais pas. Rien de précis, en fait. C'était juste une impression. Quoi qu'il en soit, ajouta-t-elle en haussant les épaules, je lui ai demandé de partir, et il a refusé. Il y avait quelque chose de vaguement menaçant dans son attitude. Alors, j'ai déclenché l'alarme. Dès qu'il s'en est rendu compte, il est sorti.

Le flic hocha la tête.

— Donc, il ne vous a pas fait de mal.

— Non.

— Et il ne vous a rien volé ?

— Non.

Gray ferma son calepin.

— Dans ce cas, je ne vois rien d'illégal dans ce qui s'est passé ici.

La tête légèrement penchée sur le côté, Morgan le regarda sans paraître comprendre.

— Je veux dire qu'il n'y a rien d'illégal à refuser de sortir de chez quelqu'un, même s'il vous le demande. C'est juste impoli.

— Je suppose que vous avez raison, dit la jeune femme avec un soupir. Sauf qu'il ne s'agit pas d'une situation normale. Non que je cherche à jouer les stars, mais je suis quelqu'un de célèbre, maintenant, que je le veuille ou non. Cet homme voulait quelque chose de moi, j'en suis sûre. Et il reviendra.

Gray la considéra longuement…

— Un fan détraqué ? C'est à ça que vous pensez ?

— C'est possible, non ?

Cette éventualité, plus que tout ce qu'elle avait dit jusqu'alors, parut retenir l'attention du policier. Il y réfléchit un moment, puis hocha la tête.

— Donnez-moi une description de ce type. On gardera l'œil ouvert.

Morgan acquiesça, et décrivit Frank Stiles le plus fidèlement possible, sans omettre aucun détail, depuis son visage brûlé jusqu'aux vêtements qu'il portait. Bien qu'elle ne révélât rien sur le discours qu'il lui avait tenu, le policier semblait de plus en plus sceptique à mesure qu'elle parlait.

— J'ai… relevé son numéro d'immatriculation, annonça-t-elle finalement.

Elle sortit de sa poche le morceau de papier sur lequel elle avait griffonné le numéro, et le tendit à Gray. Il l'examina, puis releva les yeux vers elle.

— C'est le Maine ?

— Non, New York.

— Mmm…

Il enfouit le papier dans la poche de son uniforme avant de demander :

— Ça ira. Vous vous sentez capable de rester seule ici, cette nuit ?

Bizarrement, Morgan se dit qu'elle n'était pas seule.

— Ça ira, répondit-elle. Je vais enclencher le système de sécurité et, cette fois, je ne laisserai personne entrer.

— C'est une sage résolution. Je vais demander aux deux agents qui patrouillent dans le coin de passer régulièrement jusqu'à demain matin. S'ils remarquent quoi que ce soit de suspect, ils viendront vous voir. Ça vous va ?

— *De suspect ?* répéta Morgan, les sourcils froncés. Comme des morceaux de cadavre éparpillés sur la pelouse ?

Gray pinça les lèvres.

— Il n'est pas question de ça, madame… Vous êtes certaine que vous voulez rester ici ? Je peux vous conduire dans un hôtel, en ville, si…

— Non, non, je vous assure que ça va aller. Je faisais de l'humour.

Il resta de marbre.

— Merci, agent Gray.

Elle le reconduisit à la porte d'entrée, referma derrière lui et enclencha le système de sécurité.

Puis elle gagna sa chambre à l'étage et, après une douche rapide, elle se coucha avec le dernier journal de Dante qu'elle avait sorti de la malle.

Mais, cette nuit, les mots envoûtants de son amant fantôme ne suffirent pas à la transporter ailleurs. Cette nuit, c'étaient les paroles d'un autre, l'homme au visage brûlé, qui tournaient sans cesse dans son esprit. *Les vampires existent… Dante existe, et il sera fou de rage en découvrant la vérité.*

Avec un soupir, elle repoussa les couvertures, oubliant le précieux manuscrit posé sur ses genoux. Il tomba au sol dans un bruit mat. En se penchant pour le ramasser, son regard enregistra plusieurs mots inscrits à la page où il s'était ouvert.

Trappe secrète...
Sous la maison...
Cercueil...

Intriguée, elle lut plus attentivement. C'était le huitième volume des « mémoires » de Dante, et il s'agissait d'un passage qu'elle n'avait pas encore lu. Tandis qu'elle le parcourait, un frisson d'effroi et d'excitation la traversa : cette fois, elle détenait une information qu'elle pouvait vérifier. Si, toutefois, elle en avait le courage...

Elle ferma le cahier, le glissa sous son oreiller, et se leva avec l'intention de descendre au rez-de-chaussée. Arrivée devant la porte de son sanctuaire, elle s'arrêta un instant. Cette pièce était le bureau de Dante, autrefois. Son endroit préféré. Et le sien, aujourd'hui. La gorge sèche, elle marcha jusqu'à la cheminée, puis s'accroupit pour rouler le tapis, faisant apparaître le parquet.

La surface en était parfaitement lisse. Pas de fissure, pas de charnières ni de contours indiquant la présence de la trappe décrite dans le cahier. Mais le sol avait sans doute été recouvert plusieurs fois, depuis l'époque où le récit avait été rédigé. Morgan songea à la sensation qui s'était emparée d'elle : cette certitude que Dante était à ses côtés, qu'il la touchait, qu'il habitait son esprit. Combien de fois l'avait-elle éprouvée, au cours de ces dernières semaines ? Le plus souvent, c'était lorsqu'elle se trouvait là, dans cette pièce.

Elle saisit le tisonnier, et se mit à marcher de long en large dans la pièce, tout en frappant le sol. Tap... Tap... Tap... Plink.

Elle s'arrêta net. Le son était-il vraiment différent ou s'agissait-il d'un effet de son imagination ? Elle frappa de nouveau — et, de nouveau, le bruit se révéla différent, là où était censée se trouver la trappe. Ça sonnait creux, comme s'il y avait du vide en dessous.

Morgan s'humecta les lèvres et se mit à genoux. Elle inséra la pointe du tisonnier entre les planches, et fit levier pour en soulever une. Sans effet. Elle enfonça alors l'outil un peu plus profondément, et appuya de tout son poids sur l'autre extrémité. Encore et encore. Jusqu'à ce que, enfin, une planche se déboîte, brisée en deux.

Haletante, couverte de sueur, Morgan resta là, appuyée sur le tisonnier, à regarder le sol. Sous le plancher, il y en avait un autre, plus ancien — et si vermoulu qu'un grand coup de tisonnier suffit à le percer. De l'autre côté, c'était le vide. Malgré la difficulté qu'elle avait à respirer, Morgan se précipita vers son bureau pour prendre une torche dans le tiroir. Elle éclaira l'ouverture. Juste au-dessous d'elle, un vieil escalier en colimaçon descendait vers les entrailles de la terre.

Elle eut un mouvement de recul. Et resta là, à regarder fixement le sol, le cœur battant si vite qu'elle avait l'impression qu'il allait exploser.

— Mon Dieu, est-ce que c'est vrai ? Est-ce qu'il… existe vraiment ? murmura-t-elle.

Elle reprit soudain le tisonnier, et arracha une autre planche, puis une autre, et une autre encore… Elle fit voler en éclats la trappe vermoulue — car c'était bien une trappe, avec deux charnières rongées par la rouille —, et, enfin, elle parvint à pratiquer une ouverture suffisamment grande pour s'y glisser.

Alors, tremblante, le tisonnier dans une main, sa torche dans l'autre, elle posa le pied sur la première marche de l'escalier.

Lorsqu'il regarda à travers la fenêtre du balcon, Dante fut surpris de ne pas trouver Morgan dans sa chambre. Finalement, il avait renoncé à l'idée d'aller sonner à sa porte. Lui infliger un tel choc, après la peur qu'elle avait ressentie cette nuit, aurait pu lui être fatal.

Oui, il se sentait furieux contre elle. Elle n'était pas de son côté, elle ne lui donnait aucune information — du moins, consciemment —, et il était impatient de lui demander enfin des comptes. Mais plus impatient encore de la rejoindre dans ses rêves pour lui faire l'amour... Cette union psychique était une véritable torture pour son corps. Et, en même temps, une libération... Il avait faim d'elle, il avait besoin d'elle, tout en désirant l'étrangler et la faire taire pour toujours.

Mais elle n'était pas dans son lit, prête à recevoir ses caresses ou sa rage. Ni sous la douche, sa peau d'albâtre parcourue de filets d'eau brûlants. D'après ce qu'il percevait, elle se trouvait même loin de cette zone de la maison. Et dans un état d'agitation extrême...

Se pouvait-il que l'homme au visage brûlé soit revenu ? A cette idée, il sentit une peur panique l'envahir. Soudain, il n'avait plus qu'un seul désir : la rejoindre, la protéger, la sauver.

Rien, dans l'air, n'indiquait la présence d'un homme, mais Dante savait que ce Stiles, comme il se faisait appeler, n'était pas du genre à renoncer. C'était lui qui, depuis des mois, les pourchassait, lui et ses semblables. Le film avait dû le conduire à Morgan, et Dante avait la certitude qu'il n'hésiterait pas à se servir d'elle si cela pouvait le mener jusqu'à sa proie.

Quelque chose clochait avec Morgan, Dante le sentait... Soudain, il eut l'impression de recevoir une décharge électrique. Une douleur, qui n'était pas la sienne, explosa dans son ventre, lui nouant les entrailles. Un frisson d'angoisse, de terreur pure, le parcourut.

Trop tard pour prendre des précautions ! Poussé par son instinct, Dante bondit à l'intérieur de la chambre et se précipita dans l'escalier, guidé par le lien invisible qui l'unissait à

Morgan. Cette fois, les portes du bureau étaient ouvertes. Il les franchit sans ralentir, prêt à affronter ce qui effrayait tant Morgan — quoi que ce soit. Mais il s'arrêta net en découvrant l'état du parquet devant la cheminée.

— Oh, Mon Dieu, non…

Il resta figé sur place, incapable de décider ce qu'il devait faire. Ce fut alors qu'il entendit le hurlement.

15.

Morgan descendit l'escalier avec précaution, testant chaque marche avant de s'y appuyer. Le bois craquait, protestait sous son poids, prêt à céder d'un instant à l'autre. Enfin, elle atteignit la dernière marche. La pièce où elle se trouvait était un sous-sol noir et froid qui n'apparaissait sur aucun des plans qu'elle avait examinés. Croquis, descriptions, anciens titres de propriété..., elle avait tout passé au peigne fin, lors des travaux de rénovation. Dans ses efforts pour redonner à la maison son apparence d'antan, elle avait même retrouvé des notes sur les couleurs des murs de plusieurs pièces, un dessin du lustre du salon et une vieille photo du jardin.

Lorsque ces documents mentionnaient une cave, c'était uniquement pour en souligner l'absence. Apparemment, il s'agissait d'un oubli inexcusable du constructeur : Daniel Taylor...

Daniel Taylor était l'un des nombreux pseudonymes utilisés par le vampire Dante...

Oh, bon sang !

L'air sentait le moisi et le renfermé. Morgan leva sa torche et en dirigea le faisceau de tous côtés. De grosses poutres de bois soutenaient le plafond bas. Les murs étaient faits de pierres plates empilées les unes au-dessus des autres, sans aucune trace de mortier pour les maintenir. A l'autre extrémité, la jeune femme aperçut une arche qui semblait ouvrir sur une sorte d'alcôve. Sa lampe pointée devant elle, elle avança dans cette direction. Il n'y avait pas de toiles d'araignées. Etrange… Elle avançait à pas prudents, le souffle court.

Enfin, elle franchit l'arcade, et déboucha dans une pièce plus petite, qui lui parut encore un peu plus obscure. Cette fois, pas de bois ni de pierre, juste un cube de béton. Sur sa gauche, Morgan découvrit une petite table, une lampe à pétrole et une boîte d'allumettes. Elle reconnut l'odeur caractéristique du pétrole dans l'air, et nota que le verre de la lampe était propre.

Elle s'approcha, puis, sa torche calée sous le bras gauche, elle souleva le globe vitré, gratta une allumette et enflamma la mèche. Une douce lumière baigna aussitôt la pièce. Ce fut un tel soulagement de sortir de l'obscurité qu'elle ne put retenir un soupir lorsqu'elle se retourna pour regarder derrière elle.

Au fond de la pièce, une sorte d'autel semblait s'élever du sol. Au-dessus, trônait une longue caisse de bois sombre, ornée de poignées en argent.

Morgan ne bougea pas. Elle refusait de comprendre.

Puis, la vérité s'imposa à elle.

Un cercueil…

Son cri de terreur se répercuta longuement dans le silence de la nuit.

Elle se mordit la lèvre pour ne pas recommencer, et s'efforça de reprendre une respiration normale, même si son cœur battait à toute allure. Le cercueil était fermé. A en juger par son état, il devait être très ancien. Depuis combien de temps cette… chose était-elle là ? Et, surtout, qu'y avait-il à l'intérieur ? Pour le savoir, elle devait s'approcher, toucher le bois, soulever le couvercle…

S'agissait-il de Dante ?

Elle était incapable de faire un geste. Ses jambes tremblaient tant qu'elle tenait à peine debout. Tout comme l'épuisement physique, le stress avait toujours eu un effet déplorable sur son état, et, aujourd'hui elle avait éprouvé ces deux sensations.

Ce n'est pas réel. Il s'agit encore d'un rêve…

Sauf que, dans ses rêves, elle était toujours dynamique et ne ressentait jamais de peur. Dans ses rêves, *il* l'aimait.

Mon Dieu ! Se pouvait-il que l'homme au visage brûlé ait dit vrai ? Que ces manuscrits soient vraiment des journaux intimes ? Se pouvait-il que Dante soit allongé là, dans ce cercueil ? Parfaitement conservé ? Tel un mort vivant… immortel ?

— Non, il doit y avoir une autre explication, murmura-t-elle pour elle-même. Peut-être qu'il s'est juste fait enterrer là en secret. Oui, c'est sûrement ça. Le cadavre décomposé d'un fou mythomane, c'est sans doute tout ce qu'il y a dans cette boîte. Un tas d'ossements. Rien de plus.

Et, lorsqu'elle en aurait la preuve, lorsqu'elle constaterait de ses propres yeux que Dante n'était qu'un homme comme les autres, avec juste un peu trop d'imagination et un don hors du commun pour l'écriture, alors, enfin, elle serait libérée de ce lien invisible qui l'attachait à lui.

Retenant son souffle, elle s'obligea à approcher. Un pas… un autre. Elle n'était même pas sûre de pouvoir soulever le couvercle. Il devait être scellé. On ne laissait pas les cercueils ouverts… Et on ne les entreposait pas dans les sous-sols des maisons…

Voilà, elle se trouvait devant la boîte. Elle ordonna à ses mains de se lever. Elles lui obéirent, ce qui l'étonna presque. Elle les posa lentement à la surface du cercueil. C'était froid. Poussiéreux. Fermant les yeux, elle s'ordonna de soulever le couvercle.

— Ne faites pas ça !

Elle reconnut aussitôt la voix grave et profonde qui venait de prononcer ces mots derrière elle.

Et se figea sur place.

Il était entré en silence : elle n'avait rien entendu. Pas un bruit.

— Laissez ça, Morgan. Il n'y a rien, là-dedans, que vous ayez besoin de voir.

Les paupières toujours closes, elle murmura :

— Dante ?

— Je…

La voix était indécise. Alors, elle ouvrit les yeux, déjà certaine que les mots qui allaient suivre seraient un mensonge. Aussi certaine que si c'était elle qui avait dû les prononcer. Elle le sentit hésiter, se creuser la tête à la recherche d'une fable crédible.

— Oui, je suis bien Dante, mais pas celui auquel vous pensez. Il était mon arrière-arrière-grand-père.

— Et il est enterré là ?

— C'était sa dernière volonté.

Elle hocha la tête.

— Que faites-vous ici ?

— Je suis venu vous voir.

Il fit une pause, prit une inspiration. Elle comprit qu'il préparait un nouveau mensonge.

— Ce film dont vous avez écrit le scénario, il ressemble tellement aux élucubrations de mon grand-père… Dès que j'ai appris que vous habitiez ici, j'ai deviné la vérité : d'une manière ou d'une autre, vous aviez découvert ses délires.

Morgan ne se tourna pas vers lui. Elle ne le pouvait pas. Pas encore.

— Vous voulez dire que rien de tout cela n'est réel ?

Il eut un petit rire qui sonnait faux.

— Bien sûr !

— Vous êtes entré chez moi sans frapper.

— Je… J'étais sur le point de sonner quand je vous ai entendue crier.

— De l'extérieur ?

— Evidemment.

— Donc, vous avez coupé l'alarme en entrant ?

Il ne répondit pas. Morgan avala sa salive, puis, rassemblant tout son courage, elle souleva le couvercle. Le cercueil était vide. Rien que du satin blanc qui commençait à jaunir. Le couvercle resta levé quand elle se retourna lentement pour regarder le visage de l'homme qui hantait ses pensées depuis si longtemps.

Il portait un pantalon noir et une chemise de soie assortie, boutonnée jusqu'au col. Pas de veste ni de cravate. Il était sombre. Tout, en lui, était sombre : son visage, aussi anguleux qu'elle l'avait imaginé, ses joues creuses, ses yeux, noirs comme des puits sans fond…

Elle sentit le souffle lui manquer. Parce qu'elle l'aimait. Parce qu'ils étaient intimement liés, sans qu'elle sache comment ni pourquoi. Parce qu'il était exactement tel qu'elle l'avait imaginé. Parce qu'il lui appartenait.

— Tu existes, murmura-t-elle.

Il la contempla en silence. Alors, elle sentit qu'il cherchait à s'insinuer dans son esprit, à lui faire croire qu'il n'était qu'une apparition, un autre de ses rêves.

Elle secoua la tête.

— Arrête ! Tu n'es pas un rêve.

— Comment peux-tu en être aussi sûre ?

— Tu perds ton temps, Dante. Même si tu parvenais à me convaincre, le parquet brisé, cette pièce, ce cercueil… toutes ces preuves seront encore là à mon réveil. Tu n'auras pas le temps de les effacer avant le lever du soleil.

Il la dévisagea de son regard perçant.

— Je me demande si tu es particulièrement courageuse ou totalement inconsciente, Morgan. Tu ne comprends donc pas à quel point tu m'as mis en colère ? Je devrais te tuer pour ce que tu as fait.

— Alors, fais-le.

Elle lut sur son visage l'impact des mots qu'elle venait de prononcer. Mais cela ne l'arrêta pas. D'un geste sec, elle ouvrit sa chemise de nuit, et dénuda son corps jusqu'à la naissance de ses seins. Puis, les yeux clos, elle pencha la tête en arrière.

— Fais-le, Dante.

Il regarda fixement sa gorge. Elle le sentit frémir, et frissonna à son tour. De désir. Le désir d'une chose qu'elle ne connaissait pas. De toute façon, elle allait mourir. Dans peu de temps, d'après ses derniers symptômes. Alors, pourquoi ne pas s'accorder le plus grand des plaisirs ? Pourquoi ne pas s'adonner à cet érotisme décrit dans le journal intime de Dante, et dont elle avait eu un aperçu, l'autre soir ? Pourquoi ne pas mourir dans une extase suprême ?

Et, soudain il fut là, les bras serrés autour de sa taille, son corps collé au sien, sa bouche frôlant son cou.

— Oui…, murmura-t-elle d'une voix encourageante.

Il mordit. Sans percer sa chair, comme pour jouer. Elle sentait son érection répondre à son appel. Jamais elle n'avait désiré un homme avec autant de force… Les doigts enfouis dans ses cheveux, elle se plaqua encore plus contre lui, offrit sa gorge à sa bouche avide. Le contact de ses lèvres était tiède et humide sur sa peau ; sa langue, dure et gourmande. Ses dents la mordillaient juste un peu, dans un pincement délicieux…

Brusquement, il s'arracha à son étreinte. Si violemment qu'elle chancela et tomba sur la terre battue. Le souffle coupé, elle resta là, sans bouger, les yeux plongés dans les siens où brillait une mystérieuse lumière qui n'était pas le reflet de la lampe. Il lui offrait un visage tendu, comme torturé par une angoisse inconnue.

— Tu ne sais pas à quel point ce jeu est dangereux, Morgan, lui dit-il d'une voix rauque et vibrante.

— Si, je le sais...

Les mots sortaient de sa bouche plus rapidement qu'elle l'aurait voulu. Haletante, elle tenta de reprendre son souffle avant de poursuivre :

— Je te connais... Mieux que personne ne t'a jamais connu, Dante...

En entendant ces mots, il se figea, les sourcils froncés.

— Qu'est-ce que tu dis ?

Morgan ferma les yeux, renversa la tête en arrière. Puis elle plia les coudes et se laissa tomber sur le sol. Seigneur ! Elle se sentait si faible, tout à coup. C'était plus qu'elle n'en pouvait supporter.

Marmonnant un juron, Dante s'agenouilla pour la prendre dans ses bras. Puis il la souleva, et entreprit de monter l'escalier avec elle.

— Tu as mal quelque part ? lui demanda-t-il.

— Non.

— Mais tu es malade.

Elle hocha la tête.

— Tu changes de sujet, lui fit-elle remarquer.

— Ah bon ?

Il se dirigea, sans hésiter, vers sa chambre. Là, il l'allongea sur son lit. Il s'apprêtait à se redresser quand elle noua les bras autour de son cou pour le retenir.

— Tu veux savoir comment j'avais appris toutes ces choses sur toi ?

Se penchant vers elle, un genou sur le lit, son visage à quelques centimètres du sien, il acquiesça.

— Il faut que je sache.

— Fais-moi l'amour, Dante, et je te le dirai.

Elle vit son regard s'embraser.

— Je ne peux pas, Morgan. Tu es trop faible.

— Pas pour ça. Jamais pour ça.

Les bras toujours noués autour de son cou, elle se souleva, et posa sa bouche sur la sienne.

— Je t'en prie !

Avec un petit gémissement, il lui rendit son baiser, glissant ses bras sous les siens pour la presser contre lui. Du bout de la langue, il suivit le contour de ses lèvres, s'insinua entre elles pour la goûter. Sa respiration se fit plus rapide, plus sonore quand il détacha sa bouche de la sienne pour venir l'embrasser dans le cou, à l'endroit exact où il l'avait déjà fait.

Puis il la lâcha, et elle retomba sur le lit.

— Je ne peux pas…

— Si. Tu l'as déjà fait. Je sais que c'était réel. Que je ne rêvais pas. Bon sang, Dante, tu étais avec moi !

— Pas dans la réalité. Ça se passait dans ton esprit et dans le mien. Ça n'était pas réel.

— Eh bien, maintenant, faisons-le réellement !

Il tremblait, tant ses muscles étaient tendus, ses mâchoires serrées. Puis il lança un coup d'œil vers la fenêtre et, en suivant son regard, elle comprit que l'aube était proche.

— Ne révèle à personne que tu m'as vu, cette nuit. Je te le jure, Morgan : si tu dis un mot à mon sujet, je te tuerai. Tu m'cntcnds ? Jc n'aurai pas lc choix.

— Tu crois vraiment que je pourrais te trahir ? Mon Dieu, Dante, jamais je ne…

— Tu l'as déjà fait.

Elle tressaillit, surprise, puis comprit qu'il parlait du film.

— Ça ne s'est pas passé comme tu le penses.

— Tu as exposé mes secrets au regard du monde, Morgan. Plusieurs de mes amis les plus proches sont morts à cause de ce que tu as révélé sur nous. Par ta faute, je suis pourchassé par l'homme qui est venu te voir, cette nuit.

Elle écarquilla les yeux.

— Je l'ignorais. Je n'aurais jamais raconté ton histoire si j'avais su que tout cela était vrai. Il faut me croire.

Il se leva, marcha jusqu'à la fenêtre.

— Je dois partir.

Malgré sa fatigue, elle bondit hors de son lit, et le retint par les pans de sa chemise.

— Reviens me voir, Dante. Promets-moi que tu viendras cette nuit ! Je t'expliquerai tout, je le jure.

Il la toisa.

— Qu'est-ce qui me prouve que je ne serai pas accueilli par l'homme au visage brûlé ?

— Je préférerais qu'il me tue !

Trop faible pour rester plus longtemps debout, elle tomba à genoux.

— Je préférerais mourir plutôt que te trahir.

Sa voix n'était plus qu'un murmure.

— Ces mots, je les ai déjà entendus, Morgan, répliqua Dante en s'agenouillant.

Il la dévisagea, puis la serra contre lui, tout en sortant un objet de sa poche : une petite lame pointue, une sorte de poinçon qui brilla quand il l'ouvrit. Soudain, il le leva et se le planta dans la gorge avec un cri de douleur.

Morgan hurla, sans pouvoir détacher les yeux de la blessure de laquelle s'écoulait un mince filet écarlate. Elle se lécha les lèvres. L'odeur du sang lui emplissait les narines. Elle sentit monter dans son ventre un désir puissant, presque animal. La saisissant par les cheveux, Dante attira son visage vers lui. Mais ce n'était pas nécessaire. Elle savait ce dont elle avait besoin.

Enfouissant sa tête dans le creux de son cou, elle posa les lèvres sur la blessure et aspira. Elle but avidement, sa langue rattrapant chaque goutte qui échappait à sa bouche, se repaissant du sang de Dante, jusqu'à ce qu'il la repousse et mette une main sur la plaie. Alors, comme prise de folie, elle tenta de l'en empêcher, d'arracher sa main pour lui voler encore de cette drogue que son corps entier réclamait. En cet instant, elle aurait pu l'égorger avec ses dents, comme un loup. Elle aurait pu le tuer.

Il n'eut aucun mal à la repousser. Mais, quand elle leva les yeux vers lui, elle lut la même faim sur ses traits, vit la même lueur sauvage dans son regard. Mon Dieu ! Lui aussi voulait la dévorer. Comme un animal. Un prédateur.

D'un geste brusque, il la rejeta sur le lit, bondit sur le balcon et disparut dans la nuit.

Morgan demeura immobile, tentant de reprendre son souffle. Elle pouvait sentir la vie courir dans ses veines, son corps vibrer d'énergie. Les battements de son cœur résonnaient à ses oreilles. Elle se sentait vivante, beaucoup plus vivante qu'elle ne l'avait été depuis des années.

Elle comprit que cette sensation n'était qu'un aperçu de ce qu'éprouvait… un vampire.

Dieu, comme elle voulait ressentir ça ! Tout son être n'aspirait plus qu'à cela : être un vampire. Mais peut-être était-ce déjà le cas ? Boire le sang de Dante avait-il fait d'elle l'une de ses semblables ?

Dante gagna en hâte la maison que lui avait indiquée Sarafina. Sa tante l'attendait à l'intérieur, marchant de long en large, visiblement inquiète. Malgré cela, il se contenta de lui adresser un vague salut, avant de descendre directement au sous-sol où elle avait jeté quelques couvertures dans deux grandes caisses.

Evidemment, elle lui emboîta le pas.

— Où étais-tu, Dante ? Pourquoi as-tu été si long ? Seigneur, cette odeur n'est pas celle de *ton* sang ?

— Ce n'est rien. Juste un léger problème.

— Un léger problème ? Tu plaisantes ! s'exclama Sarafina en l'attrapant par l'épaule pour l'obliger à se tourner vers elle.

Se dégageant de son emprise, il grimpa dans son cercueil de fortune. Il s'apprêtait à en rabattre le couvercle quand elle l'en empêcha.

— Tu sais avec quelle facilité on peut se vider de son sang, Dante. Qu'est-ce qui t'a pris de te montrer aussi imprudent ?

— Je suis tombé sur notre chasseur de vampires, expliqua-t-il laconiquement.

Si elle apprenait la vérité, elle exploserait. Et alors, rien ne pourrait protéger Morgan de sa colère. Sarafina était maladivement possessive. Avec ses esclaves, mais également avec lui. Il était sa seule famille et, pour elle, cela signifiait beaucoup.

— L'homme au visage brûlé ? Il est ici ?

— Oui. Alors, fais attention.

Dante tira sur le couvercle.

— Plus vite je dormirai, plus vite le processus de régénération fera son effet sur ma blessure, Fina.

Malgré son envie évidente de poser d'autres questions, Sarafina n'insista pas. Avec un soupir, elle l'aida à installer le couvercle au-dessus de lui. Il trouva les verrous fixés sur les côtés pour fermer de l'intérieur, et les tira. Puis il écouta sa tante se préparer à son tour et grimper dans son propre cercueil.

Il ferma les paupières et attendit le sommeil. Il n'arrivait pas à repousser les images qui dansaient devant ses yeux. Des images de lui et de Morgan. Nus, enlacés. Leurs deux corps imbriqués. Ses dents enfoncées dans sa chair. Son sang se répandant dans son corps. Dieu, comme il la désirait ! Il voulait tout posséder d'elle. Son âme. Son corps. Son sang.

Et il savait que ça n'allait faire qu'empirer, maintenant qu'il avait bu son sang. Non pas une fois, mais deux. Il l'avait goûtée et ne pensait qu'à une chose : recommencer. Mais il ne fallait pas. S'il lui faisait l'amour, il la mordrait. Il la viderait peut-être de son sang. Il serait incapable de s'arrêter. Et, faible comme elle l'était, elle en mourrait. Il la *tuerait.*

Seigneur, il ne voulait pas tuer Morgan De Silva ! Il voulait… l'aimer.

Dommage qu'il soit incapable d'aimer…

16.

Cela faisait plus de quatre heures que Maxine et Lou patientaient dans la salle d'attente de l'hôpital. Le jour avait fini par se lever. Après avoir été avertis, les parents de Stormy avaient été conduits dans une pièce à part où ils attendaient, eux aussi, des nouvelles. Personne n'était venu les voir. Pas une seule fois. C'était la forme de torture la plus cruelle que puisse envisager Lou. Un moyen digne de la CIA. Refuser d'informer des parents de l'état de leur enfant tant qu'ils n'auraient pas livré toutes les informations qui étaient en leur possession, ça, ça marcherait à tous les coups.

— Il faut que je trouve Jason Beck, déclara Maxine. Il m'en voudrait de ne pas l'avoir tenu au courant.

Lou détestait la voir dans cet état. Où était passée la Maxine qu'il connaissait ? Celle qui ne perdait jamais son sang-froid. Pour l'instant, elle était pâle et tremblante, et son expression était aussi hébétée que si on lui avait collé un flingue entre les deux yeux. Il se souvenait du gosse dont elle parlait. C'était le troisième larron de l'inséparable trio auquel elle appartenait, lorsqu'elle était au collège.

— Tu sais où le joindre ?

Elle fit non de la tête. Un long moment s'écoula avant qu'elle conclue :

— Après tout, c'est aussi bien comme ça.

Il fallut quelques secondes à Lou avant de comprendre qu'elle parlait toujours de Jason Beck. Etrange qu'elle ait perdu de vue quelqu'un dont elle était si proche, songea-t-il vaguement. Mais le temps passe, et il arrive des tas de trucs plus ou moins marrants.

— Pourquoi dis-tu ça ?

— Je t'en prie, Lou, ne fais pas semblant de ne pas comprendre. Tu sais aussi bien que moi qui se cache derrière tout ça. D'une façon ou d'une autre, ils ont découvert que je t'avais parlé du DIP.

Il évita son regard.

— C'est la seule explication. Ils ont tué Stormy en essayant de te faire porter le chapeau. C'est un message qu'ils m'adressent. Une leçon pour que je me taise, à l'avenir. Ils détruisent ceux que j'aime… ou, du moins, ceux qui me sont proches. Exactement comme ce Stiles me l'avait prédit. Maintenant, la question est : comment ont-ils su que je t'en avais parlé ?

Lou s'humecta les lèvres et leva les yeux vers elle.

— J'ai donné un coup de fil, hier soir.

Elle se raidit. Son regard semblait le supplier de ne pas lui avouer ce qu'elle pressentait déjà.

— A cet ami dont je t'ai parlé, qui travaille pour la CIA. Je lui ai demandé de me trouver des informations concernant le DIP. En précisant qu'il était possible qu'ils aient mené des opérations top secret à White Plains avant que le centre brûle, il y a cinq ans. Je n'ai fait aucune allusion à toi ni au type que tu as vu.

— Ce n'était pas nécessaire.

Elle avala sa salive avant de poursuivre :

— Je t'avais demandé de n'en parler à personne, Lou. Comment as-tu pu me faire une chose pareille ?

— Maxie, comprends-moi. Je n'avais aucune raison de penser qu'un simple coup de fil aurait de telles conséquences.

— Aucune raison ? Bien sûr que si, tu avais une raison, Lou. Moi ! Ils avaient menacé de s'en prendre à mes amis et à ma mère. Et toi, tout ce que tu as trouvé à faire, c'est aller…

Elle s'arrêta brusquement.

— Oh, mon Dieu, ma mère !

Avant que Lou ait pu l'arrêter, elle s'était levée et sortait de la pièce à la recherche d'un téléphone. Il s'adossa à sa chaise en plastique avec un soupir. Elle avait raison. Sacrément raison. Si l'un de ses confrères flics lui avait demandé de garder le silence sur une affaire de ce genre, il l'aurait écouté. Mais il n'avait pas fait confiance à Maxine. Il l'avait sous-estimée, tout simplement parce qu'elle avait tendance à voir des complots partout.

Sauf que, cette fois, visiblement, elle ne s'était pas trompée.

Le timbre de l'ascenseur qui s'arrêtait à l'étage le sortit de ses pensées. Les portes s'ouvrirent, et il vit Lydia débouler, l'air affolé.

— Qu'est-ce qui s'est passé, Lou ? Est-ce que tu vas bien ? Où est Maxine ? Mon Dieu, il lui est arrivé quelque chose ?

— Non, non, elle va bien.

Il se leva pour aller à sa rencontre, et la prit dans ses bras.

— Quand je me suis réveillée, Maxine n'était plus là, dit-elle. Alors, j'ai appelé chez toi, et je suis tombée sur un flic qui m'a dit que je vous trouverais tous les deux à l'hôpital. Mon Dieu, Lou, j'ai cru devenir folle, tellement j'ai eu peur !

Elle semblait encore sous le choc. Ses cheveux étaient emmêlés, elle n'était pas maquillée. Pour une fois, elle n'avait rien fait pour cacher son âge. Ce qui était rassurant, en un sens. Mais presque incongru.

Elle se détourna de lui en voyant Maxie revenir. L'instant suivant, elle la serrait dans ses bras comme s'il s'était agi d'une vieille amie.

— Ma chérie, tu as l'air à bout.

— Je le suis.

— Tu as eu des nouvelles de ta mère ? demanda Lou.

— Oui. Elle va bien. Ils ne connaissent peut-être pas son adresse. A moins qu'ils n'aient pas assez d'hommes pour effectuer deux opérations en même temps. Ou que le type que j'ai vu travaille seul, pour son propre compte.

Maxine se passa une main dans les cheveux.

— Mon Dieu, si, au moins, je savais contre quoi nous nous battons ! J'ignore même ce dont je dois avoir le plus peur. Des vampires ou des chasseurs de vampires ?

A ces mots, Lydia la lâcha et recula d'un pas pour la regarder.

Lou jeta un rapide coup d'œil vers le couloir. Dieu merci, il était désert.

— Parle doucement, dit-il à Maxine. Si, par malheur, on t'entendait, tu risquerais de te retrouver en psychiatrie.

Lydia se tourna vers lui.

— L'un de vous va-t-il se décider à me dire ce qui s'est passé ?

— C'est mon amie, Stormy. Mon associée à l'agence. On l'a retrouvée chez Lou avec une balle dans la tête. Ceux qui lui ont tiré dessus l'ont laissée pour morte, mais elle vivait encore quand les secours sont arrivés. Ils se sont servis du revolver de Lou. Pour le faire accuser, sans doute.

— Seigneur !

Lydia posa les yeux sur Lou, puis les baissa soudain, comme pour plonger en elle-même.

— Attendez… Stormy, vous dites ? Il y avait un message d'une Stormy sur votre répondeur, quand je me suis réveillée, ce matin. Je l'ai mis en marche parce qu'en voyant le témoin clignoter, j'ai pensé que c'était peut-être vous qui cherchiez à me joindre.

— Qu'est-ce qu'elle disait ? demanda Maxine en lui prenant les mains.

Après avoir regardé autour d'elle, Lydia baissa la voix pour répondre :

— Elle a dit qu'elle avait reçu un drôle d'appel de Lou lui demandant de venir chez lui. Qu'elle l'avait trouvé bizarre et qu'elle préférait te prévenir, au cas où il y aurait un problème.

Elle secoua la tête.

— C'est tout ce dont je me rappelle. Mais je n'ai pas effacé le message : il est toujours sur le répondeur.

— Tu te souviens de l'heure à laquelle il a été laissé ?

— 21 heures quelque chose, je crois.

Maxine hocha la tête.

— Ce n'était pas Lou. Il était avec moi, à cette heure-là. On est allés au cinéma et, après, il est resté dans sa voiture pour surveiller la maison. Quelqu'un a appelé Stormy, l'a attirée chez Lou et l'a attendue avec un 22.

— Mais pourquoi ? Qui a bien pu faire une chose pareille ?

Lydia semblait désorientée.

— C'est lié à…

Maxine se tut en voyant enfin un médecin sortir de la salle où l'on avait conduit Stormy. Au même instant, une infirmière apparut, en compagnie des parents de la jeune femme. Tout le monde se retrouva au centre de la salle d'attente.

— Elle vit, annonça le médecin. Mais elle est toujours dans le coma.

Le père de Stormy, un homme aux cheveux blonds dont le teint bronzé avait viré au gris, plongea ses yeux dans ceux du médecin.

— S'agit-il d'une mort cérébrale, docteur ? Dites-nous la vérité.

— Non. Son activité cérébrale est minime, mais elle existe.

— Combien de temps restera-t-elle dans le coma ? demanda Maxine en prenant la main de Mme Jones dans la sienne. Un jour ? Une semaine ?

— Nous n'avons aucun moyen de le savoir. Mais, tant que son cerveau fonctionne, il y a de l'espoir.

Ils attendirent tous que le médecin poursuive. Lou savait ce qu'ils souhaitaient tous entendre : quel pourcentage d'espoir, exactement ? Combien de chances Stormy avait-elle de s'en sortir, et quand pourrait-on affirmer qu'elle était sauvée ? Devant l'air désolé du médecin, Lou comprit qu'il n'avait pas de réponse à leur donner.

En effet, il soupira, leur désigna les chaises, et s'assit en face d'eux.

— Il n'y a pas de règle, reprit-il. Le coma peut durer des mois, voire des années. Parfois, les patients se réveillent, parfois non. Plus le coma dure longtemps, plus les facultés du patient risquent d'être endommagées. Mais il arrive que des personnes se réveillent au bout d'un long coma avec toutes leurs facultés intactes. On ne peut pas savoir.

— Et pour Stormy ? demanda Mme Jones. Risque-t-elle d'avoir des séquelles quand elle se réveillera ?

— Il m'est impossible de vous répondre tant qu'elle ne sera pas sortie du coma, madame. Et, bien entendu, le plus tôt sera le mieux.

— Elle se réveillera, affirma Maxine.

Puis, se tournant vers les parents de Stormy, elle répéta :

— Elle se réveillera, et tout ira bien. On dit que les personnes plongées dans le coma entendent ce qui se passe autour d'elles. C'est vrai, docteur ?

Le médecin hocha la tête.

— Dans certains cas. Il m'est arrivé de constater des variations sur l'électroencéphalogramme de certains patients quand leurs proches leur parlaient.

— Dans ce cas, c'est ce que nous allons faire, déclara Maxine avec un ton très directif qui semblait sous-entendre : « Ne vous en faites pas, je m'occupe de tout. » Il va falloir s'arranger pour que l'un de nous soit toujours près d'elle. Et, quand ce ne sera pas possible, nous lui passerons des cassettes avec nos voix ou juste de la musique. Je sais ce qu'elle aime. Rien de lent ou de monotone : des trucs durs et forts, comme Godsmack. On ne la laissera pas s'endormir pour toujours. C'est hors de question.

— C'est une bonne idée, approuva le médecin. Mais n'oubliez pas qu'elle doit également se reposer.

— Pour se reposer, il faut d'abord qu'elle se réveille ! s'exclama Maxine, les yeux brillant de larmes.

Mme Jones lui caressa la joue.

— Tu es un amour, Maxine. Stormy a toujours su qu'elle pouvait compter sur toi.

Puis, comme elle se tournait vers Lou, Maxine se sentit obligée de préciser :

— Madame Jones, Lou était vraiment chez moi, cette nuit. Vous savez que j'aime trop Stormy pour mentir sur un point aussi important. Quelqu'un a cherché à piéger Lou.

Mme Jones acquiesça d'un signe de tête.

— Nous connaissons l'officier Malone depuis longtemps, intervint son mari. Il en faudrait plus pour nous faire croire qu'il ait pu commettre un acte pareil.

— Merci de votre confiance, dit Lou. Je vous jure que je ferai tout mon possible pour retrouver le salaud qui a fait ça à votre fille et l'empêcher de nuire pendant très très longtemps.

— Moi aussi, ajouta Maxine en lançant un regard appuyé à Lou.

Et il comprit ce que cela voulait dire. A partir de maintenant, elle allait procéder comme elle l'entendait. Avec ou sans son aide, elle retrouverait cette scénariste et la cuisinerait jusqu'à ce qu'elle obtienne des informations concernant les… Bon sang, il pouvait à peine penser à ce mot sans frissonner… *vampires*.

Quant à Lydia, il lui suffisait de la regarder pour deviner qu'elle ne lâcherait pas Maxine d'un pouce tant qu'elle n'aurait pas les réponses qu'elle attendait. Ce n'était vraiment pas ce qu'il avait envisagé en présentant les deux femmes l'une à l'autre. Pas du tout, même. A cause de tout ce délire, son plan était fichu. Maxine ne convaincrait pas Lydia que les vampires n'existaient pas.

Tout était à l'eau. Merde !

— Elle aura peut-être besoin d'une nouvelle transfusion, madame Jones, annonça le médecin.

En voyant son interlocutrice se lever, il l'arrêta d'une main.

— Non, madame, vous avez donné suffisamment de sang, aujourd'hui. Nous avons des réserves, ne vous inquiétez pas.

— Je me sentirai plus rassurée si je connais l'origine du sang que l'on transfuse à ma fille, répondit Mme Jones.

— Je suis A positif, déclara Maxine.

— Moi aussi, dit Lydia.

Le médecin secoua la tête.

— Ce n'est pas son groupe. Quelqu'un est-il A négatif ?

Lou leva la main comme un écolier.

— Parfait. On vous emmène.

Le médecin fit signe à une infirmière. Lou suivit la jeune femme, conscient de l'ironie de la situation : il allait permettre à une jeune inconnue de se nourrir de son sang, alors qu'il se demandait si les vampires existaient.

— On peut la voir ? demanda Mme Jones.

Le médecin acquiesça.

— Bien sûr.

Il entraîna les parents vers la chambre où dormait leur fille, et Maxie remarqua, avec un petit serrement de cœur, la manière dont M. Jones tenait le bras de sa femme, comme s'il cherchait à lui communiquer un peu de sa force.

Avec un soupir, elle se tourna vers Lydia.

— Il faut que nous parlions.

— Ma pauvre petite, murmura Lydia en la prenant de nouveau dans ses bras. Je sais ce que tu ressens. Lorsque j'ai appris la mort de Kimbra, j'ai…

— Elle était plus qu'une amie pour toi, n'est-ce pas ?

Lydia la dévisagea un instant, puis lui sourit gentiment. Tristement.

— Ça se remarque tant que ça ?

— L'autre jour, j'ai vu la photo que tu gardes dans ton portefeuille. La façon dont vous vous serrez l'une contre l'autre, le regard que tu lui adresses…

— Je l'aimais, dit Lydia d'une voix émue. Elle était toute ma vie. Et, bien que ce ne soit pas la même chose, je sens que tu aimes énormément Stormy. Je le vois dans ton regard.

Il y a tant de douleur… Seigneur ! J'ai presque l'impression de me revoir il y a quelques semaines.

Maxine s'essuya les yeux.

— Nous n'avons pas le temps de nous apitoyer sur nous-mêmes. Il faut que nous nous mettions d'accord sur ce que nous allons déclarer à propos de cette nuit. Et que nous nous débarrassions de ce message sur le répondeur.

Lydia fronça les sourcils.

— Nous mettre d'accord ?

— Lou est resté devant chez moi toute la nuit, rappela Maxine.

Lydia hocha la tête en signe d'acquiescement.

— C'est exact. Je me rappelle que tu me l'as fait remarquer. J'ai même pensé que c'était adorable de sa part.

— En effet. Donc, nous pouvons toutes les deux jurer qu'il n'est pas parti d'ici.

— Sauf à un moment… Tu te souviens ? Juste après t'avoir déposée, il s'est absenté. Il n'a pas dû partir plus d'une dizaine de minutes, mais…

— Ouais. Et cet imbécile le leur a dit.

Maxine s'humecta les lèvres.

— Heureusement, j'ai trouvé une parade. Je leur ai raconté que j'étais jalouse et que je l'avais suivi pour m'assurer qu'il ne rejoignait pas une autre femme. J'ai confirmé ce qu'il venait de leur dire : qu'il était passé au poste, puis qu'il était revenu directement chez moi.

Lydia hocha lentement la tête.

— J'ignorais que Lou et toi, vous étiez…

— Non. Nous ne sommes pas amants.

— Tu veux dire que tu as menti à la police ?

— Je sais qu'il n'a pas pu faire une chose pareille, c'est tout ce qui est important. Et toi aussi, tu le sais.

Lydia se détourna, prit une profonde inspiration, puis expira dans un soupir.

— Bien sûr, je le sais.

Elle ramena son regard sur Maxine, et poursuivit :

— D'ailleurs, j'étais là quand tu es sortie pour le suivre. J'ai essayé de te convaincre que Lou était l'homme d'une seule femme, mais tu as refusé de m'écouter.

Maxine se mordit la lèvre inférieure.

— Tu aurais très bien pu dormir à l'étage et ne rien voir.

— Deux témoins valent mieux qu'un. Surtout s'il s'agit de la petite amie du suspect.

— Merci.

— De quoi ? Lou compte beaucoup pour moi. Nous sommes amis depuis longtemps.

— Il ne sait pas que j'ai tout inventé. Autrement, il ne m'aurait jamais laissé raconter une chose pareille.

— Je comprends, dit Lydia. Au fait, tu as parlé d'effacer le message sur le répondeur.

— Oui, c'est plus sûr. Seulement…

Maxine réfléchit à haute voix.

— Il y a peut-être un indice dans ce message. Je dois trouver un moyen d'en faire une copie.

— Nous n'avons qu'à mettre une nouvelle cassette.

— Il n'y a pas de cassette. Il enregistre les messages électroniquement.

— Dans ce cas, achètes-en un neuf et garde l'ancien dans un endroit sûr.

Maxine hocha lentement la tête.

— C'est une bonne idée. Dès que je le pourrai, j'enregistrerai le message sur une cassette et je détruirai l'appareil. Mais, en attendant, allons au plus rapide. Il faut régler tout ça avant que la police décide de perquisitionner chez moi.

— Je m'en occupe. Reste auprès de ton amie.

Maxine acquiesça.

— Paye en liquide. Et achète-le dans un endroit très fréquenté, comme Wal-Mart, où ils ne se souviendront pas de toi. Arrange-toi pour qu'on te remarque le moins possible.

Lydia la dévisagea d'un air inquiet.

— Contre qui on se bat, exactement, Maxie ?

— Le gouvernement. Une partie de la CIA, à mon avis. Un département secret qui, si ça se trouve, n'existe même plus. Mais l'homme qui a tiré sur Stormy en faisait partie.

Lydia avala sa salive.

— Tu as parlé de... chasseurs de vampires.

— C'est ce qu'ils étaient. Vraiment. Et ce qu'ils sont peut-être encore.

Maxine poussa un profond soupir.

— Ecoute, je vais te dire tout ce que je sais, mais, surtout, n'en parle à personne. C'est parce que j'en ai parlé qu'on a tiré sur Stormy.

— Je comprends. Mais ne dis rien maintenant : ce n'est ni le moment ni l'endroit. Avant tout, je m'occupe de ton répondeur. Ensuite, nous discuterons.

— Autant nous retrouver au commissariat, proposa Maxine. J'imagine que les enquêteurs vont vouloir nous entendre toutes les deux.

— A midi ?

— Midi, c'est parfait.

— A plus, alors.

Après le départ de Lydia, Maxine patienta dans la salle d'attente jusqu'au retour de Lou. Enfin, il apparut, un pansement dans le creux du coude. A la façon dont il la détailla en entrant dans la pièce, elle comprit qu'il cherchait à savoir si elle tenait le coup. Chez un autre homme, ce réflexe protectionniste aurait sûrement exaspéré son côté « femme indépendante ». Venant de Lou, il la réconforta.

— Je vais bien, lui dit-elle avant qu'il lui pose la question.

— Tu n'en as pas l'air. Mais ça n'a rien d'étonnant.

Il regarda autour d'eux.

— Où est Lydia ?

— Elle avait des trucs à faire. On a rendez-vous au poste, à midi. Je pense qu'on pourra faire notre témoignage.

— Et après ?

Elle haussa les épaules.

— Je rentrerai faire un enregistrement de ma voix et je prendrai mon lecteur et quelques C.D. que je donnerai à la mère de Stormy. Puis je préparerai mes bagages.

— Tes bagages ?

— L'idée de laisser Stormy à un tel moment m'est insupportable, Lou. Mais, d'après les infos que j'ai pu obtenir sur le net, cette scénariste vit dans le Maine, et je dois absolument la rencontrer. Elle est notre seule piste, pour l'instant — à part Stiles, qu'on n'a aucun moyen de repérer.

— S'il a entendu parler des films, il y a de grandes chances que nous le trouvions dans le Maine, lui aussi.

Elle plissa les yeux pour le regarder.

— Nous ? Ça signifie-t-il que tu viens avec moi ?

— Oui.

— Ils vont te laisser partir avant que l'affaire soit éclaircie ?

— Non. Il va falloir que je m'esquive discrètement. Mais je ne m'inquiète pas : j'ai une experte en la matière pour m'aider.

Il lui adressa un sourire triste et émouvant.

Un instant, elle eut envie de se précipiter vers lui et de le serrer contre elle de toutes ses forces. L'arrivée des parents de Stormy coupa court à ses velléités.

— Tu peux aller la voir, Maxine, annonça M. Jones. Ce sera bien qu'elle entende ta voix.

Il tendit le doigt en direction du couloir.

— Chambre 207.

— D'accord. Pendant ce temps-là, essayez de manger quelque chose, peut-être même de vous reposer. Je sais que vous préféreriez passer tout votre temps près d'elle, mais vous ne tiendrez pas le coup si vous ne prenez pas soin de vous. Ce n'est pas en tombant malade que vous l'aiderez.

— Ça ira, ne t'inquiète pas pour nous. Va la voir, maintenant.

Maxine interrogea Lou du regard.

— Vas-y, Maxie. Prends tout ton temps : je t'attends ici.

Elle le remercia d'un signe de tête, puis se dirigea vers la chambre 207. Devant la porte, elle eut une hésitation. La main sur la poignée, elle resta immobile, incapable d'entrer. Etait-ce parce qu'au fond d'elle-même, elle espérait encore que tout cela n'était qu'un cauchemar ? Refusait-elle d'affronter la réalité ? Ou avait-elle peur que Stormy meure pendant qu'elle se trouvait avec elle ?

Mais la seule chose qui comptait, c'était Stormy. Pas ses propres angoisses. Forte de cette conviction, elle ouvrit la porte, jeta un coup d'œil à l'intérieur.

La personne allongée dans le lit ne ressemblait pas à Stormy et, pendant un instant, Maxine pensa qu'elle s'était trompée de chambre. Mais la raison l'obligea à regarder plus attentivement. Si, c'était bien Stormy. Plus pâle qu'elle l'avait jamais été. On lui avait retiré son piercing à l'arcade sourcilière, et elle portait autour de la tête un bandage qui dissimulait ses cheveux décolorés. A moins qu'on les lui ait rasés ?

Quoi qu'il en soit, il s'agissait bien de son amie. A présent, elle reconnaissait ses traits délicats de lutin sous la pompe à oxygène qui lui dissimulait la moitié du visage. Des fils reliés à un moniteur étaient fixés à son crâne et à son torse, une perfusion plantée dans son poignet, et un tuyau sortait de sous le drap, relié à un sac en plastique posé au pied du lit. Maxine ne voulait même pas en connaître l'utilité.

L'infirmière lui sourit.

— Tempest, tu as de la visite, annonça-t-elle.

— Appelez-la Stormy, lui conseilla Maxine avec fermeté. Et dites aux autres d'en faire autant. Même réveillée, elle ne répondrait pas au nom de Tempest.

L'infirmière acquiesça, puis se tourna vers le lit, les mains sur les hanches.

— Et moi qui trouvais que vous aviez de la chance d'avoir un si beau prénom. Tempest, c'est magnifique, non ? Enfin, Stormy, ça n'est pas mal non plus, concéda-t-elle avec un haussement d'épaules.

Penchée sur le lit, elle remontait les couvertures de Stormy sous son menton, et lui parlait comme si elle avait été éveillée et capable d'entendre chaque mot.

Maxine eut envie de l'embrasser. Elle aimait bien cette infirmière. Elle aimait son attitude, cette douceur dans son regard.

— Je m'appelle Maxine, lui dit-elle.

— Et vous avez un surnom, vous aussi ?

— Mad Max. Mais gardez-le pour vous.

L'infirmière rit et tapota l'épaule de Stormy.

— Mad Max, vous avez entendu ça ? Décidément, j'aime bien vos amis. Asseyez-vous, Mad Max ; je vais vous laisser entre vous.

Maxine s'installa et l'infirmière sortit. Les bips incessants des moniteurs étaient hypnotiques. Inquiétants.

— Tous ces trucs font un raffut du diable. Tu crois pas qu'on devrait leur demander de couper le son ? demanda-t-elle à Stormy en prenant sa main dans la sienne. C'est Maxie, ma belle. Je suis là, et je sais ce qui s'est passé. Je sais que ce n'est pas Lou, alors ne t'inquiète pas pour ça.

Pas de réponse.

— Je sais que tu es là, Stormy. Que tu m'entends.

Elle parla un peu plus fort, d'un ton plus assuré.

— Tout va bien. Tes parents vont bien, je vais bien. Et le type qui t'a fait ça va le payer. Tu entends ?

Rien. Juste le bip monotone des moniteurs.

— Il faut que tu te concentres, ma belle. Que toute ton énergie soit concentrée sur une seule chose : te ré-veil-ler. Tu m'entends ? Tu ne dois penser qu'à ça. Et je préfère te prévenir tout de suite que je ne te laisserai pas de répit tant que ce ne sera pas fait. Je vais apporter tes C.D. préférés, et il y aura toujours quelqu'un pour te parler, jusqu'à ce que tu ouvres les yeux. On ne te laissera pas seule un instant. C'est compris ?

Le rythme des bips s'accéléra légèrement.

Maxine regarda les machines autour d'elle. Comme si elle avait pu comprendre quelque chose à ces fichus graphiques sur les écrans ! En tout cas, c'était certain : quelque chose avait agité Stormy. Qu'avait-elle dit, juste avant ? Que personne ne la laisserait seule ?

Elle s'humecta les lèvres.

— Tu as peur de te retrouver seule, c'est ça ?

De nouveau, les bips s'accélérèrent.

— On ne te laissera jamais seule, je te le promets. Je vais veiller à ce qu'une personne garde ta chambre et qu'une autre reste près de toi, vingt-quatre heures sur vingt-quatre, sept jours sur sept. Tu es parfaitement en sécurité, ici. Tu me crois ?

Avait-elle rassuré Stormy ? Elle n'aurait su le dire. Quoi qu'il en soit, les bips retrouvèrent peu à peu leur rythme monotone.

— Continue à essayer de te réveiller, ma belle.

L'infirmière réapparut, et annonça à Maxine qu'il était temps de partir.

La jeune femme acquiesça.

— Je dois m'absenter un petit moment, ma belle, dit-elle à son amie, mais je te promets que tu ne resteras pas seule. Je te le promets.

Elle se tourna vers l'infirmière.

— Vous pouvez rester avec elle, le temps que sa mère arrive ?

— Bien sûr. En plus, c'est bientôt l'heure de ma série préférée, répondit l'infirmière en saisissant la télécommande de la télévision.

Elle tira une chaise à elle, et s'y installa.

— J'espère que tu aimes « Passions », ma fille, parce que je n'en rate jamais un épisode, dit-elle à Stormy.

— Elle adore, affirma Maxine. A plus tard, Stormy. Et n'aie pas peur : je veille sur toi. D'accord ?

L'infirmière hocha la tête en signe d'approbation, et Maxine sortit. De retour dans la salle d'attente, elle alla directement vers Lou et laissa tomber sa tête sur son épaule en espérant qu'il ne se déroberait pas. Il la serra contre lui.

— Il faut mettre un policier en faction devant sa chambre, Lou. *S'il* apprend qu'elle est toujours vivante, *il* risque de recommencer.

— *Il* n'a aucune raison de le faire.

— Et si elle l'a vu ?

— *Tu* l'as vu, Maxie. Tu sais déjà à quoi il ressemble, et tu connais son nom. De toute évidence, il ne redoute pas d'être identifié.

— N'empêche…

Avec un soupir, il acquiesça.

— C'est bon, je m'en occupe.

Elle ferma les yeux.

— On a le temps de manger quelque chose ?

— Oui. J'ai appelé le poste de police pour leur dire qu'on passerait à midi. Ça nous laisse près de deux heures.

Il glissa un bras sous le sien, et ils marchèrent côte à côte en direction de l'ascenseur.

17.

Cette fois encore, l'après-midi était bien entamé quand Morgan s'éveilla. Elle s'étira avec une agréable sensation de bien-être, et ouvrit les yeux. Aussitôt, le souvenir de la nuit précédente s'imposa à elle. Sa peau était délicieusement sensible au niveau de sa gorge. Elle rejeta les couvertures et se précipita vers sa coiffeuse pour se regarder dans le miroir.

Une trace mauve marquait son cou mais il n'y avait pas de trou. De toute évidence, Dante n'avait pas bu son sang. En revanche, il lui avait offert le sien. Elle pouvait encore en sentir le goût sur sa langue.

Quel sens avait ce geste ? se demanda-t-elle. Etait-il possible qu'un humain devienne vampire ? Et suffisait-il pour cela d'une simple morsure ? Cette nouvelle vitalité qui coulait dans ses veines signifiait-elle qu'elle était déjà en pleine transformation ou ne s'agissait-il que d'un effet secondaire lié à l'absorption du sang de Dante ? Et ce sommeil prolongé dont elle ne sortait qu'à l'approche du soir, était-il une autre manifestation de son nouvel état ?

Une chose, en tout cas, était certaine : avant de boire le sang de Dante, elle s'affaiblissait un peu plus chaque jour. Et, à présent, elle se sentait mieux, presque forte. S'il n'était pas intervenu, serait-elle déjà morte ? Etait-il possible que le sang de Dante la maintienne en vie ?

Et pour combien de temps ? Il fallait absolument qu'elle le sache.

Elle ne trouverait la réponse qu'à un seul endroit : dans le journal de Dante. Du moins l'espérait-elle... Il lui restait encore un manuscrit à terminer. Ce qui lui permettrait d'occuper le reste de l'après-midi. De combler profitablement les quelques heures qui la séparaient de la nuit... et de la venue de Dante ?

Après avoir ôté sa chemise de nuit froissée, elle enfila son peignoir de satin blanc, et descendit jusqu'à son bureau où se trouvait le coffre dans lequel elle conservait les différents volumes du journal.

Mais, en arrivant sur le seuil, elle comprit qu'une tâche beaucoup plus urgente l'attendait : autour du trou béant devant la cheminée, gisaient encore toutes les lames de parquet qu'elle avait brisées, la veille.

Bon sang ! Elle ne pouvait pas laisser les choses dans cet état. Que se passerait-il si l'homme au visage brûlé était réellement à la poursuite de Dante, et s'il revenait avant qu'elle ait fait disparaître tout ce bazar ?

La fin de l'après-midi fila plus rapidement qu'elle l'aurait souhaité. Après s'être douchée et habillée, elle se munit d'un morceau de parquet et se rendit en ville pour acheter de quoi remplacer les lames brisées. Elle acheta également un marteau, des clous, un petit levier et une scie.

Ce n'est qu'en rentrant chez elle avec toutes ses courses qu'elle prit vraiment conscience de l'ampleur de la tâche qui l'attendait. Et sentit le doute l'envahir. Normalement, un travail aussi physique était au-dessus de ses forces. Pourtant, elle n'avait pas le choix : elle ne connaissait aucun voisin en qui elle ait suffisamment confiance. Quant à appeler un professionnel, c'était hors de question. Rien que le fait de lui demander de garder le silence sur les travaux qu'il effectuait chez elle risquait d'éveiller sa curiosité et de le pousser à en parler autour de lui. Pour peu qu'il sache qui elle était, il pouvait même avoir l'idée de tout révéler à un journal, en échange de quelques milliers de dollars…

En outre, elle n'avait pas l'impression que cette tâche était trop dure pour elle. Pas aujourd'hui. Elle s'agenouilla donc sur le sol pour l'entreprendre.

Il lui fallut plus d'une heure pour retirer les vieux clous qui retenaient les morceaux de planche arrachée à la poutre principale, et au moins autant de temps pour prendre les mesures du trou et reporter les dimensions sur les nouvelles lattes.

Maintenant, c'est le moment de vérité ! se dit-elle en s'emparant de la scie. Si elle s'en sortait avec ça, ce serait un miracle.

Chassant ses doutes, elle posa la lame sur la ligne qu'elle venait de tracer, et la ramena vers elle. Puis elle commença à scier, d'avant en arrière, aussi légèrement que possible. Quand l'extrémité de la latte tomba sur le sol dans un bruit mat, elle la regarda d'un air presque surpris. Incroyable : elle avait réussi ! Du revers de la main, elle s'essuya le front : il était trempé de sueur. Comme tout son corps, réchauffé par l'effort. Son cœur résonnait dans sa poitrine, et elle se sentait à la fois fatiguée et plus vivante que jamais. Seigneur, depuis combien d'années n'avait-elle pas éprouvé une telle sensation ?

Encouragée par ce premier succès, elle se remit au travail, sciant les planches les unes après les autres, avant de les ajuster et de les clouer. Lorsqu'il n'en resta plus qu'une, elle fit une pause, le temps de jeter la sciure, les coupes de bois et les vieux clous dans le trou qu'elle ferma ensuite avec la dernière latte.

Le résultat était loin d'être parfait, il fallait bien l'avouer. Le nouveau parquet était différent de l'ancien — plus clair, plus neuf —, et la pause — notamment la largeur de l'espace entre les lattes — laissait à désirer. Mais c'était ce qu'elle pouvait faire de mieux, pour l'instant. D'autant que sa toute nouvelle énergie commençait à diminuer dangereusement.

Après avoir balayé les restes de sciure et la saleté, elle remit le tapis d'Orient sur le nouveau parquet.

Terminé.

Elle se frotta les mains et se redressa.

Le soleil approchait de l'horizon. Dans moins d'une heure, il serait couché. Si Dante devait revenir — *Seigneur, faites qu'il revienne !* — elle tenait à prendre une douche avant de l'accueillir. Elle ne voulait surtout pas qu'il la voie ainsi, moite de transpiration et couverte de sciure de bois.

— Il faut que je me prépare, se dit-elle à voix haute. Pour Dante.

Une demi-heure plus tard, elle regagnait le bureau, douchée, ses cheveux propres retombant en mèches parfumées sur ses épaules. Vêtue de son peignoir de satin blanc, elle marcha, pieds nus, jusqu'à la desserte près de la cheminée, pour y poser le plateau qu'elle tenait à la main. Elle s'était préparé une infusion à base de plantes toniques car sa propre énergie s'étiolait d'instant en instant — même si elle se sentait toujours beaucoup mieux qu'avant la visite nocturne de Dante.

Le temps de prendre le précieux journal dans le coffre, et elle s'installait dans le grand fauteuil devant le feu. Tout en buvant sa tisane, elle tourna les pages, à la recherche de l'endroit où elle s'était arrêtée, la fois précédente. Aussitôt, elle se retrouva immergée dans l'univers de Dante, et imagina sa vie d'alors aussi clairement que s'il la lui avait contée lui-même, de sa voix grave et profonde.

Dès le début de mon éducation, Sarafina me mit en garde :

— Ne te mêle jamais aux mortels. Jamais. Ceux de notre espèce sont faits pour vivre seuls.

— Et les Elus ? demandai-je.

Elle parut surprise que je connaisse ce terme. Sans doute parce qu'elle-même ne l'avait jamais prononcé devant moi.

Nous étions assis près d'un feu, cette nuit-là, dans une forêt, comme nous avions l'habitude de le faire, à l'époque où nous étions mortels. Je crois que c'était ça que Sarafina cherchait, au début : retrouver avec moi un peu de ce qu'elle avait perdu, le jour où sa famille l'avait chassée. Former à deux une tribu de vampires gitans. Ce qui était impossible, évidemment. J'avais accepté ce fait bien avant elle.

— Les Elus sont des humains qui possèdent un lien particulier avec nous. Quelque chose dans leur sang, m'expliqua-t-elle. Nous les reconnaissons sans difficulté et, en général, ils nous attirent. Parfois, ce sont eux qui sont attirés vers nous. Mais il ne faut pas s'approcher d'eux, Dante. Ni leur dire qui nous sommes. A aucun prix.

— Ils peuvent devenir vampires, comme nous, n'est-ce pas ?

— Oui. Mais tu sais ce qui se passe quand ça se produit ?

Je fis non de la tête.

— Ils sombrent dans la folie.

Elle avait affirmé cela naturellement, comme s'il s'agissait d'un fait établi.

— Tous ? demandai-je, surpris.

Je n'étais pas devenu fou, que je sache. Sarafina non plus.

Elle biaisa.

— Certains deviennent si mélancoliques qu'ils refusent de se nourrir jusqu'à ce que leur corps tombe en léthargie. Ils restent alors allongés pendant je ne sais combien de siècles, l'esprit emprisonné dans une coquille morte. D'autres, au contraire, sont pris du vertige de leurs nouveaux pouvoirs ; ils se sentent invincibles, tout-puissants, et laissent tant de cadavres derrière eux que certains mortels finissent par deviner ce qui se passe et décident de les éliminer. Ceux-là meurent également. C'est nous qui les tuons. Pour nous protéger.

Je buvais ses paroles, fasciné.

— D'autres encore se contentent de s'ouvrir les veines et de laisser leur sang couler jusqu'à ce que mort s'en suive. Ou bien ils se jettent dans le feu.

J'examinai Sarafina avec attention. Je regardai les flammes danser sur son visage, dans ses prunelles.

— J'étais un Elu, lui rappelai-je. Tu l'as senti. Et tu m'as transformé.

— Je n'ai pas eu le choix. Tu allais mourir.

— Tu aurais pu m'abandonner à mon sort.

Elle détourna le regard, haussa les épaules comme pour balayer mes paroles.

— Je crois que tu avais toujours prévu de faire de moi un vampire, Sarafina. C'est pour cette raison que tu es venue au camp, lorsque j'étais enfant.

Elle se tourna de nouveau vers moi, me dévisageant de ses yeux perçants.

— J'en avais peut-être envie, Dante, mais j'ignore si je serais passée à l'acte, sans cet accident. Cette vie peut être pesante, parfois. Je sais que, pour l'instant, elle te paraît facile, mais ça ne durera pas.

— Tu crois que je trouve cette vie facile ? m'exclamai-je, révolté. J'ai perdu tous ceux que j'aimais, Sarafina. Tout ce qui faisait mon existence a volé en éclats, cette nuit-là. C'est tout sauf facile, crois-moi. Pourtant, je ne suis pas devenu fou ni suicidaire.

— Ce sera de plus en plus difficile.

Je réfléchis un long moment à ses paroles. Elle semblait si sûre d'elle. Etait-elle à ce point malheureuse ? Je compris alors combien elle avait dû se sentir seule avant que je la rejoigne dans ses ténèbres.

— La plupart des mortels ne supportent pas le choc, reprit-elle. Ils ne supportent pas de devoir renoncer à ce qu'ils étaient. Même ceux qui croient avoir réussi à s'adapter. Au bout d'un siècle ou deux, la vie éternelle commence à leur apparaître comme une malédiction plutôt que comme une grâce. Une existence de douleur et non pas de plaisir. Alors, eux aussi décident d'arrêter.

— Et les autres ? Ceux qui continuent ?

Elle garda le silence un long moment.

— J'imagine que ceux-là finissent par trouver un moyen d'être en paix avec ce qu'ils sont devenus. Ils arrêtent de se battre contre eux-mêmes, d'attendre le miracle qui les rendra de nouveau mortels. Ils renoncent à trouver une explication ou une justification à leur existence. Bref, ils s'acceptent tels qu'ils sont.

— Est-ce que c'est ton cas ?

Elle secoua la tête, sans me quitter des yeux.

— Non. Mais j'ai déjà vu cette acceptation dans les yeux de certains anciens. Je les ai entendus en parler. Et j'ai bien l'intention de survivre, à ma manière et selon mes propres lois.

« Elle y arrivera », pensai-je. Mais, pour l'instant, elle était mal dans sa peau. Elle cherchait quelque chose. Peut-être cette paix dont elle avait parlé…

— Et comment fais-tu pour ne pas être seule, Fina ?

— Je t'ai, toi.

— Je ne parle pas de ça, répliquai-je en détournant les yeux, encore mal à l'aise avec l'aspect le plus pulsionnel de ma toute nouvelle personnalité. Quand je bois le sang des humains — surtout celui des femmes —, je ressens…

— … du désir, acheva-t-elle à ma place. Je comprends ce que tu veux, à présent : tu aimerais savoir comment satisfaire ce désir.

Le regard fixé sur les flammes, j'acquiesçai d'un signe de tête.

— Ne sois pas gêné, Dante. Nous sommes des créatures sensuelles, c'est notre nature. Toutes nos sensations physiques sont aiguisées à un degré insupportable pour un simple mortel. Nous ressentons les choses un millier de fois plus profondément qu'avant. La douleur mais aussi le plaisir. Seigneur, ce que nous éprouvons au moment de l'orgasme dépasse l'imagination !

Je sentis ma gorge s'assécher. A cette simple évocation, le désir montait en moi.

— Chez nous, le désir de sang et le désir sexuel sont intimement liés, poursuivit-elle. Il est impossible de ressentir l'un sans l'autre. Si jamais tu essayais d'avoir des relations sexuelles avec une mortelle, tu te retrouverais en train de boire son sang bien avant d'avoir terminé. Les deux sont inséparables. L'extase de la morsure amplifie l'orgasme, et l'orgasme amplifie l'extase de la morsure. La combinaison des deux est si puissante, le plaisir si intense, qu'on ne peut que s'abandonner totalement à la sensation. Blesser l'autre. Le tuer.

Je fronçai les sourcils, perplexe.

— J'ai du mal à te croire.

— Vraiment ?

— Je sens bien qu'une partie de ce que tu dis est vrai, mais je ne crois pas que le plaisir, aussi intense soit-il, puisse me faire perdre le contrôle de moi-même. Je suis certain que non.

— Tu as peut-être raison, dit Sarafina, sans conviction. Cependant, sois prudent. Même avec les Elus, il y a toujours un risque. C'est pourquoi il vaut mieux rester entre vampires ou avoir des esclaves.

— Des esclaves..., répétai-je avec une pointe de mépris.

Sarafina en avait toujours plusieurs à son service. Des mortels, qui n'appartenaient pas à la caste des Elus, et qu'elle transformait en zombies entièrement dévoués à sa personne. Après s'être arrangée pour les garder près d'elle plusieurs jours, elle les vidait de leur sang sans les tuer, puis elle revivifiait leur corps avec une quantité minime de son propre plasma. Cela encore et encore, jusqu'à forger un lien indestructible qui faisait d'eux ses esclaves. Des êtres sans volonté, toujours prêts à lui obéir, et qui ne vivaient que pour lui plaire. J'ignorais comment elle parvenait à s'accoupler avec eux sans les tuer. Sans doute finissait-elle toujours par en arriver là. Mais je me demandais comment elle parvenait à les garder en vie aussi longtemps.

Ces êtres me faisaient horreur. Je détestais me trouver en face d'eux, et je n'avais aucune envie d'en savoir plus sur leurs relations avec Sarafina.

Quant à moi, je me connaissais suffisamment pour être certain que jamais le plaisir ne m'aveuglerait au point de me pousser à tuer un innocent.

— Je ne te crois pas, affirmai-je. Je pense que tu cherches simplement à m'empêcher d'aller vers quelqu'un d'autre que toi.

Elle leva les sourcils d'un air surpris.

— Parce que tu te sens attiré par quelqu'un ?

— Oui. Et si tu n'as pas assez de volonté pour résister à ton désir et faire l'amour sans tuer ton partenaire, eh bien, moi, je me sens capable de le faire.

— Parfait. C'est bon à savoir.

Je ne m'en doutais pas, alors, mais ma chère bienfaitrice avait déjà un plan pour m'obliger à affronter la vérité…

Cela se passa plusieurs semaines après notre discussion. Nous vivions alors dans une très belle demeure, où nous avait accueillis un vieil homme tombé sous le charme de Sarafina. Je n'aimais pas me mêler ainsi aux mortels, vivre parmi eux avec l'obligation constante de trouver des excuses pour justifier mes horaires inhabituels. Sarafina, elle, s'en moquait. Ça ne la dérangeait pas de partager leur existence et de leur mentir à longueur de temps. Elle s'amusait avec eux, jouait à être leur amie, leur invitée, mais elle ne ressentait rien à leur égard. Absolument rien. Le seul moment où ils comptaient, c'était lorsqu'elle décidait d'en faire ses proies. Ce qui avait dû se passer avec quelques paysans du village, étant donné que trois d'entre eux avaient déjà disparu, depuis notre arrivée.

L'idée qu'elle assassine des innocents me déplaisait. Mais ça la regardait. On ne juge pas les actes d'un vampire, tant qu'ils ne mettent pas ceux de son espèce en danger et, à partir du moment où ma tante n'éveillait pas les soupçons en laissant trop de cadavres derrière elle, je n'avais pas à m'en mêler. Qu'elle s'arrange avec sa culpabilité, son karma, ses péchés ou quoi que ce soit d'autre, moi, je n'avais rien à dire. Telle était la règle en vigueur chez les nôtres, et la première qu'elle m'avait enseignée.

Voilà à quoi je réfléchissais, dans ma chambre, quand on frappa à ma porte. Je ne pris pas la peine d'ouvrir mon esprit à mes sensations — une erreur que, malheureusement, je commis bien des fois, au début —, et, certain qu'il s'agissait de Sarafina, je l'invitai à entrer.

La porte s'ouvrit. Je vis alors apparaître la jeune fille qui nous servait le souper, chaque soir, depuis que nous logions chez notre hôte. Elle tenait une chandelle à la main, et portait pour tout vêtement une chemise de nuit si fine que je devinais la blancheur de sa chair mortelle au travers. Ses cheveux ondulés retombaient en une épaisse masse ambrée sur ses épaules. Ses lèvres étaient humides et entrouvertes, son corps ferme et plein.

— Que puis-je pour vous ? lui demandai-je, troublé.

— Non, milord, c'est pas ce qui est prévu. C'est moi qui dois vous poser la question.

On aurait dit qu'elle s'appliquait à perdre le côté traînant de son accent naturel, comme pour imiter la diction parfaite de ses maîtres.

— Excusez-moi, mais je ne comprends pas.

Elle passa le seuil, posa sa chandelle sur le bureau, puis ferma la lourde porte derrière elle, tout en posant sur moi un regard tranquille.

— J'ai vu comment vous me regardiez, milord. Comment vous fixez mes seins quand je me penche pour vous servir le thé. Ou mes fesses quand je sers quelqu'un d'autre. Et, comme j'en ai assez d'attendre que vous vous décidiez, je me suis dit que je pourrais peut-être commencer…

Elle avait raison. Cette fille portait des décolletés si profonds que je m'étais souvent demandé comment ils pouvaient suffire à maintenir en place ses formes si avantageuses. Ses seins débordaient du tissu, et elle ne perdait jamais une occasion de me les mettre sous le nez. J'avais été plus d'une fois tenté, en effet.

— Sûrement, vous êtes pas du genre timide, milord.

— Non, je ne suis pas timide.

— Dans ce cas, je vais vous montrer que moi non plus.

Et elle se dirigea vers moi tout en détachant le ruban qui retenait sa chemise de nuit sur ses épaules. Le vêtement tomba au sol. Elle s'arrêta, nue et fière, à quelques centimètres du fauteuil sur lequel j'étais assis, près de la cheminée.

Son parfum m'environnait. Elle sentait bon le frais, et je me dis qu'elle venait de prendre un bain. Pour moi. Ses cheveux sentaient le henné ; sa peau, l'aloès. Je perçus également l'odeur suave de son excitation, devinai son entrejambe mouillé de désir.

Je me léchai les lèvres d'anticipation. Il y avait tant d'années que je n'avais pas possédé une femme, comme elle me proposait de la posséder. J'en avais mordu beaucoup, certes, buvant leur sang à petites gorgées prudentes qui ne faisaient qu'accroître ma frustration et les laissaient tremblantes de désir. Je venais à elle, la nuit, et m'efforçais ensuite de les convaincre que je n'avais été qu'un rêve.

Selon Sarafina, je ne pouvais pas aller plus loin sans prendre le risque de les tuer. Mais était-ce vrai ? Pourquoi ne pourrais-je pas… toucher…

La fille se mit à genoux, frotta ses doigts contre le renflement de mon sexe, sentit mon excitation. Elle leva la tête pour me sourire, puis tira sur mon pantalon et referma ses lèvres autour de mon membre durci. Un long frémissement me parcourut ; le seul contact de sa langue m'embrasa. Puis elle me prit complètement dans sa bouche chaude et humide et, les bras noués autour de mes fesses pour mieux me coller à elle, elle commença à lécher mon pénis, à le sucer de toute son énergie. Je sentis mon plaisir s'amplifier et, avec lui, l'envie de mordre montait en moi. Elle s'éveilla dans mes veines, se répercuta dans chacune de mes cellules, comme une soif ardente qui s'intensifiait d'instant en instant. Le sang qui pulsait dans la gorge de la jeune femme résonnait à mes oreilles. Bientôt, je pus en percevoir l'odeur.

Il fallait que je le goûte.

La saisissant par les cheveux, je l'éloignai brusquement de moi et la forçai à se mettre debout. Puis, mes mains refermées sur ses hanches, je l'entraînai au sol, où elle tomba à califourchon sur moi. Je la pénétrai si profondément qu'elle poussa un cri. De douleur ou de plaisir ? Des deux à la fois ? Je n'en avais aucune idée. Et je m'en moquais totalement... La tête rejetée en arrière, les bras tendus derrière elle, elle se mit à aller et venir au-dessus de moi. L'image de sa gorge était comme une obsession. Je m'imaginais déjà enfonçant mes canines dans sa merveilleuse veine jugulaire quand la pointe dressée de ses seins gonflés de désir me fit changer d'avis. J'en pris un dans ma bouche, la suçai avec force. Et mordis. La fille poussa un cri de plaisir. Alors, comme encouragé, je mordis plus fort, jusqu'à ce qu'un mince filet écarlate s'écoule.

A l'instant où son sang toucha ma langue, je fus perdu. Le plaisir, le besoin, cette faim insatiable qui me dominait : tout concourut à me faire perdre la raison, tandis que j'aspirais plus goulûment, mordais plus profondément pour augmenter le flux, ignorant les cris de la fille que je maintenais plaquée contre moi pour qu'elle me laisse boire tout mon soûl.

Mon sexe toujours enfoncé dans le sien, ses jambes nouées autour de moi, son sein sanglant serré entre mes dents, je me redressai et me dirigeai vers le lit, au travers duquel je tombai durement sur elle. Alors, seulement, je lâchai son sein et donnai un coup de reins si puissant que le lit cogna le mur. La fille cria sous mes assauts, des cris de passion et de plaisir si aigus que je plaquai ma main sur sa bouche pour la faire taire, avant de planter mes dents dans son autre sein. Tandis que je la possédais avec force, je mordais sa chair délicieuse encore et encore, à l'épaule, au bras, à la gorge. Mes canines acérées s'enfoncèrent en elle comme dans du beurre tendre, traversèrent le cartilage dans un petit claquement sourd, et atteignirent la source de sa veine jugulaire. Un nouveau coup de reins me fit entrer en elle au plus profond, au moment où son cœur, dans un sacrifice volontaire, déversait en jets enivrants son sang tiède dans ma bouche. Je la dévorai et je jouis. L'orgasme fut un millier de fois plus puissant que tout ce que j'avais connu en tant que mortel. *Un million* de fois. Mon corps en fut comme abasourdi, mon esprit hébété. Ma conscience ne se limitait plus qu'aux deux zones qui nous unissaient, elle et moi : mon sexe dans le sien et mes dents dans son cou. Entre les deux : un arc de plaisir pur. Un plaisir si intense qu'il était à peine supportable. Je lâchai sa gorge pour rejeter ma tête en arrière et pousser un hurlement sauvage.

Peu à peu, les sensations s'apaisèrent. Je demeurai allongé sur elle, me délectant de cette vie nouvelle qui pulsait dans mes veines et de l'assouvissement de mon désir sexuel. Je me sentais incroyablement bien, encore ébahi par l'extase que je venais d'expérimenter. J'étais rempli d'énergie, régénéré par son sang, puissant.

Ce n'est qu'au bout d'un moment que je pris conscience du bruit régulier qui provenait de l'autre bout de la pièce. M'arrachant à ma délicieuse sensation de bien-être, j'ouvris les paupières et me tournai dans cette direction. Sarafina était là, en train d'applaudir.

— Bravo, Dante ! Tu as été parfait.

Je baissai les yeux vers ma compagne de délices. Un voile opaque commençait à recouvrir ses yeux exorbités. Quant à sa gorge… Seigneur ! Je ne l'avais pas percée de deux petits trous mais j'en avais arraché la chair pour trancher la veine à travers le muscle.

Je me reculai si brusquement que je faillis tomber du lit. Mais c'était trop tard, j'avais déjà vu le reste : ces innombrables morsures sur ses seins, ses bras, ses épaules, sa joue, même… à peine maculées de sang tant je m'étais appliqué à ne pas perdre une goutte de cet enivrant nectar. Seul son entrejambe saignait, sans doute à cause de la violence de mes assauts.

Sous le choc, je portai une main à ma bouche. Elle était rouge de sang. Du sang qui recouvrait aussi mon visage, je le devinai. Comme je devinai qu'insatiable, j'avais dû enfouir ma tête dans son sexe pour me repaître un peu plus d'elle. J'en portai la preuve sur moi. Sur mon visage, mes mains, mon torse.

Bouleversé, je me tournai vers Sarafina.

— Pourquoi ne m'as-tu pas arrêté ? murmurai-je. Pourquoi ?

— T'arrêter ?

Elle secoua la tête.

— C'est moi qui te l'ai envoyée, Dante. Certaines leçons ne peuvent être apprises que par l'expérience. Maintenant, tu sais ce qui arrive quand on s'abandonne à son désir pour un mortel. Ne l'oublie pas : si tu ne veux pas tuer, tu dois te limiter aux esclaves ou aux autres vampires. A moins, évidemment, que tu aies changé d'avis…

— Je ne suis pas un tueur.

— A présent, si. Comme un loup, un requin ou n'importe quel prédateur, tu y as goûté, Dante. Et tu recommenceras. Nous sommes une race de prédateurs. Tuer est dans notre nature. Mais nous parlerons de tout cela plus tard. Dans l'immédiat, il faut partir d'ici, avant que tout soit découvert. Enveloppe la fille dans des couvertures et va te laver. Je prépare nos affaires.

— Mais…

— Il n'y a pas de « mais ». Elle a écrit un message expliquant qu'elle partait avec un garçon d'étable. Je lui avais fait croire qu'une fois que tu aurais goûté à son délicieux petit corps, tu voudrais l'emmener avec nous.

Sarafina renversa la tête en arrière et émit un rire cristallin.

— Franchement, Dante, tu n'as pas ménagé tes efforts. Je ne me doutais pas que tu étais un tel étalon.

— La ferme, Fina ! répliquai-je en suivant son regard posé sur mon entrejambe. Tu es ma tante, nom de Dieu !

— Dieu n'a rien à voir là-dedans, mon garçon. En outre, je ne suis pas seulement ta tante — ton arrière-grand-tante, pour être exacte — mais également ta mère, et ton aïeule, et ta sœur. Nous formons une famille d'un nouveau genre, maintenant. Et je peux recevoir de toi ce que tu as donné à cette fille sans subir le moindre dommage.

Je lui jetai un regard froid.

— Les anciens liens du sang ont toujours la même valeur à mes yeux, Sarafina. Et je peux te jurer qu'il ne se passera jamais rien de tel entre nous.

Je lus la peine et la colère dans son regard. Peut-être était-elle morte depuis trop longtemps pour accorder encore de l'importance aux usages des mortels ? Peut-être les avait-elle oubliés ? Pas moi. Je pensais ce que je venais de lui dire et, si mes paroles l'avaient blessée, tant pis. Je n'y pouvais rien. Quant à la leçon qu'elle m'avait donnée cette nuit — même si je détestais ce que j'avais fait —, je savais déjà qu'elle porterait ses fruits.

Plus jamais je n'aurais de relation physique avec un mortel.

Morgan ferma le manuscrit. Elle était comme en état de choc. A présent, elle comprenait pourquoi Dante refusait de faire l'amour avec elle. Et elle l'approuvait entièrement car elle n'avait aucune envie de mourir égorgée sous ses baisers.

Elle se leva brusquement pour ranger le journal dans le coffre. Le temps de le verrouiller et de le dissimuler derrière la fausse bibliothèque, et elle se précipitait dans sa chambre. Il fallait qu'elle se change. Elle ne voulait pas séduire Dante et l'inciter à la tuer.

Ce fut alors qu'elle l'entendit. Pas normalement, par l'intermédiaire de ses oreilles mais d'une façon étrange et fascinante. Dans son esprit.

Morgan.

S'obligeant à ignorer la voix qui résonnait dans sa tête, elle fouilla nerveusement dans sa commode.

Morgan !

Une violente rafale de vent ouvrit brusquement les deux battants de la porte-fenêtre dans son dos. Le souffle court, elle fit volte-face, déjà certaine de découvrir Dante sur le balcon. Mais il n'y avait personne. Tremblant de tous ses membres, elle s'approcha pour refermer la porte-fenêtre. C'est alors qu'elle l'aperçut : debout sur la pelouse, à mi-distance entre la mer et la maison. Malgré la distance, elle pouvait sentir son regard fixé sur elle.

Viens à moi. Tout de suite.

Aucun son n'avait brisé le silence de la nuit. Pourtant, Morgan l'avait parfaitement entendu. Elle songea à gagner du temps, à lui demander d'attendre un instant qu'elle se prépare.

Tout de suite, répéta-t-il.

Et elle comprit qu'elle était vaincue, qu'elle n'aurait pas la force de lui désobéir. Faisant demi-tour, elle sortit de la chambre, descendit au rez-de-chaussée, et marcha jusqu'à la porte de derrière. Après la fraîcheur des dalles du patio, l'humidité de l'herbe sous ses pieds nus la fit frissonner. Mais elle ne ralentit pas, et continua à avancer jusqu'au moment où elle se retrouva en face de lui.

Il l'examina de haut en bas, et le corps entier de la jeune femme frémit sous son regard, comme s'il l'avait touchée.

— Cette fois, nous avons le temps, Morgan. La nuit entière. Tu vas enfin me dire comment tu as appris toutes ces choses me concernant.

Au moment où ses yeux rencontrèrent les siens, elle sentit sa pensée lui échapper. Comme s'il n'y avait plus de place dans son esprit pour autre chose que la soumission. Où puisa-t-elle la force de se détourner ? Elle n'aurait su le dire. Pourtant, elle parvint à s'arracher à l'emprise de son regard, à résister à son désir. Car, si elle lui parlait de ses journaux intimes, il les lui reprendrait et briserait ainsi le seul lien qu'elle avait avec lui.

Mais s'agissait-il vraiment de leur *seul* lien ?

— Comment fais-tu ça ? murmura-t-elle.

— Quoi ? T'obliger à me rejoindre ?

Elle hocha la tête.

— Que veux-tu, je suis un vampire. Et depuis longtemps, ajouta-t-il avec un soupir.

Ce n'était pas une réponse.

— Tu veux dire que tu as appris à contrôler l'esprit des autres, au cours des années ?

— En quelque sorte, oui.

— Donc, tu peux obliger n'importe qui à venir jusqu'à toi ? Même quelqu'un qui ne le voudrait pas ?

Elle gardait les yeux baissés pour ne pas risquer de croiser son regard.

— Tu le voulais.

Un long frisson la parcourut.

— C'est plus difficile de convaincre quelqu'un de faire quelque chose s'il n'a pas envie de le faire. En ce qui te concerne,

Morgan, j'ai le sentiment que je pourrais te convaincre de faire tout ce que je veux.

— Je…

Son souffle s'accéléra, et il le remarqua. Elle le comprit à cette drôle de lueur qui s'alluma dans son regard. Et elle aurait presque juré qu'il entendait les battements affolés de son cœur.

— J'ai entendu ta voix dans ma tête. Aussi clairement que si tu avais été à côté de moi et que tu m'avais parlé.

Il hocha la tête.

— Ça aussi, ça arrive avec n'importe qui ? lui demanda-t-elle.

Cette fois, ce fut lui qui brisa le contact entre leurs regards. Mais, contrairement à elle, il ne se détourna pas, et se contenta de poser les yeux sur sa bouche.

— Je suis venu pour te poser des questions, pas pour répondre aux tiennes.

— Moi aussi, je me pose beaucoup de questions. Et j'ai autant besoin d'y répondre que toi.

Il se redressa.

— Cela signifie-t-il que tes conditions ont changé ?

— Que veux-tu… ?

— La nuit dernière, tu m'a promis de me dire tout ce que je voulais savoir… si je te prenais. Ce soir, tu sembles préférer des informations au sexe.

En l'entendant prononcer les mots « si je te prenais », elle sentit un frisson d'anticipation courir dans son dos. Des images excitantes s'imposèrent à elle. *Si je te prenais…* Ces mots impliquaient sa soumission totale, qu'elle se laisse posséder de toutes les manières, comme il le souhaitait. Seigneur ! Elle le désirait tellement. Elle en mourait d'envie. Elle imaginait toute la scène dans son esprit : les doigts de Dante serrés autour de ses poignets, sa bouche courant sur son corps, baisant, goûtant, mordant, se délectant de sa chair et de son sang tandis qu'elle gémissait de douleur et de plaisir.

— Arrête !

La voix dure de Dante l'arracha à sa vision. Il s'était détourné et, les yeux fermés, il pressait ses mains sur ses tempes.

— Je vois tes pensées aussi clairement que toi, Morgan. Et je te préviens : j'ai de plus en plus de mal à me maîtriser.

— Je suis désolée.

Il demeura immobile et silencieux un long moment. Pour se ressaisir, sans doute. Puis, il poussa un soupir et se tourna de nouveau vers elle.

— Je t'en supplie, dis-moi ce que je dois savoir ! Plus tu m'obliges à passer du temps près de toi, plus le danger que tu cours est grand.

Malgré la boule de peur qui lui nouait le ventre, elle demanda :

— Quel danger, Dante ? Le risque que tu me tues ? Même si ça arrivait, ce ne serait pas si grave, tu sais ? Je n'ai plus beaucoup de temps à vivre, de toute façon. Je serais peut-être déjà morte si tu ne m'avais pas…

Le souvenir de l'instant où elle avait bu son sang s'imposa à elle. Elle le chassa aussitôt de son esprit.

— Avant tout, tu dois répondre aux questions que je me pose, Dante.

— Et te donner de nouvelles informations pour ton prochain scénario ?

Morgan baissa la tête.

— A l'époque où j'ai écrit mes scénarios, j'ignorais que tu existais vraiment. Je pensais juste puiser dans les délires d'un fou, mort depuis des siècles.

Dante poussa un soupir, puis, brusquement, il pivota sur lui-même pour se diriger vers la falaise. Il marchait vite, à longues enjambées, et Morgan fut presque obligée de courir pour le suivre.

— Tu dois me croire, Dante. Jamais je ne te trahirai. Pas maintenant.

— Pourquoi pas ?

— Parce que je t'aime.

Ils avaient atteint le bord de la falaise. Il s'arrêta de marcher lorsqu'elle prononça ces mots, et resta là, immobile, face à la mer.

— Tu ne me connais pas. Tu ignores tout de ce que je suis vraiment. Ton imagination de romancière a créé un héros romantique à partir des mythes et des légendes que tu avais lus ou entendus, mais la vérité t'échappe. Il va pourtant falloir que tu l'inscrives, une fois pour toutes, dans ton cerveau de mortelle, Morgan : les vampires sont des prédateurs. Des tueurs. Et les mortels sont leur proie.

— Ça s'est passé comme ça avec Laura Sullivan ? Elle était ta proie ?

A ces paroles, il se tourna vers elle, le regard enflammé.

— J'étais jeune, à cette époque-là. Amoureux. Je croyais qu'avec elle, je serais capable de maîtriser mes pulsions naturelles. Elle m'a trahi avant que j'aie eu le temps de le vérifier.

Il baissa les yeux.

— Ce fut la seconde partie d'une leçon fondamentale, Morgan : les humains et les vampires sont des ennemis mortels. Imagines-tu un seul instant une mangouste amoureuse d'un cobra ? Même si, par miracle, ça arrivait, leur relation serait vouée à l'échec. L'un d'eux finirait obligatoirement par détruire l'autre.

Réprimant la peur qu'éveillait en elle cette image, Morgan demanda :

— Qu'est-ce qu'un Elu ?

Dante ramena vivement son regard sur elle.

— Où as-tu entendu ce mot ?

— Je l'ai trouvé au même endroit que tout ce que je connais sur toi. Je sais que certains humains sont appelés « Elus ». Que cela a un rapport avec leur sang, et que les vampires les sentent et éprouvent l'envie de les protéger.

Il se détourna.

— Dans ce cas, tu en sais autant que moi.

— Ça m'étonnerait.

— Nous perdons notre temps. Je m'en vais, annonça-t-il en s'éloignant.

— Suis-je une Elue, Dante ? Cela signifie-t-il que je ne mourrai pas ?

Il s'arrêta

Elle le rejoignit aussitôt, et l'enlaça.

— Quand tu m'as fait boire ton sang, Dante, je me suis sentie… vivante. Tous mes sens se sont aiguisés, comme si chacun de mes nerfs était devenu ultrasensible et pouvait tout sentir, tout percevoir. Malheureusement, ça n'a pas duré. Je veux encore éprouver cette sensation. Tout le temps. Je veux être comme toi.

— Enfin, nous arrivons au cœur du sujet ! Tu désires entrer dans le monde des immortels. Voilà la véritable raison de tes déclarations d'amour et de désir. Mais tu n'es pas assez forte pour le supporter, Morgan. En moins d'un an, tu serais morte.

— Ce sera toujours une année de gagnée.

Il secoua la tête.

— Je ne le ferai pas. Je refuse de transmettre cette folie à quelqu'un.

— Tu veux dire que ce serait possible ? Que je fais partie des Elus ?

D'un geste agacé, il se passa la main dans les cheveux.

— Oui. Bon Dieu, oui, tu en fais partie ! Ton sang contient l'antigène Belladonna. C'est pour cette raison que tu t'étioles. Tous les Elus meurent jeunes.

Elle hocha la tête, réfléchissant à cette nouvelle information et à ce qu'elle avait lu, un peu plus tôt, dans le manuscrit. D'après les paroles de Sarafina, il y avait peu de risques qu'un vampire tue un Elu.

— Comment ça se passe ?

Le regard de Dante brilla un peu plus dans la nuit. Il lui en voulait de le forcer à évoquer cette possibilité et, en même temps, il se sentait excité. Il laissa ses yeux glisser sur sa gorge.

— Je plante mes dents profondément dans ton cou si blanc, Morgan, et j'aspire tout ton sang. Je me gorge de toi jusqu'à te conduire aux confins de la mort. Que je prenne quelques gouttes de plus, et tu meurs. Tu es là, étendue, entre la vie et la mort, jusqu'à ce que je décide de te nourrir avec mon propre sang. Alors, à condition qu'il reste suffisamment de forces en toi, tu t'en sors. Tu avales mon sang et, avec lui, tu hérites de ma damnation.

Le vent de la mer se mit à souffler un peu plus fort.

— C'est tout ?

— Après ça, tu dors, tu te réveilles, tu te nourris. Et c'est fait.

Elle hocha la tête avec assurance.

— Très bien. C'est d'accord.

Elle repoussa ses cheveux en arrière, les maintint ensemble d'une main, et leva son menton vers lui.

— Vas-y.

Il la regarda, une lueur sauvage dans les yeux. De l'index, il caressa son cou. Un son rauque s'échappa de ses lèvres, semblable au grognement sourd d'un fauve dans la nuit.

— Tu en as envie, je le sais, murmura-t-elle.

Elle entendit son souffle s'accélérer, devenir de plus en plus rauque. Puis elle le sentit résister, essayer de la combattre, de refouler sa faim et son désir. Alors, elle se rappela ce qu'elle avait lu : que l'envie du sang et le désir sexuel étaient liés chez les vampires.

Lentement, elle dénoua la ceinture de son peignoir, et laissa le vent s'engouffrer à l'intérieur, le faire glisser sur ses épaules, le long de ses bras, et l'emporter au loin. Puis elle resta là, entièrement nue, les bras écartés, dans le souffle froid de la nuit.

Dante gardait les yeux fixés sur ses seins durcis par le vent. Elle s'avança, noua les bras autour de son cou et se haussa sur la pointe des pieds pour poser ses lèvres sur les siennes.

Alors, avec un soupir vaincu, il répondit à son baiser. Sa bouche goûta la sienne, leurs langues se mêlèrent. Il pressa son corps contre le sien dans un geste presque tendre. Puis, ses lèvres se détachèrent pour courir le long de sa mâchoire, sur son cou qu'il embrassa et mordilla…

Il dut faire appel à toute sa volonté pour résister à la tentation de planter ses dents dans cette chair tendre et blanche. Finalement, il redressa la tête en déclarant :

— Je t'en prie, ne m'oblige pas à te faire du mal ! Je ne le supporterais pas… Et pourtant, je vais le faire. Je le sais.

— Avec moi, ce sera différent. Je suis une Elue, Dante. Je t'aime et je sais tout. Je ne te laisserai pas me faire mal.

— Tu ne pourras pas m'arrêter.

— Tu ne comprends pas que je n'ai rien à perdre ?

Elle renversa de nouveau la tête en arrière, et s'efforça de l'attirer à elle. Ses lèvres frôlèrent sa peau. Il gémit doucement.

— S'il te plaît, Dante. Je t'en prie…

Avec un petit grognement, il ouvrit la bouche et planta ses canines dans sa chair. La douleur fut aussi vive que brève.

Bientôt remplacée par des vagues de volupté, de plus en plus fortes à mesure qu'il aspirait, buvait... Elle avait l'impression que son corps s'était évanoui, à l'exception de ce point précis où Dante pénétrait son être, par lequel il la possédait.

Et, soudain, un long sifflement brisa le silence autour d'eux. Il y eut un son mat, et Dante poussa un long hurlement animal. L'instant d'après, il lâchait Morgan en titubant. Trop faible pour tenir debout, elle s'effondra sur le sol.

— Cette fois, je te tiens, sale buveur de sang ! hurla une voix.

Morgan leva les yeux et vit la pointe enfoncée dans l'épaule ensanglantée de Dante. Hébétée, elle tourna le regard dans la direction opposée : l'homme au visage brûlé courait vers eux, une arbalète dans la main droite.

— Morgan...

— Ça ira, Dante. Va-t'en. Vite !

Il l'écouta, bondit dans le vide et disparut. En le voyant sauter de la falaise, Morgan ne put retenir un cri d'effroi. L'instant d'après, le chasseur était agenouillé près d'elle, le regard rivé sur la mer en contrebas, à la recherche de sa proie. Elle regarda à son tour. Dante n'était visible nulle part.

Elle se mit à genoux, envoya un coup de poing dans le visage de l'homme, tout en criant :

— Qu'est-ce qui vous a pris ? Vous êtes complètement cinglé.

L'homme la dévisagea. Son regard glissa sur son corps nu. Le salaud ! Morgan se mit debout, refusant de montrer son extrême faiblesse, puis elle regarda autour d'elle et repéra son peignoir pris dans les branches crochues d'un vieux pommier. D'un pas mal assuré, elle alla le décrocher et l'enfila.

— Je viens de vous sauver la vie, vous en êtes consciente ? s'exclama l'homme en la suivant.

— Vous avez tiré sur mon petit ami, et vous l'avez probablement tué. C'est ça que vous appelez me sauver ? Vous êtes complètement dingue. Je vais appeler la police.

— Vous n'appellerez personne ! répliqua l'homme en la saisissant par l'épaule pour la forcer à se tourner vers lui.

Elle serra les pans de son peignoir autour d'elle, prit soin de remonter le col sur son cou.

— Pas avant de m'avoir laissé examiner votre cou, en tout cas.

— Qu'est-ce que vous voulez, à la fin ?

— Il buvait votre sang. Et vous le laissiez faire. Espèce de sale putain !

— Vous êtes fou.

Elle voulut marcher en direction de la maison, mais ses genoux la trahirent et elle dut s'appuyer à un arbre pour reprendre sa respiration.

— Il en a pris trop, déclara l'homme. Il vous aurait tuée si je n'étais pas intervenu.

— C'est le choc d'avoir vu mon ami se faire tirer dessus avec une arbalète qui me met dans cet état, pauvre crétin !

Tout en parlant, elle eut vaguement conscience d'un bruit de moteur dans l'allée, devant chez elle. Puis elle vit un faisceau de phares, entendit une portière claquer.

L'homme la saisit de nouveau par le bras.

— Dites-moi la vérité, bon sang !

— Hé ! Qu'est-ce qui se passe, ici ? cria une voix masculine.

Il y eut un bruit de pas précipités. Morgan distingua des formes qui couraient le long de la maison. Trois personnes dont les traits étaient dissimulés par l'obscurité.

— Je suis de la police, monsieur, et je vous conseille de lâcher cette femme.

L'homme au visage brûlé obéit instantanément. Puis il pivota sur lui-même et courut dans la nuit.

Celui qui l'avait interpellé poussa un juron, et se lança à sa poursuite, tandis que ses deux acolytes — deux femmes — se précipitaient vers Morgan pour l'aider.

Elle garda la tête baissée, de crainte que l'une d'elles découvre les traces de morsure sur son cou.

— J'ignore qui vous êtes mais je vous remercie. Vous êtes arrivés au bon moment, marmonna-t-elle.

— Nous allons vous aider à rentrer chez vous.

Un bras glissé autour de sa taille, les deux femmes l'accompagnèrent jusqu'à la cuisine. A peine arrivée, elle se détacha vivement de leur emprise.

— Vous voulez bien m'excuser une seconde ? Je reviens tout de suite.

Elle sentait leurs regards — curieux, sans aucun doute — posés sur elle pendant qu'elle s'éloignait. Dieu merci, ni l'une ni l'autre n'essaya de la suivre. Elle s'arrêta un instant devant le bureau pour en fermer la porte, puis monta péniblement dans sa chambre, à l'étage.

Seigneur ! Elle se sentait tellement faible. Cet horrible type avait vraiment failli la tuer…

Après avoir enlevé son peignoir, elle prit un pyjama de soie dans la commode. Elle en enfila le pantalon, puis chercha un col roulé dans l'armoire et le passa sous la veste. Une paire de pantoufles, et le tour serait joué. En regardant le résultat dans le miroir, elle se rendit compte à quel point elle avait un air maladif. Elle abaissa le col de son pull et s'approcha pour mieux voir son cou. Les marques étaient bien là, minuscules points rouge violacé.

Elle les cacha avec soin sous le col roulé et se rendit dans la salle de bains. Qui pouvaient bien être ces nouveaux visiteurs ? se demanda-t-elle en se coiffant. En tout cas, ils l'attendaient en bas, et elle allait devoir les rejoindre, alors qu'elle tenait à peine debout.

Tant pis, elle devait faire illusion.

Si seulement elle avait su où se trouvait Dante. Il avait sauté de la falaise mais n'avait jamais touché l'eau. Le fait qu'elle ne l'ait pas vu ne signifiait rien, bien sûr. En revanche, elle aurait dû entendre le bruit de son plongeon. Que s'était-il passé ? Etait-il possible qu'il soit mort ?

La gorge nouée à cette idée, elle marcha jusqu'au balcon, et contempla la nuit.

— Dante, où es-tu ? Dis-moi que tu es toujours vivant. Rassure-moi d'une manière ou d'une autre. Si tu es mort par ma faute…

Morgan.

Sa voix résonna clairement dans sa tête. Au même instant, un éclair de douleur la traversa, si intense qu'elle dut s'accrocher à la rambarde pour ne pas perdre l'équilibre. Elle se laissa tomber à genoux sur le sol, la tête entre les mains.

Je reviendrai.

C'était une promesse, accompagnée d'une nouvelle poussée de douleur, à peine supportable.

— Dante, où es-tu ? demanda-t-elle à voix haute. Laisse-moi t'aider. Dis-moi ce que je dois faire.

Il n'y eut pas de réponse. Rien. Et elle comprit qu'il ne lui dirait rien de plus. Parce qu'avec chacune de ses pensées, il lui envoyait sa souffrance. Mon Dieu, quelle sorte de lien pouvait les unir à ce point l'un à l'autre ? Cela avait-il un rapport avec le sang qu'elle lui avait donné, tout à l'heure ?

— Je t'aime, Dante, murmura-t-elle. Je te jure que j'ignorais que cet homme allait revenir. S'il le faut, je le tuerai de mes propres mains pour te protéger. Je le ferai.

Mais il ne s'agissait que de mots, elle le savait. A présent, il fallait qu'elle lui fournisse des preuves. Seigneur ! Qu'était-il en train d'imaginer ? Qu'elle avait tout planifié, qu'elle l'avait piégé pour que cette bête répugnante lui tire dessus ?

Les joues mouillées de larmes, elle rentra dans la chambre, laissant la porte-fenêtre ouverte, au cas où Dante parviendrait à la rejoindre. Puis elle prit une profonde inspiration, et sortit rejoindre les inconnus qui l'attendaient au rez-de-chaussée.

18.

Tandis qu'elle faisait les cent pas dans la cuisine de Morgan De Silva, Maxine enregistrait chaque détail. La pièce était immense et joliment décorée : au centre, un grand comptoir ovale en marbre gris veiné de rose et, le long de chaque mur, une frise de petits carreaux taillés dans la même pierre. Quatre plaques à induction et un évier occupaient un côté du comptoir. L'autre moitié servait de bar. Lydia s'était assise sur l'un des tabourets mais Maxine restait debout, incapable de se détendre tant elle s'inquiétait pour Lou, dehors dans la nuit, à la poursuite de Dieu savait qui.

— Tu as remarqué ? demanda-t-elle à Lydia.

— Quoi ?

— Sur le col de son peignoir blanc ?

Lydia la regarda sans comprendre, puis secoua la tête.

— Du sang, Lydia. Juste une petite tache à cet endroit-là. Comme par hasard. Tu as vu comment elle tenait son col serré autour de son cou ?

— C'est sans doute parce qu'elle avait froid.

— Non, décréta Maxine d'un ton ferme. Elle cachait quelque chose. Tu as noté la vitesse à laquelle elle est sortie d'ici ?

— Elle était bouleversée, Maxine.

— Je parie tout ce que tu veux qu'à son retour, elle se sera changée. Je ne serais pas étonnée qu'elle porte quelque chose comme un col roulé.

Pour la énième fois, elle marcha jusqu'à la porte et lança :

— Merde, qu'est-ce qu'il fout ?

Avec un soupir de frustration, elle saisit la poignée.

— Je n'en peux plus : je vais voir si je le trouve.

Elle venait d'ouvrir la porte quand Lou apparut en haut des marches.

Maxine se retint de se jeter dans ses bras. Elle l'examina de haut en bas. A première vue, il allait bien…

— Tu l'as eu ?

— Ça fait longtemps qu'il est parti. Je n'ai même pas réussi à voir à quoi il ressemblait.

Il s'assit sur un tabouret, puis se releva d'un bond en voyant entrer Morgan De Silva. Maxine regarda aussitôt le cou de la jeune femme. En découvrant son col roulé, elle se tourna vers Lydia. Mais celle-ci ne la regardait pas. A l'instar de Lou, elle dévisageait la nouvelle venue comme si elle venait de voir apparaître un fantôme.

Les sourcils froncés, Maxine reporta son attention sur Morgan, et écarquilla les yeux d'incrédulité.

— Mon Dieu…

— Qui êtes vous ? Qu'est-ce que ça signifie ? demanda Morgan en la contemplant du même air stupéfait.

Maxine n'avait aucun mal à imaginer ce qu'elle pouvait ressentir. Les mêmes questions tournaient dans sa tête.

— C'est fou. Vous vous ressemblez comme deux gouttes d'eau, fit remarquer Lou, comme s'il était le seul à l'avoir noté.

Mais il se trompait, songea Maxine. Elles n'étaient pas absolument semblables. Morgan De Silva était aussi pâle qu'une morte, sa maigreur était extrême, et elle possédait de magnifiques cheveux, brillants et parfaitement lisses, qui lui descendaient jusqu'au bas du dos. Alors qu'elle, elle avait des formes, des cheveux courts qui avaient tendance à onduler lorsqu'elle les laissait pousser, et un teint qui respirait la santé. Hormis ces différences, certes, cette femme aurait pu passer pour sa jumelle.

Maxine s'assit sur un tabouret, ébranlée par le mot qui venait de s'imposer à elle. « Jumelle »... Mon Dieu, était-ce possible ?

— Vous êtes Morgan De Silva, dit Lou.

C'était une affirmation, pas une question.

— Oui. Mais je ne comprends rien à tout ça.

— Mademoiselle De Silva, je vous assure que nous sommes aussi surpris que vous, ajouta-t-il.

Morgan De Silva était toujours debout, bien qu'il fût évident qu'elle était à bout de forces. Maxine se demanda même comment elle arrivait à tenir sur ses jambes squelettiques. Il est vrai que le reste de son corps ne devait pas peser lourd non plus.

Juste à cet instant, la jeune femme chancela. Lou referma les mains sur ses bras pour la soutenir. D'une voix douce et rassurante, il proposa :

— Venez, asseyez-vous.

Elle suivit son conseil.

Lou se tourna vers Maxine. Voulait-il lui laisser la parole ou vérifiait-il simplement que tout allait bien pour elle ? Un peu des deux, sans doute. Elle soutint son regard, incapable de trouver la moindre chose à dire.

Alors, avec un hochement de tête à peine perceptible, il prit la direction de la conversation.

— Je m'appelle Lou Malone. Je suis flic à White Plains, dans l'Etat de New York. Et voici Maxine Stuart et Lydia Jordan, deux amies.

— Vous êtes flic, vous aussi ? demanda Morgan, le regard rivé sur Maxine.

— Détective privé.

Se mordant la lèvre inférieure, Morgan baissa les yeux pour demander :

— Vous avez été adoptée ?

— Oui. Et vous ?

Morgan acquiesça.

— Votre date de naissance ?

— Le 4 mai mille neuf cent…

— … Soixante-dix sept, termina Morgan en redressant lentement la tête.

Lydia s'était levée.

— C'est une affaire privée, dit-elle à Lou. Elles ont besoin de se retrouver seules.

Il hocha la tête et pressa gentiment l'épaule de Maxine.

— On va faire un tour au bord de la mer. Appelle si tu as besoin de nous.

Maxine acquiesça sans même chercher à comprendre ce qu'il venait de dire. Ils sortirent, et elle se retrouva seule avec une jeune femme incroyablement pâle et fragile qui aurait pu être sa jumelle. Qui l'était, peut-être…

— Je n'arrive pas à y croire. Bien sûr, j'ai toujours su que j'avais été adoptée, mais personne ne m'a dit que j'avais une sœur jumelle.

Morgan la dévisagea.

— Vous voulez dire que votre petite visite de ce soir n'a aucun rapport avec ça ?

Maxine crut discerner une pointe d'ironie dans sa voix.

— Non. Je dis simplement que, jusqu'à ce que je vous voie, j'ignorais tout de votre existence.

— Vous ne m'avez jamais vue, avant ?

— Je ne viens jamais dans le Maine.

— Je ne parle pas de ça mais des journaux, de la télé.

Cette fois, Maxine comprit.

— C'est vrai, vous devez être connue, maintenant. Surtout après cette nomination.

— Un peu, c'est vrai.

Menton levé, dos droit, regard direct..., elle cherchait à paraître sûre d'elle-même. Mais ses efforts pour y parvenir étaient si visibles qu'ils gâchaient tout l'effet.

— Je ne comprends pas. Si vous n'êtes pas venue pour ça, que faites-vous ici ?

— Mon Dieu, cela a-t-il encore de l'importance ?

Maxine descendit de son tabouret, et s'approcha. Du bout des doigts, elle toucha le visage de Morgan.

— Nous sommes sœurs. Je n'arrive pas à y croire, c'est...

Morgan détourna vivement la tête.

— Nous avons partagé le même utérus pendant neuf mois. Il n'y a pas de quoi en faire toute une histoire.

— C'est tout l'effet que ça vous fait ? demanda Maxine en laissant retomber son bras.

— Notre mère, à l'évidence, ne trouvait pas ça très important. J'imagine qu'elle ne nous aurait pas laissées tomber — et encore moins séparées — si ça avait compté pour elle. Il s'agit d'une simple coïncidence biologique.

— L'émotion, c'est pas vraiment votre truc, hein ?

Morgan lui lança un regard glacé.

— Vous feriez mieux de me dire tout de suite ce que vous voulez : ça nous ferait gagner du temps.

— Ce que je veux ?

Maxine resta un instant perplexe. Puis, soudain, elle comprit, et leva les yeux au ciel.

— Ah, c'est ça ! Vous êtes riche. Célèbre. Et vous croyez que c'est pour cette raison que je suis venue. Pour prendre une part du gâteau.

— Je viens à peine d'être sélectionnée pour un prix important. Les journalistes en ont beaucoup parlé. Et vous voulez me faire croire que votre intérêt soudain pour moi n'a rien à voir avec tout ça ?

— Je vous le répète : j'ignorais tout de votre existence. La raison de ma présence ici n'a aucun rapport avec votre argent ou votre fichue nomination. Merde, par qui avez-vous été élevée pour réagir de cette façon ?

— Par un couple de cocaïnomanes qui faisaient partie du gratin d'Hollywood. Mais ça ne vous regarde pas, de toute façon.

Elle ferma les yeux et laissa tomber sa tête en avant. Cette fois, elle n'essaya pas de faire semblant d'être forte. Sa voix tremblait presque quand elle demanda :

— Une fois encore, pourquoi êtes-vous là ?

— Parce que ma meilleure amie est à l'hôpital, plongée dans un coma dont elle ne sortira probablement jamais, à cause d'un salaud qui lui a tiré dessus. Je veux retrouver ce fils de pute.

Morgan battit des paupières. Pour la première fois depuis son arrivée, Maxine eut l'impression d'avoir réussi à percer le mur de froideur dont elle s'entourait.

— Quel rapport avec moi ?

— Les vampires, Morgan.

Elle tressaillit, Maxine le vit clairement. Morgan eut beau essayer de dissimuler son trouble, il était trop tard.

— Qu'est-ce que vous racontez ? Les vampires n'existent pas.

— Ceux des histoires pour faire peur, non. Mais les vôtres, ceux que l'on voit dans vos films, si.

— J'ai eu une journée éprouvante, déclara Morgan avec un soupir. Je suis désolée, mais je vous serais reconnaissante de me laisser.

Elle semblait vraiment à bout de forces. Aussi Maxine promit-elle :

— Je vais partir. Juste après vous avoir raconté une petite histoire, d'accord ?

Morgan lui jeta un coup d'œil inquiet, mais répondit d'un ton las :

— D'accord. Seulement si elle est courte.

— Si courte qu'elle n'a pas de fin. Du moins, pas encore. Autrefois, à la sortie de ma ville, il y avait des bâtiments fédéraux où travaillaient des chercheurs. Et puis, il y a cinq ans, ce centre a été détruit par un incendie. Le soir du sinistre, je me suis glissée à l'intérieur. J'avais toujours eu des doutes sur ce qui se passait réellement là-dedans…

— Pourquoi ?

— A cause des gardes armés. Des caméras de surveillance. Des véhicules avec des plaques fédérales qui ne cessaient d'entrer et de sortir. Du grillage électrifié. Des chiens… Quoi qu'il en soit, j'ai trouvé deux objets sur place : un badge d'identification et un CD-Rom rempli d'informations sur les vampires. Des années d'informations. L'un des vampires répertoriés s'appelait Dante, et tout ce que j'ai lu sur lui dans le C.D. ressemble de façon frappante à l'histoire du Dante de votre film.

A présent, Morgan buvait ses paroles.

— Et le badge ?

— Il appartient à un certain Frank W. Stiles, un agent du Département des Investigations Paranormales que je soupçonne être un département secret de la CIA.

— Frank W. Stiles, répéta Morgan pensivement.

— Ces objets, j'ai pu les ramasser parce que je les ai vus tomber de la poche d'un homme qui fuyait l'incendie. Un homme salement brûlé au visage. Ensuite, des camions militaires sont arrivés, et les soldats ont fouillé toutes les personnes présentes, y compris les pompiers. J'ai réussi à m'esquiver sans qu'ils me repèrent, mais ce que j'ignorais, c'est que le type au visage brûlé m'avait aperçue. Dès le lendemain matin, il me téléphonait pour m'avertir que si jamais je révélais ce que j'avais vu cette nuit-là, il tuerait ma mère adoptive et mes amis les plus proches.

— Et cette personne sur laquelle on a tiré fait partie de vos amis proches ?

— Oui.

— Donc, vous pensez que tout ça est lié. Pourtant, l'histoire dont vous parlez date de cinq ans…

— C'est vrai, mais il s'est passé quelque chose de nouveau récemment. Il y a eu un meurtre dans notre ville. Une amie de Lydia Jordan a été retrouvée assassinée dans la rue, exsangue, avec pour seule blessure deux petits trous dans le cou. En apprenant ça, j'ai tout de suite pensé à un vampire. Et j'en ai conclu que je ne pouvais pas garder pour moi ce que je savais. J'en ai donc parlé à Lou. Je lui ai montré le CD-ROM. Un peu plus tard, on retrouvait mon amie chez lui avec une balle dans la tête. Une balle provenant du revolver de Lou… Je sais que Lou est innocent. De toute évidence, quelqu'un essaie de lui faire porter le chapeau. Quelqu'un qui n'est autre que Frank Stiles, j'en suis sûre.

— Quand a-t-on tiré sur votre amie ?

— Hier soir, entre 21 heures et 22 heures. Pourquoi ?

— Combien de temps avez-vous mis pour venir ici ? Vous êtes venue en voiture, n'est-ce pas ?

— Oui. Environ six heures.

Morgan hocha la tête d'un air pensif. Apparemment, elle n'était plus du tout pressée de prendre congé de sa toute nouvelle sœur jumelle.

— Qui recherchez-vous, finalement ? Le vampire qui a tué l'amie de Lydia ou l'homme au visage à moitié brûlé ?

Maxine fronça les sourcils.

— Comment savez-vous qu'il a *la moitié* du visage brûlé ?

Morgan tressaillit et secoua vivement la tête.

— C'est une façon de parler.

— Non, je ne crois pas.

— Je l'ai imaginé comme ça, c'est tout…

— Non, vous l'avez vu… Quelle idiote je suis ! Bien sûr que vous l'avez vu ! Dès qu'il a entendu parler de votre film, il est allé le voir et, tout comme moi, il a établi un lien avec le Dante du CD-ROM.

— C'est vous qui êtes en train de vous faire un film. Je n'ai jamais dit…

— Tout ce qui m'intéresse, c'est la vérité, coupa Maxine.

— Je ne la connais pas.

Morgan chancela, et dut s'agripper au comptoir pour rester debout.

— Vous avez vraiment l'air épuisée, Morgan. Vous êtes malade ?

— C'est… génétique. Un antigène particulier dans mon sang : la Belladonna. Mais, si nous sommes vraiment jumelles, vous devez l'avoir aussi.

— Je suis A positif. On ne m'a jamais parlé de quelque chose de spécial dans mon sang.

— C'est possible ?

— Je ne sais pas. Il faudrait demander à un médecin.

Maxine baissa un instant les yeux, comme pour réfléchir à la question. Puis, plongeant de nouveau son regard dans celui de Morgan, elle reprit :

— Qui est cet homme qui vous a attaquée, tout à l'heure ? C'est Dante ?

Lentement, Morgan fit non de la tête. Sa voix était extrêmement lasse lorsqu'elle répondit :

— C'était l'homme au visage brûlé. Stiles. Lui aussi croit que Dante est réel et que je peux le conduire jusqu'à lui. Mais vous vous trompez tous les deux. Dante n'existe pas. Et, même s'il existait…

Elle n'acheva pas sa phrase. Soudain, ses jambes se dérobèrent, et Morgan n'eut que le temps de se précipiter pour ralentir sa chute et l'empêcher de se cogner la tête contre le carrelage.

— Tu étais au courant, n'est-ce pas, Lou ?

Ils marchaient côte à côte sur la falaise. Lou se tourna vers Lydia. La lumière de la lune faisait briller les quelques mèches grises qui commençaient à strier sa chevelure dorée. Son visage aussi avait changé, depuis l'époque de leur rencontre. Il trouva que son expression s'était durcie, que ses traits avaient perdu de leur fermeté. Mais elle était toujours très belle.

Devant eux, la pente s'accentuait, de plus en plus aride et escarpée à mesure qu'elle descendait vers la rive. Il aimait la vue de l'océan depuis cet endroit, l'odeur fraîche et salée de l'air. Le vent, moins froid que ce qu'il avait craint, semblait souffler au même rythme que les vagues qui s'échouaient en contrebas.

— Disons que je m'en doutais, reconnut-il finalement. Concernant Maxine, du moins. C'est pour cette raison que j'ai voulu vous présenter l'une à l'autre. Sans me douter qu'elle allait adhérer à cette histoire de meurtre commis par des vampires, comme elle l'a fait. C'était juste une excuse pour que vous vous rencontriez et que vous finissiez par découvrir ce qui, à moi, me paraissait évident.

— Et Morgan ?

— Pur hasard. Je n'étais au courant de rien, je te le jure.

Lydia se mordit la lèvre.

— Tu aurais dû me prévenir. A propos de Maxine, je veux dire.

— J'avais le sentiment que c'était à vous deux de le découvrir, expliqua-t-il en glissant un bras autour de ses épaules. Pardonne-moi si je me suis trompé. Tu sais que je ne veux que ton bien.

— Oui.

— Tu as l'intention de le leur dire ?

Elle poussa un soupir.

— Je n'ai pas encore pris de décision. Il faut que je réfléchisse.

Ils firent tous les deux volte-face en entendant Maxine les appeler depuis le seuil de la maison. Lydia saisit le bras de Lou.

— Tu crois qu'il serait revenu ?

— Allons-y, répondit Lou en l'entraînant avec lui. De là où nous étions, nous l'aurions vu, ajouta-t-il comme pour lui-même. A moins qu'il soit entré par l'autre porte, mais…

En pénétrant dans la cuisine, ils découvrirent Morgan inconsciente, étendue sur le sol. Maxine, agenouillée à côté d'elle, lui tenait la main.

— Mon Dieu ! Que s'est-il passé ?

— Elle s'est évanouie.

Lydia se précipita près de Morgan, et toucha son visage.

— Elle est glacée.

— Je crois qu'elle est malade, dit Maxine. Lou, tu peux monter la coucher ? Sa chambre doit être à l'étage. Pendant ce temps-là, j'appelle un médecin.

Lou acquiesça et se baissa pour soulever la jeune femme dans ses bras.

Assise à côté du lit, Maxine contemplait Morgan. Il était 2 heures du matin, et ça faisait un bon moment que Lou et Lydia l'avaient quittée pour aller s'allonger dans l'une des nombreuses chambres de l'étage. Cette maison était immense ; il y avait assez de pièces pour accueillir une vingtaine de personnes. Bien qu'à en juger par la couche de poussière qui recouvrait les meubles des autres pièces, sa mystérieuse sœur jumelle ne devait pas recevoir souvent.

Elle-même avait essayé de s'assoupir, mais, après s'être tournée et retournée sans succès dans un lit glacé, elle avait fini par revenir auprès de cette inconnue, si semblable à elle, qui dormait d'un sommeil profond. Son lit était gigantesque, avec une courtepointe blanche, un tas d'édredons et de couvertures, et cinq ou six oreillers moelleux. Quatre personnes au moins auraient pu y dormir sans se gêner.

La pièce était grandiose. Immense et grandiose. Rien que la salle de bains adjacente faisait une fois et demie la taille de sa propre chambre. Sans parler du dressing. Et tous ces vêtements !

Maxine se frotta les bras avec un petit frisson. A son arrivée, elle avait trouvé la porte-fenêtre grande ouverte. Elle s'était empressée de la fermer, mais il faisait toujours extrêmement froid à l'intérieur.

Elle baissa de nouveau les yeux sur Morgan. Et la pensée qui l'obsédait s'imposa de nouveau à elle. Oh, elle s'en était trouvée de fausses excuses pour revenir ici : elle devait s'habituer à regarder son sosie ; il fallait que quelqu'un reste près de Morgan, au cas où elle se réveillerait, pour lui expliquer ce qui s'était passé et s'assurer que son état n'empirait pas…

Mais tout cela n'était que mensonges.

La vraie raison de sa présence dans cette chambre était toute autre : elle voulait voir ce qu'il y avait sous ce col roulé noir.

Se mordillant les lèvres, elle se pencha en avant. Morgan était allongée sur le dos, aussi immobile qu'une statue, ses longs cheveux étalés autour de son visage. La Belle au bois dormant. Maxine tendit la main vers son cou. Du bout des doigts, elle frôla le tissu.

« Doucement ! s'ordonna-t-elle. Si tu touches sa peau, elle va se réveiller. Fais très attention. »

Elle saisit le bord du col roulé entre le pouce et l'index, le tira lentement vers le bas, et s'approcha un peu plus pour regarder.

Elles étaient là. Exactement comme elle les avait imaginées : deux petites marques brunes légèrement violacées.

— Dante, nooon ! marmonna Morgan dans son sommeil.

Maxine eut un sursaut. Elle lâcha le col roulé qui se referma aussitôt autour du cou de Morgan.

— Ne reviens pas ! suppliait la jeune femme dans un râle. Non, Dante, il ne faut pas !

Des larmes s'écoulaient de ses paupières closes.

Malgré elle, Maxine sentit son cœur se serrer. C'était sa sœur. Et elle avait été attaquée par un vampire. Elle ne comprenait pas pourquoi Morgan persistait à le nier, mais l'évidence était là, dans ces marques sur son cou, dans ce cauchemar où elle suppliait le monstre de ne pas revenir.

— Non, non !

Maxine lui secoua gentiment l'épaule.

— Chut… Tout va bien. Il n'y a plus rien à craindre.

Morgan arrêta de se débattre. Elle s'immobilisa, son souffle se ralentit, se fit moins rauque.

— Tout va bien, chuchota de nouveau Maxine.

Morgan cligna des paupières, ouvrit les yeux. Il lui fallut quelques secondes avant de comprendre à qui appartenait ce visage si semblable au sien, penché au-dessus d'elle. Puis la mémoire lui revint, elle tressaillit et demanda d'une foix faible :

— Vous êtes encore là ?

— Vous vous êtes évanouie. Lou vous a portée jusqu'ici.

Morgan hocha la tête, ses paupières se refermèrent.

— Je vais mieux. Vous pouvez partir, maintenant.

— Ce n'est pas ce que nous a dit votre ami David.

Elle rouvrit les yeux.

— David ? Vous avez parlé à… ? Mais comment… ?

— J'étais en train de chercher le numéro d'un médecin ou d'une personne de votre famille — sans grand succès, je dois l'avouer — quand le téléphone a sonné. C'était un certain David Sumner. Il semblait très inquiet à votre sujet. Je lui ai expliqué ce qui s'était passé…

— Ce n'était pas nécessaire, murmura Morgan.

— Il sera là d'une minute à l'autre. Il m'a demandé de rester avec vous jusqu'à son arrivée.

— Je n'ai pas besoin de garde-malade.

— Je sais, pour Dante, déclara soudain Maxine.

Morgan leva les yeux vers elle.

— Moi aussi. C'est un personnage de fiction. Le héros de mes scénarios.

— C'est aussi un personnage réel. Le vampire qui a laissé ces marques sur votre cou.

Morgan porta une main à son cou. Au contact du col roulé, elle fronça les sourcils.

— De quoi parlez-vous ? Je n'ai pas…

— Laissez tomber, petite sœur : j'ai regardé.

Morgan poussa un profond soupir.

— Vous ne comprenez pas, dit-elle.
— Alors, expliquez-moi.
Morgan soupira de nouveau, puis se redressa. Aussitôt, Maxine se pencha pour l'aider à installer les oreillers dans son dos. Leurs regards se croisèrent. Et, pour la première fois, un lien s'établit entre elles deux.
— Vous n'êtes plus seule, Morgan. Vous avez une famille, maintenant. Si ça ne signifie rien pour vous, ça veut dire beaucoup pour moi. Vous êtes ma sœur. Je ne laisserai personne vous faire du mal.
S'adossant aux oreillers que Maxine venait d'installer à son intention, Morgan baissa les yeux.
— Pour moi aussi, ça veut dire quelque chose, dit-elle, comme à regret. C'est juste que... J'ai reçu un choc. Je ne voulais pas me montrer... désagréable.
— La soirée a été difficile.
— Oui, mais ce n'est pas à cause de Dante. Il ne me ferait pas de mal.
— Non ?
Maxine avait parlé d'un ton égal. Elle ne voulait pas tout gâcher en montrant sa satisfaction d'avoir enfin entendu Morgan reconnaître l'existence de Dante.
— Non. C'est l'homme au visage brûlé. C'est lui qui m'a attaquée. Il avait...
Elle dut faire une pause, la gorge nouée au souvenir de ce qui s'était passé.
— ... une arbalète.
— Ça a dû être horrible.
— Ça l'était. Seigneur ! J'étais morte de peur. Le pire, c'est que rien ne me dit qu'il...
Elle s'arrêta brusquement, se mordit la lèvre.
— Rien ne vous dit que quoi ? Qu'il ne reviendra pas ? Ne vous inquiétez pas pour ça, Morgan. A présent, vous êtes

entourée d'un flic, d'une détective privée et d'une conseillère pour adolescentes fugueuses. A nous trois, on devrait pouvoir faire face.

Morgan la considéra un long moment. Elle semblait prête à argumenter. Finalement, elle hocha la tête et demanda :

— Vraiment, vous ne voulez rien de moi ?

— Non. Rien, répondit Maxine en prenant sa main glacée dans les siennes.

Elle la pressa doucement. Morgan en fit autant.

— Repose-toi, maintenant. Tu te sentiras mieux, demain.

Avec un petit signe d'acquiescement, Morgan ferma les yeux et s'abandonna au sommeil.

19.

Maxine avait fini par s'assoupir sur son fauteuil quand, au milieu de la matinée, un grincement la sortit du sommeil. Elle se tourna vers la porte, prête à faire face. Mais ce n'était ni un vampire ni l'horrible Frank Stiles qui venait de pénétrer d'un pas tranquille dans la chambre. Juste Lou. Accompagné d'un homme corpulent aux cheveux gris qui la dévisagea d'un air incrédule.

— Maxie, je te présente David Sumner, dit Lou d'une voix aussi basse qu'il lui était possible.

En se levant, Maxine se rendit compte qu'elle tenait toujours la main de Morgan dans la sienne. Elle la dénoua doucement, et enveloppa sa toute nouvelle sœur d'un regard tendre avant de s'avancer vers les deux hommes.

— Descendons au rez-de-chaussée, proposa-t-elle. Elle dort profondément : je ne veux pas la réveiller.

Lou acquiesça et se tourna pour sortir. Au lieu de le suivre, Sumner s'avança vers le lit où dormait Morgan. Il la contempla un moment, le regard humide, et, du bout des doigts, lui effleura la joue.

Puis, avec un soupir résigné, il se détourna et quitta la pièce. Maxine lui emboîta le pas en prenant bien soin de fermer la porte derrière elle. Mesure d'autant plus sage qu'à peine arrivé dans le couloir, Sumner se mit à les presser de questions.

— Que lui est-il arrivé ? Pourquoi est-elle si pâle ? Seigneur, sa peau est si froide qu'on croirait qu'elle a passé la nuit dehors. Et…

Maxine leva la main pour l'interrompre.

— Une question à la fois, monsieur Sumner. Je n'ai pas encore bu mon café, et la nuit n'a pas été de tout repos.

— Je comprends, dit Sumner. Pardonnez-moi.

Puis, sans quitter la jeune femme des yeux, il reprit :

— Cette ressemblance… C'est incroyable. L'officier Malone…

— Lou. Appelez-moi Lou.

— Lou m'a pourtant prévenu, à mon arrivée, mais je… je n'arrive pas à m'y faire.

Maxine n'avait aucun mal à le comprendre.

— J'ai passé toute la nuit près de Morgan, et je ne m'y fais pas, moi non plus. J'ignorais totalement que j'avais une sœur. Alors, une jumelle…

— Je n'étais pas au courant non plus, précisa Sumner.

Arrivée devant la cuisine, Maxine huma avec plaisir l'odeur du café chaud. Elle s'attendait à trouver Lydia mais, visiblement, celle-ci était sortie. Pour aller où ?

Les deux hommes s'assirent autour de la table. Maxine se servit une tasse de café avant de les y rejoindre.

— Pardonnez-moi, dit-elle, mais j'ai peur de ne pas avoir bien saisi la nature du lien qui vous unit à Morgan, euh… David, c'est ça ?

— Oui, David. Je suis… disons, son oncle d'adoption. Je l'ai connue toute petite. Si ses parents avaient été croyants, j'imagine que j'aurais été son parrain. Mais ils n'étaient pas du genre formels. Quand ils sont morts… eh bien, j'étais tout ce qu'il lui restait.

— C'est vous qui avez produit ses films de vampires ? demanda Lou.

— Oui. Pour être franc, je ne m'attendais pas à ce qu'elle écrive un scénario d'une telle qualité. Quand elle m'a remis le premier, je lui ai conseillé d'essayer de le vendre ailleurs. C'était tellement bon que j'étais sûr que ça intéresserait les grosses maisons de production. Mais elle voulait que ce soit moi. Alors, je lui ai promis la moitié des bénéfices. Le film a attiré des milliers de spectateurs, dès sa sortie, et le succès a été si phénoménal qu'on a pu tripler les budgets pour les suivants.

Lou hocha la tête et demanda :

— Elle allait bien, la dernière fois que vous l'avez vue ?

— Mieux qu'aujourd'hui, en tout cas.

David jeta un coup d'œil à sa montre avant de reprendre :

— Son médecin n'est pas joignable avant 10 heures. Je l'appellerai à ce moment-là.

— Que voulez-vous dire ? Vous savez de quoi elle souffre ?

— Ecoutez, Morgan commence à être célèbre, et je n'ai aucune envie que sa maladie devienne un objet de curiosité pour les médias…

— Nous n'avons pas l'intention de vendre quoi que ce soit aux journalistes, lui assura Maxine. Si c'était le cas, ce serait déjà fait avec cette histoire de gémellité. Non, c'est juste qu'il se passe quelque chose de bizarre, ici, et je… enfin, nous voudrions l'aider.

— Malheureusement, il n'y a pas grand-chose à faire, dit David avec un long soupii. Ellc a une maladie très rare : un antigène particulier qui laisse les médecins désemparés. Personne n'a encore compris pourquoi, mais tous ceux qui le possèdent commencent à s'affaiblir aux environs de vingt-cinq ans. La plupart d'entre eux n'atteignent pas la trentaine.

— Quoi ? s'exclama Maxie, horrifiée. Vous voulez dire qu'elle…

— Je suis désolé. Je comprends que ça vous fasse un choc. Juste après…

David acheva sa phrase par un autre soupir. Puis, les yeux baissés, il ajouta :

— Morgan le sait depuis l'adolescence. C'est pour cette raison qu'elle était si pressée d'écrire un scénario et de le voir porté à l'écran. Elle a toujours été consciente de ne pas avoir beaucoup de temps.

Maxine sentait les larmes lui monter aux yeux.

— C'est… impossible. Ça ne peut pas être vrai.

— Maxie…, commença Lou.

Mais la jeune femme l'ignora, et s'adressa de nouveau à David Sumner.

— Vous êtes en train de me dire qu'elle va *mourir* ?

— On ne pensait pas que son état empirerait aussi rapidement, mais…

— Oh, mon Dieu ! murmura Lou.

Maxine était atterrée. Et aussi de plus en plus révoltée.

— Non ! s'écria-t-elle finalement en tapant du poing sur la table. Tout cela n'a aucun sens ! Ecoutez, j'ignore tout de la maladie de Morgan, mais je suis sûre d'une chose : son état actuel n'a rien à voir avec ça. Si elle va si mal, aujourd'hui, c'est parce qu'elle a été mordue par un vampire.

David Sumner dévisagea Maxine sans dire un mot. Puis il regarda Lou, et déclara avec froideur :

— Si c'est une blague, elle est de très mauvais goût.

— J'ai vu les marques sur son cou, reprit Maxine. J'ai regardé sous son col pendant qu'elle dormait, et je lui en ai parlé, à son réveil. Elle a reconnu que c'était vrai.

Maxine parlait à toute allure. Trop vite, de toute évidence, pour son interlocuteur qui posait, maintenant, sur elle un regard effrayé.

— Dante existe ! Morgan me l'a avoué. Mais elle persiste à dire qu'il ne lui ferait pas de mal.

Sumner se leva.

— Maintenant que je suis là, vous pourriez rentrer chez vous, tous les deux, proposa-t-il. Je vous suis très reconnaissant de votre aide, mais…

— Bravo, Maxie. Maintenant, David nous prend pour des cinglés. On ne t'a jamais appris à te montrer un peu subtile ?

Maxine lança à Lou un regard noir.

— Tu as apporté le C.D., non ?

— Oui.

— Eh bien, sors-le. Prouve-lui que je ne raconte pas d'histoires !

Lou hocha la tête et se leva comme s'il avait mal aux jambes. Ce qui était sans doute le cas, après la course-poursuite de la veille. Il se tourna vers Sumner.

— Je vous demande une demi-heure d'attention, David. Si, après ça, vous nous prenez toujours pour des fous, on s'en ira. Ça vous va ?

Sumner les considéra tour à tour d'un air circonspect.

— Euh… d'accord.

— Parfait. Vous savez où il y a un ordinateur ?

— Dans le bureau. Mais la pièce est toujours fermée à clé. Morgan refuse d'y laisser entrer qui que ce soit quand elle n'y est pas.

Maxine trouva cette information du plus haut intérêt.

— Mais j'ai mon portable dans la voiture, ajouta David Sumner.

— Allons le chercher.

Avant de sortir, Lou jeta un coup d'œil à Maxie.

— Tu devrais en profiter pour te reposer. Tu n'as pas dormi de la nuit. Dans ta chambre, le lit n'était pas défait, ce matin, quand je suis descendu.

Elle hocha la tête, les paupières lourdes.

— Tu as sans doute raison. Au fait, tu sais où est passée Lydia ?

— Elle est allée faire des courses en ville. Je suppose qu'elle ne va plus tarder.

Maxine fronça les sourcils en se demandant si elle ne devrait pas, elle aussi, sortir un peu. Peut-être que l'air frais la réveillerait ? Finalement, elle opta pour une autre tasse de café.

Il y avait longtemps que Morgan ne s'était pas réveillée aussi mal en point. Elle se sentait faible, nauséeuse, incapable de tenir sur ses jambes. Mais, surtout, il y avait cette sensation inconnue au fond d'elle-même : un vide insupportable qui lui donnait l'impression de mourir. Tout son être semblait réclamer quelque chose. Réclamer... Dante. C'était plus fort que le désir. Plus fort que l'amour humain. C'était un besoin impérieux, désespéré, infini. La souffrance insupportable de celui qui va mourir de faim.

Avec une grimace de douleur, elle se leva, remarqua que le soleil filtrait à travers les rideaux de la porte-fenêtre, et jura entre ses dents. Même si Dante avait survécu — *Seigneur, faites qu'il ait survécu !* — il ne pourrait pas venir à elle. Pas en plein jour.

Au prix d'un immense effort, elle se traîna jusqu'à la salle de bains.

Elle avait besoin de Dante. Besoin qu'il fasse renaître la vie dans ses veines. Il lui avait pris tellement de sang ! Oh, pas pour la tuer, elle en était persuadée. S'il en avait eu le temps, il aurait exaucé son désir en faisant d'elle un vampire. Il l'aurait totalement vidée de son sang et lui aurait donné le sien. Malheureusement, l'arrivée de Stiles avait tout gâché. Et, à présent, elle allait mourir.

Quelque chose, une sorte de bruit qui ressemblait à un coup sourd, lui fit soudain redresser la tête. Elle écouta. Y avait-il quelqu'un d'autre dans la maison ?

Les visiteurs de cette nuit ? Mon Dieu, était-il possible qu'ils soient toujours là ?

Malgré elle, elle éprouvait une certaine tendresse pour cette jeune femme qui prétendait être sa sœur. Mais tous les ennemis de Dante étaient les siens, et elle le protégerait envers et contre tous. Sans exception.

Elle saisit un drap de bain, et sortit de la douche. Elle se sentait toujours aussi mal. Plus propre mais ni plus forte ni plus éveillée. En passant devant le miroir en pied, elle s'arrêta, laissa tomber la serviette qui l'enveloppait, et contempla son corps. Comment Dante pouvait-il la désirer ? Elle était si maigre, si frêle, si pâle. Elle leva le menton pour jeter un coup d'œil à la morsure sur sa gorge. Un frémissement la parcourut au souvenir des sensations qui l'avaient envahie au moment où Dante avait planté ses dents en elle. L'ultime possession. Le sentiment de ne faire plus qu'un avec lui. De lui appartenir totalement. Fiévreusement.

Elle toucha sa peau à l'endroit où auraient dû se trouver les marques : il n'y avait plus rien. Les minuscules trous qu'elle était certaine d'avoir vus, la veille, avaient disparu. Fronçant les sourcils, elle se rapprocha de son reflet. Une trace légèrement rose colorait l'endroit où les incisives de Dante avaient percé sa chair. Mais elle parut s'effacer pendant qu'elle la regardait.

— C'était pourtant réel, murmura-t-elle. J'en suis sûre.

Elle enfila un peignoir de satin rouge, histoire d'avoir moins mauvaise mine, se brossa les cheveux — ce qui acheva d'épuiser ses forces —, et descendit affronter ses hôtes indésirables. Elle devait à tout prix les convaincre qu'elle allait bien et se débarrasser d'eux. Sinon, Dante ne reviendrait jamais.

Arrivée au bas des marches, elle s'arrêta net : la porte du bureau était ouverte. *Son* bureau, la pièce où elle ne laissait jamais entrer personne. Elle songea au parquet dissimulé sous le tapis, juste au-dessus de la cavité dans laquelle Dante avait peut-être trouvé refuge, cette nuit. Son cœur fit un bond dans sa poitrine, et elle sentit la colère la submerger. Oubliant un instant sa fatigue, elle traversa le couloir d'un pas rapide, et pénétra dans le bureau.

Maxine s'y trouvait. Belle, vivante, resplendissante de santé. Elle contemplait les dessins de Dante accrochés au mur. Elle ne touchait à rien, se contentant de regarder.

— Si cette porte est fermée à clé, il y a une raison ! déclara-t-elle d'une voix tremblante de rage.

Maxine sursauta.

— Oui, sans doute. Excusez-moi. Je... Je n'ai pas pu résister à mon envie d'entrer.

Elle s'avança vers Morgan, et posa une main sur son bras.

— Que faites-vous debout ? Vous devriez rester couchée. Vous êtes encore très faible.

— Je vais bien, rétorqua Morgan en se dégageant.

Malgré elle, elle sentait sa colère diminuer, face à la douceur de la jeune femme.

— C'est mon bureau, expliqua-t-elle. Je ne laisse jamais personne entrer ici.

— C'est ce qu'on m'a dit. C'est pour ça que je n'ai pas pu résister. Ecoutez, je suis désolée de m'être ainsi immiscée dans votre intimité. Mais j'ai pensé qu'il y avait peut-être dans cette pièce quelque chose qui m'aiderait à vous sauver la vie.

Morgan baissa les yeux. Elle ne voulait plus lire dans le regard de Maxine cette sincérité et cette compassion qui la touchaient beaucoup plus qu'elle l'aurait souhaité.

— Rien ne peut me sauver la vie.

— Il le faut, pourtant. Vous ne pouvez pas mourir maintenant. Alors qu'on vient de se retrouver.

Morgan lui tourna le dos, refusant de céder à la douleur que ces paroles éveillaient en elle.

— Pendant longtemps j'ai voulu croire, moi aussi, qu'il y avait une solution, Maxine. La déception n'en a été que plus grande. Maintenant que j'ai accepté la réalité, je refuse de recommencer à me leurrer.

Oui, elle avait vraiment fini par accepter sa mort. Mais pas de la manière dont l'imaginait Maxine. Vivre une existence normale n'était plus possible, elle le savait. Voilà pourquoi elle s'était résolue à mourir… Mais, à présent, tout était différent. A présent, une nouvelle existence s'offrait à elle : éternelle dans une nuit sans fin. A condition de vivre assez longtemps pour que sa métamorphose soit possible…

Maxine resta silencieuse un long moment. Quand elle reprit la parole, ce fut pour déclarer d'un ton admiratif :

— Ces dessins sont stupéfiants.

Soulagée qu'elle change de sujet, Morgan se tourna vers elle.

— Merci. C'est le produit de mon imagination. La manière dont j'imagine mon héros.

Maxine fronça les sourcils.

— Morgan, s'il vous plaît, ne recommencez pas ! Cette nuit, vous avez reconnu que Dante existait. C'était juste après que j'ai vu les marques sur votre cou.

L'air profondément surpris, Morgan inclina la tête en arrière. Ses cheveux tombèrent dans son dos, révélant sa gorge.

— Quelles marques ?

Les yeux plissés, Maxine s'approcha et l'examina.

— Mais… elles étaient là, j'en suis sûre. Vous les avez dissimulées sous une couche de fond de teint.

Du bout de l'index, Morgan frotta la peau à l'endroit précis où les incisives de Dante avaient laissé leur empreinte.

— Je ne comprends pas.

— Il n'y a rien à comprendre.

— Morgan, si ce vampire se… se nourrit de vous, votre vie va être encore plus brève que prévu. Vous en avez conscience, n'est-ce pas ? D'après David, la dernière fois qu'il vous a vue, vous…

— David ? coupa Morgan, interloquée.

— Vous avez oublié ? Je vous ai dit, cette nuit, qu'il était en route.

Morgan plissa le front, essayant de sortir du brouillard qui embuait son esprit.

— Il est là, reprit Maxine. En train de discuter avec Lou dans le petit salon.

A ces mots, Morgan voulut sortir. Puis elle se reprit, et saisit la main de Maxine pour l'entraîner derrière elle.

— Comment avez-vous fait pour entrer ici ?

Maxine sortit une clé de la poche de son jean.

— Elle était sur votre table de nuit, dit-elle. J'ai essayé…

Morgan s'empara de la clé, et ferma la porte du bureau à double tour. Puis elle se dirigea vers le petit salon en se demandant ce que pouvaient bien se dire ce policier et son cher David.

A son arrivée, les deux hommes étaient penchés au-dessus de l'ordinateur portable de David. Ils levèrent la tête en même temps.

— David, dit la jeune femme avec un sourire qu'elle espéra chaleureux.

— Oh, mon bébé !

Il bondit de sa chaise pour la serrer contre lui.

— Ma chérie, comment te sens-tu ? Tu avais l'air si mal en point, quand je suis arrivé…

— David, il faut que nous parlions. Juste toi et moi. Maxine, s'il vous plaît…

— Bien sûr, pas de problème, Morgan. On veut juste votre bien.

Dès que Lou et Maxine furent sortis, Morgan ferma la porte derrière eux, puis se tourna vers David et déclara :

— Je veux qu'ils s'en aillent.

Maxine reçut la nouvelle comme un coup en plein plexus : Morgan voulait qu'ils partent.

Elle les avait à peine regardés en sortant du salon, et elle était montée directement dans sa chambre, laissant à David le soin de leur annoncer la nouvelle. L'air embarrassé, il se tenait à présent en face d'eux, au centre de la salle à manger.

— Je comprends, dit Lou avec un petit hochement de tête.

— Eh bien, pas moi ! s'écria Maxie. Et vous non plus, David, vous ne devriez pas comprendre, pour peu que vous teniez à elle. Bon sang, je suis sa sœur !

— Je sais. Je suis désolé, Maxine, mais… c'est elle qui le demande.

— Vous croyez vraiment que c'est elle ? Eh bien, vous vous trompez, David. Morgan n'est pour rien dans cette décision. Celui qui désire notre départ, c'est ce vampire. Il la tient sous sa volonté…

— Maxine, s'il te plaît, l'interrompit Lou avec douceur. J'ai beau être de ton côté, je trouve que tu vas trop loin.

A cet instant, David lui toucha l'épaule, et elle se tourna vers lui.

— Je reconnais que les documents que vous détenez sont troublants, dit-il. Je ne prétends pas être convaincu, mais je comprends que vous-mêmes le soyez. Seulement, Morgan est très agitée…

— On se demande pourquoi ! marmonna Maxie entre ses dents.

— … et je crois qu'il serait préférable de ne pas la contrarier. Du moins jusqu'à ce que nous sachions exactement ce qui se passe ici.

Maxie le considéra d'un air dubitatif. Il y avait quelque chose dans sa voix…

— Je me trompe ou vous ne tenez pas vraiment à ce qu'on s'en aille ? lui demanda-t-elle.

— En effet…

David passa une main dans ses cheveux grisonnants, et reprit :

— Je sais reconnaître les fous et les psychopathes. De toute évidence, vous deux n'en faites pas partie. Et Morgan est tellement malade, tellement… bizarre… Je ne suis pas sûr de pouvoir faire face tout seul.

— Malgré tout, vous nous jetez dehors.

— Hors de la maison, oui. Mais j'aimerais que vous restiez en ville, quelques jours. Ça vous paraît possible ?

Maxine voulut répondre, mais David leva la main pour l'en empêcher.

— Je vous paierai, bien sûr. Et je me charge de vous trouver un hôtel. Il y en a de très bien.

— O.K. pour la chambre, dit Maxine. Mais je refuse…

— C'est d'accord pour tout, coupa Lou.

— Lou ! Il s'agit de ma sœur !

— Et alors ? Elle est riche, non ? Toi, tu t'en sors tout juste ; moi, j'approche de la retraite. Quant à Lydia, elle survit…

Lou s'arrêta soudain, et fit la grimace.

— Au fait, elle est rentrée ?

— Non, je ne l'ai pas vue, répondit Maxie, surprise. Que peut-elle bien faire en ville depuis si longtemps ? Il faut qu'on la retrouve avant de partir.

A l'adresse de David, elle ajouta :

— Surveillez Morgan de près. Surtout la nuit. On peut vous aider, si vous voulez. Rester dans les environs sans nous faire voir.

David jeta un regard nerveux en direction du couloir.

— Ça me gêne de l'espionner comme ça, mais je suis tellement inquiet...

Il poussa un soupir avant de poursuivre :

— Ecoutez, pour l'instant, je préfère me débrouiller seul. Je ne veux pas trahir sa confiance. Je vous promets de la surveiller attentivement. Je demanderai même un somnifère au médecin quand il viendra, cet après-midi. Quelque chose qui lui permette de dormir d'une traite jusqu'à demain matin.

Maxine ouvrit la bouche pour insister, mais Lou l'en empêcha.

— On restera en ville, dit-il. Mais, surtout, appelez-nous au moindre problème... Bon, il faut qu'on parte, maintenant. On ne peut pas rester là à discuter éternellement.

Maxine secoua la tête en soupirant.

— Tout ça ne me plaît pas...

— A moi non plus, à vrai dire, concéda David. Pourquoi ne montez-vous pas lui dire au revoir, Maxine ?

— Si elle avait voulu me dire au revoir, elle l'aurait fait en passant, tout à l'heure...

Lou et David la regardèrent sans un mot. Elle poussa un soupir exaspéré.

— Bon, d'accord. J'y vais...

Tandis que David expliquait à Lou comment rejoindre l'hôtel où il descendait chaque fois qu'il ne voulait pas déranger Morgan dans son travail, Maxine se dirigea vers la chambre de sa sœur. Dans l'escalier, elle songea à l'ironie du destin. Vu de l'extérieur, sa jumelle était, sans conteste, la plus gâtée des deux. Morgan possédait une beauté pleine de mystère alors qu'elle, malgré leur similitude, n'était que mignonne et, somme toute, assez banale. Morgan était célèbre, au sommet de sa carrière ; elle se demandait toujours si elle souhaitait vraiment être détective privé. Enfin, Morgan était riche ; elle possédait une demeure de rêve, une Mercedes garée dans l'allée, un compte en banque plein à craquer, tandis qu'elle habitait l'ancienne maison de sa mère, conduisait une Coccinelle vert pomme avec cent mille kilomètres au compteur, et recevait régulièrement des courriers de son banquier l'avertissant qu'elle était dans le rouge.

Oui, sauf qu'elle, elle rayonnait de santé, alors que Morgan était malade à en mourir. Et, face à cela, la beauté, le succès et l'argent ne représentaient rien.

Maxine frappa à la porte de la chambre.

— Morgan, c'est moi. J'entre.

Elle ouvrit. Assise devant la porte-fenêtre, Morgan regardait à l'extérieur. Maxine s'avança vers elle.

— La vue est superbe, dit-elle.

Et elle le pensait. Le soleil faisait exploser les couleurs, accentuant encore les contrastes entre la falaise verdoyante, le bleu profond de la mer, et celui du ciel, pur et aérien.

Morgan ne répondit rien.

— Je m'en vais, Morgan. David nous a dit que c'est ce que tu souhaitais. Je suis juste montée te dire au revoir.

Aucune réaction. Aucun regard.

— Mais j'imagine que tu n'en as rien à faire, reprit Maxine avec un soupir. Je me demande même pourquoi je suis montée jusqu'ici.

Elle se tourna vers la porte.

— Je suis désolée, Maxine.

Maxine s'arrêta net.

— Pardon ?

Comme Morgan restait silencieuse, Maxine se tourna lentement vers elle.

— Pourquoi nous jettes-tu dehors, Morgan ?

Morgan leva la tête, croisa son regard, et le soutint un bref instant avant de se détourner pour demander :

— Qui étaient tes parents adoptifs ?

Surprise, Maxine répondit :

— John et Ellen Stuart. Un couple de petits employés.

Morgan hocha la tête.

— Et c'était comment la vie avec eux ?

— Merveilleux. Je veux dire : on formait une vraie famille. Ils m'aimaient. Mon pire souvenir, c'est la mort de mon père. Je venais d'entrer au lycée. Il a eu une attaque.

— Ils s'occupaient de toi ? Ils s'intéressaient à ce que tu faisais ?

— Dès qu'elle le pouvait, maman participait aux activités de l'école. Elle accompagnait les sorties, elle organisait les kermesses. Quant à papa, il n'a jamais raté un seul de mes matchs.

Elle sourit.

— Oh oui, ils s'occupaient de moi ! J'ai toujours su que j'avais été adoptée, mais ça ne me gênait pas. On s'aimait.

— Moi aussi, j'aimais mes parents, confia Morgan d'une voix lasse. Mais je ne comprends toujours pas pourquoi ils m'ont adoptée. Ils n'avaient pas de temps pour moi. Oh, ils m'ont payé un tas de nounous et de professeurs particuliers. J'avais même un chauffeur. Mais eux, ils n'étaient jamais là. Ils ne m'ont pas emmenée une seule fois en voyage. Au lieu de ça, ils me donnaient de l'argent, me couvraient de cadeaux hors de prix : des voitures, des vêtements. Je n'avais même pas quatorze ans quand ils m'ont offert ma première carte de crédit.

— Ça a dû être dur, dit Max.

— Tu te moques de moi ?

— Ça peut paraître surprenant, mais non. Je suis vraiment désolée pour toi.

— Je n'ai pas besoin de ta compassion, Maxine. J'essaie juste de t'expliquer pourquoi le mot « famille » n'a pas le même sens pour toi et pour moi.

— C'est drôle, j'aurais pensé que c'était encore plus important de trouver une vraie famille quand on n'en avait jamais eu. Apparemment, je me trompais.

— Il est trop tard, dit Morgan. Je vais mourir. Commencer quelque chose maintenant n'aurait aucun sens.

— Et pourtant, maintenant est peut-être le seul moment dont nous disposerons.

Morgan ferma les yeux.

— Peut-être... Mais j'ai des choses importantes à faire. Des choses que je dois faire seule.

— Eh bien, tu as intérêt à les faire rapidement, Morgan. Parce que, si tu crois que je vais rester à l'écart, tu te trompes. Tu veux que je parte, et je vais partir. Tout de suite. Mais je te préviens : je ne serai pas loin. Et, même si tu dois me renvoyer cent fois, je reviendrai toujours. Tu comprends ?

Morgan redressa la tête. Une ride creusait son front.

— Non.

— Non ? Personne ne s'est jamais accroché à toi de cette façon, n'est-ce pas ?

— Seulement David. Et encore, c'est parce qu'il avait pitié de moi. Je n'ai jamais eu personne d'autre.

— Peut-être qu'il s'est accroché à toi parce qu'il t'aimait, suggéra Maxine. Comme moi...

Elle considéra sa sœur en silence un long moment, puis, avec un soupir, elle se détourna et sortit.

Lydia regarda la voiture de Lou s'éloigner. Morgan était toujours devant la fenêtre de sa chambre, le regard perdu dans le vague. David Sumner apparut sur le seuil de la maison, s'installa sur l'une des chaises longues du patio et alluma une cigarette.

Lydia quitta son point d'observation et entreprit de remonter la falaise. Elle traversa la grande pelouse à l'arrière de la maison, jusqu'à l'endroit où se tenait Sumner.

En la voyant s'avancer vers lui, il lui adressa un petit signe et se leva pour l'accueillir.

— Vous devez être Lydia.

Elle hocha la tête et continua d'avancer.

— Je suis David.

— Je sais.

— Maxine et Lou sont partis chercher un hôtel en ville. Je leur ai promis de vous conduire là-bas si je vous voyais.

Elle hocha de nouveau la tête, et s'approcha encore.

— Ils pensaient que vous étiez encore au village. Je crois qu'ils espéraient tomber sur vous en…

Elle venait de pénétrer dans le patio. Elle fit encore quelques pas, et s'arrêta à moins d'un mètre de David.

Il plissa les yeux.

— Bonjour, David. Ça fait un bail.

— Bon sang. Oh, mon Dieu…

20.

Allongée sur la table d'examen, nue sous son peignoir d'hôpital, Morgan attendait en frissonnant. Pourquoi ces fichues salles d'examen étaient-elles toujours aussi mal chauffées ? Dans son goutte à goutte, le médecin avait ajouté un cocktail de vitamines censé l'aider à se rétablir. Peine perdue, bien sûr. Elle savait ce dont elle avait besoin. Ça ne se trouvait pas en perfusion.

Le Dr Hillman revint dans la pièce, l'air grave. David était assis sur une chaise, dans un coin. Il était sorti pendant l'examen, puis il était revenu. Et elle n'avait pas eu le courage de le renvoyer. Elle aimait David, et David l'aimait, elle n'en doutait pas. Même si elle avait l'impression qu'il lui cachait quelque chose. C'était probablement ridicule et injuste. David l'avait-il déjà déçue, depuis qu'elle le connaissait ? En fait, il était la seule personne au monde en qui elle eût vraiment confiance. Hormis Dante. Et pourtant, en le voyant, aujourd'hui, discuter avec cette femme blonde — Lydia, si elle se souvenait bien —, elle avait éprouvé un drôle de sentiment. Ils se croyaient seuls tous les deux, et ils dégageaient une énergie particulière, très intense.

En descendant, après avoir entendu la voiture de Lou démarrer, elle s'était attendue à trouver David seul dans le patio. Au lieu de cela, elle l'avait découvert en grande conversation avec cette Lydia. Conversation qui s'était arrêtée net à son arrivée, ce qui continuait à la tracasser. De quoi David et cette quasi-inconnue pouvaient-ils bien parler dans son dos ?

Dès qu'il aperçut le médecin, David se leva.

— Alors ?

Malgré ses cinquante ans, le Dr Hillman paraissait encore jeune. Seuls quelques fils gris se mêlaient à son épaisse chevelure châtain, et sa santé insolente représentait presque une insulte pour ses patients.

Il prit une profonde inspiration, et grimaça un sourire qui se voulait rassurant.

— Pour être franc, Morgan, je préférerais vous faire prendre en charge.

Sur le coup, elle ne comprit pas ses paroles. Puis leur sens s'imposa à elle, et elle écarquilla les yeux.

— Vous voulez que je reste à l'hôpital ?

— Ça nous permettrait de surveiller l'évolution de votre état. Vous êtes très anémiée, et je…

— Dans ce cas, faites-moi une transfusion, et je pourrai rentrer chez moi.

Le médecin échangea un rapide coup d'œil avec David.

— Pour ça, il vous faudrait un donneur. L'ennui, c'est que vous possédez un groupe sanguin très rare.

— Je sais, mais…

Après une brève hésitation, elle poursuivit :

— J'ai une sœur jumelle. Mais elle ne possède pas l'antigène Belladonna. Comment est-ce possible ?

Le médecin fronça les sourcils.

— Vous êtes homozygotes ou hétérozygotes ?

— Je ne sais pas. En tout cas, on se ressemble comme deux gouttes d'eau.

— Dans ce cas, vous devez être homozygotes. Vous êtes sûre qu'elle ne possède pas l'antigène ?

— Elle est en parfaite santé. Rayonnante, même.

Le médecin hocha lentement la tête.

— Nous ignorons tout à propos du Belladonna, Morgan. Il ne se comporte pas comme les autres antigènes.

— Ecoutez, docteur, ce n'est pas en restant dans un lit d'hôpital que j'ai la moindre chance d'aller mieux. Au contraire. Je veux rentrer chez moi. Dans ma maison. J'ai *besoin* d'être là-bas.

L'air dubitatif, le Dr Hillman se pencha au-dessus d'elle et lui ôta la perfusion.

— Pourquoi ?

— J'aime cet endroit. Quitte à mourir, je veux que ce soit là-bas. Je tiens à y passer le peu de temps qu'il me reste.

— Morgan, il ne s'agit que d'une nuit, intervint David. Tu…

— C'est *ma* vie. Je veux rentrer chez moi ! répéta-t-elle en se mettant debout.

Elle prit ses vêtements sur la chaise.

— Je suis adulte. Vous n'avez pas le droit de me garder dans cet hôpital contre ma volonté. Alors, maintenant, je vous remercie de sortir pendant que je m'habille.

— D'accord. Comme vous voulez, concéda le médecin.

Il se détourna et sortit avec David, tandis que Morgan enfilait son jean.

Ce n'est qu'une fois la porte refermée derrière eux qu'elle s'autorisa à se rasseoir sur la table d'examen. La pièce tournait autour d'elle, et elle avait le cœur au bord des lèvres. Bon sang, ils l'avaient tellement énervée qu'elle s'était levée d'un bond en oubliant son état !

Dieu merci, la sensation se dissipa peu à peu. Elle perçut alors le bourdonnement de deux voix masculines à l'extérieur. Tout en boutonnant son jean, elle s'approcha de la porte.

— … quelque chose pour l'aider à dormir ? demandait David.

— Je vais vous donner ce qu'il faut.

— Je m'arrangerai pour qu'elle le prenne avant de se coucher.

C'est ça ! Il pouvait toujours rêver. Il était hors de question qu'elle dorme, alors qu'elle attendait la tombée de la nuit depuis l'instant où elle avait ouvert les yeux. Il fallait qu'elle voie Dante. Qu'elle lui prouve, par n'importe quel moyen, qu'elle n'était en rien responsable de ce qui s'était passé. Qu'elle ne l'avait pas trahi.

Elle colla son oreille au battant.

— Dites-moi la vérité, docteur. Combien de temps lui reste-t-il ?

— On ne peut jamais être sûr, vous savez…

— Mais vous avez bien une idée ! S'agit-il de quelques mois ?

Silence.

— Quelques *semaines* ?

Le Dr Hillman ne répondait toujours pas.

— Mon Dieu ! Quelques *jours* ? murmura David.

— Peut-être. Je suis désolé, David. Je sais à quel point elle compte pour vous.

— Il doit bien y avoir quelque chose à faire.

— Il faudrait trouver un donneur compatible. Ça lui permettrait de gagner un peu de temps.

— Dans ce cas, n'attendons plus.

— Vous ne comprenez pas. Cela ne ferait que retarder l'échéance. Au final…

— Si, si, j'ai très bien compris. Mais je refuse de ne rien faire. Je ne *peux* pas, vous comprenez ?

La douleur dans la voix de David fit monter les larmes aux yeux de Morgan.

Le médecin soupira.

— Je ferai tout ce qui est en mon pouvoir pour qu'elle vive le plus longtemps possible, David. Je vous en donne ma parole.

Maxine s'efforçait de parler d'une voix naturelle en racontant ses dernières aventures au téléphone.

— C'était vraiment très bizarre, Stormy. Comme si une partie d'elle voulait que je reste, tandis qu'une autre n'attendait que le moment de me voir partir. Je peux t'assurer une chose, en tout cas : tu ressembles bien plus que Morgan à l'idée que je me fais d'une sœur.

Elle fit une pause.

— Quoi qu'il en soit, Lou et moi, nous sommes allés à l'hôtel que nous avait recommandé Sumner. Il leur avait déjà téléphoné pour les prévenir de notre arrivée. Apparemment, Morgan n'est pas la seule à avoir de l'argent. Tu verrais cet endroit ! Il nous a réservé une suite avec deux chambres, un salon et une kitchenette. Et la vue ! Ma vieille, je suis sûre que tu n'en as jamais eu de pareille. Avec d'immenses baies vitrées qui surplombent l'océan, les vagues qui explosent sur les rochers, les bateaux, les mouettes… Tu les entends ?

Elle ouvrit en grand la baie vitrée, et tendit le téléphone vers le ciel. L'air frais pénétra dans la pièce, avec son parfum d'iode et de sel.

— T'as entendu ?

Il n'y eut pas de réponse.

— Il faudra qu'on vienne ici toutes les deux, quand tu iras mieux. On demandera la même suite. Evidemment, ce n'est rien, à côté de la maison de ma sœur, mais je suis sûre que ça te plaira. Et puis, comme ça, tu rencontreras Morgan. Tu ne peux pas imaginer à quel point elle me ressemble. En plus mince et plus jolie. Plus riche, aussi, mais tellement seule ! Elle n'a vraiment pas l'air heureuse. Je me demande si elle l'a jamais été.

« Et elle est malade », ajouta Maxine pour elle-même. Mourante, peut-être. Comme Stormy...

L'espace d'un instant, elle sentit un terrible poids s'abattre sur ses épaules. Si pesant qu'elle eut du mal à respirer.

— Enfin, reprit-elle d'une voix qu'elle s'efforça de rendre ferme, Lydia nous a tout de même rejoints. Environ une heure après notre arrivée. David Sumner l'a déposée en passant. Apparemment, il conduisait Morgan à un rendez-vous.

Elle faisait attention de ne pas se trahir, de ne rien dire qui pût paraître inquiétant. Pour le bien de Stormy, avant tout, mais aussi parce qu'elle savait que Mme Jones, qui tenait l'écouteur contre l'oreille de sa fille, entendait tout ce qu'elle racontait. Et elle ne voulait surtout pas que celle-ci apprenne les véritables raisons de son séjour dans le Maine.

— Je t'aime, Stormy. Et j'ai hâte que tu te réveilles. Comme ça, tu pourras me répondre, me donner ton avis et recommencer à me faire marcher au sujet de Lou. C'est vraiment pas sympa de me laisser discuter toute seule, tu sais ? T'as intérêt à être réveillée quand je rentrerai, O.K. ? Allez, réveille-toi, Stormy ! Réveille-toi...

Elle dut s'arrêter là parce qu'elle était en larmes. Dans l'espoir de se ressaisir, elle ferma les yeux, prit une longue inspiration.

— Doucement, Maxie. Doucement.

Deux mains larges et calleuses se refermèrent sur ses épaules, les pressèrent gentiment.

Elle leva la tête vers Lou. Elle ne l'avait même pas entendu approcher. Avec ces fichues mouettes...

Il lui massa le haut du dos. Il faisait souvent ça. C'était le seul contact physique qu'il se permettait d'avoir avec elle, et elle en profitait au maximum. Sans compter que ça faisait un bien fou. Elle se laissa aller en arrière, contre le torse solide et tiède de Lou. Elle avait presque l'impression de sentir cette chaleur et cette solidité se répandre dans son corps, en chasser la peur et le froid. Seigneur ! Comment pourrait-elle supporter de perdre à la fois sa meilleure amie et sa sœur ?

— Maxine ?

Elle sursauta. La voix venait du combiné. L'espace d'un instant, elle crut… mais non, ce n'était que la mère de Stormy.

— Bonjour, Jane. Comment va-t-elle ? Y a-t-il une amélioration ?

— Son état n'empire pas.

— Vous pensez qu'elle m'a entendue ?

— J'en suis sûre, Maxine.

— Vraiment ? Vous avez remarqué quelque chose, pendant que je parlais ?

— Je n'ai pas besoin de remarquer quoi que ce soit de visible. Je suis sa mère. Je le sens. Tu comptes énormément pour elle, Maxine, et je sais qu'elle ne perd pas un mot de ce que tu lui dis.

Maxine hocha la tête, renifla, s'essuya les joues du revers de la main.

— Je ne vais pas tarder à rentrer. Dans deux jours maximum.

— Fais ce que tu as à faire. Je… Je t'ai entendue dire à Stormy que tu avais retrouvé ta sœur. C'est Dieu qui t'a conduite là-bas, ma chérie. N'en doute pas. Et ne laisse pas passer ta chance.

— Certainement pas.

Jane soupira.

— Nous lui passons régulièrement les cassettes que tu as préparées pour elle. Celle où tu lis et aussi les morceaux de musique.

— On est mardi, rappela Maxine. Ce soir, c'est son émission préférée.

— Je sais. Je n'oublierai pas d'allumer la télé. Au revoir, ma chérie. Appelle dès que tu peux.

— Je n'y manquerai pas.

Maxine raccrocha, et laissa tomber le combiné à côté de son support… Lou le remit en place.

— Alors, comment va-t-elle ?

— Pas de changement.

Elle baissa la tête, les bras croisés, comme pour se protéger. Lou la serra contre son torse et la berça doucement.

— Ça ne fait qu'une journée.

— Chaque jour qui passe diminue ses chances de se réveiller, murmura-t-elle. Je suis en train de perdre mes deux sœurs à la fois, Lou. Je ne sais pas si je pourrai le supporter.

— Tu es forte, Maxie. La gosse la plus forte que j'aie jamais rencontrée. Et je suis avec toi. Tu le sais ?

Elle hocha la tête.

— Lydia t'a fait couler un bain, et elle t'a préparé une infusion d'herbes calmantes qu'elle a achetées ce matin. Détends-toi, bois ta tisane, et fais une sieste. Tu te sentiras mieux, après.

Elle leva la tête, pensa à ses yeux rougis. Elle devait être affreuse.

— Quand il fera noir…

Nous retournerons chez Morgan pour surveiller les environs, promit-il. Même si David et elle ne sont pas d'accord.

Maxine hocha la tête.

— Tu as l'impression de bien me connaître, n'est-ce pas ?

— Je me trompe ?

— Non.

— Alors, fais-moi confiance quand je te dis que tu dois dormir. Tu es H.S.

Il lui caressa les cheveux.

— Je ne supporte pas de te voir dans cet état, Maxie.

Elle lui adressa un petit sourire fatigué.

— Parce que tu es fou de moi, Lou. Et trop obtus pour le reconnaître.

Se haussant sur la pointe des pieds, elle déposa un tout petit baiser sur ses lèvres. Puis elle se détourna et marcha vers la salle de bains.

Lou regagna le salon. Il se laissa tomber dans un fauteuil en soupirant. En face de lui, Lydia buvait son infusion en tapant nerveusement du pied.

— Elle a besoin de toi, dit-il.

Elle lui adressa un regard soucieux.

— Je suis là.

— C'est très dur ce qu'elle vit en ce moment. Elle ne mérite pas ça. C'est une fille bien.

— Je sais.

Il plongea les yeux dans les siens.

— Il faut que tu le lui dises.

— Parce que tu crois qu'elle ira mieux après avoir appris que sa mère était une putain ?

— Je t'en prie, Lydia. Tu sais très bien que ce n'est pas vrai.

— C'est pourtant ce que j'étais, non ?

— A l'époque, tu étais surtout une gamine seule et désemparée. Maintenant, tu es devenue une sorte de modèle.

Elle leva les yeux au ciel.

— Tu ne me crois pas ? Tu t'es sortie de la boue toute seule. Au risque de ta vie. Et qu'as-tu fait, après ça ? Tu as fui loin de cette fange, comme l'auraient fait la plupart des gens ? Non, tu t'y es replongée jusqu'au cou pour en arracher des gamines qui s'y enlisaient. Les unes après les autres, tu les as sorties de là en leur offrant un abri, un soutien. Tu as créé un lieu pour elles. Un lieu où elles ne risquaient rien, où elles pouvaient enfin se sentir en sécurité. Tu y es retournée, encore et encore, sans te soucier d'être éclaboussée au passage, et tout ça pour aider tes semblables. Jamais tu ne t'es arrêtée.

Elle lui fit face. Des larmes brillaient dans ses yeux.

— Kimbra aussi parlait de notre travail de cette manière. Comme de quelque chose de noble. Une sorte d'appel divin.

— Elle avait raison.

Lydia baissa la tête.

— Tu te donnes totalement à ces gosses, reprit Lou. Des gosses que tu ne connais même pas. Et, aujourd'hui, tu as l'occasion de faire quelque chose pour tes propres enfants, Lydia.

— Ce ne sont plus vraiment des enfants, Lou.

Il haussa les épaules.

— Ça ne les empêche pas d'avoir besoin de leur mère. Maxie a l'impression qu'elle est en train de perdre tous ceux qu'elle aime. Quant à Morgan… Cette pauvre gamine n'a personne, à part Sumner. Si tu ne lui dis pas la vérité maintenant, tu ne le feras sans doute jamais.

Elle évita son regard afin de lui cacher ses larmes.

— Elle a rejeté sa sœur jumelle. Tu crois qu'elle agirait autrement avec moi, alors que je l'ai abandonnée ?

— Tu n'auras jamais la réponse si tu n'essayes pas, Lydia.

— Elles se sont débrouillées sans moi pendant tout ce temps…

— Et elles vont mal. Très mal… Toutes les deux.

Lydia se mordit la lèvre pour ne pas pleurer, et Lou se maudit intérieurement. Dans son désir de la convaincre, il était allé trop loin.

— Excuse-moi, dit-il. Je ne voulais pas être lourd. Tout ce que je te demande, c'est d'y réfléchir…

— Je ne fais que ça.

— Très bien. Alors, n'en parlons plus. Tu devrais te reposer un peu. Maxine a l'intention de passer la nuit assise devant la maison de sa sœur. Et, telle que je te connais, tu ne voudras pas être en reste.

— Pas plus que toi, je suppose.

— Evidemment.

Il se leva pour aller chercher la cafetière dans la petite alcôve à l'extrémité de la pièce.

— Elle est amoureuse de toi, tu sais ?

Les paroles de Lydia l'arrêtèrent net dans son élan. Un instant, il eut l'impression que son cœur avait cessé de battre. Mais non, au contraire : il battait si fort que le sang affluait à son visage.

— Elle se *croit* amoureuse de moi, rectifia-t-il sans se retourner. Mais je ne me fais pas de souci : tout rentrera dans l'ordre dès qu'elle rencontrera un type de son âge assez malin pour l'embobiner. Jusque-là, je préfère faire semblant de ne rien avoir remarqué.

— Pour son bien ?

— Et le mien.

— Pourquoi ? Tu as peur de souffrir et de la faire souffrir ?

Au lieu de répondre, il prit la cafetière et se servit une tasse de café.

— Tu sais, j'ai tellement mal que, parfois, je regrette d'être sortie avec Kimbra.

D'un signe de tête, il lui montra qu'il comprenait.

— Et puis, aussitôt après, je me rends compte que ç'aurait été la plus grosse erreur de ma vie. Seigneur, quand je pense à tout ce que j'aurais raté ! Toute cette joie, ce bonheur. Les journées que nous avons partagées… les nuits.

Elle renifla.

— Non, je ne renoncerais à rien de tout ça. Notre amour était merveilleux, et je ne le renierai jamais. Même si cela implique de garder cette douleur au fond de moi intacte jusqu'à la mort.

Lou sirota son café sans répondre. Les paroles de Lydia ne le concernaient pas. Du moins espérait-il le lui faire croire. Même si la réalité était fort différente…

21.

— Mais il ne fait pas encore nuit !

— Je sais, Morgan, dit doucement David, mais tu es épuisée.

Sa voix, son regard, ses gestes, tout en lui exprimait son amour et son inquiétude. Et pourtant, il lui cachait quelque chose, Morgan en était persuadée. Autre chose que le simple fait de vouloir la droguer pour l'empêcher de se réveiller, cette nuit. Ce qui, bien sûr, ne risquait pas d'arriver…

— Allez, mon cœur. Bois ton infusion et va te coucher. Tu as besoin de repos.

Elle regarda la tasse qui contenait, bien sûr, les tranquillisants que le médecin avait donnés à David, cet après-midi. Mon Dieu, si Hillman savait que sa survie dépendait uniquement de Dante, du fait de le revoir et de le convaincre de faire ce qu'il fallait pour la rendre immortelle…

Elle approcha le breuvage de ses lèvres, fit semblant de l'avaler.

— Je veux bien t'écouter, David, dit-elle en s'essuyant la bouche avec sa serviette. A une condition : que tu me dises de quoi vous discutiez, cette femme blonde et toi, lorsque je vous ai rejoints, ce matin.

Il lui adressa un regard ennuyé.

— Je te l'ai déjà dit. Je lui ai annoncé que ses amis étaient partis, et je lui ai proposé de la conduire en ville pour les retrouver.

— L'atmosphère était bien trop grave pour qu'il ne s'agisse que de ça. Je suis certaine qu'il y avait autre chose.

Il haussa les épaules avec désinvolture, puis détourna les yeux.

— Evidemment qu'il y avait autre chose, Morgan. Crois-tu que ce soit simple d'expliquer pourquoi tu as renvoyé ta propre sœur de chez toi ? Si l'atmosphère t'a semblé grave, c'est parce que j'essayais de trouver un moyen de justifier ton comportement.

C'était un reproche. Et il fit mouche. D'autant plus qu'il lui était adressé par la seule personne qui l'avait toujours soutenue, quoi qu'il arrive.

La sentant se raidir, David s'approcha pour lui prendre la main.

— Excuse-moi, ma chérie, je ne voulais pas te blesser. Mais ça te ressemble si peu d'agir ainsi.

— Ça ne te ressemble pas non plus d'être contre moi, murmura-t-elle.

— Morgan, ne dis pas ça. Je ne suis pas contre toi. Jamais.

— Alors, pourquoi conspirais-tu avec cette femme ? Dès que je suis entrée, vous vous êtes tus. Comme si vous aviez peur que j'entende ce que vous étiez en train de dire.

David se passa une main dans les cheveux.

— Je voulais juste t'éviter une nouvelle contrariété, Morgan. Tu es déjà assez fatiguée. Je n'avais pas envie que cette femme te demande des explications ni que tu te sentes obligée de lui en donner, c'est tout.

Morgan battit des paupières pour chasser ses larmes. Après tout, qu'importait que son unique ami, le seul en qui elle ait jamais eu confiance, se mette à lui mentir ? Elle n'avait pas besoin de lui. La seule personne dont elle avait besoin, c'était Dante.

— Bois ton infusion, ma chérie. Allez.

Il prit la tasse et la lui tendit.

Saisissant la délicate porcelaine de Chine entre ses doigts, la jeune femme hocha la tête.

— Tu as raison, je vais me coucher. Je finirai ma tisane là-haut, au chaud dans mon lit.

— Excellente idée.

Il l'aida à se lever. Sa tasse à la main, elle se dirigea vers l'escalier.

— Je ne sais pas pourquoi, mais j'ai le sommeil de plus en plus léger, dit-elle en montant les marches, suivie de David. Peut-être est-ce à force de vivre seule. J'ai dû m'habituer au silence.

— Je serai aussi discret qu'une souris, je te le promets.

David passa devant elle pour lui ouvrir la porte de sa chambre. Elle lui adressa un sourire de petite fille obéissante, l'embrassa sur la joue, et pénétra dans la pièce.

— Bonne nuit, Morgan.

Dès qu'elle se retrouva seule, elle marcha jusqu'à la porte-fenêtre et sortit sur le balcon. Penchée sur la balustrade, elle retourna sa tasse. La bise éparpilla le liquide en milliers de gouttelettes.

Avec un soupir, Morgan rentra à l'intérieur. Elle regarda le lit, son peignoir de satin blanc posé sur le bord, la tasse vide dans sa main. Maintenant, elle avait intérêt à rendre la scène convaincante parce que David n'était pas stupide…

Elle posa la tasse sur la table de nuit, tira les couvertures, plaça les oreillers au-dessous, et les rabattit en donnant des coups de poing dedans pour faire plus vrai. Puis elle recula jusqu'à la porte. Là où se tiendrait David lorsqu'il monterait vérifier si elle dormait. Car il monterait, elle n'en doutait pas.

Pas mal. Pas mal du tout, même. On aurait vraiment cru que c'était elle qui se tenait là, endormie en chien de fusil sous les couvertures, tournant le dos à la porte.

Elle ôta son jean, son sweat-shirt, ses tennis, ses socquettes, et les laissa bien en vue sur le sol. Puis elle enfila son peignoir. Enfin, touche finale, elle referma la porte-fenêtre et baissa les stores extérieurs. Dans la pénombre, il serait encore plus difficile de se rendre compte qu'elle n'était pas dans son lit. A moins d'allumer, évidemment, mais elle imaginait mal David prendre le risque de la réveiller en actionnant l'interrupteur.

Enfin, elle sortit de son placard un grand châle noir qu'elle enroula autour de ses épaules, glissa ses pieds dans une paire de ballerines en velours, et se dirigea à pas de loup vers la porte de la chambre.

Là, elle dut s'arrêter pour reprendre son souffle. Sa respiration, saccadée et sifflante, risquait de la trahir. Mon Dieu, cinq minutes d'activité, et elle était hors d'haleine ! Son état empirait d'heure en heure.

Une fois apaisée, elle ouvrit doucement la porte et jeta un coup d'œil dans le couloir. Personne. Sans un bruit, elle sortit, referma derrière elle. Puis, lentement, un pas après l'autre, elle entreprit de descendre l'escalier, une main sur la rampe au cas où elle trébucherait. Toutes ces marches ! Bon sang, si, au moins, elle avait su où s'était installé David.

Elle avait beau tendre l'oreille, elle n'entendait rien.

Ce n'est qu'en atteignant le rez-de-chaussée qu'elle perçut des bruits de pas juste au-dessus d'elle. Levant rapidement la tête, elle aperçut David : il se dirigeait vers le haut de l'escalier. Elle n'eut que le temps de se baisser et de courir, pliée en deux, vers son bureau avant qu'il ne la découvre.

Après avoir sorti les clés de sa poche, elle s'engouffra à l'intérieur de la pièce. Là, adossée au battant de la porte, les jambes flageolantes, elle attendit que sa respiration se calme.

Il fallut du temps avant que son souffle retrouve un rythme normal, avant que son cœur se calme.

Quand elle se sentit assez solide pour continuer, elle marcha jusqu'au coffre, et en sortit trois volumes du journal de Dante ainsi que l'unique copie sur C.D. de son nouveau scénario. Celui sur lequel elle travaillait depuis des mois.

Les yeux clos, elle prit une profonde inspiration. Oui, elle faisait ce qu'il fallait. Elle ne pouvait pas agir autrement. N'avait-elle pas lu, dans ce même journal, comment Dante avait été trahi par la femme qu'il aimait ? Comment il avait perdu son meilleur ami et failli lui-même trouver la mort ? Elle devait le convaincre que jamais elle n'agirait ainsi. Et il n'y avait qu'un seul moyen d'y parvenir.

Elle referma le coffre, écouta… Aucun bruit. Sur la pointe des pieds, elle se faufila dans le couloir, traversa le salon, et déboucha enfin dans la cuisine. Son cœur fit un bond quand elle découvrit la petite lumière rouge au-dessus de la porte de derrière. Zut ! David avait enclenché l'alarme !

Quel était le code, déjà ? Son esprit cessa soudain de fonctionner : David marchait dans le couloir. Il venait vers la cuisine ! Seigneur, quand lui avait-elle donc donné ce fichu code ? Jamais, bien sûr… Quelle idiote ! Il l'avait tout simplement deviné.

Du bout des doigts, elle tapota rapidement les touches correspondantes à sa date de naissance. Le témoin vira au vert. David était dans le salon, à présent ; ses pas se faisaient de plus en plus proches. Elle ouvrit la porte, et se précipita dehors, les volumes de cuir serrés contre sa poitrine. Le temps de fermer derrière elle, aussi discrètement que possible, et elle s'élançait en direction du grand saule. Tout en courant, elle se mit à compter. L'alarme se réactiverait automatiquement dans trente secondes. Il ne restait plus qu'à prier Dieu pour que David ne lève pas les yeux vers le témoin avant que celui-ci change de couleur… Accroupie derrière le gros tronc, elle continua à compter. Arrivée à trente, elle attendit, les yeux fixés sur la porte.

Celle-ci demeura close.

Avec un soupir de soulagement, elle tourna alors le dos à la maison et descendit vers le bord de la falaise, où elle avait vu Dante pour la dernière fois. Là, elle s'assit sur l'herbe, son châle enroulé autour d'elle, et attendit qu'il la rejoigne.

Et s'il ne venait pas ?

La scène de la veille ne cessait de la hanter. La manière dont il avait tressailli sous la douleur, le sang qui s'écoulait autour de la flèche fichée dans son bras, sa chute…

Aucun humain n'y aurait survécu.

Sauf que Dante n'était pas humain, se rappela-t-elle une fois encore, pour se rassurer. Il n'était pas vivant — du moins, pas au sens habituel du terme. Tout en se mordant les lèvres d'anxiété, elle se pencha au-dessus du gouffre, et découvrit ce qu'elle n'avait pas remarqué, avant, dans l'obscurité : une saillie dans la roche.

Les sourcils froncés, elle inspecta la falaise autour d'elle, choisit le point le moins escarpé, et se laissa glisser le long du rebord jusqu'à ce que ses pieds touchent l'éperon rocheux au-dessous d'elle. Dieu merci, elle n'avait emporté que les trois derniers manuscrits de Dante ! Ne pas les lâcher ni perdre le CD-Rom glissé dans le premier d'entre eux lui semblait déjà relever du miracle.

Le promontoire sur lequel elle se trouvait ressemblait à un petit balcon. Oui, c'était sûrement là que Dante s'était réfugié. Elle caressa la pierre, dans l'espoir de sentir la trace de sa présence. Mais c'était impossible. Ces petites taches brunes sur la surface, était-ce du sang ? Celui de Dante ? Ou juste des traces laissées par des gouttes d'eau ?

— Où es-tu allé, Dante ?

Elle regarda autour d'elle. Rien que la roche et de la végétation. Au-dessous, la mer. Avait-il plongé d'aussi haut ?

Elle poussa un soupir. Elle n'était pas certaine de trouver la force de remonter sur la falaise. Et, soudain, dissimulé derrière l'entrelacs de branches et de feuilles, elle distingua un trou sombre.

— Une grotte, murmura-t-elle.

Ecartant la végétation d'un bras, elle se glissa à l'intérieur, dans les entrailles sombres et froides de la terre. Son châle serré autour d'elle, elle avança. Plus elle s'enfonçait, plus l'obscurité s'épaississait. Elle dut tendre son bras libre devant elle pour s'assurer qu'il n'y avait pas d'obstacle. Bientôt, elle sentit le sol s'incliner sous ses pieds. Elle descendit précautionneusement sur la roche glissante, s'attendant à chaque instant à ce que la terre se dérobe sous ses pieds.

Sa raison lui criait de faire demi-tour. Mais le reste — son instinct, son cœur et cette faim irrépressible qui la poussait vers Dante — rendait toute retraite impossible. Elle était obligée de continuer. Il n'y avait aucune raison d'avoir peur, se répétait-elle à mesure que les ténèbres l'engloutissaient. Que pouvait-il lui arriver de pire ? Mourir ? Elle était déjà mourante.

Elle écarta le bras pour placer sa main sur la paroi à sa droite et la longer. Elle n'avait pas fait plus de trois mètres quand, brusquement, il n'y eut plus rien sous ses doigts. Elle s'immobilisa, stupéfaite. « Doucement, doucement… pas de panique. » Elle essaya de se calmer et de s'orienter. Apparemment, le tunnel dans lequel elle progressait s'était élargi. Il fallait juste qu'elle retrouve une paroi et qu'elle la suive.

Se déplaçant sur la droite, elle sentit de nouveau un mur. Mais le matériau sous ses doigts avait changé de texture. Il était plus lisse, plus froid. Métallique. Elle laissa courir sa main à la surface… Une porte, comprit-elle en atteignant le bord. Aussitôt, elle chercha la poignée. Elle tritura l'anneau de fer en tous sens, le tira, le poussa, le tourna. Sans succès. Posant les trois volumes de cuir sur le sol, elle reprit son souffle avant de recommencer. Et, enfin, la lourde porte s'entrouvrit.

Haletante, elle s'adossa au mur, le temps que son pouls s'apaise. Elle pouvait sentir les pierres saillantes s'enfoncer dans son dos. Puis, peu à peu, elle perçut autre chose. Comme une présence. La présence de Dante. Quelque chose d'imperceptible lui disait qu'il était là, tout près. Elle redressa la tête, tenta d'aiguiser son esprit, scruta l'air avec ce sixième sens inconnu, et pourtant de plus en plus puissant, là, au centre de son front.

— Dante…, chuchota-t-elle, son cœur battant à tout rompre.

La faim qui lui dévorait le ventre s'intensifia.

Lentement, elle se détacha du mur, s'accroupit pour chercher, à tâtons, les manuscrits. Quand elle les eut trouvés, elle les serra contre elle, puis se faufila dans l'interstice de la porte.

— Dante, tu es là ?

Pas de réponse.

Il faisait noir comme dans un four. Recommençant à longer le mur, elle essaya d'évaluer la forme et la taille de la pièce où elle se trouvait. Une pièce carrée ou rectangulaire ? D'après l'odeur, elle était nettement différente du tunnel qu'elle venait d'emprunter. Soudain, sa hanche heurta un gros objet qui vacilla sous le choc. Elle posa les mains dessus pour le stabiliser.

Une petite table.

Et, dessus, une lampe à huile. Dans ce cas, il devrait y avoir…

Oui, elle était là, juste à côté : la boîe d'allumettes. Son cœur s'emballa de nouveau. Se pouvait-il qu'elle soit dans la pièce creusée sous son bureau. Et que Dante s'y soit réfugié ?

Elle posa les manuscrits sur la table, et parvint, malgré l'obscurité, à sortir une allumette de la boîte et à l'enflammer. Allumer la lampe fut ensuite un jeu d'enfant. Elle se retourna, tout en la levant devant elle.

Le cercueil était là. Fermé.

Vide ?

Elle avala sa salive, baissa les yeux… et se figea sur place. Une large flaque rouge sombre s'étalait juste devant la porte, reliée à une autre, au pied du cercueil, par un ruban de taches de la même teinte. Mon Dieu ! Il avait perdu tant de sang !

La lampe toujours levée devant elle, elle s'approcha, et parvint à détacher son regard du cercueil poussiéreux et du sang sur le sol pour chercher un clou ou quelque chose d'autre où elle puisse accrocher la lampe… Là ! Il y avait un crochet planté dans l'une des poutres au-dessus de sa tête, sans doute dans ce but. Elle y accrocha la lampe, puis, se mordillant nerveusement la lèvre, elle se tourna de nouveau vers le cercueil.

La nuit était-elle tombée ? Il faisait encore grand jour quand elle avait découvert la grotte. Mais il s'était écoulé un bon moment, depuis. Rien que la traversée du tunnel dans le noir lui avait pris une bonne heure. A laquelle s'ajoutait le temps qu'elle avait passé à se battre avec la porte. Porte qui aurait dû être fermée, songea-t-elle, tout à coup, avec effroi.

Dante devait vraiment aller très mal pour ne pas avoir pris cette précaution.

Elle referma ses mains tremblantes sur le bord du cercueil. Lentement, elle inspira pour se donner du courage, priant pour ne pas trouver une coquille morte à l'intérieur, et souleva le couvercle.

Les charnières, rouillées par le temps, grincèrent.

Dante était allongé à l'intérieur. Totalement immobile. Son visage sans vie, et pourtant si réel. Livide.

— Dante…

Elle lui caressa la joue, puis ôta vivement ses doigts au contact de sa peau glacée. Etait-il mort ? La flèche plantée dans son bras l'avait-elle saigné à mort ?

Le regard brouillé par les larmes, elle détacha les yeux de son visage pour parcourir son corps. Il était vêtu de cette chemise de soie noire qu'elle lui avait souvent vu porter. La manche gauche en était arrachée, laissant apparaître son bras nu. Un bandeau de soie noire le serrait juste au-dessous de l'aisselle.

Avait-il réussi à juguler l'hémorragie avec ce garrot de fortune ?

— Oh, Dante, je t'en prie, réveille-toi ! Il faut que tu vives. J'ai besoin de toi, murmura-t-elle en se penchant sur lui.

Les mains posées sur ses joues, elle pressa ses lèvres sur les siennes. Froides. Immobiles. Son baiser avait le goût salé de ses larmes. Dante n'y répondit pas.

Ce fut alors qu'elle se rappela ce qu'elle avait lu dans l'un de ses journaux intimes : peu de choses pouvaient faire mourir un vampire. Et l'hémorragie n'en faisait partie que s'il ne parvenait pas à la juguler. Dormir une journée entière avait dû suffire à soigner sa blessure. A moins qu'il ne soit mort avant…

De ses doigts tremblants, elle dénoua le bandeau noir autour de son bras. La plaie avait disparu. Ne restait que du sang séché, aucune entaille. Il avait guéri. Les manuscrits disaient vrai.

Dans ce cas, ce qu'elle avait lu sur l'unique manière de remplacer le sang perdu devait être également juste. Il fallait qu'il boive le sang d'un être vivant.

— Le mien, murmura-t-elle. Oui. Le mien.

Se penchant de nouveau au-dessus de lui, elle lui caressa les cheveux.

— Je sais que tu ne me laisseras pas mourir, Dante. Que tu feras ce qu'il faut, que tu me transformeras en l'un des tiens avant que tout souffle de vie m'abandonne. J'ai confiance en toi.

Sur ces paroles, elle palpa les poches du jean de Dante, à la recherche d'un couteau. Il en avait un sur lui, elle en était sûre. Elle l'avait déjà vu s'en servir.

Elle le trouva dans l'une des poches de devant. En y insérant la main pour le prendre, elle frôla le bas-ventre de Dante, et s'aperçut avec surprise qu'il était en érection. Elle fronça les sourcils. Quelque chose lui disait que ce n'était pas l'état normal d'un vampire endormi. Non. C'était à cause d'elle. Elle était près de lui, elle le touchait, elle l'embrassait et, d'une façon ou d'une autre, il le sentait dans son sommeil. Et il la désirait.

Caressant son sexe au passage, Morgan sortit le couteau. Il ressemblait à un canif avec un manche en onyx. Mais, lorsqu'elle l'ouvrit, la lame se révéla être un poinçon, pointu et aussi coupant qu'un rasoir.

Elle contempla l'arme avec un petit frisson. Si elle l'insérait au mauvais endroit et que Dante ne revenait pas à la vie, elle se viderait de tout son sang, et mourrait à son tour.

Elle n'avait pas droit à l'erreur.

Pas le poignet. Pas la gorge…

Prenant une profonde inspiration, elle prit le manche dans sa main gauche et, d'un geste vif, planta le poinçon dans sa paume gauche. La douleur lui arracha un cri aigu. L'arme tomba au sol. Les dents serrées, elle ouvrit lentement sa main et regarda : le sang coulait déjà entre ses doigts. Elle reporta les yeux sur Dante, vit ses narines frémir, ses mains s'animer de façon sporadique.

— Ça va aller, mon amour.

Le poing serré pour ne pas laisser le sang s'échapper, elle approcha la main de sa bouche. Une goutte, deux, tombèrent sur les lèvres de Dante.

Il sortit la langue pour les attraper. Et, soudain, il lui saisit le bras, tandis que, de l'autre main, il écrasait sa paume sur sa bouche avide. Avant qu'elle ait pu réagir, il la tenait prisonnière et aspirait le sang qui s'écoulait de sa blessure.

Les mêmes sensations que celles de la veille s'éveillèrent alors en elle. Comme si une vie nouvelle coulait dans ses veines. Une vie animale, d'instinct pur, de désir pur. Elle sentait les canines de Dante dans sa chair, sa langue qui courait sur sa paume et léchait chaque goutte.

Tout à coup, il ouvrit les paupières. Ses yeux étaient grands ouverts, mais il ne la voyait pas. Une lueur meurtrière faisait briller ses prunelles. Le regard d'un prédateur affamé, songea Morgan avec un frisson, tandis qu'il éloignait sa main de ses lèvres. Puis, avec une vélocité incroyable, il s'assit et bondit hors du cercueil, sa main toujours fermement enserrée autour de son poignet. Son souffle s'accéléra, devint rauque… Un grognement de fauve. Et, d'un mouvement du bras, il la plaqua contre lui, hanches contre hanches. Ses lèvres couraient sur sa gorge, ses dents pinçaient sa chair, la mordaient légèrement, poursuivaient leur chemin. La douleur était une délicieuse torture. Morgan se cambra contre lui. De sa main libre, elle dénoua la ceinture de son peignoir en satin. Dante le fit glisser le long de ses épaules.

— Prends ce que tu veux de moi, Dante.

Il poussa un nouveau grognement, plus sourd, plus profond, et, d'une poussée de son corps, il la plaqua contre le mur. Puis il s'empara de ses cuisses, les plaça autour de sa taille, et la pénétra. Il était aussi froid et aussi dur que la pierre dans son dos. Et il la remplissait, plongeait et replongeait ses dents dans sa chair. Plaisir et douleur déferlaient en vagues successives, se mêlant jusqu'à ce que Morgan ne puisse plus les discerner l'une de l'autre. Enfin, l'orgasme la submergea, encore et encore, lui faisant pousser de grands cris, tandis que son corps se convulsait sous l'extase. Dante continua à aller et venir en elle, au plus profond d'elle, à aspirer la vie de ses veines.

Elle s'agrippa à lui, lui murmura qu'elle l'aimait, qu'elle était prête à mourir pour lui, vaguement effrayée à l'idée qu'elle allait peut-être devoir le lui prouver.

Lou et Maxine étaient garés sur le bas-côté de la route, à quelques mètres de chez Morgan. L'endroit était parfait : de là, ils voyaient un côté de la maison, sa façade, et la vaste pelouse qui s'étendait jusqu'à la falaise à l'arrière. S'il se passait quelque chose, ils seraient aux premières loges, songea Maxine avec satisfaction. Elle avala une gorgée de Pepper Light, et jeta un coup d'œil à Lou. Il sirotait tranquillement son café, les yeux fixés sur le ciel qui tournait à l'indigo.

— Quelle heure est-il ? lui demanda-t-elle.

— Un quart d'heure avant le crépuscule.

— Très drôle.

Reportant le regard sur la maison, elle s'aperçut que Sumner venait d'ouvrir la porte. Il échangea quelques mots avec Lydia, puis s'effaça pour la laisser entrer.

— Ça y est. Elle est à l'intérieur.

— Tu avais peur qu'il y ait un problème ?

Maxine haussa les épaules.

— Je ne m'attendais pas à ce qu'il accueille Lydia les bras ouverts.

Ce fut au tour de Lou de hausser les épaules.

— C'est une belle femme.

— Ouais. Sauf qu'elle ne s'intéresse pas aux hommes.

— C'est d'autant plus regrettable, marmonna Lou.

Maxine lui donna un coup de poing, juste un tout petit peu trop fort pour que ce soit un simple jeu.

— Je voulais dire : « c'est regrettable *pour Sumner* », bougonna-t-il en se frottant l'épaule. Tu es impossible, Maxie !

Apparemment, elle lui avait vraiment fait mal.

— Dix contre un qu'elle sera de retour dans cinq minutes, dit-elle pour changer de sujet.

— Pari tenu.

Elle le regarda, les sourcils froncés.

— Si tu m'expliquais ce qu'il y a exactement entre vous ?

— Entre Lydia et moi ?

Elle hocha la tête.

— Vous avez déjà… ?

Elle ne s'intéresse pas aux hommes.

— Plus maintenant. Mais elle s'y est intéressée, à une époque.

— Comment le sais-tu ?

— Elle m'a dit qu'elle avait eu un enfant avec un type.

Lou écarquilla les yeux de surprise.

— Quoi ? Tu n'étais pas au courant ?

— Si, bien sûr. Mais j'étais loin d'imaginer qu'elle te parlerait de ça.

Maxine haussa les épaules.

— Que t'a-t-elle confié d'autre ?

— Rien, répondit-elle en le dévisageant.

De toute évidence, il lui cachait quelque chose…

— Bon sang, Lou, ne me dis pas que c'était toi !

— Quoi ?

Il cligna des paupières, l'air interloqué, puis secoua la tête.

— Bien sûr que non ! Je n'ai rien à voir avec ces bébés.

— *Ces* bébés ? répéta Maxie, intriguée. Parce qu'il y en a plusieurs ?

Lou s'humecta les lèvres.

— Ça ne te regarde pas, Maxie. Si tu veux connaître le passé de Lydia, demande-lui de t'en parler.

— O.K., pas la peine de t'énerver. Je voulais juste savoir si tu avais couché avec elle.

Il lui lança un regard agacé.

— Non.

— Bien que ce ne soit pas mes affaires.

— Tout à fait d'accord.

— Ce n'est pas comme si, toi et moi, on couchait ensemble régulièrement.

— Ou si on couchait ensemble tout court.

— La nuit ne fait que commencer, Lou : ne préjuge pas de l'avenir.

Lou laissa tomber sa tête en arrière et la cogna plusieurs fois contre le repose-tête en regardant fixement le toit de la voiture. Maxie se tourna légèrement vers la vitre pour qu'il ne remarque pas son sourire. C'était tellement bon de le faire marcher ! D'autant qu'elle était sûre que ses insinuations l'excitaient. Autrement, il n'aurait pas été aussi contrarié.

Et elle avait l'intention de le contrarier souvent, cette nuit... Se retrouver en planque avec lui, seuls toute une nuit dans une voiture, c'était une occasion à ne pas manquer... Comment réagirait-il si elle posait la main sur sa cuisse ? Quitterait-il brusquement la voiture pour se mettre à courir vers la falaise ? Ouais, probablement. Elle baissa les yeux sur sa main qui reposait sagement sur le bord de son siège, entre eux deux, contempla ses ongles nets, courts et sans vernis. Pendant un instant, elle regretta qu'ils ne ressemblent pas à ceux de sa sœur : longs, pointus et rouge carmin. Les hommes aimaient les femmes sophistiquées, non ? Elle approcha discrètement la main de la cuisse de Lou.

— Qu'est-ce que c'est que ça ? lui demanda-t-il en redressant vivement la tête, les yeux fixés devant lui.

Retenant un juron, elle suivit son regard, et aperçut une silhouette sombre qui marchait en direction de la maison. Au moment où elle passait sous le réverbère de l'entrée, Maxine reconnut son visage.

— C'est Scarface ! s'exclama-t-elle, le nez collé au pare-brise.

— Tu es sûre que c'est ce type que tu as vu, la nuit de l'incendie ?

— Je ne sais pas. C'était il y a cinq ans... Il sonne. Viens, on ferait mieux d'aller voir.

Elle ouvrit la portière et sortit. Lou l'imita, et s'empressa de faire le tour de la voiture pour la rejoindre.

— Reste derrière moi, Maxie.

Elle ne discuta pas. Mais, s'il s'attendait à ce qu'elle l'utilise comme un bouclier, il rêvait !

Ils atteignirent l'allée à l'instant où Sumner ouvrait la porte.

— Qui êtes-vous ? demanda-t-il.

— Le type qui agressait Morgan le soir où on est arrivés ! cria Maxie.

Les deux hommes tournèrent leurs regards vers elle. Lou avait sorti son revolver. Il ne le pointa pas en avant : il suffisait que les autres l'aient remarqué.

— Il est temps que nous ayons une petite discussion, monsieur… Stiles, c'est ça ?

L'homme au visage brûlé hocha la tête, et leva les mains devant lui, paumes vers l'avant.

— Frank Stiles. Et c'est justement pour parler que je suis là.

Jetant un coup d'œil à Sumner, il précisa :

— Pour vous parler à tous les trois. J'ai peur que vous ne sachiez pas vraiment à quoi vous vous attaquez.

Sumner interrogea Lou du regard.

— Qu'en pensez-vous ?

En guise de réponse, Lou s'avança vers Stiles.

— Mains en l'air, s'il vous plaît !

L'homme leva les mains un peu plus haut. Lou confia son arme à Maxie, le temps de le fouiller. Puis il reprit son revolver.

— Sumner, vous voulez écouter ce qu'il a à dire ?

— Ce serait peut-être préférable.

Lou hocha la tête à regret.

— Je vous préviens, Stiles : un faux mouvement et je n'hésiterai pas. Compris ?

— Je ne suis pas venu vous agresser, ni vous ni personne d'autre, assura Stiles. Je veux juste vous aider.

Sumner s'effaça. Stiles entra, suivi de Lou et de Maxie.

— Nous aider ? répéta Maxie. C'est ce que vous faisiez, l'autre nuit, quand nous sommes arrivés ? Vous aidiez ma sœur ?

— Je voulais savoir si elle avait été mordue.

Tandis qu'ils traversaient le petit salon en direction de la salle principale, Maxine garda les yeux baissés. Elle n'osait pas imaginer la réaction de Morgan si, par malheur, elle descendait et les trouvait là.

— Où est Lydia ? demanda-t-elle.

— En haut. Elle est allée voir Morgan, répondit Sumner.

Puis il reprit à l'adresse de Stiles :

— Si vous aviez une raison valable d'agresser Morgan, je vous conseille de nous la révéler tout de suite, monsieur.

— Pour ça, il faut que je vous raconte l'histoire depuis le début. Accordez-moi cinq minutes et vous comprendrez…

— Nous comprendrons quoi ? coupa Maxine. Pourquoi vous avez tiré une balle dans la tête de ma meilleure amie ?

Stiles la regarda droit dans les yeux.

— J'étais là au moment où c'est arrivé, c'est vrai. Je me trouvais dans l'appartement. Mais ce n'est pas moi qui ai attaqué votre amie. C'est lui.

— Qui, lui ?

— Dante. Le tueur que je poursuis.

— Les vampires ne tirent pas sur les gens, Stiles.

— Sauf s'ils veulent faire accuser quelqu'un à leur place. Moi, en l'occurrence.

— Dante aurait essayé de vous faire porter le chapeau ? C'est bizarre : les flics pensent que c'est Lou qui a fait le coup. Finalement, le piège se referme sur lui.

— Lou est de la police. Ses collègues ont très vite compris que ce n'était pas lui. En toute logique, le suspect suivant ne peut être que moi.

Maxine leva les yeux au ciel, mais Stiles insista :

— Laissez-moi parler, c'est tout ce que je vous demande.

— C'est bon, on vous écoute.

Sumner et Lou s'assirent. Stiles, lui, resta debout.

— Depuis vingt ans, j'appartiens au Département des Investigations Paranormales à la CIA. Nos bureaux étaient basés à White Plains, et nous avions pour mission de rechercher et d'éradiquer les vampires.

Maxine hocha la tête. Elle savait déjà tout ça. Sumner, en revanche, les regarda, elle et Lou, d'un air effaré, puis reporta les yeux sur Stiles.

— Mon Dieu ! Vous voulez dire que tout est vrai ?

— Ce que je vous raconte est vrai, en tout cas. Il y a cinq ans, les vampires ont attaqué notre Q.G. Ils y ont mis le feu et ont tué la plupart de nos agents. Ce fut un désastre. Notre budget a été annulé, le département fermé. Tous les agents survivants se sont cachés, comme moi.

— Pourquoi ? demanda Maxine.

— Pour éviter le debriefing. Nous savons trop de choses. Le gouvernement ne tient pas à ce qu'elles s'ébruitent. C'est pour ça que je vous ai effrayée, cette nuit-là, ajouta-t-il à l'adresse de la jeune femme. Je ne pouvais pas prendre le risque que quelqu'un révèle que j'étais vivant.

— Et quand j'en ai parlé, cinq ans plus tard, vous l'avez tout de suite su.

Il hocha la tête.

— Je connais encore quelques personnes à la CIA. L'une d'elles m'a informé du coup de fil de l'officier de police Malone.

— Vous êtes donc allé chez lui, vous y avez attiré ma meilleure amie et vous l'avez tuée pour me donner une leçon ?

— Non. J'y suis allé pour me rendre compte de ce qu'il savait exactement. Quand je suis arrivé, le vampire était sur place. Votre amie était déjà inconsciente et, avant que j'aie pu faire quoi que ce soit, il lui a tiré dessus. Puis il m'a adressé un sourire démoniaque et s'est enfui.

Il secoua lentement la tête avant de poursuivre :

— J'étais sûr qu'il irait ensuite chez Morgan. C'est pour cette raison que j'ai roulé toute la nuit. Je voulais arriver à temps pour la prévenir.

— Et pourquoi Dante ferait-il tout ça ? demanda Maxine.

— Il sait que je n'ai pas renoncé, que j'essaie de contacter tous les survivants du DIP pour reformer notre unité. Une unité d'élite indépendante spécialisée dans la chasse aux vampires.

Il soupira, puis baissa la tête.

— Dante veut m'éliminer. En faisant croire que j'avais tué votre amie, il espérait m'envoyer en prison.

Maxine s'adossa au fauteuil. Elle était dubitative. Stiles disait-il la vérité ou sa version des faits n'était-elle qu'un tissu de mensonges ?

— Ça n'explique pas ce que Dante faisait dans l'appartement de Lou, lui fit-elle observer.

Secouant la tête, il répondit :

— Vous ne comprenez pas ? Vous et Lou enquêtiez sur la mort de cette femme, l'amie de Lydia Jordan. C'est sûrement Dante qui l'a tuée. Il a dû avoir peur que vous vous en rendiez compte, et il s'est rendu sur place pour découvrir ce que vous saviez à son sujet.

— C'est un peu tiré par les cheveux, non ? lança Maxine.

— Ce que je ne saisis pas, dit Lou, c'est la raison pour laquelle vous voulez tuer tous les vampires.

Chacun le regarda d'un air stupéfait. Il haussa les épaules, et continua :

— S'ils ressemblent à ceux que Morgan décrit dans son film, ils ne sont pas si dangereux que ça !

— Morgan est sous l'influence d'un vampire particulièrement puissant, agent Malone, déclara Stiles. Croyez-moi, je sais ce dont ils sont capables. Il la contrôle totalement. Elle fera tout pour le protéger. Y compris s'attaquer à ceux qui l'aiment.

— Je ne comprends pas, dit Maxine. Comment est-ce possible ?

— Le sang de votre sœur contient un antigène particulier qui la tue lentement : la Belladonna.

— Comment êtes-vous au courant ? s'écria Sumner en se levant d'un bond.

— Chaque fois qu'un tel antigène était identifié, l'information était transmise au DIP. Rares sont les personnes qui le possèdent. Mais celles-là attirent les vampires comme le miel, les abeilles. Ils se nourrissent d'eux, aspirent toute vie en eux. C'est pour cette raison qu'ils meurent jeunes. La cause n'est pas l'antigène mais le vampire qu'il attire. Et, à moins que nous éliminions celui qui s'attaque à Morgan, il reviendra jusqu'à ce qu'elle meure. En revanche, si nous l'arrêtons, elle vivra.

Sumner détourna le regard. Pas assez vite pour cacher ses larmes à Maxine.

— D'après le médecin, c'est son sang qui est responsable de son état.

— Mais il est incapable de dire pourquoi… Je suis en train de vous expliquer ce que les médecins ignorent, Sumner. Si tous ceux qui possèdent ce groupe sanguin meurent jeunes, c'est parce qu'ils deviennent des victimes. Leur sang est le préféré des vampires.

Maxine dévisagea Stiles.

— Vous voulez dire qu'elle pourrait se rétablir ? Continuer à vivre ?

Il acquiesça.

— Elle peut vivre. A condition que nous la protégions de ce vampire.

Maxine se tourna vers Lou, et le supplia en silence de lui dire qu'elle pouvait croire Stiles. Elle avait tellement envie de le croire !

Mais Lou fit non de la tête, très légèrement. Puis il ouvrit la bouche pour parler. Ce fut à cet instant que Lydia apparut, hors d'haleine.

— Elle n'est plus là ! cria-t-elle. Morgan est partie !

22.

Le plaisir envahit Dante. C'était une sensation étrange. Celle d'être à la fois satisfait, rassasié, et de se sentir en même temps extrêmement faible. Avait-il rêvé cet état de libération ?

Redressant la tête, il cilla plusieurs fois pour éclaircir sa vision… et plissa le front, plus désorienté que jamais. Il était assis sur le sol, le dos appuyé au mur derrière lui. La lampe à pétrole éclairait la pièce. Il ne se rappelait pas l'avoir allumée. Ni s'être déjà éveillé.

Il était torse nu, son jean baissé sur ses cuisses. Ses lèvres avaient le goût du sang.

Et, soudain, il la vit : elle était nue, étendue sur un morceau de tissu en satin blanc.

— Morgan !

Il bondit sur ses pieds… et retomba à genoux, étourdi. Il porta la main à son front, et attendit que la sensation de vertige se soit dissipée pour ramper jusqu'à elle. Elle était couchée sur le côté, en position fœtale, le visage caché par ses cheveux.

— Mon Dieu, Morgan…

Il la saisit par les épaules, la tourna vers lui. Ses cheveux glissèrent dans son dos, révélant son teint blême, ses yeux clos, ses lèvres pâles à peine entrouvertes. Tremblant de frayeur, il se força à regarder sa gorge, son corps… et sentit les larmes qui coulaient sur ses joues. Des larmes… Il ne se rappelait même plus la dernière fois où il avait pleuré pour quelqu'un. Encore moins pour un mortel. Le cou de Morgan portait les marques des morsures qu'il lui avait infligées. Des marques également présentes sur ses seins, ses épaules, son ventre et ses cuisses… Non, il n'avait pas rêvé. Il l'avait bien possédée. De toutes les manières possibles. Il lui avait pris son corps. Son sang.

— Mon Dieu, Morgan, qu'est-ce que j'ai fait ?

Il la prit dans ses bras, serra son corps glacé contre lui.

— Je t'en supplie, réveille-toi ! Reviens à la vie, Morgan, par pitié ! Je ne peux pas avoir fait une chose pareille. Pas à toi.

Il tendit l'oreille, à l'écoute de son souffle, chercha son pouls, scruta son visage… et perçut une trace de vie.

Elle entrouvrit les paupières, et ses lèvres esquissèrent un vague sourire.

— Oh, mon amour…

— Chut ! Ne parle pas. Morgan, je suis désolé, je…

— Je… t'ai apporté… quelque chose.

Il secoua la tête. Il ne comprenait rien à ce qu'elle disait. Mais elle tourna les yeux vers la droite et, en suivant son regard, il découvrit les volumes reliés de cuir sur la petite table.

— Tes journaux…

— Mes journaux ? Mais…

Il fouilla dans sa mémoire.

— J'avais laissé des instructions à un avocat : ils devaient être placés à l'abri dans un coffre… Mais quelle importance ? Ça n'a aucun intérêt, à présent.

— Si, murmura-t-elle.

Sa gorge se noua. Elle avala sa salive, et reprit :

— Mon scénario... sur une disquette... glissée dans l'un des journaux.... Détruis-le, Dante.

Il la dévisagea, puis secoua la tête.

— Il faut que tu me fasses confiance. C'est pour ça que je te les ai apportés.

— Tu t'inquiètes de savoir si je te fais confiance ? Mon Dieu, Morgan, regarde ce que je t'ai fait.

— Tu as fait ce que je t'ai demandé, murmura-t-elle dans un souffle.

Lentement, elle leva une main, lui caressa la joue.

— Tu pleures ? Pourquoi ?

Une main dans ses cheveux, il la serra un peu plus fort contre lui, appuya son visage contre sa poitrine.

— Comment as-tu pu me demander ça ? Oh, Morgan, je m'en veux tellement. Je...

Sa voix se brisa. Il frissonna d'émotion.

— Termine ce que tu as fait ! supplia-t-elle doucement. Nourris-moi. Rends-moi immortelle, comme toi.

Dante redressa la tête, et ferma les yeux, la mâchoire serrée.

— Dante... je t'en prie ! Tu ne me laisseras pas mourir, je le sais.

Une larme roula sur sa joue et tomba sur le visage de Morgan quand il se pencha pour la regarder.

— Je ne peux pas le faire, Morgan. Pas maintenant. Je suis trop faible. Tu ne survivrais pas à cette épreuve. Ou alors, tu ne serais qu'un zombie sans la moindre volonté.

— Je ne comprends pas.

Sa respiration se fit plus saccadée.

— Je pensais...

— Un vampire doit être en pleine possession de ses forces pour transformer un mortel. Un tel acte implique qu'il aille jusqu'au bout de ses limites, ce qui le laisse extrêmement affaibli. Hier, j'ai perdu beaucoup de sang. Si je n'avais pas pu dormir pendant la journée et guérir ma blessure, je serais mort.

— Mais tu as bu mon sang !

Dante baissa la tête sans répondre.

— C'est à cause de ma maladie, c'est ça ? Mon sang ne contient plus assez de vie ? C'est ça, n'est-ce pas ?

Il acquiesça sans oser la regarder.

— J'ai déjà assisté à des transformations qui tournaient mal, Morgan. Des vampires nés avec une quantité insuffisante de sang ou un sang trop pauvre. Des coquilles vides, sans raison ni volonté, sans personnalité, qui n'existent que pour se nourrir. Des monstres, Morgan, de véritables monstres. Je n'ai pas le droit de te condamner à une telle existence. Je ne le peux pas.

Cette fois, il croisa son regard.

— Je suis désolé, Morgan. Tellement désolé.

— Ainsi, tu as recommencé. C'est ça, mon chou ?

La voix de Sarafina résonna, sarcastique, dans la pièce silencieuse. Dante fit volte-face. Sa tante se tenait debout devant la porte, aussi digne qu'une reine dans sa longue jupe rouge à volants et son corsage noir.

— Fina. Merci, mon Dieu !

— Ne remercie pas Dieu à mon propos, Dante. Mon existence n'a rien à voir avec lui.

Elle le regarda en plissant les yeux.

— Mais… on dirait des larmes ! Bon sang, Dante, est-ce que tu te rends compte à quoi tu en es réduit ? Toi, un vampire, pleurer sur une mortelle !

Les anneaux de ses oreilles tintèrent quand elle secoua la tête.

— Il faut que tu l'aides, dit Dante.

A peine avait-il prononcé ses mots qu'il vit la colère s'allumer dans les yeux de Sarafina. Malgré tout, il poursuivit :

— Si tu ne la nourris pas, elle mourra.

Avec un soupir agacé, sa tante balaya l'air de sa main couverte de bagues, faisant s'entrechoquer ses bracelets.

— Si tu tiens tant à elle, nourris-la toi-même.

— Je ne peux pas. Je suis trop faible.

— Oh, ça suffit, Dante ! Tu ne vas pas continuer à te conduire comme un crétin. Nourris-la, et elle obéira au moindre de tes désirs. Elle sera ton esclave pour toujours. Un esclave bien plus intéressant que ces mortels, trop fragiles. Elle chassera pour toi, elle te servira… Ça ne te plairait pas ?

Il redressa la tête.

— C'est toi qui aimes les robots, pas moi.

— Peut-être. En revanche, tu sembles être le plus doué de nous deux pour baiser les mortels à mort. Ça t'en fait combien à ton actif ? Deux ?

— Elle n'est pas morte.

— Donne-lui encore une heure.

— Pourquoi refuses-tu de m'aider ?

Sarafina haussa les sourcils.

— Pourquoi ? Mais parce que tu m'as tourné le dos, Dante. Parce que, de toute évidence, tu as décidé que je n'étais plus une assez bonne compagne pour toi. Qu'il t'en fallait une nouvelle. Pour me remplacer.

— Tu te trompes. Il ne s'agit pas de ça.

— Mais si, bien sûr ! Je vais te dire le fond de ma pensée, Dante. La meilleure aide que je puisse t'apporter, c'est d'achever ce que tu as commencé avec cette petite traînée. Je serais ravie d'avaler les dernières gouttes de sang qui restent dans ce corps pâle et exsangue.

Sentant la colère le gagner, Dante reposa doucement la tête de Morgan sur le sol, puis se releva pour faire face à Sarafina.

— Je te tuerai avant.

Elle accusa le coup. Il s'en rendit compte à la lueur fulgurante qui incendiait son regard. Au pincement de ses lèvres.

— N'est-ce pas la preuve de ce que je viens d'avancer ? Tu serais prêt à me tuer pour elle : moi, ta compagne ?

— Tu n'es pas ma compagne. Ni ma femme ni même ma maîtresse, Fina.

— C'est moi qui t'ai créé.

— Et cela fait de moi ta propriété ?

Elle se raidit encore un peu plus, le corps tremblant de rage.

— Sois damné pour cette trahison, Dante. Damné comme tous ceux de ma race ! Je n'ai pas besoin de vous.

Sur ces paroles, elle se détourna et s'éloigna dans un tourbillon de tissu et le cliquetis de ses bijoux.

Un soupir faible et désespéré s'éleva, faisant aussitôt oublier à Dante la souffrance de sa tante. Une souffrance qu'étrangement il ressentait, même s'il refusait d'y céder. Seule Morgan comptait.

— Tout est… ma faute, marmonna-t-elle.

— Pourquoi as-tu fait ça, Morgan ? Pourquoi ?

Elle secoua la tête.

— Tu étais si faible. J'ai eu peur que tu meures.

— Tu n'as pas pensé que si l'un de nous deux risquait de mourir, c'était toi ?

Il s'agenouilla pour la soulever dans ses bras.

— Non, bien sûr, reprit-il avec un soupir. Tu me faisais confiance. Tu étais sûre que je ne te ferais pas une chose pareille, n'est-ce pas ?

— C'est moi la responsable, pas toi, affirma-t-elle en laissant tomber la tête contre son torse.

— Je ne te laisserai pas mourir, Morgan.

Elle ferma les yeux, mais il pouvait voir les larmes qui mouillaient ses cils. La tenant serrée contre lui, il s'engagea dans le passage obscur.

— Les journaux, lui rappela-t-elle soudain. Tu dois les emporter, Dante. Et aller chercher les autres dans la maison.

— On s'en occupera ensemble quand tu iras mieux.

— Ils sont dans le coffre du bureau. La combinaison correspond à l'année où… j'ai découvert ton existence. Mille neuf cent quatre-vingt-dix-sept.

— Je ne te laisserai pas mourir, Morgan.

Il se sentait faible, de plus en plus faible à chaque instant. Mais, bon sang, il la sauverait ; il les sauverait tous les deux. Il le fallait.

— Ce n'est pas ta faute, Dante, murmura-t-elle.

Il sortit de la grotte, et entreprit de grimper le long de la falaise. En temps normal, il se serait contenté de sauter jusqu'au sommet. Mais un simple bond n'aurait pas suffi à les transporter tous les deux là-haut. Surtout cette nuit. Et ce fut hors d'haleine, les muscles tremblants après un tel effort, qu'il atteignit enfin son but.

Il se dirigea vers la maison.

— Dante ? chuchota Morgan. Ne me ramène pas là-bas, avec eux. Je veux rester près de toi.

— Tu mourras si on ne te soigne pas, Morgan.

— Alors, je mourrai dans tes bras. Mon dernier souffle sera pour toi. Dante, ne me ramène pas…

Il s'arrêta et contempla la femme qui venait de risquer sa vie pour sauver la sienne, celle qui lui avait fait confiance et s'était offerte à lui sans retenue. Il n'aurait jamais cru qu'un jour, quelqu'un l'aimerait à ce point. Sa propre famille l'avait rejeté, s'était dressée contre lui. Toute sa vie, il s'était méfié des autres. Et maintenant, il comprenait qu'il aurait pu lui faire confiance, à elle, dès le début. Bien avant qu'elle lui apporte ses journaux intimes. Bien avant qu'elle se saigne jusqu'à en mourir pour sauver sa misérable vie…

Il aimait Morgan.

Il se pencha et, d'une main glissée sous sa tête, approcha son visage du sien pour l'embrasser. Doucement, avec une infinie tendresse.

— Reste en vie, Morgan. Une nuit et un jour, c'est tout ce que je te demande. Laisse-moi le temps de me nourrir et de retrouver ma puissance. Alors, je te rejoindrai, je te le jure. Même une armée de mortels ne pourra pas m'empêcher de venir jusqu'à toi.

Il l'embrassa de nouveau. Mais, cette fois, les lèvres de Morgan restèrent sans vie sous les siennes. Lorsqu'il se redressa, elle était inerte dans ses bras, les paupières closes. Il entendit des voix, aperçut sa famille et ses amis qui la cherchaient. Balayant l'espace du faisceau de leurs torches, ils criaient son nom.

— Ici ! cria-t-il. Elle est ici !

— Là-bas ! lança quelqu'un. Il l'a eue !

Le groupe de mortels se mit à courir vers lui. Avec douceur, il étendit Morgan sur l'herbe humide, déposa un baiser sur son front, et se détourna pour fuir. Il devait vivre. Vivre et retrouver sa force pour la sauver.

Il n'avait pas fait trois mètres que la flèche pénétrait dans sa cuisse. Une douleur insupportable se répandit dans son corps, tandis qu'il essayait de poursuivre sa route. Il se vidait de son sang, il le sentait. Trois pas, encore… Il chuta durement sur le sol, rampa, se traîna jusqu'au bord de la falaise. Au-dessus du vide. Peut-être avait-il encore une chance…

— Enfin, je te tiens, espèce de salopard !

Une main se referma sur son épaule, le fit basculer sur le dos.

L'homme au visage brûlé le regardait fixement, un sourire mauvais sur les lèvres.

— Oh, mon Dieu, mon Dieu…

Maxine s'agenouilla près de sa sœur. Morgan était allongée sur le sol, immobile dans un peignoir de soie blanche, deux marques rouges sur sa gorge. Cette fois, il n'y avait plus de doute.

— Tu les vois, maintenant ? Tu les vois ?

Accroupie à côté d'elle, un bras glissé autour de ses épaules, Lydia hocha la tête.

— Je… les vois. Je n'arrive pas à y croire, et pourtant… Oui, je les vois.

Debout à côté d'elle, David regardait sans rien dire. Comme si la terreur qui l'habitait l'avait rendu muet.

Lou tâta le pouls de Morgan. Puis il leva les yeux, hocha brièvement la tête.

— Elle est vivante.

A ces mots, Maxine éclata en sanglots, incapable de cacher son soulagement.

— Il faut la porter jusqu'à la maison, reprit Lou en se redressant.

Il jeta un coup d'œil autour de lui avant de demander, les sourcils froncés :

— Vous pouvez vous en occuper, David ? Je vous rejoins tout de suite.

Maxine suivit son regard, et aperçut Frank Stiles, penché sur le corps recroquevillé de celui qui avait fait… *ça* à Morgan. Lou marchait déjà vers lui. Elle se leva pour le rattraper.

— Enfin, je te tiens ! criait Stiles. Cette fois, tu ne m'échapperas pas.

Maxie baissa les yeux sur l'homme étendu au sol, et retint son souffle. Il ressemblait point pour point aux portraits réalisés par Morgan — ceux qu'elle avait admirés dans le bureau.

— Dante, je suppose ?

L'homme acquiesça d'un signe de tête, tout en affichant une grimace de douleur. Ce fut alors qu'elle remarqua le sang qui jaillissait de sa blessure à la cuisse. Sans réfléchir, elle s'accroupit près de lui et déchira son jean autour de la flèche.

— Mon Dieu, il se vide de son sang ! Vous avez dû toucher une artère ou…

— Ceux de son espèce saignent toujours de cette façon, expliqua Stiles avec mépris. Laissez-le. Il sera mort dans quelques minutes.

— Si je meurs, Morgan mourra aussi.

— Ne menacez pas ma sœur ! lança Maxine.

— Je ne pense pas qu'il s'agissait d'une menace, dit Lou.

S'agenouillant à son tour, il referma la main sur la flèche, et interrogea Dante du regard. Celui-ci hocha brièvement la tête. Alors, Lou tira, lui arrachant un long hurlement de douleur. Puis il ôta la ceinture de son pantalon, et la serra autour de la cuisse de Dante, juste au-dessus de la blessure. Le jet de sang se ralentit. A l'aide d'un canif, Lou perça un trou supplémentaire dans le cuir, et serra encore plus fort, jusqu'à ce que l'hémorragie se réduise à un mince filet.

— Pourquoi fais-tu tout ça pour lui ? demanda Maxine. Tu as vu Morgan ? Il n'a que ce qu'il mérite.

— Lou a raison, dit Stiles d'une voix basse. Il nous sera beaucoup plus utile vivant…

A ces mots, Dante tourna les yeux vers Lou. La terreur qui l'habitait était si profonde que Maxine sentit un frisson la parcourir.

La voix de Lou détourna bientôt son attention.

— Il nous a amené Morgan, dit-il. Et c'est pour ça qu'il a ramassé cette foutue flèche. A ce propos, Stiles, d'où sortez-vous une horreur pareille ? Je vous avais pourtant fouillé avant de vous laisser entrer, tout à l'heure.

— Elle était dans ma voiture. Je suis passé la prendre dès que j'ai appris que Morgan avait disparu.

— C'est lui qui nous l'a ramenée, insista Lou. Rien ne l'obligeait à le faire. S'il avait voulu la tuer, pourquoi aurait-il pris cette peine ?

Stiles leva les yeux au ciel et poussa un juron.

— Quelle importance ? A partir de maintenant, il est mon prisonnier, c'est tout ce qui compte. Aidez-moi à le porter jusqu'à ma voiture, et je m'occupe du reste.

Lou lui lança un regard cinglant.

— Pas question, Stiles. Cette affaire est de mon ressort. Alors, soit vous rentrez bien gentiment à la maison avec nous, soit vous vous tirez.

— Il s'agit de ma mission, Malone. Je vous rappelle que je suis agent fédéral.

— Vous *étiez* agent fédéral. Il y a cinq ans. Mon insigne, en revanche, est toujours valable. Et si vous ne voulez pas devenir *mon* prisonnier, je vous conseille de me laisser agir comme je l'entends.

Lou adressa à Maxine un regard interrogateur. Elle baissa les yeux vers la créature qui était étendue sur le sol, et secoua la tête avec dégoût. Puis elle referma les doigts autour du bras de Stiles pour l'entraîner vers la maison. Il ne résista pas.

— A la moindre occasion, dit-il, ce monstre achèvera ce qu'il a commencé avec votre sœur. Comme il l'a fait avec votre amie.

— Pourquoi ne nous laissez-vous pas régler cette affaire ? Vous pourriez très bien rentrer chez vous, maintenant qu'on le tient.

— N'y comptez pas. Je ne bougerai pas d'ici.

— Dans ce cas, il va falloir vous soumettre. Parce que, si Lou ne vous arrête pas, moi, je vous promets de vous ramener à la raison par des moyens beaucoup plus directs. Compris ?

Avec un rictus méprisant, Stiles hocha la tête.

— Merci, dit le vampire.

— Ne me remerciez pas. Je n'ai pas l'intention de vous laissez partir.

— Il le faut, pourtant !

Lou secoua la tête.

— Pourquoi avez-vous dit, tout à l'heure, que si vous mouriez, Morgan mourrait également ?

Le vampire le dévisagea, scruta son expression.

— Vous me croirez si je vous explique ?

— Ça m'étonnerait. Mais j'aimerais quand même vous entendre.

Dante resta silencieux un long moment, comme s'il réfléchissait. Finalement, il déclara :

— Je peux la sauver. Je suis le seul à pouvoir le faire.

— Comment ?

Dante l'examina de nouveau, et poussa un soupir.

— Ce serait trop long à expliquer. Tout ce que je peux vous dire, c'est que ma blessure doit guérir, qu'il faut que je retrouve ma force pour aider Morgan.

— Ah oui ? Et comment la retrouverez-vous, cette force ?

Le vampire détourna les yeux pour répondre :

— En me nourrissant.

— En résumé, vous voulez que je vous libère afin d'aller boire le sang d'une ou deux victimes innocentes que vous laisserez dans le même état que Morgan ou pire encore ?

— Je ne tue pas.

— Si vous le faisiez, vous me l'avoueriez ?

Dante grimaçait, chaque fois qu'il s'appuyait sur sa jambe blessée.

— J'imagine que non.

— J'ai le devoir de vous conduire devant le juge, lui rappela Lou. Le mieux que je puisse faire pour vous, c'est vous traiter comme n'importe quel suspect. Dans cette affaire, vous êtes mon suspect numéro un. Et je dois m'assurer que vous ne ferez de mal à personne jusqu'à ce que j'y voie plus clair.

Dante soupira de nouveau. De résignation ou de désespoir ? Lou n'aurait su le dire.

— Je ne vous demande qu'une seule chose : faites qu'elle vive.

— Vous savez qu'elle est malade, n'est-ce pas ? Même si elle survit à ce qu'elle a subi cette nuit, elle mourra bientôt.

Le vampire ferma les yeux.

— Faites qu'elle vive. Promettez-le moi…

Lou hocha la tête.

— Je ferai de mon mieux.

Le vampire hocha la tête à son tour.

— Vous avez l'air d'un type bien pour un mortel. Je regrette d'autant plus…

Lou plissa le front.

— Regretter qu… ?

Il ne termina pas sa phrase. Un poing, ou du moins ce qu'il supposa être un poing mais qui ressemblait plus à un boulet de canon, s'écrasa sur sa pommette. Il s'effondra au sol, à demi assommé.

Assise sur le canapé, le corps parcouru de frissons, Morgan avait un mal fou à tenir sa tête droite. Elle semblait tellement faible. Incroyablement faible… Installée près d'elle, Maxine faisait de son mieux pour l'apaiser, tandis que Lydia marchait de long en large dans la pièce. David Sumner, quant à lui, s'était mis à l'écart dans un coin, et pleurait en silence.

Morgan gémit et marmonna quelque chose. Parmi les mots qu'elle prononçait, un seul était compréhensible, et revenait régulièrement : Dante. Chaque fois qu'elle l'entendait, Maxine sentait son cœur se serrer. La bouche sèche, elle leva les yeux vers la porte en entendant Lou approcher. Il était seul.

— Lou ?

— Désolé, dit-il en se frottant la tempe. Il m'a échappé.

Un chapelet de jurons emplit la pièce, et Maxine se tourna vers Frank Stiles qui, assis dans l'ombre, s'était jusqu'alors contenté d'observer sans rien dire. Saisissant l'arbalète qu'il avait déposée au sol, il bondit sur ses pieds et fonça vers la porte.

Lou lui barra le chemin.

— Cela ne vous regarde pas, dit-il.

— Il va recommencer à tuer si vous ne l'arrêtez pas. Il n'a pas le choix : s'il ne le fait pas, il mourra. Vous avez vu à quel point il était faible !

— Je ne crois pas qu'il compte tuer qui que ce soit, répondit Lou en jetant un coup d'œil à Maxine. Sinon, il m'aurait tué, moi : ça lui aurait été facile.

— Lou, qu'arrivera-t-il si tu te trompes ? murmura Maxine.

— Et si j'avais raison ? répliqua-t-il. Maxie, il a assuré qu'il pouvait la sauver. Imagine que ce soit lui qui dise la vérité…

— Bon sang ! Ne me dites pas que vous le croyez ! Lui, une bête féroce, un monstre ! Vous lui feriez plus confiance qu'à moi, un homme, un être de la même espèce que vous ?

— Monsieur Stiles, intervint doucement Lydia, je ne pense pas qu'il y ait une seule autre personne de votre espèce dans cette pièce.

David Sumner la dévisagea, puis regarda Stiles.

— Lydia, vous ne pouvez pas être du côté de ce vampire. Seigneur, regardez Morgan !

— Je la regarde, David. Je l'écoute, aussi. Pas vous ? Elle l'aime. Elle est sur le point de mourir, et pourtant, elle ne veut qu'une chose : lui. Ça ne vous fait pas réfléchir ?

— Ça me prouve surtout qu'elle est dans une sorte de transe. Sous son pouvoir, comme Stiles nous l'a expliqué.

— A moins que Stiles ait menti et que ce soit Morgan qui connaisse la vérité.

David se redressa d'un bond.

— Bon Dieu, Lydia, il a planté ses dents dans la gorge de votre fille !

A ces mots, Lydia redressa la tête, les yeux écarquillés. Maxine les regarda tour à tour, elle et David, le cœur battant à tout rompre.

— Que… Qu'avez-vous dit ?

Se tournant vers Lou, elle répéta :

— Qu'a-t-il dit ?

David enfouit son visage dans ses mains.

— Je suis désolé. Je ne… Je suis désolé…

Maxine se leva. A pas lents, elle s'approcha de Lydia, se tint debout devant elle un long moment, scrutant ses traits. Plus empâtés que les siens, plus marqués par la vie. Et pourtant tellement ressemblants.

— Tu… Tu es notre… mère ?

— Je ne voulais pas que tu l'apprennes, dit Lydia d'une voix blanche.

— Pourquoi ?

Lydia ferma les yeux, secoua la tête.

— Oh, s'il te plaît, Maxine, réfléchis. Est-ce vraiment ce dont tu rêvais ? Etre la fille d'une adolescente paumée obligée de vendre son corps pour survivre ?

Le regard de Maxie se brouilla de larmes.

— C'est trop pour moi. Trop d'un seul coup. Je ne peux pas faire face à tout ça maintenant, déclara-t-elle en s'essuyant vivement les yeux du revers de la main. Seigneur ! Que fait cette foutue ambulance ?

Elle marcha jusqu'à la fenêtre, souleva le coin du rideau pour regarder à l'extérieur, et se retourna vers Lydia.

— Tu étais au courant depuis le début ? C'est pour ça que tu as demandé à Lou de nous présenter l'une à l'autre ?

Lou vola au secours de Lydia avant qu'elle ait eu le temps de répondre.

— Elle ne savait pas, Maxie. C'est moi qui… Disons que j'avais des doutes. Je savais que ton anniversaire tombait le même jour que celui où, chaque année, Lydia allumait des bougies et restait cloîtrée, à pleurer sur les enfants qu'elle avait abandonnés. C'est pour ça que j'ai voulu que vous vous rencontriez. Pour que vous découvriez vous-mêmes la vérité.

Maxine le regarda, le visage baigné de larmes.

— Tu aurais dû me le dire.

— Alors que je n'étais moi-même sûr de rien ?

— Bien, tout cela est très touchant, coupa Stiles en se rapprochant de la porte, mais, pendant que vous vous épanchez, je suis en train de perdre ma proie.

Lou se dressa aussitôt devant lui.

— Laissez-moi passer, Malone.

— Donnez-moi cette arbalète, Stiles.

— Prenez-la si vous en êtes capable, répliqua Stiles, un méchant sourire sur les lèvres.

— Dois-je comprendre que vous ne m'en croyez pas capable ?

Le sourire de Stiles s'agrandit, plus grimaçant que jamais dans son visage couvert de cicatrices.

— Vous êtes à bout de forces.

— Ouais, peut-être. Mais j'ai ça, rétorqua Lou en sortant son revolver.

Le temps de dire ouf, il l'avait planté dans le ventre de Stiles.

Ce dernier leva les mains au-dessus de la tête. Lou lui prit son arbalète.

— Maintenant, retournez vous asseoir.

Stiles lui jeta un regard meurtrier, mais il regagna son siège.

L'instant d'après, les sirènes hurlaient au-dehors. La lueur bleutée d'un gyrophare tournoya dans la pièce.

Lou rangea son arme et alla ouvrir. Aussitôt, les ambulanciers pénétrèrent dans la maison avec leur équipement de premier secours. Debout dans un coin, Maxie les regarda s'affairer avec l'étrange impression de ne rien comprendre à ce qui se passait. Elle se sentait désorientée, confuse et folle de rage.

Lou la rejoignit et l'attira contre lui.

— Ça va aller, lui promit-il.

— Pourquoi ne m'as-tu rien dit, Lou ?

— Tu étais déjà confrontée à tant de problèmes.

Elle balaya son argument d'un haussement d'épaules, et songea à tout ce qui lui était arrivé durant ces derniers jours… Elle avait découvert qu'elle avait une sœur jumelle, rencontré cette sœur et appris que celle-ci était sur le point de mourir. Elle avait vu sa meilleure amie dans un coma dont elle ne sortirait peut-être jamais. Elle avait appris que l'ancienne prostituée au cœur d'or, dont elle était jalouse, n'était autre que sa mère. Et, cette nuit, elle s'était trouvée face à face avec son premier vampire. Face à face. Seigneur !

— Accompagne ta sœur à l'hôpital, lui dit Lou. Veille sur elle. Qu'il ne s'approche pas d'elle, surtout !

— Qui ? Dante ou Stiles ?

— Les deux. Même s'il y a peu de risques que Stiles vous importune. Je compte l'emmener avec moi.

— L'emmener où ?

— A la recherche de Dante.

Les ambulanciers soulevèrent Morgan pour l'installer sur un brancard. Maxine les regarda faire un moment, puis elle déclara :

— Je ne comprends pas, Lou. Tu viens d'empêcher Stiles de se lancer à la poursuite de Dante — ce qui, soit dit en passant, m'a donné envie de te frapper —, et maintenant, tu veux l'emmener avec toi ?

— Je refuse de laisser Stiles le traquer comme un animal.

— Tu veux dire que tu comptes le pourchasser comme un être humain ? Lui lire ses droits, une fois que tu l'auras arrêté… ce genre de choses ?

Lou baissa la tête.

— Ce genre de choses, oui.

— Il a tenté d'égorger ma sœur, Lou. Ce n'est pas un être humain.

— Je le sais.

— On ne dirait pas !

D'un geste vif, elle lui arracha l'arbalète qu'il tenait à la main.

— Protège-le autant que tu voudras, mais je te préviens : s'il s'approche de Morgan, je le tuerai. Et personne ne m'en empêchera. Pas même toi.

Sur ces mots, elle se détourna, et se cogna contre Stiles. Avec un signe de tête approbateur, ce dernier lui mit sa carte de visite dans la main.

— Mon numéro de portable est dessus. Vous êtes la seule à voir les choses clairement, ici. Si vous avez besoin d'aide, appelez-moi.

Elle l'écarta, et suivit les secouristes vers l'entrée, non sans avoir pris soin d'attraper sa veste au passage pour cacher l'arbalète. Puis elle glissa la carte de Stiles dans la poche de son jean. Ce n'est qu'au moment de sortir qu'elle se tourna pour jeter un coup d'œil à Lydia.

— David et toi, vous n'avez qu'à nous suivre en voiture. Je monte avec elle dans l'ambulance.

Après un moment de surprise, Lydia parut soulagée, et sourit malgré ses larmes.

— Pas de problème.

Avant d'atteindre l'ambulance, Maxine s'arrêta.

— Lou ?

Il était là, juste derrière elle.

— Fais attention à toi : Stiles est un serpent. Surtout, ne lui tourne jamais le dos. Ni à Dante, d'ailleurs.

— Je n'en avais pas l'intention.

Elle tourna la tête, plongea son regard dans le sien. Elle le détestait d'avoir laissé ce monstre s'enfuir. Non, elle ne le détestait pas. Pas vraiment.

— Madame ?

Maxine regarda l'ambulancier qui venait de l'appeler. Il se tenait devant les portes arrière de l'ambulance.

— Il faut y aller, madame.

Acquiesçant d'un signe de tête, elle monta dans le véhicule.

Lou regarda l'ambulance s'éloigner, avec l'impression horrible d'être le dernier des salauds. Il avait laissé tomber Maxine. Il l'avait trahie. Elle s'attendait à ce qu'il soit de son côté pour l'aider à venger sa sœur. Et Dieu sait qu'il en avait eu envie ! Mais on ne reste pas flic pendant vingt ans sans développer un minimum de flair. C'était ainsi, ça faisait partie de lui. Il sentait mal ce Stiles. Très mal, même. Il y avait, chez lui, quelque chose qui clochait. Le portrait qu'il avait dressé de Dante, par exemple : ça ne collait pas. Oui, il en était persuadé au plus profond de lui, le monstre n'était pas celui que l'on croyait.

Ça semblait n'avoir aucun sens, mais c'était ainsi.

Après que l'ambulance, suivie par la Mercedes de Sumner, eut disparu, Lou regagna la maison.

Bien sûr, lorsqu'il y pénétra, Stiles avait filé depuis longtemps.

23.

En temps normal, Dante aurait voyagé à pied, ce qui lui aurait permis d'aller plus vite. Mais, cette nuit, il avait besoin d'une voiture. Aussi, plutôt que de se réfugier dans un endroit tranquille afin de se reposer, il se traîna en claudiquant jusqu'en ville, dans l'espoir qu'un conducteur pressé avait laissé ses clés sur le tableau de bord. Malgré la ceinture qui lui enserrait toujours la cuisse, le sang s'était remis à couler de sa blessure. Son jean collait à ses jambes, et des gouttes écarlates suivaient chacun de ses pas. Mais le pire, c'était la douleur. Profonde, térébrante. A hurler.

Evidemment, tous les véhicules garés étaient fermés à clé. Pour la première fois de sa vie, Dante regretta de n'avoir jamais appris à forcer les serrures. S'il survivait, il ne manquerait pas de s'exercer à cet art.

Soudain, des phares éclairèrent la rue. Dante se dissimula aussitôt dans l'ombre d'une porte cochère. La voiture, une Ford Mustang blanche, se gara sur le bord du trottoir, la radio à fond. Puis le silence se fit, les phares s'éteignirent…

Dante ferma les yeux et se concentra. Tel un scanner, son esprit capta les milliers de voix qui résonnaient dans la ville autour de lui, puis plus près, encore plus près, jusqu'à ce qu'il perçoive celle du conducteur. C'était un homme jeune, légèrement ivre. Il fredonnait gaiement à l'idée de la nuit qu'il allait passer en compagnie de sa passagère. Ils se désiraient, tous les deux, il en était certain, et ça donnait des ailes au jeune homme. Il espérait juste avoir le temps d'en profiter au maximum avant que l'alcool qu'il avait absorbé ne l'assomme. Il décida d'arrêter de boire pour ce soir…

Dante s'insinua dans son cerveau aussi silencieusement qu'un voleur. Chaque fois que le type songeait à ses clés de contact, il ramenait ses pensées vers l'alcool, le sexe et la fille assise à côté de lui. C'était un jeu d'enfant lorsqu'ils avaient bu.

Bientôt, la jeune femme sortit de la voiture en riant, et son compagnon la rejoignit. Un bras autour de sa taille, il l'entraîna d'un pas mal assuré vers l'entrée d'un bâtiment. Dante les suivit mentalement dans l'escalier. Quand il sortit de l'esprit de l'homme, il était épuisé, vidé du peu d'énergie qu'il lui restait.

Courbé en deux par la douleur, il marcha jusqu'à la voiture en traînant la jambe. Dieu merci, les clés se trouvaient bien sur le tableau de bord. Il ouvrit la portière, monta à bord et démarra.

Il avait besoin de sang. Et besoin de suturer sa blessure afin qu'elle se referme pendant son sommeil diurne. Fina l'avait laissé tomber — même si, de son point de vue à elle, c'était lui qui l'avait abandonnée. Il ne lui restait donc plus que Belinda, la femme qu'il entretenait à Bangor.

Il lui fallut près d'une heure pour arriver chez elle. Grâce à sa carte d'accès, il pénétra dans l'immeuble sans encombre, et prit l'ascenseur. Par chance, il ne croisa personne. A cette heure tardive, tout était sombre et silencieux.

Enfin, il atteignit l'étage désiré. Plus que quelques minutes et il serait sauvé.

Il tomba plus qu'il s'appuya sur la porte, et frappa. Pas de réponse. Il ouvrit, et entra en trébuchant.

Belinda était allongée sur le canapé, toute vêtue de rouge. Elle l'accueillit d'un regard fixe. Non. Elle n'était pas habillée. Ses bras étaient écartés, et il vit ses poignets tailladés. Il y avait du sang partout : sur les murs, le plafond, la moquette, le canapé… Le corps de Belinda en était couvert. Du sang mort. Inutile.

— Tu croyais que je n'étais pas au courant de son existence, Dante ?

Dante pivota si rapidement qu'il faillit perdre l'équilibre. Stiles lui faisait face, un sourire cruel sur les lèvres.

— Je n'ai pas eu le choix. Il fallait que je détruise ta réserve de sang. Je savais que tu viendrais ici cette nuit. Tu avais trop besoin d'elle.

— Elle n'y était pour rien. Elle était innocente… Salaud ! Immonde…

Dante s'élança vers Stiles, prêt à le tuer. Il ne réussit qu'à tomber en avant, et se rattrapa de justesse à la table.

— Que veux-tu, reprit Stiles avec un haussement d'épaules, la fin justifie les moyens… Au fait, je t'informe que j'ai reformé un petit groupe avec les anciens du DIP. Oh, on n'est pas très nombreux. Juste une poignée. Les survivants de la fameuse révolte des vampires à White Plains.

Dante secoua la tête.

— Le gouvernement…

— Il n'a rien à voir dans tout ça. Nos fonds sont privés. Ceux de ta race ne devraient pas s'en prendre à n'importe qui, Dante. Les hommes riches ont le goût de la vengeance. Et ils en ont les moyens.

Dante parvint à garder la tête droite, malgré son envie de la laisser tomber en avant.

— Des assassins admirables, dit-il dans un souffle.

— Des chasseurs de vampires. Même si personne ne nous paie, on le fait… pour le plaisir.

Stiles marcha vers lui. Soudain, trois autres hommes sortirent de l'ombre, l'un armé d'un revolver, l'autre d'une arbalète, le troisième d'un pieu. Dante grimaça devant cette arme-là. C'était un tel cliché.

— Je vois que vous avez un bleu.

Stiles s'esclaffa.

— Ravi de constater que tu gardes le sens de l'humour dans un moment pareil. Mais non, Dante, tu te trompes : ce n'est pas un bleu. Ce pieu est enduit d'un nouveau produit chimique qui devrait nous débarrasser une bonne fois pour toutes de ceux de ton espèce. Mais, bien sûr, il faut le tester pour en être certain.

Lui soulevant le menton, il ajouta :

— Et devine qui va nous servir de cobaye ?

Dante concentra toute la force qui lui restait dans le poing qu'il lança dans le ventre de Stiles. Sous le choc, celui-ci recula d'un pas, plié en deux. Ses acolytes s'élancèrent en avant…

— Plus personne ne bouge !

Lou Malone se tenait devant l'entrée, revolver en main. Les trois hommes s'immobilisèrent.

— Lâchez vos armes !

Revolver, arbalète et pieu tombèrent au sol.

— Reculez jusqu'au mur du fond. Allez, plus vite que ça ! Face au mur ! ordonna-t-il en agitant son arme pour les presser. Mains derrière la tête, jambes écartées, front sur le mur… Voilà qui est mieux.

Il adressa un signe de tête à Dante. Celui-ci se dirigea vers la porte. En passant, il ne put s'empêcher de ramasser le pieu pour l'examiner. Une brûlure atroce lui incendia aussitôt la paume. Il relâcha vivement le morceau de bois, et contempla avec incrédulité la fumée qui s'élevait de sa chair. Puis il se ressaisit, et sortit dans le couloir.

— Ma voiture est en bas, lui indiqua Lou. J'ai laissé le moteur tourner. Attendez-moi à l'intérieur, je vous rejoins tout de suite.

Pendant qu'il décrochait le téléphone pour appeler les renforts, Dante descendit l'attendre dans la voiture.

Lou assomma les trois hommes avec la crosse de son revolver, puis il glissa la chaîne de ses menottes derrière un vieux radiateur en fonte, et referma celles-ci autour des poignets de deux d'entre eux. Quant à Stiles et au troisième, il les enferma dans un placard où ils resteraient tranquilles jusqu'à ce que les flics du coin rappliquent. Après ça, ils faudrait encore qu'ils s'expliquent. Ce qui devait lui laisser le temps de mettre son prisonnier surnaturel à l'abri. Sans doute la chasse n'était-elle pas terminée mais, cette fois, au moins, Stiles ne foutrait pas son travail en l'air.

Surpris de voir que Dante l'attendait, effectivement, dans sa voiture, Lou s'installa au volant et roula jusqu'à son hôtel à Easton. A l'arrivée, il prit soin de passer par la porte de derrière pour conduire le vampire dans sa suite. Celui-ci semblait à bout de forces. Il dut quasiment le porter dans l'ascenseur pour qu'il ne s'effondre pas. Une fois à l'intérieur, il le transporta directement dans la salle de bains, et l'assit sur le carrelage, le dos contre le mur.

Dante ne bougeait plus. Merde ! Est-ce qu'il était mort ? Si, au moins, il avait su comment s'en assurer. Fallait-il lui tâter le pouls ? Un vampire avait-il un pouls ?

Dans la trousse de toilette de Lydia, il trouva un nécessaire à couture de secours. Parfait. Au moins pouvait-il recoudre la plaie de Dante. Le sang, qui avait recommencé à s'en écouler, formait déjà une flaque rouge sur le sol.

A l'aide des ciseaux, Lou découpa le jean de Dante juste au-dessous du garrot de fortune. Puis il jeta le morceau de tissu imbibé de sang dans la baignoire, et contempla tour à tour la jambe de Dante et l'aiguille posée sur le bord du lavabo.

— Merde.

Il se leva pour aller dans le salon. Là, il sortit deux bouteilles du minibar : une de whisky, une de vodka. Il ouvrit la première, la porta à ses lèvres, but une longue gorgée.

Puis, avec un soupir, il emporta la vodka dans la salle de bains. Sans prendre le temps de réfléchir, il en versa sur la cuisse du blessé. Le liquide rinça le sang et arracha à Dante un grognement de douleur. Lou releva la tête vers lui : ses yeux étaient ouverts.

— Je commençais à me demander si vous étiez mort.

— Bon sang ! Qu'est-ce que vous êtes en train de me faire ?

— Dites-moi si je me trompe, mais j'ai l'impression que ce truc ne s'arrêtera de saigner que lorsque vous n'aurez plus une goutte de sang en vous. Ce qui me semble plutôt dangereux, même pour un vampire.

Refermant les yeux, Dante acquiesça :

— Surtout pour un vampire.

— C'est bien ce que je pensais, dit Lou en reprenant l'aiguille.

Il l'arrosa d'une goutte de vodka.

— C'est inutile, lui dit Dante. Ça ne risque pas de s'infecter.

— Si vous le dites.

Avec un haussement d'épaules, Lou se pencha au-dessus de la plaie.

— Préparez-vous.

Il planta l'aiguille dans la chair de Dante, et sursauta quand celui-ci se mit à hurler de douleur.

— Ça, alors ! Je croyais que les vampires étaient forts.

— Les sensations… sont… amplifiées, chez les vampires, expliqua Dante entre ses dents serrées.

— Oh ! Je l'ignorais.

Lou regarda le visage de Dante, déformé par la souffrance.

— Vous voulez que j'arrête ?

— Non.

En enfonçant de nouveau l'aiguille dans la chair du vampire, Lou ne put s'empêcher de grimacer.

Finalement, après quatre points nets et serrés, la plaie fut suturée. Lou contempla son travail d'un air satisfait.

— Il y en a une autre… identique, lui annonça alors Dante. De l'autre côté.

— Vraiment ?

Lou vida d'un trait la bouteille de vodka, puis il aida Dante à se tourner.

C'était insupportable d'infliger pareil supplice à un être vivant — même s'il s'agissait d'un vampire. Lou se sentait sur le point de vomir quand, enfin, il reposa son aiguille. Quant à son patient, recroquevillé sur le sol, il gémissait en frissonnant. Mais le résultat était là, bien visible : Dante ne saignait plus. Et ses plaies ne se rouvrirent pas lorsque Lou le prit à bras-le-corps pour le mettre dans la baignoire et rincer sa jambe du mieux qu'il put. Après quoi, il l'essuya et l'aida à s'allonger sur le lit le plus proche.

S'il réussissait à passer la nuit, il serait sauvé. Du moins était-ce ce qu'il avait cru comprendre à la lumière de leur courte conversation. Apparemment, les vampires guérissaient le jour, pendant leur sommeil.

Après avoir nettoyé la salle de bains, Lou s'installa sur une chaise, près de Dante, décidé à le veiller jusqu'au lever du soleil. La nuit promettait d'être longue…

Avec un soupir, il décrocha le téléphone, appela l'hôpital, et demanda à parler à Maxie.

La voix de la jeune femme, à l'autre bout du fil, lui parut soucieuse et extrêmement lasse. Bien trop soucieuse pour une fille comme elle. Il aurait voulu dire quelque chose pour lui remonter le moral, la réconforter. Mais quoi ? Il n'en avait aucune idée.

— Comment va Morgan ?

Question stupide. Comme s'il ne le savait pas !

— Ils l'ont mise sous perfusion. En attendant un donneur. S'ils n'en trouvent pas, elle mourra.

Sa voix se brisa, l'empêchant de cacher plus longtemps qu'elle pleurait.

— Je suis désolé, Maxie.

— Tu l'as trouvé ?

— Dante ? Ouais. Lui non plus n'est pas en grande forme. J'ai fais de mon mieux. Il se repose, maintenant.

— Et Stiles ?

— Si tout s'est passé comme je l'espère, lui et ses amis doivent être en train d'expliquer leur histoire aux flics du coin. En toute logique, ils ne reviendront pas à la charge avant demain matin. Au pire….

— Morgan devrait donc être tranquille pour cette nuit.

— A première vue, oui.

Suivit un silence.

— Maxie… Je suis désolé de t'avoir laissé tomber.

Elle ne répondit pas. Baissant la tête, Lou chercha un moyen d'enchaîner. Finalement, il déclara :

— Je suis à l'hôtel. Tu as le numéro, n'est-ce pas ?

— Oui.

— Je compte rester près de Dante jusqu'au lever du jour. Si j'ai bien compris, il ne représente aucun danger durant le jour, c'est ça ?

— D'après ce que j'ai lu dans les dossiers, oui.

— Ecoute, demain matin, je l'installe dans un endroit à l'abri de la lumière et, aussitôt après, je te rejoins et on décide de ce qu'on fait, d'accord ?

— D'accord.

— Tu m'appelles si tu as besoin de moi.

— Je m'en sors, c'est bon.

Ces mots lui firent mal. Comme si elle lui signifiait qu'elle n'avait nul besoin de lui, qu'elle n'aurait plus jamais besoin de lui. Parce qu'il l'avait trahie. Il l'avait laissée tomber et, maintenant, c'était lui qui tombait de ce foutu piédestal sur lequel elle l'avait si longtemps installé.

— Parfait.

Il retint son souffle, soupira.

— Bonne nuit, Lou.

Elle raccrocha.

La tonalité de fin de communication résonna, glaciale, dans son oreille. Avec un nouveau soupir, il raccrocha et se leva. Une fois encore, il vérifia que les portes et les fenêtres étaient bien fermées, puis, pour plus de sécurité, il alla prendre les bouteilles vides qu'il avait jetées dans la poubelle et les plaça devant la porte. Si quelqu'un entrait, il était sûr de l'entendre.

Après quoi, il regagna sa chaise, près du lit où dormait le vampire, et s'autorisa à fermer les yeux.

— Tu es dure avec lui.

Maxine reposa le téléphone sur le bureau des infirmières et se tourna vers Lydia.

— C'est la mère qui parle ou c'est juste un avis amical ?

Lydia encaissa la remarque du mieux qu'elle put.

— Je suppose que je l'ai mérité, dit-elle. Du moins, de ton point de vue.

Maxie poussa un soupir. Si Lydia voulait la culpabiliser, c'était gagné. Mais il était hors de question qu'elle le lui montre.

— Comment va Morgan ? demanda-t-elle.

— Toujours pareil. Ils lui ont mis tous les appareillages possibles. Perfusions, électroencéphalogramme, la totale…

Lydia baissa vivement les yeux. Pas assez vite, cependant, pour cacher son émotion. Ses paupières étaient gonflées, comme si elle avait pleuré toute la nuit.

— Mon Dieu ! gémit-elle. J'aimerais tellement avoir le temps de lui dire…

— Quoi ? Que tu es sa mère ? coupa Maxine. Tu en as eu l'occasion, Lydia, mais tu ne l'as pas saisie. Ni avec Morgan ni avec moi.

Lydia redressa lentement la tête, et croisa le regard de sa fille.

— Je veux juste lui dire que je l'aime, rien de plus. Je n'ai jamais eu l'intention de vous avouer… le reste.

A ces mots, Maxine sentit sa gorge se nouer.

— Pourquoi ?

— Je te l'ai déjà expliqué. Ça fait quel effet d'apprendre que sa mère était une putain ?

Cette fois, ce fut à Maxine d'accuser le coup. Comme si Lydia l'avait giflée.

— Tu as honte de ce que tu étais ?

— Non. Moi, je n'ai pas honte. Mais je savais que toi, tu en aurais honte. Comme ta sœur, si elle l'apprenait.

— Tu nous connais donc si bien que ça ? Au bout de… Combien… ? Quelques jours ?

L'entrée d'une infirmière mit fin à leur conversation.

— C'est possible de me transférer l'appel dans la chambre de ma sœur si jamais quelqu'un essaie de me joindre ? lui demanda Maxine.

— Je regrette, mais les téléphones sont interdits en soins intensifs. En revanche, il y en a un à votre disposition dans la salle d'attente. Ainsi qu'une télé. C'est dans le couloir, sur la droite après la chambre de votre sœur.

— Si on me téléphone, vous pourrez transférer l'appel là-bas ?

— Bien sûr.

Maxine acquiesça, puis se tourna vers Lydia pour lui faire signe de la suivre. En passant devant les soins intensifs, elle jeta un coup d'œil à la chambre de Morgan à travers la grande baie vitrée. David était assis près d'elle. Il lui tenait la main et lui parlait.

— Même scène. Seul l'hôpital change, murmura-t-elle pour elle-même.

— C'est ici.

Maxine reporta son attention sur Lydia, qui se tenait devant une porte ouverte de l'autre côté du couloir. Elle passa devant elle, examina la pièce. Outre trois distributeurs de confiseries, boissons fraîches et café, il y avait une télévision, une radio et un téléphone. Pas un téléphone à pièces mais un poste particulier, nota-t-elle.

Prenant soin de laisser la porte grande ouverte pour voir ce qui se passait dans la chambre de sa sœur, elle s'assit sur une chaise.

Lydia mit une pièce dans la machine à café, et attendit que son gobelet se remplisse.

— Tu as dit, tout à l'heure, que tu n'avais pas honte de la manière dont tu avais gagné ta vie, autrefois, lui rappela Maxine d'une voix douce. Je peux savoir pourquoi ?

Lydia porta le gobelet de café à ses lèvres, en but une gorgée, fit la grimace.

— Parce que je n'avais pas le choix, répondit-elle.

Maxine attendit, mais elle n'avait visiblement pas l'intention d'en dire plus.

— Je t'en prie, Lydia. Tu ne crois pas que j'ai le droit de connaître toute l'histoire ?

Avec un soupir, Lydia s'assit à son tour, avala une autre gorgée de café, et posa tranquillement son gobelet sur le sol, à côté d'elle, avant d'acquiescer :

— Sans doute. Mais je te préviens : ce n'est pas très joli.

— La vérité l'est rarement.

— Mon père est mort quand j'avais dix ans. Un an plus tard, ma mère se remariait avec un autre homme qui n'a pas tardé à me maltraiter.

Sa voix était froide, monocorde, dépourvue d'émotion.

— Il t'a battue ?

— Battue, violée... Il s'en est pris à moi de toutes les manières possibles. A ma mère, aussi. Mais elle n'a jamais eu le courage de partir. Moi, si.

— Tu as fui ? A quel âge ?

— Quatorze ans. Quand j'ai su de façon certaine que ma mère ne me protégerait pas de ce salaud. Elle n'était même pas capable de se protéger elle-même. Et il devenait de plus en plus violent. J'ai compris que, si je ne partais pas rapidement, il allait me tuer.

— Où es-tu allée ?

Maxine contemplait Lydia. Son regard était fixe. Comme hanté.

— Nulle part. Je n'avais aucun endroit où aller. Je me suis contentée d'errer dans la ville. J'ai fini par m'y faire des amis. La drogue m'a d'abord aidée à supporter la situation. Puis, on m'a montré comment survivre. Au début, l'idée de vendre son corps est insupportable, et puis, la faim aidant, on s'y habitue. Sans compter que c'était toujours mieux que ce que j'avais connu chez moi. Là, au moins, c'était moi qui décidais quand, comment et avec qui… Du moins, c'est ce que je me racontais. Et on me payait pour ça.

Elle haussa les épaules avant de poursuivre :

— Ça a duré un bon moment… Jusqu'à ce que je découvre que j'étais enceinte.

Maxine sentit son estomac se nouer.

— Tu ne les obligeais pas à mettre un préservatif ?

— Je ne pouvais pas les *obliger*, comme tu dis, à grand-chose. Qu'est-ce que tu crois ? C'est un monde dangereux. Tu tombes sur le mauvais type, et tu te retrouves avec des bleus. Ou pire.

— Qu'est-ce que tu as fait quand tu as appris que tu étais enceinte ?

Lydia baissa la tête.

— Il y avait cette vieille femme. Elle s'appelait Mary Agnes Brightman, mais tout le monde la surnommait Nanna. Elle possédait une grande propriété à White Plains où, d'après ce qu'on racontait, elle hébergeait des adolescentes en difficulté. J'ai décidé d'aller la voir.

— Et elle t'a hébergée ?

— Oui. Elle n'avait aucun titre officiel, aucune autorisation : juste un cœur gros comme ça. Pendant mon séjour, on était six à résider chez elle à plein temps. Mais il y avait beaucoup d'autres filles qui passaient. Nanna nous nourrissait, nous habillait, nous parlait comme si on avait été des personnes normales et intelligentes.

Elle poussa un long soupir.

— Certaines décidaient d'avorter et, quand c'était le cas, Nanna payait pour elles ; elle les emmenait chez un bon médecin et veillait à ce qu'elles rencontrent un psychologue avant et après. Quant à celles qui voulaient garder l'enfant, elle les aidait à trouver un logement, un travail, une garderie ; elle remplissait avec elles les formulaires pour obtenir des aides financières. Et puis, il y avait celles qui choisissaient de donner leur enfant à une famille adoptive. Celles-là s'adressaient au fils de Nanna, un avocat, qui les mettait en relation avec les personnes intéressées et s'occupait de tout, gratuitement.

— C'est le choix que tu as fait.

Lydia hocha la tête.

— Nanna et son fils, Brian, m'ont emmenée voir le couple qui souhaitait adopter mon enfant. Oh, je ne les ai pas rencontrés. Je ne connaissais même pas leur nom, mais j'ai pu les observer pendant qu'ils faisaient leurs courses dans les magasins. Ils avaient fini par être parmi les premiers sur la liste de Brian, et ils savaient qu'ils auraient un bébé dans l'année. Alors, ils achetaient un lit, une poussette... Et moi, je les regardais. La femme avait les larmes qui lui montaient aux yeux dès qu'elle prenait un petit vêtement ou une peluche dans les mains. Elle aurait vraiment pleuré si son mari n'était pas intervenu en lançant une remarque amusante et en plaisantant jusqu'à ce qu'elle retrouve le sourire. Ils avaient l'air... tellement bien ! Tu comprends ? Gentils. Normaux. Et cette femme, mon Dieu, elle te désirait tant.

Lydia poussa un nouveau soupir, et reprit :

— Ce soir-là, Brian m'a montré des photos de leur maison. Il n'avait pas le droit de me dire où ils habitaient, et je n'aurais jamais imaginé qu'ils puissent être aussi proches : à White Plains.

Elle plongea son regard dans celui de Maxine.

— J'étais sûre que tu serais heureuse avec eux.

Maxine sentit les larmes lui piquer les yeux.

— Ils ne voulaient pas nous adopter toutes les deux ?

— Ils n'ont jamais su que tu avais une sœur. Quand j'ai appris que j'attendais des jumelles, Brian m'a assuré qu'elles iraient toutes les deux chez les gens que j'avais vus. Mais ça ne s'est pas passé comme ça. Il a confié ta sœur à une autre famille.

— Pourquoi ?

— Oh, il pensait agir pour le mieux, répondit Lydia, un mélange de tristesse et d'amertume dans la voix. Il a voulu aider un vieil ami qui souhaitait désespérément un enfant. Il n'avait pas l'intention de faire de mal à qui que ce soit, j'en suis sûre. Et pourtant, il en a fait. Beaucoup. Je n'ai appris la vérité que plusieurs années plus tard, à la mort de Nanna. Elle avait découvert ce qui s'était passé, et elle était furieuse contre lui. C'est pour ça qu'elle m'a légué sa maison. C'était comme un dédommagement pour m'avoir involontairement trahie.

— Et tu as poursuivi son œuvre, c'est ça ?

— Entre deux boulots, je retournais là-bas pour aider les filles qui arrivaient. En nous accueillant chez elle, Nanna nous faisait promettre que, quoi qu'il arrive, nous ne reviendrions pas à notre ancienne vie. Kimbra et moi, nous avons été parmi les rares à respecter cette promesse. C'est chez Nanna qu'on s'est rencontrées…

Lydia haussa les épaules, comme pour chasser un souvenir trop douloureux.

— Quand Nanna est morte et qu'elle m'a légué la maison, j'en savais presque autant qu'elle sur la manière de la gérer. Kimbra, quant à elle, s'est découvert un véritable don pour tout ce qui avait trait à l'administration et aux relations publiques. C'est grâce à elle qu'on a pu obtenir toutes les autorisations nécessaires et ouvrir un centre d'accueil officiel.

Retenant sa respiration, Maxine regarda sa mère droit dans les yeux pour lui demander :

— Et tu penses vraiment que Morgan et moi, on pourrait avoir honte de cette histoire ?

Lydia détourna la tête.

— En partie, au moins.

— Rien du tout ! s'écria Maxine en lui prenant la main. Tu ne t'étais pas trompée au sujet de ce couple : j'ai eu l'enfance merveilleuse dont tu rêvais pour moi. Mes parents adoptifs étaient des gens formidables. Je n'ai jamais manqué de rien. Surtout pas d'amour.

Lydia ferma les paupières.

— Seigneur ! Tu ne peux pas savoir comme ça me fait du bien d'entendre ça. C'était si dur de… te laisser.

— Je m'en doute. Mais je crois que tu as fait le bon choix. Et je t'en remercie.

— Le bon choix ? Pour toi, peut-être. Mais Morgan…

— Morgan ne nous a pas encore quittées. N'oublie pas qu'elle est forte. Elle a de qui tenir…

Sans se concerter, elles tournèrent toutes deux la tête en direction du couloir, vers la chambre où Morgan dormait.

Lydia se leva lentement.

— Je… Je vais aller m'asseoir près d'elle un instant.

— Tu as raison. David a l'air d'avoir besoin d'un break.

Maxine hésita un instant, puis, dans un geste gauche, elle se leva et prit Lydia dans ses bras. Celle-ci la pressa contre son cœur, puis la relâcha.

— Je crois que je vais rappeler Lou, déclara Maxie.

— Bonne idée, approuva sa mère avec un sourire tendre.

Lou était endormi sur sa chaise, la tête penchée sur le côté, l'oreille écrasée contre son épaule. Quelque chose le réveilla. Deux choses, en fait. L'une était la sonnerie du téléphone. L'autre, la voix de Dante, tout près de lui. Juste devant son visage.

— Je regrette vraiment de devoir faire ça, Malone. Mais je n'ai pas le choix.

Le téléphone sonna de nouveau, et Lou ouvrit grand les yeux. Dante était penché au-dessus de lui. Il leva un bras pour le repousser, mais sa chaise bascula en arrière, et le vampire tomba sur le sol avec lui. L'instant suivant, il fondait sur sa gorge.

Se débattant, Lou balaya l'air de son bras droit, attrapa le pied de la table de nuit, la renversa. Le téléphone tomba à terre. De loin, il entendit la petite voix de Maxine qui l'appelait.

— Nom d'un chien ! s'écria-t-il.

Il serra les dents, luttant contre la faiblesse qui l'envahissait à mesure que le vampire aspirait son sang.

— Je vous ai sauvé la vie !

Il pensait avoir crié, mais seul un murmure avait franchi ses lèvres.

— Je vous ai aidé…

Son cœur résonnait dans sa poitrine, rapide, trop rapide. Il essayait toujours de repousser le vampire, mais ses efforts demeuraient vains.

Finalement, Dante se redressa et le laissa retomber en arrière sur la moquette.

— Et vous m'avez encore aidé, déclara-t-il.

Il semblait… changé. Plus fort. Son regard brillait, sa peau irradiait de vie.

Ma vie, songea Lou avec horreur.

Dante s'essuya la bouche du revers de la main, puis le souleva dans ses bras pour aller l'étendre sur le lit. Ensuite, il ramassa le téléphone, le posa sur la table de nuit et porta l'écouteur à son oreille.

— Votre petit ami a besoin de vous, Maxine, annonça-t-il. Il vous attend à l'hôtel. Ne perdez pas de temps. Je ne l'ai pas vidé mais je mourais de soif.

Puis il raccrocha.

Lou gémit, tendit le bras vers l'appareil. Il savait ce que Dante cherchait à faire : il voulait attirer Maxine ici afin de pouvoir s'approcher tranquillement de Morgan. Il fallait l'en empêcher…

Dante baissa les yeux vers lui.

— Je suis vraiment désolé. Je n'ai pas d'autre choix.

Sur ce, il se détourna et sortit. Lou essaya de s'asseoir pour attraper le téléphone. Il se redressa de quelques centimètres… et retomba en arrière, inconscient.

24.

— Attendez !

Seule la tonalité de fin de communication lui répondit. Un instant, Maxine sentit la panique la gagner, refermer ses griffes froides autour de son cerveau et le paralyser. Un instant seulement… Se ressaisissant, elle rétablit le contact et appuya sur la touche de rappel automatique.

Une voix électronique lui communiqua le numéro du dernier appel reçu. Celui de l'hôtel. Le vampire n'avait pas menti sur ce point.

Avait-il également dit la vérité à propos de Lou ?

Elle raccrocha d'un geste vif, quitta précipitamment la pièce, et fit une halte devant les Soins intensifs pour regarder sa sœur, endormie dans son lit. Pourquoi Dante lui avait-il téléphoné ? Par sollicitude envers la proie qu'il venait de saigner ? Non. Ce qu'il voulait, c'était l'éloigner de Morgan.

Seigneur ! Elle ne pouvait tout de même pas choisir entre la vie de sa sœur et celle de Lou.

En revanche, il y avait un moyen de sauver les deux à la fois !

En courant, elle retourna dans la salle d'attente, et composa le 911. Elle expliqua au régulateur des urgences que Lou risquait de mourir d'hémorragie, et lui donna l'adresse de l'hôtel. Puis elle sortit de sa poche la carte de visite de

Stiles sur laquelle était inscrit son numéro. Il ne restait plus qu'à espérer que Lou n'avait pas réussi à l'éloigner toute la nuit, comme il projetait de le faire…

Il faisait sombre par cette nuit sans lune. Des volutes de brume se mirent à tournoyer. Morgan eut l'impression de flotter avec elles. Puis la fille aux cheveux platine apparut. Elle aussi flottait.

— Bonjour, dit-elle. Je te connais.

Morgan secoua lentement la tête.

— Non.

— Si. C'est toi. J'ai entendu Maxie me parler de toi.

— Tu connais Maxine ?

— Tu es la sœur qu'elle a retrouvée, non ?

La fille blonde sourit. Un sourire qui mourut aussi vite qu'il était apparu quand elle expliqua :

— Maxie n'arrête pas de me demander de revenir. Et je veux revenir. Mais je ne trouve pas le chemin.

Morgan soupira, trop épuisée pour seulement hocher la tête.

— Je connais le chemin, murmura-t-elle.

Les mots venaient lentement, avec effort. C'était plus une suite de murmures qu'une phrase.

— Mais je n'en ai pas la force.

La tête inclinée sur le côté, la fille blonde demanda :

— Tu crois qu'on pourrait s'entraider ? Revenir ensemble, par exemple ?

— Je ne pense pas que ça marche ainsi. Je dois mourir, c'est prévu. Je l'ai toujours su.

— Je ne suis pas d'accord. Tu as vu comme certains partent vite d'ici ? Ils ne font que passer.

Dieu, que sa tête était lourde ! Elle était tellement fatiguée.

— Je n'ai vu personne.

— Qu'est-ce que tu racontes ? Evidemment que tu les as vus. Regarde ! Il y en a un qui passe, là !

Morgan n'aperçut qu'un bref éclat de lumière à travers l'écran bleu de la brume.

— Je croyais qu'il s'agissait d'étoiles filantes.

— Pas du tout. Je les ai observés. Je suis sûre qu'ils sont comme nous. Sauf qu'eux, ils savent où ils vont. Alors que nous, on est… coincées. Parce qu'on ne sait pas. Ça doit avoir un sens, non ?

Morgan haussa les épaules, trop lasse pour avoir un avis.

— Ecoute, je vais t'aider. Je suis forte. Mon problème, c'est juste que je ne sais pas par où passer. Je vais t'aider et toi, tu m'indiqueras la route à suivre, d'accord ?

— Je… ne peux pas.

— Bien sûr que tu peux.

La fille blonde se pencha pour lui prendre la main. Aussitôt, Morgan sentit l'énergie pulser en elle. Le souffle de la vie. La fille lui tira doucement le bras. Elle se mit debout et se sentit aussitôt légère.

— Alors ? demanda la fille. C'est par où ?

Morgan émergea lentement, sans comprendre ce qui se passait. Elle ne savait qu'une chose : elle avait terriblement besoin de Dante. Où était-il ? Pourquoi ne l'avait-il pas rejointe, comme promis ?

Elle n'avait pas la force de lever la tête pour regarder autour d'elle, et les sons qui lui parvenaient étaient étouffés. Comme à travers une brume, elle distingua le visage de Maxine, sa sœur, qui parlait avec Lydia et David.

— Lou va arriver aux urgences d'un moment à l'autre. Descendez l'attendre en bas. S'il est… vraiment mal, remontez me prévenir. Autrement…

— Ne vous inquiétez pas : on a compris, déclara David, le regard grave. Soyez prudente, Maxine.

Maxie hocha la tête. Qu'était-il arrivé à Lou Malone ? se demanda Morgan. Et pourquoi David conseillait-il à Maxie d'être prudente ?

Craignait-il que Dante s'approche d'elle ?

Oh, mon Dieu, par pitié, faites qu'il vienne !

Dès que David et Lydia furent sortis, Maxine ouvrit la porte du placard, pénétra à l'intérieur et referma derrière elle.

Qu'est-ce que ça signifiait ?

Morgan attendit en silence, le cœur battant. La lumière était éteinte. Seule la lueur des appareils électroniques autour de son lit éclairait la pièce, donnant à la peau de ses mains une couleur verdâtre. Elle pouvait entendre le tic-tac de chaque seconde qui passait, tandis qu'elle attendait en se demandant à quoi jouait sa sœur.

La fenêtre s'entrouvrit. Une légère brise fit onduler les rideaux. Puis une ombre apparut. Morgan sentit son cœur faire un bond dans sa poitrine lorsqu'elle vit Dante sauter comme un chat dans la pièce. Il la regarda, et elle eut l'impression que tout se remettait à vivre autour d'elle. Elle aurait voulu crier de joie, pleurer, sauter du lit pour se jeter dans ses bras, mais elle était incapable de parler, de bouger. Une larme roula sur sa joue. Dante l'aperçut. L'amour éclaira son regard, et il se précipita vers elle, sans même penser à vérifier s'il y avait quelqu'un d'autre dans la chambre. Ses mains longues et fines lui caressèrent les cheveux, le visage. Morgan se rendit compte qu'il pleurait.

— Je suis là, murmura-t-il. Tout va bien, maintenant, mon amour. Je suis là.

Il se pencha vers elle, ses lèvres touchèrent les siennes...

Ce fut alors que la porte de la chambre s'ouvrit.

Dante fit volte-face, juste à temps pour voir Frank Stiles faire irruption dans la pièce. L'instant suivant, trois autres hommes — des acolytes, sans aucun doute — apparurent à leur tour, surgissant de la salle de bains. Ils pointèrent leurs armes sur Dante.

Maxine sortit du placard.

— Eloignez-vous d'elle, Dante ! ordonna-t-elle.

Morgan sentit son pouls s'accélérer. Elle essaya de parler, leva faiblement la main pour protester, mais personne ne s'intéressait à elle.

— Vous ne savez pas ce que vous faites, dit doucement Dante, son regard brillant d'émotion. Je vous en prie, Maxine, elle va mourir ! Votre sœur va mourir si vous m'empêchez de l'aider.

— Désolé, Dante, mais je ne vous crois pas. Pas après ce que vous avez fait à Lou.

Lou ? s'étonna Morgan. Qu'est-ce que Dante avait fait à Lou ?

Ne t'inquiète pas, mon amour. Malone va bien, répondit Dante dans son esprit. *Ne meurs pas. Je vais revenir, je te le jure.*

Sur quoi, il s'élança vers la fenêtre.

Stiles tira sur lui. Morgan retint sa respiration. Il n'y eut pas d'explosion, juste un petit « pop » quand la fléchette vint se ficher dans l'épaule de Dante. Aussitôt, il bascula en avant, tomba à genoux.

— Ça marche ! s'écria l'un des hommes.

Dante adressa à Maxine un regard empli de douleur.

— Pour l'amour de Dieu, ne les laissez pas faire !

Maxine s'approcha de lui.

— Vous avez gâché toutes vos chances de gagner ma compassion en vous attaquant à Lou Malone, Dante. Il était le seul à vous accorder le bénéfice du doute. Le seul qui voulait vous aider. Et vous vous en êtes pris à lui.

— Vous ne savez pas ce que vous faites.

Il tourna la tête vers Morgan. Et ce ne fut pas de la tristesse qu'elle lut sur son visage mais une promesse : celle de revenir, envers et contre tout. Sans un mot, il le lui jura.

— Reculez, mademoiselle Stuart. Nous nous occupons de tout, déclara Stiles.

Il fit signe à l'un de ses hommes. Celui-ci ouvrit le sac qu'il portait, et en sortit une corde à laquelle était attachée plusieurs poulies et mousquetons. Après avoir noué une extrémité autour du tuyau de chauffage, il lança l'autre par la fenêtre.

— Vous pouvez dire que vous vous en sortez bien, reprit Stiles. Une chance que votre petit ami n'ait eu qu'une seule paire de menottes sur lui. Autrement, on n'aurait pas pu sortir de ce fichu placard et, à l'heure qu'il est, on serait encore chez les flics.

L'un des hommes se pencha sur le corps, désormais inconscient, de Dante. Sous le regard horrifié de Morgan, qui ne pouvait que presser encore et encore le bouton d'appel près de son oreiller, il lui enserra la taille avec une ceinture et le souleva pour le faire basculer sur son épaule.

— Quand tu veux, Frank…, annonça-t-il à Stiles.

Enfin, l'infirmière arriva. Elle s'immobilisa sur le seuil, les yeux écarquillés.

— Qu'est-ce que… ?

— Nous sommes les gardes du corps de Mlle De Silva, madame, expliqua rapidement Stiles. Cet homme s'est introduit dans sa chambre. Nous l'en faisons sortir.

Tout en parlant, il agitait son pistolet devant lui. L'infirmière blêmit en découvrant son visage couvert de cicatrices.

— Tout ce qu'on vous demande, c'est de rester tranquille jusqu'à ce qu'on soit partis, d'accord ?

L'infirmière recula d'un pas. Puis, elle pivota sur les talons et se mit à courir dans le couloir en appelant à l'aide.

Comme s'il n'avait rien remarqué, le grand type qui avait jeté le corps de Dante sur son épaule alla s'asseoir sur le rebord de la fenêtre, dos au vide, la corde serrée dans ses mains gantées. Puis il plaça les deux pieds sur le bord et, d'une poussée, se laissa descendre en rappel le long de la façade. Le temps de ranger leurs armes dans leurs sac, et les autres l'imitaient. En un éclair, ils avaient tous filé. Comme si personne n'était jamais venu. Ou presque…

Maxine dénoua la corde fixée au tuyau, marcha jusqu'à la fenêtre et la lança dans le vide. Après quoi, elle ferma et retourna s'asseoir sur sa chaise avec un soupir.

Deux hommes de la sécurité en uniforme débarquèrent soudain dans la chambre, comme prêts pour le combat. Maxine leva les yeux vers eux, l'air à la fois surpris et contrarié.

— Que se passe-t-il ?

Celui qui devait être le chef releva le menton.

— On nous a avertis qu'il y avait des hommes armés dans cette chambre, madame.

Pendant ce temps, son collègue inspectait la pièce, ouvrant la porte de salle de bains, celle du placard, regardant sous les meubles… Sans succès. Il alla même se pencher par la fenêtre, mais Stiles et ses acolytes avaient filé depuis longtemps. Entièrement vêtus de noir, ils avaient toutes les chances de passer inaperçus.

— Des hommes armés ? s'étonna Maxie avec un ricanement moqueur. Vous êtes sûrs que votre indicateur n'a pas un peu trop forcé sur sa dose de médicaments ? Personne n'est entré ici depuis plusieurs heures.

Les deux hommes se concertèrent un instant, puis sortirent. Maxine nota, cependant, que l'un d'eux restait devant la porte.

Avec un soupir, elle prit la main de sa sœur et se pencha vers elle. Les yeux grands ouverts, Morgan plongea son regard dans le sien. Puis elle fit appel à toute son énergie et, cette fois, les mots franchirent ses lèvres.

— Si tu ne me le ramènes pas, dit-elle dans un chuchotement rauque, je mourrai en te haïssant pour ce que tu viens de faire, Maxie. Je le jure.

Les effets de la drogue commençaient à se dissiper. Dante revenait peu à peu à la vie. Il se sentait horriblement faible, mais assez conscient pour écouter, percevoir les odeurs, distinguer ce qui l'entourait. Il était allongé, pieds et mains liés, sur une surface plane et dure. Une table, probablement. Dans la pièce voisine, les hommes qui l'avaient enlevé fumaient en parlant à voix basse. Outre la fumée de cigarette, l'endroit sentait le moisi et le renfermé, comme s'il était resté longtemps inoccupé. En entrouvrant les paupières, il aperçut un mur à demi effondré, des toiles d'araignées et des planches brisées, une fenêtre de guingois aux carreaux cassés... Une maison abandonnée ?

— La drogue fait son effet. Tu as réussi, Frank. Tu as retrouvé la formule exacte de ce vieux Rogers.

— Ouais, et pile au bon moment ! Vous avez vu la vitesse à laquelle il est tombé ? lança un autre.

— Ça marche, en effet, répondit quelqu'un.

Dante reconnut aussitôt Stiles, et il sentit une bouffée de haine l'envahir.

— Du moins, pour l'instant. Mais, en ce qui concerne la suite des opérations, je n'ai aucune indication. Le reste des notes de Rogers a disparu dans l'incendie.

— En tout cas, il est « out », fit remarquer un autre homme. Je n'ai pas besoin d'en savoir plus.

— Dans ce cas, tu es un imbécile.

Suivit un long silence. Finalement, quelqu'un demanda :

— Qu'est-ce que tu comptes faire de lui, Frank ? Tu as dit qu'on n'était pas encore prêts pour garder des prisonniers.

— C'est exact. Les cellules de notre nouveau Q.G. ne sont même pas terminées. Et, même quand elles le seront, notre but ne sera jamais de capturer des hommes. Je veux que vous gardiez bien ça en tête, les gars. C'est la différence essentielle entre nos objectifs et ceux de l'ancien DIP. Notre mission, c'est de les éliminer. Les balayer de la surface du globe. Toute leur race. Ce qui ne doit pas nous empêcher d'en garder quelques-uns comme cobayes pour perfectionner nos armes.

Dante réprima un frisson. Stiles avait réorganisé l'ancien DIP. De son propre chef — et avec des visées encore plus meurtrières qu'auparavant.

— Celui-là, en tout cas, nous allons nous en débarrasser. Mais pas avant d'avoir étudié sur lui les effets du tranquillisant. Autant l'utiliser avant de l'égorger et de le regarder se vider de son sang.

Dante tira discrètement sur ses liens. Ils semblaient solides. Trop solides pour qu'il puisse espérer les briser, dans l'état de faiblesse qui était le sien. D'ailleurs, pourquoi l'aurait-il fait ? S'il ne pouvait pas sauver Morgan, il n'avait aucune raison de continuer à vivre. Bon sang, pourquoi lui avait-il fallu tant de temps pour comprendre à quel point ils étaient liés l'un à l'autre ? Elle, elle l'avait compris tout de suite. Elle était à lui. Faite pour lui. Il avait mis des siècles à la trouver et, maintenant, on la lui arrachait sans qu'il puisse rien faire pour s'y opposer.

— Va voir s'il est toujours inconscient, ordonna Stiles.

Des pas se rapprochèrent. Dante se tint parfaitement inerte.

— C'est bon ! cria l'homme.

— Vérifie !

L'homme resta silencieux un instant. Puis Dante l'entendit tirer sur sa cigarette. Il sentit un point chaud près de son cou. De plus en plus chaud… Un grésillement s'éleva quand le bout de la cigarette se posa sur sa peau. La douleur se déchaîna en lui. Déchirante. Insupportable. Il aurait voulu hurler, se dégager pour échapper à cette morsure intolérable. Au lieu de cela, il resta parfaitement immobile pour qu'ils ne le tuent pas, pour que tout ne soit pas vraiment terminé. Car, tant qu'il resterait en lui un souffle de vie, il aurait une chance de sauver Morgan. Une chance minime mais réelle. Assez réelle pour lui donner envie de survivre et d'échapper à ses geôliers.

La cigarette s'éloigna, mais la sensation de brûlure persista, s'insinuant dans chacune de ses cellules. Il pouvait sentir l'odeur de sa chair calcinée.

— Pas de doute, conclut l'homme. Il est bien inconscient.

Morgan se tenait immobile dans son lit, trop faible pour faire quoi que ce soit. Même parler l'épuisait. Elle n'en avait plus pour très longtemps, elle le sentait au fond de son être. Et elle s'en moquait. Dante seul comptait pour elle. La mort n'avait aucune importance. Elle apparaissait même comme un soulagement, si elle ne pouvait pas vivre auprès de lui. Ce qui était insupportable, en revanche, c'était de le savoir entre les mains de ces démons. Ces hommes prêts à tout pour épancher leur haine.

Des larmes coulèrent le long de ses joues, tandis qu'elle restait là, dans le plus profond silence, incapable d'exprimer la douleur qui hurlait en elle. Elle ressentait l'absence de Dante dans tout son corps, toute son âme. Si fort qu'elle entendait à peine ce que lui disait cette fille qui prétendait être sa sœur. Elle ne cessait de se justifier, de se trouver des excuses pour avoir trahi l'homme que Morgan aimait. Il avait tiré sur sa meilleure amie, il avait attaqué Lou, c'était un assassin... Autant de mots beaucoup moins convaincants, beaucoup moins émouvants que ceux qu'avait écrits, autrefois, dans un journal, un homme un peu fou.

La porte s'ouvrit. Morgan tourna son regard embué vers Lou Malone. Il portait un pansement autour du cou mais, à part ça, il avait l'air en forme.

— Lou ! s'exclama Maxine en courant se jeter dans ses bras. Oh, mon Dieu, tu vas bien ? Je n'arrive pas à croire qu'il t'ait fait une chose pareille. A toi, qui as tout tenté pour l'aider. Je ne peux pas croire...

Sans achever sa phrase, elle demanda :

— Où sont David et Lydia ?

— Je leur ai dit de rentrer se reposer, répondit Lou.

Mais il s'était déjà détourné. Ses yeux se posèrent sur Morgan. Elle soutint son regard en priant pour qu'il voie sa douleur, qu'il devine sa prière. Elle entrouvrit les lèvres, s'obligea à articuler.

— Dante, murmura-t-elle dans un souffle.

— Je m'attendais à ce qu'il soit déjà venu, dit Lou.

Prenant Maxine par les épaules, il l'éloigna de lui et la dévisagea.

— Tu ne l'as pas vu ?

— Qui ? Dante ?

Lou acquiesça.

— J'étais sûr qu'il viendrait voir Morgan. J'avais tellement peur que tu essaies de l'en empêcher, avoua-t-il en fermant les yeux. Il peut devenir extrêmement dangereux quand il s'agit d'elle. A mon avis, il serait prêt à tout pour…

Maxine baissa la tête.

— Il est venu. Je savais qu'il le ferait. C'est pourquoi j'ai appelé Stiles et ses hommes.

Lou tressaillit. Il tourna les yeux vers Morgan, vers son visage baigné de larmes, et regarda de nouveau Maxine.

— Ils l'ont tué ?

— Ils lui ont tiré dessus. Ils l'ont atteint avec une sorte de fléchette. Ensuite, ils l'ont emmené. Je ne sais pas s'il était mort ou vivant.

— Où l'ont-ils emmené ?

— Comment le saurais-je ? Bon sang, Lou, pourquoi te préoccupes-tu de lui ? Je te rappelle qu'il a voulu te tuer.

— Non, affirma Lou d'un ton sec.

— Comment ça, non ? Il… Il t'a mordu ! Vidé de ton sang.

— Et il t'a prévenue pour qu'on vienne me chercher. Ils m'ont donné moins d'un litre de sang, Maxie. Moins d'un litre ! Le médecin des urgences m'a dit que je m'en serais sorti, même si on ne m'avait pas trouvé. Que j'aurais été faible, un peu étourdi pendant deux jours, rien de plus.

— Il t'a attaqué, lui rappela Maxine, les yeux baissés. Et il a tiré sur Stormy.

— Il s'est arrangé pour qu'on vienne me secourir. Et il a veillé à ne pas me prendre trop de sang. Pourtant, je suis sûr qu'il avait besoin de beaucoup plus, faible comme il l'était…

Secouant la tête, Maxine insista :

— Il est venu ici. Il a poursuivi ma sœur.

— C'était un risque énorme : il se doutait bien qu'on allait lui tendre un piège. Il sait que tu n'es pas stupide, Maxine. Et, même s'il a essayé de t'entraîner loin d'ici, il devait se douter que ce n'était pas gagné. Malgré tout, il est venu. Il a pris ce risque pour la rejoindre.

— Pour la tuer !

— Ou la sauver.

— Non. Tu te trompes. Tu te trompes !

On frappa à la porte. Une infirmière passa la tête dans l'entrebâillement.

— Mademoiselle Stuart ? Une certaine Lydia a laissé un message pour vous au standard. Elle a dit que quelqu'un avait cherché à vous joindre chez votre sœur et qu'il fallait que vous rappeliez cette personne à ce numéro.

Elle tendit un morceau de papier à Maxine.

— Zut ! J'avais coupé mon portable. Mais c'est vous qui me l'aviez demandé, n'est-ce pas ?

L'infirmière hocha la tête.

— En effet. Les ondes qu'ils produisent risquent d'interférer avec certains de nos équipements. Mais vous pouvez vous en servir brièvement si c'est indispensable. Veillez seulement à rester près de la fenêtre.

— Merci, dit Maxine en lisant le numéro inscrit sur le morceau de papier.

Quand elle releva la tête, son visage était livide. Elle se tourna vers Lou.

— C'est le numéro de l'hôpital de White Plains. Il doit s'agir de Stormy. Mon Dieu, Lou, Stormy est morte !

Lou la prit dans ses bras. Et Morgan ne put s'empêcher de compatir devant l'intensité de sa douleur.

— Tu devrais appeler, conseilla Lou. Sa mère voudra sûrement te parler.

Maxine hocha lentement la tête. Puis elle alla prendre son téléphone dans son sac. Lou tira plusieurs mouchoirs en papier de la boîte posée sur la table de nuit, et s'approcha d'elle pour essuyer ses joues mouillées de larmes.

En reniflant, Maxine composa le numéro de l'hôpital, porta l'appareil à son oreille et attendit.

— Allô ? Madame Jones, c'est Maxine, annonça-t-elle enfin.

Il y eut un silence. Puis elle plaça sa main sur le téléphone pour expliquer à Lou :

— Elle n'arrive pas à parler. Elle me passe quelqu'un.

Et, brusquement, ses yeux s'écarquillèrent. Elle ôta sa main du haut-parleur et parla de nouveau :

— Oh, mon Dieu ! Mon Dieu, mon Dieu… Stormy ? C'est vraiment toi ?

Soudain, elle fondit en larmes. Les rires et les sanglots se mêlèrent dans sa voix, et elle fut bientôt incapable de prononcer une parole.

Ce n'est qu'au bout d'un long moment qu'elle parvint à se reprendre.

— Je veux que tu saches que nous avons retrouvé le type qui t'a fait ça. Il ne fera plus de mal à personne, jamais, promit-elle à son amie.

Suivit une pause, puis :

— Oui, oui, c'est certain.

Son regard se posa sur Lou.

— Juste histoire d'être sûre, tu pourrais me le décrire ?

Tandis qu'elle écoutait, elle pâlit peu à peu. Finalement, elle se tourna vers Morgan.

— Oh, mon Dieu… Non, non, Stormy, ne t'inquiète pas, tout va bien. Ecoute, repose-toi, reprends des forces. Je dois y aller, mais je te promets de rappeler bientôt.

Elle raccrocha lentement.

— L'homme qui se trouvait dans ton appartement, cette nuit-là, et qui a tiré sur Stormy avait le visage brûlé, annonça-t-elle à Lou d'une voix blanche.

— Stiles… S'il a menti sur ce point, j'imagine qu'il a menti sur tout le reste.

Maxine regarda de nouveau Morgan qui avait les yeux grands ouverts, brillants.

— Seigneur, qu'ai-je fait ? Morgan, je suis désolée. Je m'en veux tellement…

Morgan plongeait les yeux dans les siens d'un air suppliant.

— Par pitié…

— Je sais, j'ai compris, assura Maxine.

Puis elle ajouta à l'adresse de Lou :

— Nous devons retrouver Dante.

— Et comment comptes-tu t'y prendre, à présent ? Stiles a pu l'emmener n'importe où.

Pour la deuxième fois de la nuit, la fenêtre de la chambre s'ouvrit et quelqu'un sauta à l'intérieur. Mais, cette fois, il ne s'agissait pas de Dante. L'intruse était cette femme que Morgan connaissait sous le nom de Sarafina. Elle était stupéfiante, avec une épaisse chevelure noir jais, des yeux brillants comme de l'ébène, des lèvres rouge sang et la peau couleur de neige. Elle les considéra tour à tour, d'un air si impérieux que Morgan frissonna. Elle était entièrement vêtue de velours rouge.

— J'ai une proposition à faire, annonça-t-elle.

— Qui êtes-vous ? demanda Maxine en s'interposant entre la nouvelle venue et le lit de Morgan.

— Courageuse, pour une mortelle… Je m'appelle Sarafina. Je suis la sœur de Dante. Et sa tante, et aussi sa mère.

— Vous êtes un vampire, c'est ça ? lui dit Maxine.

Et cela sonnait comme une accusation.

— Vos dons d'observation sont étonnants ! lança la femme avec mépris. Oui, je suis un vampire. Et je vous conseille de m'aider à sauver Dante avant qu'il soit trop tard, si vous ne voulez pas payer sa vie de la vôtre. C'est clair ?

Refusant de se laisser impressionner, Maxine demanda :

— Qu'est-ce qui me prouve que je peux vous faire confiance ?

— Le fait que je vous propose de jouer les appâts pour attirer ce foutu chasseur de vampires.

Maxine et Lou la contemplèrent, abasourdis.

— De toute façon, c'est le seul moyen. Les signaux qu'envoie Dante ne sont pas assez puissants pour que j'arrive à les percevoir mentalement. Je ne parviendrai pas à le localiser seule. Mais je sais qu'il est vivant. Je le sens.

— Vivant..., murmura Morgan, les yeux de nouveau noyés de larmes.

— Oui. Et je ne suis pas sûre de pouvoir en dire autant en ce qui te concerne, mortelle.

Morgan sourit faiblement. Elle se moquait d'être sur le point de mourir. Elle s'en moquait... pourvu que Dante soit sain et sauf.

— Allez, on n'a pas beaucoup de temps. Vous, ordonna Sarafina en désignant Maxine du doigt, appelez l'homme au visage brûlé, et dites-lui que vous tenez un autre vampire. Faites-lui croire que je suis blessée et assez faible pour que vous ayez réussi à me ligoter, puis donnez lui rendez-vous chez Morgan, au bord de la falaise. Ensuite, sortez votre sœur de cet hôpital et conduisez-la là-bas aussi vite que possible.

Se tournant vers Lou, elle enchaîna :

— Pendant ce temps...

Elle tendis les bras en avant, ses deux mains serrées l'une contre l'autre.

— … attachez-moi et emmenez-moi jusqu'à la falaise pour attendre le chasseur de vampires.

— Lou, je ne pense pas que ce soit une bonne idée de partir seul avec elle.

— Vous craignez que je le tue, c'est ça ?

Sarafina leva les yeux au ciel et soupira.

— Les mortels !… Bon, je vais faire ce qu'il faut pour vous rassurer, dit-elle en sortant un poignard de sa poche. Après cette petite opération, je serai trop faible pour tuer qui que ce soit. Faites simplement attention à ce que je ne m'évanouisse pas et à ce que je ne perde pas tout mon sang.

Elle approcha la lame de son poignet.

Lou arrêta son geste.

— Non. On doit lui faire confiance, Maxie. On a besoin de sa force pour gagner contre Stiles. D'autant plus qu'il n'est pas seul : il aura au moins trois hommes armés avec lui, peut-être plus.

— Armés et entraînés, sûrement, dit Maxine en acquiesçant.

Puis elle se tourna vers Sarafina pour lui demander :

— Vous pouvez aider ma sœur ? Dante affirme qu'il a le pouvoir de la sauver. Est-ce aussi votre cas ?

La femme jeta un coup d'œil en direction de Morgan, puis s'humecta les lèvres.

— Au point où elle en est, je doute qu'elle puisse survivre au processus de transformation. En outre, si j'essayais, il me faudrait plusieurs heures avant de retrouver mes forces. D'ici là, Dante serait peut-être mort.

Elle détourna les yeux.

— Mais il y aurait tout de même une chance ?

— Il y en a une. Mais je n'essaierai pas.

— Et vous voulez que je vous fasse confiance ? s'exclama Maxine.

Lou lui prit le bras.
— Sois raisonnable, Maxine. Si elle essaie et que l'expérience échoue, ils mourront tous les deux. Si elle réussit, Morgan sera sauvée mais pas Dante. Tu crois vraiment que c'est ce que Morgan désire ?
Morgan voulut dire non, que ce n'était pas ce qu'elle désirait, mais elle ne put que gémir.
— En suivant son plan, nous avons une chance de les sauver tous les deux.
Maxine ferma les yeux et hocha la tête. Puis, elle serra la main de Lou.
— Fais gaffe, d'accord ?
— Promis.
Elle se tourna de nouveau vers Sarafina.
— Je me fous de ce que vous êtes, lui dit-elle. Si vous lui faites du mal, je vous trouverai et je vous tuerai.
La femme la dévisagea d'un air surpris et vaguement amusé.
— Je ne doute pas que vous essaierez. Maintenant, allons-y, ordonna-t-elle à Lou.
Lui prenant le bras, elle le fit passer sur son épaule comme une simple poupée de chiffon, et bondit par la fenêtre ouverte.
Maxine poussa un petit cri, et se précipita derrière eux. Les deux mains sur la barre du parapet, elle scruta la nuit au-dessous d'elle. Ils avaient déjà disparu.
— Appelle ! murmura Morgan derrière elle. Appelle !
— Oui, tout de suite, répondit Maxine en s'emparant de son portable.

25.

— Stiles ? Dieu merci, vous êtes encore là ! Ecoutez, je n'ai aucune idée de ce que je dois faire. Nous... Nous en avons un autre.

— Un autre ?

— Oui, un autre. Comme *lui*. Enfin, plutôt *une* autre.

Maxine avala sa salive, le regard fixé sur sa sœur qui s'affaiblissait un peu plus à chaque instant.

— Ça doit être *lui* qui l'a envoyée. Elle a essayé de s'en prendre à Morgan. Heureusement, Lou était là. Pendant qu'ils se battaient, il l'a fait tomber par la fenêtre. Il a bien failli tomber avec elle, d'ailleurs.

— Elle est blessée ?

— Oui. C'est même assez moche, à première vue. En tout cas, elle est inconsciente. On l'a attachée, mais je ne sais pas si ça suffira. Si jamais elle se réveille...

— Où est-elle ?

— Lou l'a emmenée chez Morgan. Il avait peur que quelqu'un la voie. Il compte l'enfermer dans un lieu sûr. Il m'a demandé de vous donner rendez-vous sur la falaise.

— J'y serai dans vingt minutes.

Avant qu'elle ait pu ajouter quoi que ce soit, Stiles avait raccroché.

Avec un soupir, Maxine rangea son téléphone portable dans sa poche et s'assit près de sa sœur. Morgan semblait avoir un mal fou à garder les yeux ouverts.

— Encore un petit moment, ma chérie. Tu vas tenir le coup, hein ?

Morgan hocha la tête, si faiblement que Maxine se demanda si elle n'avait pas imaginé sa réaction.

Puis la porte s'ouvrit, et le Dr Hillman apparut.

— Vous avez demandé à me voir, Maxine ?

Elle se mit debout et se redressa pour annoncer :

— Oui. Je voudrais ramener Morgan chez elle.

— Impossible, rétorqua le médecin sans même envisager la question.

— S'il vous plaît, évitez-moi le bla-bla habituel. Nous savons tous les deux que c'est possible. Peut-être pas conseillé mais possible.

Le médecin secoua la tête.

— Elle risque de ne pas survivre au trajet, Maxine.

— Répondez-moi franchement, docteur. Vous pensez qu'elle survivra à cette nuit ?

Il s'humecta les lèvres.

— Non.

— Alors, où est la différence ? Elle veut mourir chez elle. Dans son lit, dans la maison qu'elle aime. Vous ne pouvez rien faire pour elle, à part prolonger sa vie de quelques heures ou exaucer son dernier souhait… J'en assume toute la responsabilité.

Le médecin semblait très hésitant.

— Si vous dites non, je l'emmènerai quand même, déclara Maxine.

Avec un soupir résigné, le Dr Hillmann passa devant elle et marcha jusqu'à Morgan. Il lui caressa gentiment la joue.

— C'est vraiment ce que vous voulez, Morgan ?

Avec effort, Morgan hocha la tête et acquiesça d'un semblant de sourire.

Le médecin se redressa et prit une longue inspiration.

— D'accord, dit-il finalement. Je m'occupe des papiers.

— Chaque minute compte.

— Je serai rapide.

Il tint parole. Dix minutes plus tard, Maxine signait le formulaire de sortie, puis entraînait sa sœur, enroulée dans une couverture, vers le taxi qui les attendait. A cette heure-là, la route était quasiment déserte, et il leur fallut peu de temps pour arriver à destination. En voyant sa maison, Morgan poussa un profond soupir, et Maxine songea que cet endroit devait vraiment beaucoup compter pour elle.

Maxine la contempla un instant. Elle avait incroyablement changé, au cours de ces derniers jours. Ses joues s'étaient creusées et de grands cernes sombres lui mangeaient le visage. Ses lèvres gercées se pinçaient comme celles d'une vieille femme.

Maxine régla la course et alla ouvrir la portière à sa sœur, puis elle la soutint jusqu'à l'entrée. Attiré par le bruit, David apparut sur le seuil. Dès qu'il aperçut Morgan, il la prit dans ses bras et, sans poser de questions, la porta jusqu'à sa chambre. Tandis qu'il l'installait dans son lit, Maxine alla décrocher l'un des portraits de Dante accrochés dans le bureau. Puis elle monta le donner à Morgan. Aussitôt, elle vit se rallumer une flamme de vie dans ses yeux.

— Tiens bon, Morgan. Si tu sens que tu t'endors, regarde le visage de Dante et souviens-toi qu'il va venir. Je te l'amènerai moi-même. Je te le promets.

Un léger hochement de tête. Un soupir de soulagement. Un mot, à peine murmuré :

— Vite…

Maxine se tourna vers Lydia et David.

— Restez près d'elle.
— Bien sûr. Fais attention à toi, Maxine, lui recommanda Lydia en la serrant contre elle.
Tout en répondant à son étreinte, Maxine lui chuchota :
— Dis-lui. C'est peut-être ta dernière chance.

Sarafina était couchée sur le côté, à même le sol froid et humide, en haut de la falaise. Ses mains étaient retenues dans le dos par une paire de menottes et ses chevilles liées l'une à l'autre par du ruban adhésif. Les paupières closes, ses longs cheveux emmêlés par le vent, elle se tenait parfaitement immobile. Avant de s'étendre, elle avait pris soin de couvrir son visage et ses vêtements de terre pour rendre la scène plus crédible.
Lou se sentait de plus en plus admiratif : cette femme avait un cran étonnant. Elle avait beau être, à elle seule, plus forte que dix hommes réunis, elle acceptait de prendre un sacré risque pour sauver Dante. De toute évidence, ce dernier comptait beaucoup pour elle.
— Je n'ai pas bien compris quel était votre lien avec Dante, lui dit-il à voix basse.
Debout à côté d'elle, il scrutait la nuit, à l'affût du moindre signe de Stiles.
— Vous avez dit, tout à l'heure, que vous étiez à la fois sa mère, sa sœur et sa tante. Comment est-ce possible ?
Elle ouvrit les yeux, les posa sur lui sans bouger la tête.
— Sa sœur, car tous les vampires sont frères et sœurs. Nous venons d'une même source, nous partageons le même sang. Nous sommes porteurs du même antigène qui nous rend uniques. Je suis aussi sa mère, parce que c'est moi qui ai fait de lui, misérable mortel sur le point d'expirer, une créature puissante et immortelle. Je l'ai fait naître à cette vie.

Lou hocha la tête pour monter qu'il comprenait.

— Et sa tante ?

— De la manière habituelle. En fait, je suis son arrière-grand-tante. La sœur de son arrière-grand-mère.

Il acquiesça de nouveau.

— Et vous l'avez transformé à cause…

— Chut ! Ils arrivent.

Elle referma les yeux.

— Il sait que des menottes ne suffiront pas à me faire tenir tranquille. Il va essayer de me droguer, comme il l'a fait avec Dante. Il faut trouver un moyen de l'en empêcher.

Lou avait beau scruter les ténèbres et tendre l'oreille, il ne voyait ni n'entendait rien. Mais il est vrai que les sens de Sarafina étaient supposés être plus aiguisés que ceux d'un humain. Jusqu'à quel point, il l'ignorait. Mais, après ce saut du troisième étage de l'hôpital, il se doutait bien que ses pouvoirs étaient très étendus.

Finalement, ses oreilles de mortel perçurent des bruits de pas. Il se concentra dans leur direction. La silhouette de Stiles se détacha bientôt dans l'obscurité. Visiblement sur ses gardes, il avançait avec prudence, les yeux fixés sur le corps étendu de Sarafina. Il s'approcha d'elle comme il se serait approché d'un tigre assoupi.

— Elle est inconsciente, lui assura Lou. Elle s'est salement amochée en tombant.

— C'est ce que m'a dit la rouquine, au téléphone.

Tout en parlant, Stiles sortit une seringue de sa poche, puis la leva à hauteur de ses yeux pour en examiner le contenu. Il fit un pas en avant. Puis un autre. Il commença à se pencher sur Sarafina… et recula.

— Bon sang, qu'est-ce que vous foutez ? lui demanda Lou.

Stiles s'approcha de nouveau. Puis il mit un genou à terre et avança la seringue vers le bras de Sarafina. Vive comme l'éclair, celle-ci se redressa alors, et lui donna un coup de tête en plein plexus. Sous le choc, Stiles lâcha la seringue. Profitant de la confusion, Lou s'empressa de la ramasser et d'en vider le contenu, avant de bondir sur Sarafina et de lui planter l'aiguille dans le bras.

— Ça y est ! grogna-t-il.

Aussitôt, Sarafina s'immobilisa. Puis elle s'effondra sur le sol, les yeux clos. Lou se releva, dépoussiéra son pantalon, et tendit la seringue vide à son propriétaire.

Après l'avoir examinée, Stiles dit simplement :

— Merci.

— Cette salope a essayé de me tuer ! affirma Lou. Entre elle et l'autre, ça fait deux fois, cette nuit. Vous aviez raison, Stiles : ils sont pires que des bêtes.

Stiles hocha la tête.

— Celle-là ne fera plus de mal à personne.

Laissant la seringue tomber sur le sol, il se pencha pour soulever Sarafina.

— Attention, dit-il en se dirigeant vers la maison, ce qui s'est passé ici cette nuit ne doit surtout pas s'ébruiter. N'en parlez à personne. Vous et vos amis devez tout oublier à ce sujet. Compris ?

— Je n'oublierai sûrement pas, répondit Lou, mais je saurai me taire. De toute façon, personne ne me croirait si j'en parlais.

— Exact.

Lou accompagna Stiles jusqu'à sa voiture, garée de l'autre côté de la maison. Il grimaça quand ce dernier jeta Sarafina dans son coffre, sans le moindre ménagement.

— Vous ne me reverrez plus.

— Ne le prenez pas mal, dit Lou, mais je l'espère bien.

Il regarda Stiles monter en voiture, et lui adressa un signe en guise d'au revoir.

A peine Stiles avait-il disparu que Maxine arrivait au volant de sa voiture et ouvrait la portière, côté passager.

Lou grimpa à l'intérieur.

Une heure plus tard, Lydia s'impatientait en marchant de long en large dans la chambre.

— Qu'est-ce qu'ils font ? Ils devraient être de retour, maintenant. Seigneur, il va bientôt faire jour !

David posa la main sur son épaule.

— Essayez de rester confiante, Lydia. Tout va bien se passer. Il le faut.

Elle lui sourit, d'un sourire si tendre que Morgan eut l'impression qu'il y avait quelque chose entre eux. Quelque chose qu'ils lui cachaient.

— Maxine a raison, dit David avec douceur. Vous devriez tout dire à Morgan.

Lydia le regarda un long moment, puis elle se tourna vers sa fille. Lentement, elle vint s'asseoir au bord du lit, et lui prit la main. Le contact de ses doigts était chaud et vivant.

Là, le regard plongé dans celui de la jeune femme, elle déclara :

— Morgan, c'est moi qui vous ai donné naissance à Maxine et à toi. Je… je suis votre mère.

— Mère…, répéta Morgan dans un murmure.

La nouvelle ne la surprenait pas autant que Lydia l'aurait imaginé. Plus d'une fois, elle s'était demandé pourquoi Lydia était si proche de Maxine, et pourquoi elle semblait si concernée à son propre sujet, alors qu'elles venaient juste de se rencontrer. En la voyant pleurer à son chevet, à l'hôpital, elle n'avait pu s'empêcher d'établir un lien avec son adoption.

— Je me suis séparée de vous parce que je pensais que vous seriez mieux avec d'autres parents. Je ne voulais que votre bonheur. On m'avait dit que vous seriez adoptées par la même famille, et j'ai toujours cru que ça s'était passé ainsi. Jusqu'à ce que j'apprenne, dix ans plus tard, que l'on m'avait menti.

Trop faible pour bouger la tête, Morgan montra qu'elle avait compris d'un clignement de paupières. Puis elle tourna les yeux vers David.

— Père ? murmura-t-elle avec effort.

— Non, répondit David. Même si nous avons cru un moment que c'était le cas.

Il s'approcha à son tour, et s'assit au bord du lit pour expliquer :

— J'étais l'un des… clients de Lydia. A l'époque, j'étais jeune, riche, et je l'aimais déjà. Lorsqu'elle m'a dit qu'elle était enceinte, j'ai tout de suite proposé de faire un test. Et je n'ai pas supporté d'apprendre que je n'étais pas le géniteur de l'enfant qu'elle portait. Je suis… parti. C'était une erreur. Une erreur qui m'a poursuivi pendant toute une année. Jusqu'à ce que je finisse par retrouver Lydia. C'est ce jour-là qu'elle m'a appris que ta sœur et toi aviez été adoptées. Elle ne savait pas grand-chose mais elle présageait que vous étiez heureuses. Pour en être certain, j'ai décidé de faire appel à un détective privé. Maxine était, effectivement, heureuse, choyée par une famille qui l'aimait. Mais toi…

Il secoua la tête.

— Je détestais les gens qui t'avaient adoptée. Malheureusement, le mal était fait, et je ne pouvais rien y changer. Alors, je suis allé m'installer sur la côte Ouest avec l'intention de devenir le meilleur ami de ton père adoptif. C'était le seul moyen de rester près de toi, de veiller sur toi. Je me sentais comme obligé de le faire… Je n'ai jamais repris contact avec Lydia pour lui dire la vérité. J'avais peur qu'elle ne la supporte pas.

Il se pencha vers Lydia pour l'embrasser sur la joue.

— Je suis désolée, ma chérie. J'aurais dû tout te dire.

Elle ferma les yeux.

— Tu n'as rien à te reprocher, David. Tu as fait de ton mieux.

Quand David se redressa, ses yeux étaient remplis de larmes.

Morgan aurait voulu les rassurer, leur dire qu'elle comprenait et qu'elle ne leur en voulait pas. Mais c'était impossible. Elle se sentait bien trop faible pour faire ou dire quoi que ce soit. Chaque expiration semblait être la dernière, et elle avait à peine assez d'énergie pour recommencer à inspirer. Elle essaya, malgré tout, de leur transmettre le message avec ses yeux. C'était tout ce qu'elle pouvait faire.

— Pourquoi mettent-ils aussi longtemps ? lança David d'un ton impatient.

Dès qu'elle vit ralentir la voiture qui roulait devant elle, Maxine s'arrêta. Malgré la nuit noire, elle n'avait pas mis ses phares, ne se repérant que grâce aux feux arrière de Stiles. C'était aussi dangereux que stupide mais elle n'avait pas le choix. Elle le devait à sa sœur. Elle s'en voulait tellement de son aveuglement. Comment avait-elle pu être aussi obtuse ? Si elle ne retrouvait pas Dante à temps, elle ne se le pardonnerait jamais.

Elle passa la marche arrière, jeta un coup d'œil dans le rétroviseur, et recula avec, pour seule guide, la lueur de ses feux. Quand elle fut certaine d'être bien dissimulée, elle alluma les phares et se gara sur le bas-côté. Puis elle coupa le moteur et se tourna vers Lou.

— On peut y aller.

— Pas « on », moi tout seul. Pendant ce temps-là, tu vas aller chercher de l'aide. Raconte-leur ce que tu veux mais ramène les flics ici. Vite. Je me débrouillerai, en attendant.

— Tu plaisantes ?

Elle sortit son portable de son sac, et composa le 911.

— Merde, ça ne passe pas !

— Tu vois ! Va chercher de l'aide.

— Même si je le faisais, les flics arriveraient trop tard. Il faut agir maintenant, Lou, sans attendre. Toi et moi. Avec, peut-être, l'aide du couple de morts vivants qui se trouve à l'intérieur — si on a de la chance et s'ils sont de bonne humeur…

Sur ces mots, elle sortit de la voiture et commença à marcher en direction du véhicule de Stiles.

Lou la rattrapa en deux enjambées.

— Les choses risquent de mal tourner, Maxie. Je ne supporterais pas qu'il t'arrive quelque chose.

— Lou, ma sœur va mourir par ma faute. Je veux tout faire pour la sauver. C'est très important pour moi.

Il scrutait son visage dans la pénombre.

— Bon sang ! Pourquoi faut-il que tu sois aussi têtue ?

— Arrête, tu adores ça.

— Tiens.

Il lui mit un revolver dans la main. *Son* revolver.

— Et toi ?

Il leva son bras gauche, et elle s'aperçut qu'il tenait un fusil à la main.

— J'ai pensé qu'il était temps de sortir la grosse cavalerie.

— Excellente idée.

Ils marchèrent côte à côte sur la route, jusqu'à ce qu'ils distinguent la masse sombre de la voiture de Stiles, arrêtée devant l'entrée d'une maison en ruines. Celle-ci semblait abandonnée, et pourtant, sur le côté, deux fenêtres étaient éclairées.

— Tu crois que Sarafina est toujours dans le coffre ? chuchota Maxine.

— Il n'aurait pas pris le risque de l'y laisser.

Ignorant la voiture, ils se rapprochèrent de la maison. De toute manière, Sarafina était de taille à s'en sortir, songea Maxine. Ce serait vraiment trop stupide d'attirer l'attention de Stiles et de ses hommes en essayant de forcer un coffre vide.

Ils avaient presque atteint l'entrée de la maison quand Maxine sentit quelque chose de dur s'enfoncer dans son dos. Le canon d'un revolver, sans aucun doute.

— Un pas de plus et je la tue !

Elle jeta un coup d'œil à Lou. Il la regardait, l'air aussi horrifié qu'elle.

— O.K., doucement, dit-il. Nous sommes des amis.

— Jetez votre fusil.

Lou se baissa pour déposer son arme sur le sol.

— Toi aussi, beauté.

— Je n'ai pas d'arme à jeter, rétorqua Maxine. Vous voulez me prêter la vôtre ?

— Parfait, je vais m'en occuper moi-même, déclara l'homme en commençant à la fouiller.

Il ne lui fallut que quelques secondes pour trouver le revolver que lui avait passé Lou. Il le glissa dans sa ceinture, et poussa la jeune femme devant lui.

— A l'intérieur. Tous les deux.

Ils franchirent la porte qui ne tenait plus que par une seule charnière. Maxine cligna des paupières sous la lumière aveuglante d'une lampe à gaz. Elle se retrouva bientôt dans une pièce où se trouvaient Stiles et deux de ses hommes.

— Tiens, tiens ! Regardez qui vient nous rendre visite.

Par l'embrasure d'une porte, Maxine aperçut Dante et Sarafina, attachés chacun sur une table. Feignant de n'avoir rien vu, elle se tourna vers Stiles.

— Impressionnant ! Ainsi, c'est le nouveau Q.G. du DIP ? Vous êtes au top, dites donc !

— C'est une zone de détention provisoire, expliqua Stiles. Alors, vous voulez mourir maintenant ou vous préférez m'expliquer ce que vous faites ici ?

Elle réfléchissait à une réplique cinglante quand Lou répondit à sa place :

— Je vous ai suivi.

— Je le savais.

— Si vous le saviez, pourquoi êtes-vous parti ?

— Qu'est-ce que vous racontez ?

Lou s'humecta les lèvres.

— Après votre départ, j'ai ramassé la seringue que vous aviez apportée, et je me suis aperçu qu'il restait du produit à l'intérieur. J'ai aussitôt sauté dans ma voiture pour vous prévenir, au cas où la femme se réveillerait plus tôt que prévu.

Les yeux fixés sur lui, Stiles hochait la tête. Puis il émit un long sifflement.

— Et moi qui croyais que vous m'aviez tendu un piège dans l'espoir de récupérer Dante ! Mais, dites-moi, Lou, où avez-vous laissé votre voiture ? Je ne vous ai pas entendu arriver.

— Je suis tombé en panne d'essence à quelques mètres d'ici.

— Je vois...

Stiles adressa un signe au type qui maintenait Maxine en joue avec son revolver.

— Emmène-les derrière, et tue-les.

Maxine tourna les yeux vers Lou. Il la regardait, lui aussi, et elle vit qu'il avait peur — pour elle, pas pour lui. Puis, l'un des hommes lui mit son arme dans le dos et le poussa hors de la maison. Celui qui était derrière elle en fit autant, et elle se retrouva en train de marcher à côté de Lou dans la nuit.

— A genoux ! ordonna l'un de leurs gardiens.

— Je préfère mourir debout, merci, répliqua Maxine.

— Comme vous voulez.

Le canon du revolver monta le long de sa colonne vertébrale et s'arrêta sur sa nuque.

Soudain, Lou se baissa et, d'un brusque coup d'épaule, il envoya à terre le type qui se tenait derrière lui. Puis il se jeta sur celui qui menaçait Maxine. Un coup de feu partit, assourdissant. La jeune femme tomba à terre sous le choc de l'explosion, mais elle ne ressentit rien, aucune douleur. La balle l'avait manquée... Elle commençait à peine à reprendre sa respiration quand elle vit l'un de leurs gardes-chiourmes ramper vers son arme. Elle bondit sur ses pieds. Trop tard. Il avait déjà saisi le revolver et le pointait sur elle. A côté, sur le sol, Lou luttait avec l'autre homme.

Maxine leva instinctivement une main pour se protéger. Le coup, dirigé droit vers sa poitrine, partit. Au même instant, une forme sombre plongea entre elle et le tireur, semblable à un éclair noir. Un nouveau coup de feu retentit derrière Maxine. Lou avait tiré sur son assaillant, l'atteignant en plein cœur. Le type recula d'un mètre sous l'impact, puis s'effondra... Son acolyte était allongé derrière Lou, blessé et inconscient.

Maxine entendit un bruit de moteur, un crissement de pneus. C'était Stiles et le dernier de ses hommes qui s'enfuyaient, mais elle était trop horrifiée par le spectacle qu'elle avait sous les yeux pour les poursuivre : Dante, le seul espoir de sa sœur, l'homme qui avait volontairement reçu la balle qui lui était destinée, était étendu dans l'herbe. Les mains crispées sur sa poitrine ensanglantée, il gémissait.

— Oh, mon Dieu !

— Arrêtez... l'hémorragie, murmura-t-il. Arrêtez... avant que je perde trop de sang.

Acquiesçant d'un signe de tête, elle déchira le bas de son corsage et en fit une boule de tissu qu'elle pressa contre la blessure.

Dante retint sa respiration.

— Maintenant... Conduisez-moi auprès de Morgan.

— Lou, va vite chercher la voiture ! cria Maxine.

Lou s'élança vers la route sans même prendre le temps de répondre. Sarafina sortit de la maison, regarda Maxine, puis Dante dans ses bras. Les menottes étaient toujours attachées à ses poignets ; la chaîne qui les liait, brisée en deux.

— Si tu comptes la transformer cette nuit, ça ne marchera pas, affirma-t-elle d'un ton froid.

— Tu n'en sais rien.

— Elle est trop faible. Et tu es blessé.

— Je m'arrangerai pour que ça fonctionne.

— Tu risques de mourir.

— Tant pis.

Sarafina baissa la tête, ferma les yeux. La voiture stoppa devant l'entrée dans un crissement de pneus. A la surprise de Maxine, Sarafina contourna la maison pour rejoindre le véhicule. Quand elle revint, aux côtés de Lou, elle tenait à la main le rouleau de papier adhésif avec lequel il lui avait lié les chevilles. Elle le tendit à Maxine.

— Enfoncez le plus de tissu possible dans la blessure. Autant que vous pourrez. Ensuite, entourez-lui le torse avec ça. Serrez au maximum.

Maxine ne posa pas de questions. Montrant, d'un signe de tête, qu'elle avait compris, elle déchira un peu plus son corsage et suivit les instructions à la lettre.

— Maintenant, éloignez-vous ! ordonna Sarafina.

Maxine posa doucement la tête de Dante sur le sol, et sa tante vint s'agenouiller près de lui.

— Tu as fait ton choix, Dante. Entre moi et cette mortelle, tu l'as choisie, elle.

— Pourquoi veux-tu que je choisisse ?

— Tu serais prêt à me suivre maintenant ? A la laisser ?

Il eut une grimace de douleur.

— Je ne peux pas faire une chose pareille.

— Donc, c'est elle que tu as choisie.

Elle porta son poignet à sa bouche, y mordit profondément, et le pressa sur les lèvres de Dante.

— C'est la dernière fois que je te viens en aide, Dante. Tu n'auras plus jamais l'occasion de me trahir.

D'un geste brusque, elle détacha son poignet de sa bouche, ramassa un morceau de tissu que Maxine avait laissé au sol, et l'enroula autour de la blessure. Puis elle se leva.

— Je ne t'ai pas trahie. Sarafina, attends…

Sans un regard en arrière, Sarafina se détourna et s'éloigna, ses jupons volant dans le vent, ses bijoux s'entrechoquant. Dante ferma les yeux. A cause de la douleur, pensa Maxine.

— Allons-y, Lou. Portons-le dans la voiture. Morgan attend.

Lou jeta un coup d'œil à la nuit, tandis qu'ils soutenaient Dante.

— Le jour va bientôt se lever.

— Elle ne survivra pas un jour de plus. Il faut que ce soit maintenant. En supposant qu'il n'est pas déjà trop tard.

Elle interrogea Dante du regard.

— C'est vrai ce qu'elle a dit ? Que ça risque de ne pas marcher.

— Si elle est trop proche de la mort… et si je suis trop faible…

Dante poussa un soupir, et se dégagea de ses bras, parcourant la distance restante d'un pas incertain mais seul. Il se laissa tomber sur la banquette arrière. Lou et Maxine montèrent à l'avant.

— Ça marchera, affirma-t-il. Il le faut.

Lou mit le contact et enfonça la pédale d'accélérateur.

26.

Quand Dante descendit de voiture et se retrouva devant la maison, une sensation d'effroi, plus terrible que tout ce qu'il avait connu jusqu'alors, s'empara de lui, lui faisant presque oublier sa douleur. Il pouvait sentir en lui la fragilité de Morgan, sa force vitale qui s'évanouissait un peu plus à chaque souffle.

Il chancela. Maxine le prit par le bras.

— Ça va aller ?

— C'est elle. Elle est si faible !

— Je sais. Venez.

Tandis que Lou s'installait au rez-de-chaussée, Dante suivit Maxine dans l'escalier. Si Morgan mourait, il s'en sentirait éternellement responsable. Pourquoi ne l'avait-il pas écoutée ? Il aurait dû la transformer dès le début, quand elle avait encore suffisamment d'énergie. Maintenant, même s'il parvenait à la sauver, elle ne posséderait jamais cette force surnaturelle qui aurait été la sienne s'il avait agi plus tôt.

Il avait honte de son égoïsme. Honte de sa peur. L'attirance que Morgan exerçait sur lui l'avait effrayé — tout comme le pouvoir qu'elle avait de le blesser. De le détruire. Mais, de toute façon, c'est ce qui arriverait si elle mourait.

Maxine frappa à la porte de la chambre et entra.

Ignorant Lydia et David, assis près du lit, Dante contempla Morgan. Oh, Seigneur… Il ferma les yeux, baissa la tête. Elle était si pâle, si fragile… On aurait cru un fantôme.

Maxine échangea quelques mots à voix basse avec David et Lydia. Dante les regarda déposer tour à tour un baiser sur le front de Morgan, puis passer devant lui pour sortir.

Maxine se pencha au-dessus d'elle.

— Je te l'ai amené, comme promis, murmura-t-elle.

Dante se força à sourire.

— Merci, dit Morgan à l'adresse de sa sœur.

Maxine hocha la tête.

— On ne se reverra plus, n'est-ce pas ?

Morgan ne répondit rien. Maxine la serra un instant dans ses bras, puis se releva.

— Sois heureuse.

Dante jeta un coup d'œil vers la fenêtre. L'aube était proche. Même si la transformation se passait bien, ils seraient tous les deux très faibles, après. Vulnérables. Il ne pouvait pas agir ici. Il fallait un endroit sûr, à l'abri de la lumière du jour. Doucement, il se pencha au-dessus de Morgan, la prit dans ses bras et la souleva. Elle était aussi légère qu'une plume.

Il perçut une immense tendresse dans son regard. Dieu, comme il l'aimait !

Il tourna la tête vers Maxine.

— Merci pour votre aide.

— Je regrette d'avoir mis si longtemps à comprendre qui étaient les véritables monstres, dit-elle.

Dante se détourna, et porta Morgan jusqu'au balcon. Son peignoir de satin blanc balayait le sol, à la manière d'une traîne. Il la serra contre lui, au moment de bondir par-dessus la balustrade. L'atterrissage fut brutal, le choc se répercuta dans toute sa colonne vertébrale, mais il parvint à rester debout. Il sentit le regard de Maxine derrière lui, et aussi ses larmes, tandis qu'il s'éloignait dans la nuit.

Il emmena Morgan dans sa retraite, sous la maison. D'après ce qu'il savait, elle n'avait jamais parlé de cet endroit à personne, pas même à sa sœur. Craignant de l'effrayer, il ne la déposa pas dans le cercueil, mais déchira la doublure de satin qui le garnissait, ainsi que le rembourrage, pour installer un matelas de fortune à même le sol. Après y avoir allongé Morgan, il s'assit dos au mur, et la prit dans ses bras.

Quand il l'embrassa, elle répondit à son baiser. Oh, pas physiquement, bien sûr : elle était bien trop faible pour ça. Mais, mentalement, il le perçut.

Il lui caressa la joue.

— Nous sommes ensemble, maintenant, Morgan. Pour toujours. Je ne douterai plus jamais de toi.

— Oui, murmura-t-elle.

Alors, il enfouit son visage dans son cou, et mordit. Ses incisives pénétrèrent la veine jugulaire. Aussitôt, un feu s'éveilla en lui, vivant, brûlant. La pulsation régulière contre sa langue, le flux tiède du sang de Morgan, l'excitation qui montait en lui, malgré sa propre faiblesse, tout concourrait à amplifier son désir. Et sa faim… Une faim insatiable, incontrôlable, comme toujours chez ceux de son espèce.

Et pourtant, il devait la contrôler. Ne pas prendre trop. Juste le nécessaire. Il sentit Morgan glisser dans l'inconscience, et but une dernière gorgée, longue et profonde, pour la conduire dans cette zone étroite et sombre qui sépare la vie de la mort. Le cœur de Morgan faiblit, s'arrêta, redémarra à un rythme irrégulier… Dante se redressa et la contempla. Elle avait les paupières entrouvertes. Un souffle franchit ses lèvres. Court. Rauque.

Sans attendre, il se mordit le poignet et, dès que le sang perla, il le pressa sur les lèvres de Morgan. Le contact du liquide tiède sembla l'électriser. Elle avala, laissa sa bouche s'emplir, avala de nouveau. Puis elle commença à boire vraiment, à aspirer. De plus en plus vite, de plus en plus fort… Elle en voulait plus, elle avait besoin de plus, et il savait ce qu'elle éprouvait. Pas seulement parce qu'il connaissait cette sensation, mais aussi parce qu'il ressentait tout ce qui se passait en elle. Tandis qu'elle se désaltérait, se revivifiait à son poignet, ils ne formaient plus qu'un seul être. Il recevait tout : ses émotions, ses sentiments, l'amour infini qu'elle éprouvait pour lui, son désir fou et brûlant.

Tandis qu'il sentait ses forces l'abandonner, elle but plus avidement encore. Tout se mit à tourner autour de lui. Sa tête tomba sur le côté, sa vision devint floue, sombre. Il tenta de reculer son poignet, mais Morgan le maintint en place, continuant à s'y abreuver.

Alors, d'un geste brusque, il s'arracha à son emprise, et noua un morceau de tissu autour de son poignet.

Morgan retomba en arrière, les paupières closes.

Dante referma ses deux bras autour d'elle et la maintint contre lui, la berçant comme une enfant.

— Ne meurs pas, je t'en supplie ! Pas maintenant… Seigneur, par pitié, faites qu'elle vive ! Faites que ça marche !

Les lèvres de Morgan bougèrent, juste un peu, tout contre son oreille. Un murmure s'en échappa, faible mais insistant.

— Fais-moi l'amour. Une… dernière… fois.

Il ferma les yeux. Il était au bord des larmes.

— Ce ne sera pas la dernière fois, mon amour.

Il l'attira vers lui, ouvrit son peignoir de satin, le fit glisser jusqu'à sa taille. Elle était nue en dessous. Il parvint à baisser son jean, et la pénétra aussitôt. Elle était humide, prête à l'accueillir. La soif de sang provoquait toujours cette réaction. Même faible comme elle l'était, elle désirait son corps autant que son sang. Comme un vampire. Les mains refermées sur ses hanches, il s'enfonça plus profondément en elle. Elle aurait répondu à son geste si elle l'avait pu, il le savait. Alors, il le fit à sa place… Sans cesser de l'embrasser, il se mit à aller et venir en elle. Doucement, délicatement, tendrement. Jamais il n'avait fait l'amour ainsi — même dans sa première vie.

Quand le soleil apparut à l'horizon, ils étaient toujours enlacés. Morgan sombra dans le sommeil, sans que Dante puisse savoir si, en cet instant, elle était morte… ou immortelle.

Puis il s'endormit.

Épilogue

Un mois plus tard…

Maxine s'était mise sur son trente et un. Assis à côté d'elle, sa main dans la sienne, Lou avait très belle allure dans son smoking. Quant à Lydia, elle était, tout simplement, resplendissante avec ses boucles blondes et sa robe moulante décolletée. D'ailleurs, personne ne s'y trompait, à en juger par les regards qui s'attardaient sur elle. Oui, la soirée aurait été parfaite si…

— C'est dingue ! s'exclama Stormy en se penchant pour sourire à Maxine. Je n'arrive toujours pas à croire que tu aies réussi à m'obtenir une invitation…

— Dans la catégorie du meilleur scénario original, les sélectionnés sont…

Stormy se renfonça dans son siège, tandis que toutes les têtes se tournaient vers la scène.

Maxine retint sa respiration. Assis à la droite de Lydia, la mâchoire serrée, David paraissait au moins aussi nerveux qu'elle.

— Et le prix est décerné à…

L'actrice ouvrit l'enveloppe, releva les yeux vers le public, sourit avec émotion.

— Morgan De Silva pour *Les morsures de la nuit.*

Un tonnerre d'applaudissements retentit. Sans se concerter, les membres de l'assistance se levèrent pour une standing ovation. Maxine et Lydia poussaient des cris de joie.

Puis la maîtresse de cérémonie annonça :

— J'ai l'honneur de remettre ce prix au représentant de Morgan De Silva — j'ai nommé M. David Sumner, son producteur, réalisateur et ami.

David s'avança vers la scène avec un sourire triste. Ses yeux brillaient de larmes lorsqu'il prit la statue d'or que la jeune femme lui tendait, et ils s'embrassèrent sur la joue. Tout à coup, sur l'écran géant qui se trouvait derrière eux apparut une photographie de Morgan, prise avant que sa maladie ne devienne visible.

— Comme elle était belle ! s'exclama une femme derrière Maxine. La pauvre… Si jeune !

Lentement, le public se rassit et les applaudissements s'apaisèrent.

David prit la parole.

— Merci, dit-il. Je sais que Morgan aurait été très heureuse et très honorée par ce prix. J'aimerais tant qu'elle soit là, ce soir, pour le recevoir. Ce film — et pas uniquement celui-là, mais les trois de la série — représentait énormément pour elle. Et j'aime me dire qu'à travers eux, son esprit vit encore. Merci. Merci beaucoup.

Les applaudissements emplirent de nouveau la salle, tandis que David se dirigeait vers les coulisses.

Au petit jour, Lou accompagna Maxine au cimetière. Il demeura quelques mètres derrière elle pour respecter sa solitude.

Debout devant la dalle de granit rose, la statuette en or dans les mains, Maxine lut le nom de Morgan gravé dans la pierre, au-dessus de ses dates de naissance et de décès.

En reniflant, elle posa le trophée sur la tombe.

— Tu as réussi, ma merveilleuse petite sœur. Tu as gagné.

Morgan choisit ce moment pour quitter l'ombre de la pierre tombale derrière laquelle elle se tenait. Un sourire béat sur les lèvres, elle prit la statuette et la serra sur son cœur.

— J'ai gagné, vraiment ? Oh, mon Dieu, c'est incroyable ! J'ai gagné ! J'ai gagné !

Elle virevolta de joie, riant et s'émerveillant de la profondeur et de l'harmonie de sa propre voix qui résonnait dans la nuit.

Surgissant à son tour de l'ombre, Dante mit fin à sa danse en la prenant dans ses bras. Des bras puissants qu'elle ne se lassait pas de sentir autour d'elle.

— N'oublie pas qui est le héros de l'histoire, lui dit-il.

— Je sais bien que c'est toi, rétorqua-t-elle en souriant, mais je te rappelle que l'histoire n'a pris vie qu'après que je l'ai transformé en scénario.

— Dis plutôt que *ton* scénario n'existait pas avant que mon histoire lui donne vie.

— Parfait. Dans ce cas, nous partageons le prix.

Dante l'embrassa, et elle cessa de rire.

— Comme nous partageons tout le reste, lui murmura-t-il à l'oreille, d'une voix si chaude et si grave qu'elle en frissonna.

Maxine se gratta la gorge pour attirer leur attention.

— Tu vas l'avoir pour toi tout seul, dès que je serai partie, rappela-t-elle à Dante. Alors, si tu veux bien…

Elle tendit les bras.

Avec un soupir de résignation, Dante relâcha son étreinte. Un grand sourire aux lèvres, Morgan se jeta alors dans les bras de sa sœur et la serra contre elle. Maxine, sa chère et merveilleuse sœur ! Elle l'aimait tellement ! C'était presque incroyable qu'en deux mois à peine, Maxine ait réussi à prendre une telle place dans son cœur. Comme si, en n'ayant plus à penser à sa survie, elle s'était rendu compte de l'importance d'avoir une famille.

Maxine l'éloigna d'elle et la maintint à bout de bras pour la contempler.

— Tu es superbe. Pleine de vie, rayonnante. Un peu pâlotte, peut-être, mais j'imagine que c'est normal.

— Je me sens merveilleusement bien. Mieux que je ne l'ai jamais été. Plus forte, plus énergique. Plus vivante que… que quand je l'étais, en fait. Et cela grâce à toi.

Maxine baissa la tête, embarrassée.

— Tu as failli mourir par ma faute, murmura-t-elle.

— Ne dis pas ça. Tu m'as sauvée. Tu es venue au moment où j'avais le plus besoin de toi. Tu es restée en dépit de mon rejet. Tu m'as aidée à survivre, et tu m'as aidée à retrouver celui que j'aimais.

Maxine gardait toujours la tête baissée. Lui saisissant le menton, Morgan l'obligea à la regarder.

— Sans toi, Stiles nous aurait tués tous les deux, Maxine. Même si tu as mis du temps à comprendre la vérité, tu as fait échouer ses plans, juste par ta présence. J'en suis persuadée.

Maxine renifla et la serra de nouveau contre elle.

— Je regrette juste tout ce temps perdu. J'aurais dû t'écouter dès le début.

— J'ai commis la même erreur, Maxine, rappela Dante d'une voix douce. En fait, il semble que Malone ait été le seul à voir clair dès le départ.

— Clair, moi ? Tu parles ! s'exclama Lou en les rejoignant. J'ai bien cru que j'avais perdu la partie.

— Dieu merci, ce n'était qu'une impression, affirma Dante en s'avançant pour lui serrer la main.

Morgan en profita pour prendre la main de Maxine dans la sienne et l'entraîner à l'écart des deux hommes.

— Il faut que nous discutions.

— D'accord.

Eclairées par la lueur de la lune, les deux sœurs louvoyèrent entre les tombes du petit cimetière de campagne. Les branches décharnées des peupliers oscillaient dans le vent nocturne. L'air sentait l'hiver et le parfum des fleurs fraîchement coupées.

— Je voulais te parler de la maison. Tu n'y es presque pas venue depuis que… Enfin, depuis mon enterrement. Bon sang, ça fait vraiment bizarre de dire ça, constata Morgan avec un petit frisson.

— C'est ta maison, Morgan. Tu as toujours besoin d'un endroit pour vivre, et il est hors de question que je me l'approprie. Elle ne m'appartient que sur le papier, et ce n'est qu'une formalité.

— Non, pas pour moi. Je t'ai vraiment donné cette maison. D'ailleurs, je ne pourrais pas l'occuper sans risquer d'éveiller les soupçons. Je souhaite que tu en deviennes la nouvelle propriétaire. Que tu t'y installes. Rien ne t'empêche de venir y travailler. Ce serait parfait pour nous deux.

— Pour nous deux ? répéta Maxine, dubitative.

Elle s'arrêta devant un banc et s'y assit.

— Quel serait l'intérêt pour Dante et toi ? Vivre avec sa famille, on fait mieux pour un jeune couple, non ? Surtout que vous êtes aussi passionnés que des jeunes mariés, tous les deux.

— Si tu savais..., répondit Morgan en se détournant légèrement. Il est incroyable. Jamais je n'aurais cru que ça pouvait être aussi... parfait. J'ai été seule pendant si longtemps. Je n'avais que David et, tout à coup, je me retrouve avec toi et cet homme qui... qui serait prêt à se sacrifier pour moi. Il m'aime à ce point. Je n'arrive toujours pas à croire à mon bonheur.

— Raison de plus pour que je ne vienne pas m'immiscer dans votre intimité. Je ne vois vraiment pas en quoi mon installation dans la maison représenterait un avantage pour vous.

Morgan cligna des paupières pour chasser les larmes qui lui montaient aux yeux chaque fois qu'elle évoquait Dante et l'amour qu'il lui portait.

— Il existe pourtant un avantage, et de taille, déclara-t-elle. Si tu vivais là, je n'aurais pas à me cacher.

— Te cacher ?

Morgan se mit à aller et venir devant le banc sur lequel Maxine s'était assise.

— Actuellement, je dois me montrer très prudente pour que personne ne me remarque. Alors que, si tu vivais là, je n'aurais plus rien à craindre : tous ceux qui me croiseraient me prendraient pour toi. Je pourrais recommencer à sortir de temps en temps, à aller au cinéma ou à faire des courses.

S'arrêtant de marcher, elle s'accroupit devant Maxine et lui prit les mains.

— Et, surtout, personne ne viendrait rôder autour de la maison.

— Tu veux dire que des curieux sont venus ?

— Des fans, oui, de temps à autre. N'oublie pas que je suis célèbre. J'ai gagné un prix, quand même !

Maxine sourit.

— Ouais, c'est ce qu'on m'a dit.

— Alors ?

Maxine réfléchit un long moment à la question.

— Ce serait un superendroit pour travailler. Mais… tu sais, Stormy est mon associée. Je ne peux pas venir sans elle.

Morgan hocha la tête d'un air songeur. Elle n'avait vu ladite Stormy que de loin. Et pourtant, elle avait ressenti quelque chose d'étrangement familier dans son apparence.

— Elle sait pour moi ?

— Je ne lui ai rien dit, mais j'ai l'impression qu'elle se doute de quelque chose. Tu sais, elle est convaincue qu'elle t'a rencontrée pendant qu'elle était dans le coma. Elle n'arrête pas de répéter que c'est toi qui l'as aidée à revenir parmi les vivants. Et elle se fâche si on essaie de lui dire qu'il ne s'agissait que d'un rêve. Tout ça pour te donner une idée de ses sentiments à ton égard. Elle se sent redevable. Et elle mourrait plutôt que de trahir ton secret.

Morgan eut un léger sourire : maintenant, elle se souvenait. Elle avait, effectivement, rencontré la meilleure amie de sa sœur — en rêve, alors qu'elle se trouvait à l'hôpital, entre la vie et la mort. Mais peut-être n'était-ce pas un rêve, après tout…

— Et puis, bien sûr, il y a Lou, reprit Maxine. Je dois le prendre en compte.

— Tu crois qu'il sera d'accord pour déménager ?

Maxine haussa les épaules.

— Je pense avoir suffisamment préparé le terrain pour qu'il accepte. Même s'il parle surtout d'acheter une petite baraque en bord de mer et un bateau de pêche. Il va bientôt être à la retraite, tu sais ?

— Alors, pourquoi hésites-tu, Maxine ? Allez, lance-toi !

Morgan porta les doigts de sa sœur à ses lèvres.

— Tu me manques. Si tu vivais près de moi, on pourrait enfin rattraper toutes ces années pendant lesquelles on a été séparées.

— Si tu es vraiment certaine que ça ne te dérangera pas…

— Tu es ma sœur, coupa Morgan avec un large sourire. Bien sûr que j'ai envie de t'avoir près de moi !

— O.K. Dans ce cas, c'est d'accord, dit Maxine avec un large sourire. La future Agence d'Investigations Surnaturelles sera basée à Easton, Maine.

— Magnifique ! Maxine, je t'adore.

Le sourire aux lèvres, elles se levèrent et, bras dessus, bras dessous, elles allèrent rejoindre les deux hommes qui les attendaient devant la tombe. A peine arrivée, Morgan se lova dans les bras de Dante. Il la serra tendrement contre lui.

— Le jour va bientôt se lever, mon amour, lui rappela-t-il.

— Je sais.

Elle sourit à sa sœur et à l'homme qui se tenait à ses côtés, l'air embarrassé.

— On se revoit bientôt ?

— *Très* bientôt, assura Maxine.

Forte de cette promesse, Morgan se détourna et s'éloigna avec Dante dans l'obscurité.

— Tu sais, elle est plus heureuse maintenant qu'elle l'a jamais été au cours de sa vie, dit Maxine en les regardant disparaître. Elle a beaucoup de chance.

— Qu'est-ce que tu veux dire ? demanda Lou.

Il se mit en route vers la voiture. Elle lui emboîta le pas.

— C'est évident, non ? Ils sont faits l'un pour l'autre, et ils se sont trouvés. Leur amour est vrai, profond. Eternel. On doit se sentir incroyablement fort quand on est aimé comme l'est Morgan. Rencontrer l'âme sœur, comme eux, ce n'est pas si fréquent.

— Tu as sans doute raison.

D'un air dégagé, Lou glissa un bras autour de sa taille.

— Beaucoup de gens passent leur vie à la chercher sans la trouver, ajouta-t-il.

— Mmm… Et d'autres refusent de la voir alors qu'ils l'ont juste sous leur nez.

Il la regarda en souriant.

— Tu crois ?

Maxine leva les yeux au ciel et secoua la tête.

— Oui. Je crois.

Lou haussa les épaules et continua à marcher en resserrant son bras autour de la jeune femme.

Dissimulée dans l'ombre, Sarafina observait Dante. Après avoir ri et discuté avec les mortels, il s'éloigna en compagnie de sa maîtresse.

— Je t'aimerai toujours, lui disait-il. D'une certaine façon, je crois que je t'ai toujours aimée.

— Nous sommes faits l'un pour l'autre, Dante. Depuis le début. Tu le sais, maintenant ?

— Inconsciemment, je l'ai toujours su. La première fois que tu me l'as dit, tout mon être en a frémi.

Il déposa un baiser sur ses lèvres.

— Pardonne-moi d'avoir mis tant de temps à l'accepter.

Elle lui sourit et l'embrassa à son tour.

— Ce qui compte, c'est qu'on soit ensemble, maintenant.

Puis, se détachant soudain de lui, les yeux brillant de malice et d'amour, elle le défia :

— Le premier arrivé à la maison a gagné !

Sur ce, elle pivota et s'élança à toute allure, son rire cristallin résonnant dans la nuit.

Dante la poursuivit sans un regard en arrière.

« Voilà donc ce qu'il voulait », songea Sarafina avec amertume. Il avait une nouvelle famille, à présent. Il lui avait tourné le dos. Dante, son dernier lien avec sa propre famille, son héritier, son sang.

Maudit soit-il !

Il l'avait trahie. Aussi sûrement que tous les siens l'avaient trahie, autrefois.

Mais quelle importance ? se dit Sarafina en s'enfonçant dans les bois. N'était-elle pas un vampire ? Elle n'avait pas besoin de famille. Elle n'avait jamais eu besoin de personne. Et ça n'était pas près de changer.

Shirley Palmer

Zone d'ombre

C'est en faisant une croix sur le passé, et sa cohorte de personnages peu recommandables, que Maggie Cady a réussi le pari de fonder le foyer de ses rêves, à La Nouvelle-Orléans : un mari formidable, un enfant qu'elle adore...

Mais un jour, le petit Jimmy, quatre ans, est enlevé. Maggie sait immédiatement que son passé, qu'elle a caché à son mari, l'a rattrapée. Elle sait aussi que le seul moyen de sauver son fils est de remonter la filière jusqu'aux coupables présumés, de reprendre pied dans ce monde de violence et de trahison qu'elle a fui quelques années plus tôt. Un monde où Maggie compte des protecteurs, mais aussi des adversaires sans pitié. Froidement, elle pose les jalons qui la mèneront à son enfant.

Sam Cady met tout en œuvre pour essayer de retrouver sa femme et son fils. Lancé sur les traces de Maggie, il essaie de garder une longueur d'avance sur le FBI, afin de comprendre le premier les raisons qui ont conduit sa famille sans histoire à cette terrible situation. Ce qui apparaît peu à peu, c'est que la femme qu'il est en train de suivre est pour lui une étrangère. Et qu'un enfant, le leur, risque de payer cher ce pan caché du passé de sa mère…

BEST-SELLERS N°204

À PARAÎTRE LE 1ER SEPTEMBRE 2004

Gwen Hunter

PUZZLE meurtrier

Tout commence sur les lieux d'un accident de voiture, non loin d'un hôpital de Caroline du Sud. Le Dr Rhea Lynch, médecin urgentiste, se porte aussitôt au secours de la jeune blessée qui, pour tout nom, décline : « Sorcière. Guérisseuse. » La jeune fille est étrange : amputée d'une jambe, elle traîne avec elle une poupée désarticulée et psalmodie une rengaine aux paroles obscures.

A quelques jours de là, dans la petite ville de Caroline du Sud, des guérisseurs itinérants dressent leurs chapiteaux, attirant bon nombre d'adeptes et réveillant les superstitions populaires.

En tant que femme de science, Rhea observe d'un œil sceptique cette incursion de l'irrationnel dans son quotidien, mais comment expliquer qu'après avoir subi les « soins » de ces charlatans présumés, des malades soient mystérieusement guéris ?

Le mystère s'épaissit lorsque des meurtres sont commis dans la région selon un rituel macabre. Quel rôle jouent dans ces crimes les adeptes de la magie noire qui semblent soudain pulluler dans la ville ? Tandis que les pièces du puzzle se mettent lentement en place, Rhea voit ses certitudes vaciller et un combat terrifiant se livrer sous ses yeux — et dans son esprit — entre la science et l'irrationnel…

BEST-SELLERS N°205

À PARAÎTRE LE 1ER SEPTEMBRE 2004

Mary Lynn Baxter

PROTECTION *rapprochée*

A Dallas, être maire n'est pas de tout repos. Mais c'est d'une main de fer que Jessica Kincaid tient les rênes du pouvoir, sans craindre de s'attirer quelque inimitié de la part de gens influents. Jusqu'au jour où des menaces de mort de plus en plus précises la poussent à engager un garde du corps.
Brant Harding est un ancien flic, retiré dans une cabane, au Dakota, depuis qu'il a été gravement blessé dans l'exercice de ses fonctions. C'est pour se rapprocher de son fils, qui vit avec son ex-femme à Dallas, qu'il accepte d'assurer la protection de Jessica.
Entre Jessica et Brant, c'est l'attirance immédiate. Une attirance qu'ils s'avouent très vite, tout en sachant que leurs échecs passés, alliés à un caractère bien trempé de part et d'autre, leur interdisent d'avance toute relation durable.
Mais lorsque Jessica échappe de peu à une tentative de meurtre, et qu'il apparaît que le danger vient d'un pouvoir en place dans la ville, ils décident de laisser parler leur passion jusqu'au bout. Après tout, ils tiennent peut-être là l'unique occasion de vivre intensément. Car malgré tous ses efforts, Brant pourrait bien être impuissant contre ces adversaires de l'ombre, qui semblent vouloir priver le maire de Dallas de toute chance de survie.

Sherryl Woods

Refuge à Trinity

Trinity Harbor, Virginie.

« J'irai pas dans un autre foyer »... Tommy, dix ans, assène ces mots en grelottant, et Daisey Spencer oublie qu'elle a trouvé le garçon dans son garage quelques instants plus tôt, prêt à lui voler sa voiture. A trente ans, elle sait qu'elle ne peut pas être mère, et elle gardera cet enfant, décide-t-elle. Au risque de déplaire au puissant Robert King Spencer, son père, qui a une conscience aiguë de ce que doit faire ou ne pas faire un Spencer en tant que descendant des fondateurs de la ville.
Mais élever un enfant de dix ans n'est pas chose facile, surtout quand il s'agit d'un garçon rebelle, rompu aux fugues et aux petits larcins. Tandis que Daisey lutte pour imposer son protégé à sa famille, sans prêter attention aux ragots que déchaîne sa situation dans la petite ville provinciale, l'oncle de Tommy arrive de Washington. Inspecteur de police, divorcé, lui-même père de deux enfants, Walker Ames a été contacté par les services sociaux de Trinity Harbor en qualité de seul parent vivant du garçon. C'est lui qui décidera du sort de Tommy...

« Sherryl Woods fait vivre des personnages tout en profondeur et en intensité — avec, en plus, un brin d'humour »
Romantic Times

BEST-SELLERS N°208

À PARAÎTRE LE 1ER SEPTEMBRE 2004

Composé et édité par les
éditions Harlequin
Achevé d'imprimer en juin 2004

BUSSIÈRE
GROUPE CPI

à Saint-Amand-Montrond (Cher)
Dépôt légal : juillet 2004
N° d'imprimeur : 42793 — N° d'éditeur : 10636

Imprimé en France